卷首语

秋光倾泻，旷野斑斓，没有哪个季节比秋天更饱满，田垄藏不住丰收的喜悦，以成熟之色回报大地。

本卷栏目均为专栏，亦是色彩各异，自成风光。

临漳专栏由三幅田野画卷构成。《临漳之野》野在对野生动物的关注与保护，白鹭、猫头鹰、红隼、鹰隼飞过天空、俯瞰大地，这里是我们的乡土，也是它们的家园；《临漳：古树长青，延续古都记忆》以对古树的寻踪开篇，在对古树的祝福中收尾，古树是光阴对生命的雕刻与成全，古树以坚韧之姿态表达对时间的敬重；《铜雀春深碧野平》怀古咏今，“临漳水之长流兮，望园果之滋荣”是古人的咏叹，基本农田保护、耕地红线坚守则饱含今人对田野的承诺与希冀。

金佛山专栏携带山的巍峨也浸染花的芬芳，更是将一场文学的盛会传播于沟沟岭岭、花间叶尖。《初识金佛山》识的是杜鹃岭、识的是古佛洞，云端漫步、花海徐行，此处宜屏声静气，宜凝目致敬自然；《登临金佛山》之登临凭的是“五千尺高差联结的路绳”，见的是“仙踪峡烟波缥缈”，听的是“桥下淙淙清泉心”，感的是“天地酝酿的体温”，而带走的是“风的力道”与“太阳馈赠的语言”。

中国地质大学（北京）第四届创意写作大赛获奖作品专栏带给读者朋友青春的畅想、迷茫与呓语，所有与青春关联的元素都指向希望，哪怕天空暂时转阴，在强大而蓬勃的青春面前，那终究是“一朵不起眼的乌云”。校园有四季，春夏秋冬。春夏秋冬不仅仅是四季，也是成长的进度。

秋天足够宽广博大，它容纳所有色彩。

编　者

大地文学　2024 秋季卷　总第 73 卷

中国自然资源作家协会
中国地质大学（北京）
中国矿业报社

DADI WENXUE

大地文学

2024

秋季卷

（总第73卷）

中国自然资源作家协会
中国地质大学（北京） 编
中国矿业报社

山东画报出版社
济南

图书在版编目（CIP）数据

大地文学. 2024. 秋季卷 / 中国自然资源作家协会, 中国地质大学（北京）, 中国矿业报社编. -- 济南 : 山东画报出版社, 2024. 11. -- ISBN 978-7-5474-5149-6

Ⅰ. I217.1

中国国家版本馆 CIP 数据核字第 2024LX5649 号

DADIWENXUE 2024 QIUJIJUAN

大地文学·2024·秋季卷

中国自然资源作家协会
中国地质大学（北京） 编
中国矿业报社

责任编辑 李 双
装帧设计 徐 潇

主管单位 山东出版传媒股份有限公司
出版发行 山东画报出版社
社 址 济南市市中区舜耕路517号 邮编 250003
电 话 总编室（0531）82098472
市场部（0531）82098479
网 址 http://www.hbcbs.com.cn
电子信箱 hbcb@sdpress.com.cn
印 刷 山东华立印务有限公司
规 格 165毫米×260毫米 16开
15印张 270千字
版 次 2024年11月第1版
印 次 2024年11月第1次印刷
书 号 ISBN 978-7-5474-5149-6
定 价 56.00元

目 录

临漳专栏

金佛山专栏

中国地质大学（北京）第四届创意写作大赛获奖作品专栏

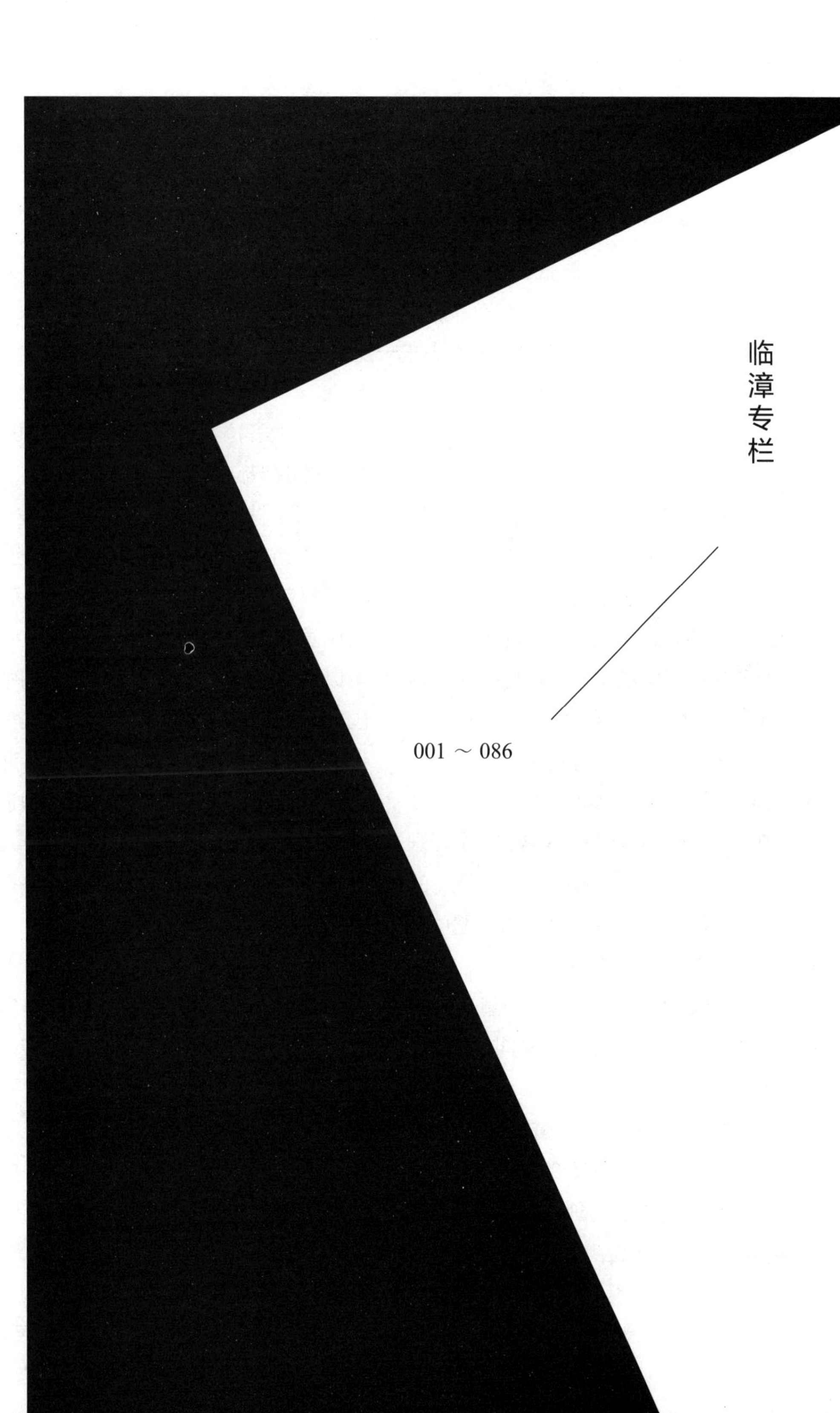
临漳专栏
001 ～ 086

临漳之野

李伟亮

一、飞车一觉过邯郸

三月的华北大地，依旧春寒料峭。

随着高铁一路向南飞驰，我离此次出行的目的地——河北省最南端城市邯郸越来越近。高铁上的人并不多，车厢里有很多空余的座位，窗外是飞速向后的燕赵大地，大片的黄色夹杂着一片片朦胧的绿色，仿佛在悄悄地向世人宣称：春天已经来了！

此去邯郸，是想要了解那里的野生动物保护工作做得如何。我打开笔记本电脑，整理着这次采访需要的提纲，眼睛盯着电脑屏幕，思绪却如同这飞驰的高铁，有点不受控制地检索着大脑中关于邯郸的一些文化印记。

邯郸，这座三千多年一直未曾更改过名字的城市，在战国时期，作为赵国的都城，便已名噪一时。当然，我对邯郸最初的认识，是因为邯郸是成语之乡。要是提到有关邯郸的成语，人们最先想到的当然是“邯郸学步”。话说战国时期燕国的一位少年，因为羡慕邯郸人的走路姿势好看，就专门来到邯郸学习邯郸步。但是，令他没有想到的是，自己非但没有学会邯郸步，连自己原来的走路姿势都忘记了。

除了“邯郸学步”这个成语之外，据一名专门研究成语的邯郸专家指出，与邯郸有关的成语典故约有 1584 条，其中直接出自邯郸的就有 200 余条，可以说邯郸这个城市是名副其实的中国成语之都。比如我们比较熟悉的负荆请罪、完璧归赵、价值连城等，还有我们或许不那么熟悉的成语，如顶天立地、举一反三、纸上谈兵、奉公守法、毛遂自荐、旷日持久等，这些也都是出自邯郸。

不过我倒是更喜欢另一个有关邯郸的成语：一枕黄粱。这个故事出自唐代沈既济的《枕中记》。在这篇传奇中，讲述了卢生在邯郸的旅店中遇到了一位道士吕翁。卢生衣衫破旧，唉声叹气，感慨人生的不容易，希望能够建功立业，享受荣华富贵。吕翁听后给卢生了一个枕头，让他枕着睡觉。这个时候，店主人刚做上一锅黄米饭。卢生熟睡后在梦中享尽了荣华富贵，一觉醒来米饭还没熟。

带着对邯郸的这些零零碎碎的认识，在列车的摇摇晃晃中，我也有了困意。等一觉醒来，高铁已到邯郸东站。不过，我们这次的最终目的地不是邯郸市，而是邯郸南端的临漳县。

二、初识临漳

临漳，古称“邺”，其名字的起源可追溯至黄帝之孙颛顼的孙女女修之子大业。大业被封于此地，逐渐演变为邺。西晋建兴二年，为避晋愍帝司马邺的名讳，同时因为县城北临漳河，故改名为临漳，从此，临漳县名一直相对稳定，历代传承，沿用至今，距今已有 1700 多年的历史。

临漳享有“三国故地、六朝古都”美誉，作为与南京比肩的古都，先后成为曹魏、后赵、冉魏、前燕、东魏、北齐六朝都城，居黄河流域政治、经济、军事、文化中心长达 4 个世纪。临漳是古代从山东通往西北，从中原连接幽燕的必经之地，自古以来就有“天下腰膂”之称。春秋初期，齐桓公为防止戎狄族沿太行山南下，进而保卫中原，在邺地筑城。这是邺邑也就是临漳最早的记载。

临漳历史文化源远流长，在这片古老而富有灵性的土地上，曾出现过叱咤风云的人物，曾发生过感人肺腑的故事，曾有古人创造的辉煌，其中西门豹和他的治水功绩是人们所熟知的。西门豹是战国时期魏国人。在魏文侯时西门豹担任邺令，是著名的政治家、水利家，历史治水名人。小学语文课本中的《西门豹治邺》就发生在这里，课文讲述的是战国时期西门豹在管理邺县的过程中发现巫婆和当地官绅假借给河神娶媳妇，搜刮百姓钱财，伤害年轻的女孩子，致使有女孩的人家外逃，于是西门豹将计就计，把巫婆和官绅头子丢进河里，巧妙惩治巫婆官绅，破除迷信教育百姓。

西门豹为根治漳河水患，组织民众兴修水利，修成水渠 12 条，引漳河水灌溉农田。据《论衡》记载，当时，邺地粮食亩产量增加到一钟（约合现在的 120 斤）。这些水利工程，从魏文侯时起至西汉的一千多年间一直在发挥作用。邺地流传着这样的诗句：“持酒登堂酬西门，邺城千载甘棠芬。”西门豹时所修的水渠和后世所修的西门豹祠，至今遗迹犹存。

从历史的临漳中走出来，我们即将见到的是现实中的临漳。

临漳县的地理位置比较独特，地处河北省最南端，是晋冀鲁豫四省的交界，位于京津冀协同发展和中原经济区两大国家级战略交会处，京港澳高速、石武高铁、京广铁路横穿南北，西距邯郸机场 15 公里，路网密集，交通便捷。200 公里范围内覆盖石家庄、太原、郑州、济南四个省会城市，辐射人口近 3 亿，市场广阔，潜力巨大。建成了“两条快速通道直达市区，4 个高速出口连接临漳”的交通网络，实现了“十分钟上高速，一刻钟进市区”。

而不得不提的是临漳的生态环境，现有 10 大公园、34 个小游园，形成了 2300 余亩公园绿地、近千亩湖面的生态水系，被誉为“公园中的县城”。

清晨，百姓走出家门，在家门口的小广场、小游园休闲、健身；傍晚，群众散步于漳河岸边，看风拂杨柳，禽戏水面……如今在临漳县，目光所及之处满是葱茏绿意，处处呈现出一幅人与自然和谐共生的美好画卷。而这一切都是该县创建森林城市所带来的可喜成果。

近年来，临漳县委、县政府按照森林城市“国省同创”的战略目标，重点围绕“一核、三轴、十廊、百村、千园、万网”的建设格局实施造林绿化，全面实现生态宜居、产业发达、文化丰富、人民增收、水清树绿的发展目标。

出了邯郸东高铁站，临漳县自然资源和规划局的张杰开车来接我们，汽车就在燕赵最南端这片古老的土地上行进。俗话说，十里不同天，更何况从北京到这里已经南北跨了 400 百公里，虽然依然是春寒料峭，但道路两旁的柳树，绿意更加浓烈。车辆大概行驶了 50 分钟，在转过一片低矮的楼房之后，停在了一个停车场，我们下车后又转了转，到了一个院子，这里便是临漳县自然资源和规划局的所在地。

在临漳县自然资源和规划局副局长刘华的办公室里，一幅临漳县林草湿资源分布图十分醒目的在墙上挂着，这张图以灰色调为主，点缀着红色、绿色、蓝色等小格子，远远望去，有点像迷彩服的样子。而图上的绿色，便是整个县域的林地所在。这些绿色的斑斑点点，主要沿着河道、公路干道分布，而我们的采访也是从这里开始。

三、打破僵局的采访

相对于预期，这次采访在最初的阶段并不算太顺利，原因并不是临漳的相关人员不热情，相反他们待人亲切、真诚，安排细致；也不是因为临漳相关工作做得少，相反他们在林业保护、野生动物保护等方面做了大量而具体的工作、付出了很多的努力，并取得了很大的成果。

说不算顺利的原因有两个，第一个是之前的联系沟通工作都是和临漳县自然资源和规划局林政股股长程海阳对接，相关的林业保护、野生动物保护等工作也是程海阳主导，但这次来到临漳程海阳因事不在。但更重要的原因是他们已经对自己的工作和付出习以为常了，可能在我们外人眼中充满亮点的事情，对他们来说是司空见惯、不值得一提的小事。

在我来临漳之前和程海阳的对接中，我就了解到他们刚刚开展了一次野生动植物保护的宣传活动——2024 年 3 月 3 日是第 11 个“世界野生动植物日”。为进一步提高广大群众对保护野生动植物资源重要意义的认识，切实保护好野生动植物资源，激发和调动全社会力量参与野生动植物保护，实现人与自然和谐健康发展，临漳县自然资源和规划局组织人员在县邺都花园广场开展了野生动植物保护宣传活动。

活动通过悬挂条幅、面对面讲解和发放法律法规“明白纸”的方式开展，此次宣传活动共发放野生动植物保护“明白纸”500 余份，面对面接受讲解群众 300 余人。通过对野生动植物保护进行宣传，使更多的群众了解了野生动植物在生态保护中的重要性和法律地位，增强了群众对野生动植物的保护意识。

坐在刘华副局长的办公室，我端着茶杯，看着对面的刘华和张杰，思考着如何打破这僵局。

“这边野生动物多吗？”我试探着问。

“不多，临漳县的野生动物资源不多，没有特别珍稀的动物，主要是三有动物（即国家保护的有益的或者有重要经济、科学研究价值的陆生野生动物）。”他们这样回应。

“整个邯郸市呢，野生动物也不多吗？”

“也不是太多吧，不过几年前听说涉县发现我国濒危稀有动物大耳蝠，有几十只。”

巧的是，我在来邯郸之前准备采访资料的时候，看到了 2017 年的这个新闻：

全国第四次中药资源普查河北省16 小组进行野外踏察时，在邯郸涉县一处隧道意外发现 50 只左右我国濒危稀有动物大耳蝠。大耳蝠别名鬼蝠、褐大耳蝠、普通大耳蝠。体型较小，前臂长 37～42mm，耳极大，宽且长，耳长可达 30～34mm，背面浅灰褐色，毛基黑褐色。大耳蝠单独栖居，不与其他蝙蝠混居，栖息在原始森林或一些遗弃的建筑中。大耳蝠分布范围主要在欧洲，我国北部和西部的部分地区有分布。

此次在涉县共发现大耳蝠 50 只左右，据普查组长付正良介绍说：大耳蝠已列入《世界自然保护联盟》（IUCN）2008 年濒危物种红色名录 ver3.1——无危（LC）。它的生活环境是在地理上或生态上独特的区域内。

大耳蝠在涉县的首次发现，充分说明涉县生态环境优美，大耳蝠的食物来源充沛，它们猎物的栖息地增加，这对生态环境研究有重要价值，应加以保护。

涉县与临漳中间隔了一个磁县。一个在邯郸的西端，一个在邯郸的南端。而大耳蝠的发现不仅仅代表了涉县的生态环境，也能代表整个邯郸地区生态环境的改善。

以邯郸市为例，近年来野生鸟类保护成效突出。

邯郸市大力开展滏阳河生态修复

治理，全面推行林长制，森林城市建设成效突出，被国家林草局授予“国家森林城市”称号。随着生态的向好发展，野生鸟类得到了繁衍生息，截至目前，全市已有鸟类 256 种，包括青头潜鸭、大鸨、黑鹳、震旦鸦雀等珍稀和重点保护鸟类 85 种。在 3 处国家级湿地公园和 2 处省级湿地公园开展日常巡护监测工作，打击违法捕猎行为，维护了良好的水禽繁衍栖息环境，鸟类数量明显增加。在永年洼国家湿地公园西北角为鸟类建设了一座 2500 平方米的“生态公寓”。通过湿地生态修复，鸟类栖息环境得到明显改善，野生鸟类数量增加 20 多种，出现了白鹤、震旦鸦雀、青头潜鸦、大鸨等国家保护鸟类。涉县清漳河国家湿地公园立足资源禀赋和生态优势，改善鸟类栖息环境，当地国家一级重点保护鸟类有 2 种，即黑鹳、大鸨，尤其是黑鹳被誉为“鸟类熊猫”全球仅存 2000 只的黑鹳涉县一次观测到就有约 100 只。在滏阳河沿线开展湿地植被恢复，通过生态环境治理和湿地恢复，滏阳河呈现出风景如画、百鸟群集，人与自然和谐共生的美好画卷。邯郸大力重视爱鸟护鸟的宣传工作，积极开展“世界湿地日”“世界野生动植物日”“爱鸟周”等系列宣传活动。通过发放宣传册、宣传画单，张贴海报，摆放宣传牌，悬挂宣传横幅，接受群众问答等多种形式，做好鸟类保护宣传工作，着力提升群众的懂鸟、爱鸟、护鸟的意识。群众救助受伤野生动物的意识得到有效提升，积极救助了一大批野生动物，如：大鸨、红隼、白鹭等珍稀保护物种，并及时送到邯郸市野生动物救助中心进行有效救助与安置。

而临漳的野生动物保护工作其实我也有所了解，现在我的当务之急就是要想办法让他们向我叙述他们认为的那些平凡得不值一提的工作。

“平常具体能见到什么动物？”我继续追问。

“有白鹭、有猫头鹰、有鹰隼……”他们开始说了起来。

“有没有动物救助的情况？”我感觉这个思路是对的，便继续跟进。

“有，很多很多……”

话题一旦打开，刘华他们便如同竹筒倒豆子一般将野生动物救助的故事向我们一一道来，这些工作细腻、辛苦、烦琐，而他们的野生动物救助工作更像是为我们打开了一卷临漳野生动物图录。

四、救助红隼

临漳县确实没有那么多珍稀的野生动物，但这个地处河北省最南端的县，西望太行山，东眺齐鲁地，南与河南省安阳市毗邻，素有“天下之腰脊、中原之噤喉”之称誉，不仅如此，临漳因为有漳河的存在，也是很多鸟类的栖息、途经之地。

正是因为有大量的鸟类行径，所以鸟类的救助在临漳野生动物救助中占据了极大的比重。其中常见的鸟类主要有白鹭、猫头鹰、红隼、鹰隼等。

张杰拿出手机，翻开相册，向我们展示手机中存储的各种动物的照片，当翻到一只砖红色羽毛的漂亮的鸟儿时，他停了下来说：“这是红隼，之前救助的一只。”

这是我第一次见到红隼，经过查了资料才知道，红隼属于小型猛禽之一。这种鸟儿体形长长的，身上的颜色很有辨识度。比较显著的特征是雄鸟头是蓝灰色，而背和翅膀上覆砖红色羽毛，上边有三角形黑斑。雌鸟上体从头至尾都是棕红色，上边是黑褐色纵纹和横斑。

“确实很漂亮，那就详细说说情况吧！”我看他已经开始回忆起来，便希望他多说一些相关的细节。

“其实主要工作都是林政股股长程海阳来负责和主导的。”

“那你有没有参与呢？”

“有的。”

“那就说说呗。”我心想，一定要问出个所以然来。你们觉得没什么的事儿，却是我们需要着重撰写的地方。

终于，在我“打破砂锅问到底”的追问下，张杰开始讲起了这次救助红隼的经历。我拿起手机打开录音，边听边记。

张杰说这只红隼是飞到了一户农家，而且很多鸟儿都喜欢飞到农户家。有的是赖着不走，有的是找吃的，说到这里他不禁笑了。然后他继续说起来，接到了派出所的电话他们就赶到了农户家。

“派出所？”我疑问道。

“对，是因为村民看到野生鸟类，便报警，民警再和我们联系。”张杰说道。

“村民知道野生动物不能伤害吗？”我接着问。

“知道，我们定期会进行野生动物和林业保护的宣传。”张杰解释道。

“平常都到什么地方呢？”

“广场、小区、农村都去。”

“你们的工作其实做了很多啊，开始还说不知道说什么呢。”我不禁打趣。

“这样说确实做了很多事儿。”张杰继续说道：“这只红隼是飞到了一个村民家中，村民没见过这种鸟，但也知道是野生动物不能伤害便想到了上报，而村民一般不会记自然资源和规划局的联系方式，本着有事找警察的传统，便会联系当地的公安派出所。”

“派出所和我们联系很多。”张杰给我们的纸杯里加了水，自己也喝了一口，继续说道：“我们接到派出所的电话，便会第一时间赶到现场。看到这只红隼，落在村民家的屋檐上，和鸽子做了邻居，我们便着手捕捉。”

“好抓吗？”我简直化身成了问题专家。而张杰一旦打开话匣子，关于野生动物救助的种种经历，便如数家珍般被讲述了出来。

“不好抓，需要用网子才行。我们也是抓了好几次，不敢太冒进，否则就飞走了，而且还要注意不能让鸟儿受伤。抓住后便要找地方放生，这几张照片就是当时拍的。”张杰回忆着当时的情景。

“不过，红隼一般很少见，日常在林间、农家救助比较多的是猫头鹰。”

五、救助猫头鹰

猫头鹰，是鸮形目鸟类统称，种类很多。猫头鹰眼睛大，双目均向前，是区别于其他鸟类的特征。头部正面的羽毛排列成面盘，部分种类具有耳状羽毛。因头大而宽长得与猫极其相似，故名猫头鹰。猫头鹰是夜行动物，有很发达的听觉神经，它们也以柔软的羽毛和众所周知的无声飞行而闻名。猫头鹰是出了名的捕捉田鼠的能手。中国民间有“夜猫子进宅，无事不来”“不怕夜猫子叫，就怕夜猫子笑”等俗语，“夜猫子”指的就是猫头鹰。

在临漳出没的猫头鹰一般个头都比较小。猫头鹰在临漳的数量不少，关于猫头鹰的救助，那就很多了，张杰给我们讲了几例。

两年前夏天的一个傍晚，临到下班的时候，一阵急促的电话铃声传来，林政股股长程海阳接起电话，通过沟通才知道，对方是习文镇派出所，在习文镇河图村的一个村民家里飞来了一位不速之客。一只灰黑色羽毛，大大眼睛的鸟飞进了这个村民的院子。由于这只鸟一见人就迅速飞走，等人走了便又悄悄溜过来，村民一时也分辨不出这便是一只猫头鹰，只知道这是野生动物，便给当地派出所报了警。

程海阳他们一行几个人，开车火速赶到现场。在村民的指引下，远远看到院子角落里窝着这只大鸟，可等他们一靠近，这只大鸟呼啦一下扇起了翅膀，斜着飞出了院子不见了。同事们只有撤出，然后继续耐心地等待。大约过了半个小时，大鸟又呼啦落到了院子，这次大家不敢掉以轻心，几个人分工，有的负责围堵，有的负责捕捉，为了防止鸟儿受伤，他们还提前准备了网子。可他们低估了这只鸟的机警，就在大家慢慢形成包围圈的时候，这只鸟又飞走了。就这样经过几次拉锯战，或许是鸟儿觉得人们没有太大的恶意，更或许是这只鸟也累了，终于被人们网住。程海阳他们这才发现原来网中的是一只猫头鹰，他们对猫头鹰进行检查后，发现并没有什么外伤，这是比较好的情形，接下来就可以放生了。

去年的夏天，程海阳他们又遇到了新的情况。一场阵雨过后，村民在树林里发现了猫头鹰幼鸟，但没有发现成年猫头鹰。村民联系到了当地民警，找到了程海阳。于是，“野生鸟类救助小组”又出发了。

当程海阳与发现幼鸟的村民见面后，看到3只猫头鹰幼鸟被安置在了一个快递箱子里。3个小家伙毛茸茸的，个头小小的，乍一看以为是秃毛小鸡仔呢。与成年猫头鹰的深色带有斑点的羽毛不同，小家伙的身上有着白色的绒毛，脸部的特征虽然不是那么明显，但还是看得出与其他鸟类的不同。

程海阳知道，野生的幼鸟人工是养不活的，当务之急是在确保幼鸟安全的前提下，放回发现它们的地方，等猫头鹰妈妈找回他们。于是程海阳详细询问了发现猫头鹰幼鸟的时间、地点和相关的细节，并向村民做了普及和解释工作。

一般来说，四五月份是鸟类繁殖的高峰，由于风雨等自然环境包括鸟类的天敌以及人类活动的影响，这段时间会经常出现幼鸟掉落的情况。遇到这种情况，建议不要用手抓，可以用根小木棍把鸟挪到树下比较隐蔽的地方，等鸟妈妈听到鸟宝宝鸣叫，就会来现场处理。不过，在特定情况出现的时候，也需要人来干预救助。比如在幼鸟掉落的地方有野猫野狗、猛禽、松鼠、蛇等出没，这时就需要将幼鸟转移到一个相对隐蔽的地点。

程海阳将3只猫头鹰幼鸟带回到了发现它们的树林，同时在远处观察，看成年猫头鹰是否能回来找。幸运的是，在守护了一个多小时后，果然发现了大猫头鹰的身影。程海阳这才放心离开。

在这次救助猫头鹰宝宝之后不久，又接到张村集镇的一个报警，这一次是张杰带队，张杰和当地民警一同赶赴现场，看到了一只很小的、类似猫头鹰一样的鸟儿躲在角落。张杰说，他见过的猫头鹰不少，但那次见到的猫头鹰个头很小。按照村民刘阿姨的说法，这只猫头鹰已经来了两天了。最开始她不知道是鸟，只是隐隐听到一些奇怪的叫声，开始她还以为是野猫之类的，就没有理会。过了几天她才发现是一只鸟，便喊来邻居看，还用手机拍了下来。邻居建议她报警，这才有了这次的野生动物救助。

据刘阿姨介绍，她还给这只猫头鹰喂过一次肉和两次水。刘阿姨跟张杰说，她曾经靠它很近，发现猫头鹰的翅膀好像有伤，但当她想靠更近详细看的时候，猫头鹰一下蜷缩到了院子的一个小土洞里不出来了。张杰等人到了之后，与民警一起，将土洞慢慢扒开一点，果然见到了蜷缩的小猫头鹰，他们把它小心翼翼抓起来，发现右边翅膀羽毛凌乱且有血污，怀疑是受了伤。

但等张杰仔细检查，发现这只猫头鹰并未受伤，顶多是翅膀擦破了一些，所以情况还是很乐观的。

不过他们也遇到过动物受伤比较严重，需要救助的情况。

刘华在旁边提醒张杰，之前有一次在公路上发现的那只猫头鹰。那是在去年的10月份，程海阳接到了群众的电话，在三曹园朱雀大道附近发现一只受伤的鸟儿，据反映，这只鸟浑身又脏又有血迹，头朝下趴在地上，开始路过的人以为它已经死了，但后来有细心的人看到它的翅膀还在动。一位之前与自然资源和规划局有过联系的群众便联系了程海阳。程海阳等人火急火燎赶到现场后，将这只鸟轻轻地翻转查看，原来是一只受伤的猫头鹰，翅膀伤势很重。事不宜迟，对于受伤的动物，通常的做法是送到邯郸佛山野生动物园。当听到佛山野生动物园，我恍惚了一下，以为是广东的佛山，原来是位于河北省邯郸市永年区的邯郸佛山野生动物园。

根据材料显示，佛山野生动物园于 2020 年 4 月 2 日正式开园。野生动物园占地面积千余亩，建有猛兽区、猛禽区、杂食动物区、草食动物区、水禽区、爬行馆、萌宠馆、灵长馆、百鸟园、天鹅湖等动物场馆，饲养展出各类稀有珍贵野生动物 200 余种 3000 多只（头）。园内有丹顶鹤、东北虎、白孔雀、黄金蟒等稀有珍贵野生动物。野生动物园不仅是邯郸市首家综合性城市野生动物园，也是冀南地区面积最大、动物品种最全的主打“野生”主题的动物园。

邯郸佛山野生动物园是一座具有娱乐休闲、动物知识普及、植物科普观赏、野生动物保护的四大职能兼具的综合性动物园，也是石家庄以南、郑州以北、济南以西、太原以东面积最大、动物品种最全、环境最优美的动物园。

不过限于时间关系我们没有能够去一趟这个野生动物园，但从后续的采访中得知，临漳野生动物的救助中，只要涉及受伤的动物都会送到这里。

程海阳后来还特意给邯郸佛山野生动物园打过一次电话，询问猫头鹰的情况，那只猫头鹰经过救助和喂养，在半个月后恢复了健康，就等着放归大自然了。

在后来和程海阳的沟通中，他还向我们分享了鸟类救助需要注意的问题。比如，在野外遇到需要救助的鸟类（不光是鸟类也包括其他的野生动物）最好是减少人为的干涉，如果鸟类误飞入建筑物中，如果没有受伤，只需打开门窗让它飞走即可。对于伤、病情况不严重的鸟类，其自身具有较强的恢复能力，熟悉的野外生活环境更有利于其恢复，在确认其安全的情况下可以让它自行离开，或者适当给它点水喝，把水滴在鸟的嘴角让它自己咽下即可，成年鸟类可以耐受 1—2 天的饥饿，期间不必喂食。如果发现野生动物受伤明显，也不要轻易去捕捉，而是应及时向当地的林业部门报告。必须先进行救护的，捕捉时要小心，避免被抓伤咬伤。可以把鸟放在大小合适、黑暗、通风良好的纸箱里，不要把野鸟放在鸟笼里，否则它们会拼命挣扎受伤的。

六、救助老鹰

鹰，包括苍鹰和雀鹰。人们大半分不清这种飞在高空、处在食物链顶端的鸟，它们在华北一般被称作山鹰、老鹰等。在救助那只受伤的猫头鹰不久后，“野生鸟类救助小组”就收到了一次鹰的救助需求。而这一次，是因为它袭击了一家农户的鸡群，被人发现后，躲到了不远处的一棵树上。临漳自然资源和规划局的工作人员在接到电话后，也是第一时间出发，冒着秋日迷蒙的细雨，来到了所在的农户家。在村民和民警的引导下，大家看到了被鹰破坏的鸡窝，看到了不远处那棵高大的杨树，这次抓捕困难也很大，因为如果贸然抓捕，万一鹰飞走就麻烦了。不过出乎人们的意料，这只老鹰貌似很喜欢农户家的鸡窝，在大家观望的时候，它几次跃跃欲试想要落下来。于是，大家决定往外撤离，给这只鹰安全感，让它自行飞下来再抓。果然，人们撤后不久，它便飞下来，更有趣的是它居然钻到了鸡窝的里面。那是一个半开放的网子用竹竿支撑起来的空间，在这个空间靠墙的位置有一个木箱子，这就是日常鸡群休息、下蛋的地方。而这只鹰居然钻到了这个木箱子里，哎呀，这次它就跑不掉了，工作人员悄悄跟进，一下关上了木箱的门，好一个瓮中捉鳖，不，瓮中捉鹰！后来人们发现这只老鹰没有受伤，只是想“偷吃”老乡家的鸡，就把它放飞了。

另一只“老鹰”的救助是2020年的一月份。对于这次救助，张杰翻看手机的照片回忆道，是临漳县自然资源和规划局接到孙陶镇西马庄村一村民的电话，说他在本村漳河岸边捡到一只“老鹰”。接到消息后，程海阳和张杰一起立刻赶到了西马庄村。到了现场，程海阳和村民秦先生取得了联系。经过询问，原来是秦先生在田间做农活时，看到了趴卧着的“老鹰”，秦先生说：“它就卧在那儿，一动不动，看起来好像受伤了。”经检查，发现这只“老鹰”眼部受伤。随即，工作人员与市野生动物保护部门取得联系，并妥善安排食物喂养。后经鉴定，“这只老鹰”竟是国家二级保护动物鹰隼。鹰隼是国家二级重点保护野生动物，属鹰科，是白天活动的猛禽，翅膀尖长，飞翔能力极强，以捕食鸟、野兔和其他小型动物为生。1月3日，邯郸市佛山野生动物园安排工作人员把“老鹰”接走。在张杰翻看照片的时候，还有一张照片是佛山野生动物园发的证书，证书上写道：

临漳县自然资源和规划局

于2020年1月2日救助鹰隼1只，为保护野生动物做出贡献。

特发此证，以资鼓励。

邯郸市佛汕野生动物园
管理服务有限公司
2020年1月3日

张杰笑着说：“这样的证书有很多。”同时据张杰介绍，很多鸟类如果没有受伤便直接放生，而受伤的话主要集中在翅膀，一旦翅膀受伤便飞不动了，受伤得到救助最多的就是白鹭。

七、漳河边的白鹭

白鹭又称鹭鸶，在临漳是常见的鸟。白鹭属于国家二级保护动物，身体轻盈，姿态优雅，通体洁白，嘴部呈现橙黄色，头顶至枕部有多枚细长白羽组成的丛状羽冠，在众多水鸟中格外显眼。杜甫的绝句中写道："两个黄鹂鸣翠柳，一行白鹭上青天。"写出了白鹭的美和诗意，在人们心中留下了白鹭最美好的画面。

白鹭对生存环境很挑剔，被称作大自然的"生态检验师"。它们喜欢白天在水域觅食，夜晚飞回林地休息。白鹭也是一种候鸟，春天来临会回到北方，有它们在的地方，空气清新，环境优美。而临漳发现的白鹭主要集中在漳河河道附近。

"刘副局长，请您带我们去漳河一带看一看，也实地看一下临漳的生态环境。"毕竟"纸上得来终觉浅"，在我们的建议下刘华决定明天带着我们去漳河实地查看。

三月，就是看白鹭的季节。随着气温回暖，会有候鸟从南向北飞来。而近年来临漳县大力推进国家森林城市创建工作，持续多年推进水系绿化、漳河沿线绿化及民有渠生态修复等重点工程，全县已经形成"天蓝、地绿、岸清、水秀"的生态靓丽场景。随着漳河生态环境的改善，每年春秋两季，来此栖息的白鹭、黄嘴白鹭等珍稀保护动物数量逐年增多，绘就了一幅生态美景图。

据了解，在漳河两岸砖寨营段，经常有成群的白鹭时而在水中行走，时而漫步河边，时而伺机捕食，时而展翅高飞，不时发出阵阵悦耳的鸣叫声，吸引很多人来观赏。

考虑到河道周围的道路颠簸，刘局长特意安排了一辆皮卡车，在抵达临漳的第二天一早，我们便出发了。一路上刘局长边说临漳的历史，边讲解漳河的情况。

漳河，是海河流域漳卫南水系上游两大支流之一，在临漳 744 平方公里的土地上，漳河自西向东流淌，它温顺时可谓"漳水溶溶夹岸平，微波奇毂小舟轻"，但它发怒时"崖崩石走鬼神哭，无数村庄一夕没"。就是这样一条河，与临漳人民的生活和经济发展有着极其重要的关系。

漳河为季节性河流，旱季流量很少，时有干涸，古人有言："临漳小县，漳河串遍"。有文字记载从夏商到民国年间，漳河西出太行山，居高临下，而临漳地处平原，土质松软，因此，流入临漳境内的漳河就像不羁的野马，奔腾不息，频繁改道，横行肆虐数千载。如今，临漳境内的 429 个行政村，到处都有漳河的足迹，20 世纪末，在临漳县境内曾残留着许多沙丘，大的像山包，小的赛高台，那些都是漳河故道的遗迹。

漳河的每一次改道，都给沿岸人民造成深重的灾难，沿岸人民为防漳河水患，常常筑堤，然而漳河野性难驯，放纵不羁。历史上对漳河进行治理的能人先贤比比皆是，遍及各朝各代，但汹涌澎湃的漳河水依旧如猛兽般肆无忌惮地在古邺大地游走奔流。从1933年至1949年漳河在临漳地面，仍多次决堤。

中华人民共和国成立以后，在共产党的领导下，全国一盘棋，政府和人民在山西修了安泽水库，在河南修了红旗渠，在河北修了跃峰渠和岳城水库，漳河多次清淤、疏浚，筑堤，堤岸固定使漳河水患逐步消除，河水排放由人定夺，两岸农田得到灌溉，漳河这匹不羁的野马，终于被人们驯服，造福于两岸人民，害河变成了富漳。如今的漳河两岸，除了冬天，其他季节树木茂盛，郁郁葱葱，鱼儿和水鸟在这里生活得尽情又惬意。

不一会车开到了一座桥上，刘局长向我们指着桥下的水说："这就是漳河。"

我们从桥上望下去，只见河道中的水干净清澈但并不充沛，知道这是春季枯水期的缘故。河道两旁的土地上冒出了很多小草，还有星星点点紫色的小花，那应该是紫花地丁。远处的河面上有些探出来的小树，刘局长说："这条河曾经许多年没有水，于是勤劳的农民们便在河道里栽上了树，种上了庄稼。"这些年因为促进生态文明建设，对河道进行了清理，河道干净了，阻碍河流的树也少了，但漳河周围的树多了，野生鸟类种群也变得更为多样和丰富起来，越来越多的候鸟飞抵临漳，或在此短暂停留，补充能量，或就此扎下窝巢，度过春夏。

野生鸟类增多一方面反映出临漳县的生物多样性，另一方面也说明临漳县生态环境不断改善，吸引了更多鸟类前来觅食、栖息。我们一行人走下桥，顺着河道慢慢往下游走去。漳河水流速缓慢，让人的心也跟着舒缓下来。走了一段路，看到一片相对宽阔的水面，河岸边有大概七八个人在钓鱼。我突然想到，钓鱼人应该对漳河附近的野生动物有所了解吧！

我慢慢走到一个钓鱼人旁边，这是一个五六十岁的大叔，或许是经常钓鱼的缘故，皮肤黝黑但很健康的样子。看他钓了几分钟的鱼，就与他搭话："大叔，这河里鱼多吗？"

"这个季节不多。"大叔也没扭头，眼睛始终盯着河面回答我。

"不多呀？那鱼大吗？"

"嗨！钓上来的大都是些一拃长的小鱼儿！我钓鱼就图个舒坦！安安静静的，欣赏着美景，呼吸着新鲜空气，多美！"

"那这周围野生动物多吗？"我继续引导大叔聊聊我想知道的。

"多啊，这周围最多的就是鸟儿，有好多种鸟儿呢！"

"有您认识的鸟儿吗？"

大叔扭过头看了看我，笑了一下，这一笑，话匣子就打开了。"有！这附近白鹭比较多，白鹭可漂亮了！”

大概是听到我们讨论白鹭，周围几个钓鱼的人纷纷放下鱼竿，聚拢过来你一言我一语地聊起白鹭来。说它的身姿修长，说它的毛色洁白，说它的悠然自得……

一个六七十岁的钓鱼大伯说：“前年夏天，我小孙子放暑假，我带他来这边钓鱼。正钓着呢，我小孙子突然喊我。”大伯顿了顿，似乎是想吸引我们更注意听。“他喊我说，爷爷，那儿有一只鸟，它的翅膀上有血。”

“是白鹭吗？”我问。

“是，我当时看到那只白鹭翅膀上确实有血，它趴在那，好像飞不动了。我不知道该打什么电话，就打了 110。过了不到半小时吧，民警就带了专门负责这块的人过来，他们很容易就把那只白鹭抓住了！”

“大伯，您的记忆力真不错，保护野生动物的意识也很高啊！”刘局长插话道。

“那是！我知道白鹭是需要保护的鸟儿！后来民警和他们一起来的人就把白鹭带走治伤了。他们还感谢我和我的小孙子了呢，哈哈哈！”大伯的笑声爽朗洪亮，透着自豪。

而刘华也想起了关于救助白鹭的一件事——

2021 年夏末秋初，临漳县自然资源和规划局的工作人员接到群众电话称，在孙陶镇陈村发现一只受伤的白色大鸟，需要救助。了解情况后，工作人员立即赶赴现场，发现一只羽毛洁白、嘴部尖长呈黄褐色、腿部细长的鸟类，经过鉴别这只鸟为国家二级保护动物白鹭。工作人员通过观察发现白鹭因翅膀受伤，不能正常飞翔，且惊恐不安，工作人员小心翼翼地对其进行消毒杀菌简单包扎，并及时开车将白鹭送至邯郸市野生动物救助中心。经过救助，白鹭逐渐进食，身体得到恢复后放生。

我们沿着河道继续往下游走，刘局长指着前边说：“那边就是砖寨营段了。”我远远看去，那边的水岸处不知是水草还是什么，亭亭的绿色已经高出了水面。加快脚步，我们一行人很快就走到了这一片绿处，原来是春水回暖，蒲草的尖尖叶子从水面冒出来了，水岸交界处的芦苇也发了新芽，有了绿意。

岸边有人在用摄影相机拍摄，看到我们过来，他认出了刘局长并打了个招呼。刘局长对我说这边的很多摄影爱好者都认识他。他们拍到了什么野生动物，认识的不认识的，经常会发给局里的工作人员。摄影大哥听到我们的话，说：“是，我还给他们传过几张照片呢！我拍过白鹭、拍过苍鹭，还拍到过翠鸟呢！有时候拍到不认识的动物，就发给他们请他们帮忙辨认。”

“您经常来这边摄影吗？”我问摄影大哥。

“嗯，我爱好这个，只要有时间就出来，临漳的漳河流域我基本都去过。哪儿景色好，哪儿鸟儿多，我都清楚。”大哥说起来特自豪的样子。

“漳河这几年是不是变化挺大的?”我明知故问，就是想知道普通百姓眼里的漳河生态是什么样的。

“大啊！前些年漳河都没什么水了，河道都快平了。老百姓们看没有水，在河道和河道边上种的树，种的庄稼。这几年你看，这水多干净，河道边上也治理得干干净净，好多地方做了景观和凉亭什么的，人们节假日都愿意来漳河边玩儿了。”大哥显然是对漳河的变化很满意，话匣子打开似乎就停不下来了。

正说话间，河面掠过几只雪白的鸟儿，刘局长指着它们对我们说：“快看！那就是白鹭！”只见那白鹭像仙鹤一样身姿修长，优雅飞过水面，我突然就想起来郭沫若文章里的白鹭：“白鹭实在是一首诗，一首韵在骨子里的散文诗。”

八、救助苍鹭

据刘华介绍，近年来临漳县生态环境日益改善，境内不断发现珍稀野生动物，人们保护野生动物的意识越来越强，经常有群众救助野生动物，形成了人与自然和谐共处的良好局面。我通过搜索发现一篇 2015 年河北新闻网的报道《临漳农民救助一“怪鸟”疑似国家二级保护动物》：近日，邯郸临漳县西羊羔乡漳潮村一农民救助了一只样子奇怪的飞禽。大家据其模样推测为白骨顶鸡，期待相关专家鉴定被妥善处理。

据了解，救助者叫张贵堂，3 月 23 日下午，一只样子奇怪的大鸟落在他家。当时，这只鸟身体虚弱，飞不起来，也跑不动。他走上前观察了几分钟，发现这只鸟长相奇特，身体为黑色，嘴长度适中，头具白色额甲，眼为红色，以前从未见过这种鸟。

观察中，张贵堂在其外表也没有发现受伤的迹象，由于这只鸟已经飞不起来，便将其暂时安置在家中，同时尝试着用碎菜叶和碎肉喂它，但这只鸟不肯进食。这可急坏了张贵堂，生怕这只鸟有什么闪失，便叫来一些见多识广的乡邻来出谋划策，可没有人认识这只“奇怪的鸟”。

随着来围观的人越来越多，大家纷纷上前辨认，经网上查阅资料比对，他们发现这只鸟疑似国家二级保护动物白骨顶鸡，或为迁徙途中意外受到了惊吓才落到张贵堂家中。目前，这只鸟已被张贵堂妥善安置，在他连续多日的悉心照料下已经开始进食。他希望专业人士能做进一步鉴定，并将其妥善处理，送它到应该去的地方。

最后报道没有明确指出那只鸟到底是不是白骨顶鸡，但根据报道描述的“头具白色额甲，眼为红色”应该能确认它就是一只白骨顶鸡。白骨顶鸡是鹤形目秧鸡科骨顶属鸟类，又称骨顶鸡、骨翁。成鸟体羽灰黑色，头颈部尤深，内侧飞羽具白色羽缘，形成白色翼斑，飞行时可见；翼外缘和胸腹部略沾白色；虹膜红褐色，喙和额部的甲板为纯白色，胫裸露部分和跗跖为灰黄绿色，趾和瓣蹼为灰白色。雏鸟主体为黑褐色绒毛，喙尖白色，喙基和额鲜红色，脸部至颈基部由橘红过渡到橙黄色。雌雄无明显差异。白骨顶鸡在中国各地均有分布，常栖息于低山至平原各类富有水生植物的湿地中，除繁殖期外，常成群活动。它们是杂食性鸟类，食物以鱼虾、水生昆虫和软体动物以及水生植物的嫩芽和根茎为主。

其实 2021 年以来，临漳县自然资源和规划局以保护野生动物、改善生态环境为重点，积极开展野生动物救助活动，搭建野生动物临时救助点，努力提高广大群众保护野生动物的意识，与志愿者一起及时高效救助受伤野生动物，同时组建信息平台，让救助情况公开透明，大大激发了救助者保护野生动物的热情，为野生动物保护工作起到了积极作用。

在去吃午饭的路上，刘华又给我们讲了几个他们救助苍鹭的事例。

有一次，自然资源和规划局接到热心村民电话，说在村子外面的小树林里发现了一只野生的鸟，据村民反映，感觉像鸭子又不是鸭子，脖子长长的，体形较大，故而感觉应该是野生动物。工作人员接到电话后第一时间就赶了过去。在村民的引领下，果然在小树林里发现了这只“鸭子”，只见它卧在一棵树旁边，灰白色的羽毛显得有些凌乱，在不远处围了不少看热闹的群众。据说这只“鸭子”在附近被发现，然后见人就要躲，在附近换了几个地方，可能是受了伤，故而飞得不远。工作人员让围观的群众离得远一点，免得再次惊吓到这只野鸟，然后就悄悄地围上去，出乎意料的是，这次的抓捕很容易，工作人员对苍鹭进行了初步检查，发现其一只眼睛受伤，同时翅膀也有血迹。经过鉴定，这是一只苍鹭，属于国家“三有”保护动物。而后，工作人员及时把这只苍鹭送到了佛山动物园的“邯郸市野生动物救助站”进行治疗。

还有去年的冬天，派出所接到了群众报警，有人在路边发现了一只无法飞行的灰白色的鸟，怀疑是野生保护动物，就请民警援助。派出所的民警第一时间联系了临漳自然资源和规划局，没有任何迟疑，工作人员又一次赶赴现场。在报警群众的引领下，找到了这只灰白大鸟。经过鉴定，这只大鸟是一只苍鹭。人们发现这只苍鹭已经不能飞行，行动也很迟缓。经过仔细检查，发现这只苍鹭没有明显的外伤，工作人员判断它可能是因为长时间没有进食，身体虚脱导致的。在救助当日，工作人员联系了佛山野生动物园，将那只苍鹭送了过去。

后来，经过追踪联系，了解到佛山野生动物园的兽医立刻给苍鹭做了体检，原来在翅膀上有伤痕，因为受伤很久，血迹已经干了，所以不好辨认，也是因为受伤影响到苍鹭的觅食，才会造成身体瘦弱、无力飞行的情况。经过救治，那只苍鹭恢复了健康，动物园的工作人员把它放归了大自然。

另一次是去年的夏天，地点在七子湖公园。临漳自然资源和规划局接到民警的电话，在七子湖公园出现了一只大鸟，一只翅膀受伤严重，游人在水边发现了它，开始以为是这只鸟在捕鱼，后来发现大鸟看到人会躲闪，但动作不协调，尤其是翅膀，怀疑是受伤了。因为过往的游人都不认识，就想到了这是野生动物，要报警联系相关部门来救助。同时，那位报警的游人还很负责任，一直看守在那只大鸟不远处，还劝走了几个顽皮的孩子，一直等到工作人员救助才悄悄离开。当然，人们有这样的意识，和临漳自然资源与规划局日常不断的宣传工作密不可分。看来，临漳野生动物的保护与救助意识已经深入人心。工作人员到达后，鉴定那只“大鸟”为国家二级保护动物苍鹭，因苍鹭受伤严重，工作人员对其伤口进行简单处理后立即将苍鹭送至邯郸市野生动物保护中心进行救治。

苍鹭，是鸟纲、鹭科、鹭属的一种涉禽，也是鹭属的模式种。栖息于江河、溪流、湖泊、水塘、海岸等水域岸边及其浅水处，主要以小型鱼类、泥鳅、虾、蝼蛄、蜻蜓幼虫、蜥蜴、蛙等动物性食物为食。列入《世界自然保护联盟濒危物种红色名录》《国家保护的有益的或者有重要经济、科学研究价值的陆生野生动物名录》。临漳自然资源和规划局屡次救助苍鹭，也说明临漳的苍鹭数量可观，临漳的自然环境可供其栖息。

九、救助的脚步不停息

吃午饭的过程我也没让刘华安心吃饭，一直追问临漳的一切，尤其是救助野生动物的情况。刘华说：“2019年一次黑天鹅的救助也被媒体报道了。”那是 2019 年 2 月，一对黑天鹅在临漳县三曹园优雅现身，据三曹园门卫人员介绍说，以前在这里没见过黑天鹅，随着临漳生态环境的不断改善，这两只黑天鹅可能是从其他地方飞过来的。

刘华打开手机相册，翻了一会儿，找到了那两只黑天鹅的照片给我看，只见两只黑天鹅体形很大，羽毛黑亮黑亮的，非常漂亮！我其实在其他动物园是见过黑天鹅的，也对它们稍有了解，但想更清楚地知道关于黑天鹅的知识，于是检索了一下黑天鹅的词条——黑天鹅是鸭科天鹅属的一种大型游禽，体长 110-140 厘米；翼展 160-200 厘米；体重 3.7-8.75 千克，具有天鹅种类中最长的脖子。这个细长的脖子通常呈“S”形拱起或直立。全身羽毛卷曲，体羽斑点闪烁，主要呈黑灰色或黑褐色，腹部为灰白色，飞羽为白色。尾长而分叉，外侧羽端钝而上翘形似竖琴。有一个明亮的蜡质的鸟喙，为红色或橘红色，靠近端部有一条白色横纹。虹膜为红色或白色，跗跖和蹼为黑色。黑天鹅原产于澳洲，是天鹅家族中的重要一员，为世界著名观赏珍禽。黑天鹅栖息于海岸、海湾、湖泊等水域，成对或结群活动，食物几乎完全是植物，各种水生植物和藻类。

刘华对几年来的野生动物救助记得很清楚，时间地点都能一一记起，足可见他们日常对这项工作的重视。一顿饭的时间，几次救助又被他回忆起来。

那是 2023 年 6 月的一天，砖寨营乡派出所的民警联系到了临漳自然资源和规划局，将一只小鸟交给了程海阳。程海阳与专业人员经过细致鉴定后，最终确定这只受伤小鸟确为国家二级保护动物“戴胜”。原来，就在来的前一天晚上，砖寨营乡派出所两名民警在沿途巡逻过程中，发现一只受伤的小鸟，小鸟周身羽毛为棕褐色，嘴巴细长而尖，样貌疑似国家二级保护动物“戴胜”。民警发现这只小鸟的翅膀好像受伤了，已经不能起飞了，而且精神状态也不是很好。鉴于天已经很晚了，不方便送到相关部门进行救助，经过商量，两位民警赶紧找来了干净的纸箱，将小鸟放进纸箱带回所里，以确保其得到有效保护，不受到二次伤害，并在纸箱里放置了一点干净的水和小米。第二天就发生了开头的故事，民警将小鸟送到了临漳自然资源和规划局，果然就是戴胜。

戴胜，我还是第一次听说，想要了解只能依靠网络检索。戴胜，是戴胜科、戴胜属鸟类，共有 8 个亚种，依不同亚种体长 26—31 厘米，翼展 42—46 厘米，体重 53—90 克。颜色为棕红色或沙粉红色，具黑色端斑和白色次端斑，戴胜鸟的外形极其独特，头顶羽冠长而阔，呈扇形，嘴巴细长而尖，非常漂亮。

戴胜鸟，栖息于山地、平原、森林、林缘、路边、河谷、农田、草地、村屯和果园等开阔地方，尤其以林缘耕地生境较为常见。戴胜鸟，以虫类为食，在树上的洞内做窝。戴胜鸟是国家二级保护动物，是国家保护的有益的或者有重要经济、科学研究价值的陆生野生动物之一，这种鸟虽遍布全国各地，但由于自身繁殖能力较弱，现在已比较罕见了。

民警自然资源和规划局的工作人员完成了交接，使受伤的“戴胜”得到了进一步妥善救治。

2021 年 4 月的一次救助，刘局长印象也很深。救助地点在柳园镇的一个村子，当地村民在午睡后，发现一只鸟飞进了自己屋子，这只鸟有点像鸽子，脖子的位置有一圈像项链一样的斑点。该村民认为这只鸟是从窗子的一个破洞飞进来的，但飞进来后就找不到出去的路了，在屋子里飞来飞去、撞来撞去，就跌落在地上。等发现的时候发现它的时候已经无法飞行了，村民就将之捉住，然后报了警。临漳自然资源和规划局接到报警后，立即安排相关人员前往现场察看。工作人员现场对这只形似鸽子的鸟进行了检查，发现其并无明显的伤痕，可能是在屋子里飞行碰撞过程中造成了不适故而一时无法飞行。后来经过仔细辨认，判断该鸟是珠颈斑鸠，为国家“三有动物”。随后，工作人员在确认珠颈斑鸠各方面体征正常后，将其进行了放生处置。

日复一日，临漳自然资源与规划局的野生鸟类的救助工作在马不停蹄地进行着。

去年初冬，临漳自然资源和规划局接到信息，得知杜村集派出所接收了一只村民送来的大鸟，该局工作人员第一时间赶赴到该派出所，经鉴定确认大鸟为国家三有动物苍鹭；就在同一天的下午，程海阳接到齐楼村村民的一个电话，说发现了一只疑似受伤的山鸡，他和同事赶到村民家中后鉴定其为环颈雉。

环颈雉是雉科、雉属的一种走禽，共有30个亚种。体重880—1650克，体长590—868毫米。体形较家鸡略小，但尾巴却长得多。雄鸟和雌鸟羽色不同，雄鸟羽色华丽，多具金属反光，头顶两侧各具有一束能耸立起而羽端呈方形的耳羽簇，下背和腰的羽毛边缘披散如发状；翅稍短圆；尾羽18枚，尾长而逐渐变尖，中央尾羽比外侧尾羽长得多，雄鸟尾羽羽缘分离如发状；雄鸟跗跖上有短而锐利的距，为格斗攻击的武器，近年来还发现距的长度与其所拥有的配偶数量明显相关，是雌鸟选择配偶的一个重要标准。

环颈雉分布在中国东部的几个亚种，颈部都有白色颈圈，与金属绿色的颈部，形成显著的对比；尾羽长而有横斑。雌鸟的羽色暗淡，大都为褐和棕黄色，而杂以黑斑；尾羽也较短。 它们栖息于低山丘陵、农田、地边、沼泽草地，以及林缘灌丛和公路两边的灌丛与草地中，在其自然范围内，该物种以水果、种子、叶子、芽等植物物质和少量动物物质（例如昆虫）为食。在它的引入地，它是一种机会主义的杂食动物，以多种食物为食，更喜欢大型、能量丰富的食物，如栽培谷物、桅杆和水果。

工作人员分别对苍鹭和环颈雉的健康状况进行了仔细查看，苍鹭没有发现受伤，而环颈雉的翅膀有轻微擦伤。在对派出所民警和村民表示感谢后，自然资源和规划局工作人员将苍鹭和环颈雉带回，对环颈雉的擦伤进行了处理，观察一天后将两只动物都放飞了。

刘华说到最后，似乎有些动情，他说：“我们对救助、爱护野生动物的行为表示感谢，呼吁大家都能爱护、保护野生动物。”

采访到这里，我真真切切感受到了临漳自然资源和规划局对野生动物的保护工作做得有多认真、细致、负责、全面。饭后休息时，我搜索到了一篇关于临漳野生动物保护工作的报道《河北临漳:“三到位”做好野生动物保护工作》长城网讯(记者张谢雅、通讯员申志好、刘冬冬):

2021 年以来,邯郸市临漳县自然资源和规划局以保护野生动物、改善生态环境为重点,积极开展野生动物救助活动,努力提高广大群众保护野生动物意识,切实做好野生动物保护工作,为促进生态文明建设、构建和谐生态家园提供坚实保障。

组织保障到位。成立局主要负责人为组长,主管局长为副组长,相关科(股)室人员为成员工作领导小组,同时,加强与各乡镇林业负责人以及公安系统的联系,做到多渠道、全范围地开展野生动物保护工作,确保组织保障工作落实到位。

宣传引导到位。利用“创建国家森林城市”“爱鸟周”“野生动物宣传日”等活动,组织工作人员到全县公园、广场、社区等场所进行宣传。2021 年以来,开展野生动物保护宣传活动 8 次,悬挂宣传条幅 40 余条,发放宣传单 6000 余份,宣传手提袋 2000 余只。

开展救助到位。广泛开展野生动物救护活动,搭建野生动物临时救助点,与志愿者一起及时高效解救受伤野生动物,同时组建信息平台,让救助情况公开透明,大大激发了救助者的保护野生动物的热情,为野生动物保护工作起到了积极作用。2021 年以来,共救助各种鸟类 20 余只,其中国家一级保护动物 1 只、国家二级保护动物 3 只,原地放飞 16 只,移送邯郸市野生动物保护中心 4 只。

这篇报道是 2021 年的,距今已有三年半时间,报道附有临漳县自然资源和规划局工作人员夜间救助野生保护动物和在“七子湖”公园悬挂的宣传条幅照片。通过报道可以看出,仅 2021 年 1 月至 9 月,临漳自然资源和规划局就救助鸟类 20 余只。可想而知这么多年来,他们一共救助了多少野生动物。

十、政府和人民都在行动

下午,我们回到了临漳自然资源和规划局,刘华给了我一些资料,说是或许可以帮助我们完成采访,他告诉我他的办公室就在旁边,有问题可以随时找他。我静下来,慢慢翻看这些工作记录、工作总结,一篇邯郸日报的报道映入我的眼帘——河北邯郸陆生野生动物有 300 多种,2020 年 12 月 29 日,市政府新闻办就陆生野生动物保护工作召开新闻发布会。记者从发布会上获悉,目前邯郸陆生野生动物主要物种涉及 4 个动物纲、27 个动物目、78 个动物科、300 余种。其中,国家一级保护动物有:白鹳、大鸨、金雕等；国家二级保护动物有：大天鹅、小天鹅、猫头鹰、游隼、猎隼、红隼、燕隼、鸳鸯等；省级保护动物有：果子狸、啄木鸟、白鹭、獾等；“三有动物”大多为：野猪、野兔、麻雀、灰喜鹊、普通翠鸟等。候鸟迁飞时间为每年的2月至5月和9月至11月。陆生野生动物主要分布在邯郸16处自然保护地中。

由于环境恶化，人类乱捕滥猎，各种野生动物的生存正面临着各种各样的威胁。近100年来，物种灭绝的速度已超过了以往自然灭绝速度的100倍，现在每天都有100多种生物从地球上消失。我国也已经有10多种哺乳类动物灭绝，还有20多种珍稀动物面临灭绝。为保护各类陆生野生动物，邯郸专门印发了《关于划定陆生野生动物禁猎区和规定禁猎期的通知》，规定全年为禁猎期，全市全区域为禁猎区，严厉打击非法捕猎行为。同时，邯郸集中开展打击整治破坏鸟类等野生动物资源违法犯罪“金网2020”专项行动，市林业局主要领导带队，出动执法人员实地排查陆生野生动物乱捕滥猎情况；排查野生动物繁育场所138处，现场巡查40余处，禁止对外扩散和转运贩卖；联合公安、市场监管等部门，检查走访各类农（集）贸市场，均未发现贩售、运输、交易陆生野生动物行为。此外，市林业局还高度重视疫源疫病监测防控工作。

市林业局提醒广大市民如果发现野生动物异常情况，如受伤、病弱、饥饿、受困等，或需要救助的野生动物时，应及时向林业主管部门报告，由专业人员进行科学救助或处理。同时呼吁市民提高保护陆生野生动物意识，自觉抵制食用野生动物。

邯郸市重视野生动物保护工作，临漳作为其下辖县，自然也是同样重视并积极开展相关工作。

有新闻报道称，2023年12月，临漳县邺城镇联合辖区派出所开展野生动物保护专项检查行动。

邺城镇重点对农贸市场、寄递物流、餐饮等场所进行检查，重点清查有无非法买卖珍贵、濒危野生动物及制品、非法食用野生动物等情况，严厉打击任何以食用、交易、收送野生动物为目的的违法犯罪行为，切实从源头上切断非法获得的野生动物及其制品进入市场渠道。

在检查过程中，工作人员向群众普及宣传保护野生动物相关法律法规知识，提高社会公众遵纪守法、保护野生动物的自觉性，要求商户在经营过程中诚信守法经营。

截至2023年12月13日，邺城镇派出检查人员110余人次，对辖区56家饭店、15个商超及18个物流网点进行了检查排查。通过悬挂条幅、发放宣传明白纸对野生动物保护进行了宣传，覆盖群众3万余人。

下一步，邺城镇将持续加强重点地区、重点部位排查整治，从严执法，严惩各类危害濒危野生动物犯罪活动，加强正面宣传教育，切实提高公众野生动物保护意识。

一次志愿者的“护飞行动”在这些资料中也吸引了我的注意。

2020年端午假期期间，河北省石家庄、邯郸、廊坊市的志愿者联动开展“护飞行动”，宣传野保法规、清理河道、保护鸟类栖息地、巡护勘察各有分工。6月26日、27日，河北省华北环境前线志愿者护飞队组织队员赶赴邯郸临漳县、成安县、石家庄平山县、井陉县等地，开展宣传野生动物保护法律法规活动。此次活动由志愿者对爱鸟护鸟文明村的村民代表进行培训，再由各村村民代表向村民宣传野生动物保护知识与野生动物保护相关法律法规。

6月26日，华北环境前线志愿者在平山县、井陉县开展野生动物保护宣传活动。根据乡村和社区具体情况，除发放宣传册外，同时针对个人或者小部分人群讲解野保法规。志愿者张贴防疫卫生普及知识、爱鸟护鸟宣传资料，开展形式多样的野保教育活动。当天，共发放各种野生动物保护宣传资料600余份，发展志愿者10余名。

6月27日，华北环境前线志愿者赶赴邯郸，与邯郸分队志愿者一起开展回访爱鸟护鸟文明乡村工作，向当地村民普及野保知识、相关法律法规，并在现场发放宣传册与野保资料。

在邯郸市临漳县南徐村委会，邯郸志愿者分队队长任新江向大家普及了非法捕猎野生动物和非法贩卖野生动物需要承担的法律责任，同时还介绍了一些救助野生动物的基本举措。

说起野生动物保护的志愿者，我想起在华北，有这样一支团队——华北野保守望者团队，他们在河北省各地均发展有地级市小分队，小分队在一线巡护，每月志愿者们在各地市的河流和湿地巡护，拆网护飞，保护野生鸟类，配合执法部门打击非法捕猎、贩卖野生动物。截至2023年8月，全省共有1400余名志愿者，11支地级市小分队。

华北野保守望者团队成立以来，救助国家一级、二级、三有保护动物5000余只。救护站站长高琼表示：每救助一只野生动物都非常开心，当这些野生鸟类康复回归自然，就像是把自己的心放到了大自然中。为了研究这些珍贵的野生鸟类，在保护它们安全的前提下，给一些重点保护动物安装了全球卫星定位跟踪器。

据不完全统计，2023年1月至6月华北野保守望者团队的工作总结如下：

救助野生动物：897只；

无害化处理动物死体：152只；

开展线上线下护鸟宣传活动：11次；

开展鸟类调研活动：2次；

详细数据：

救助国家一级保护动物2只：白冠长尾雉1只、黄胸鹀1只

救助国家二级保护动物452只：

红隼14只、画眉178只、蒙古百灵95只、歌百灵3只、云雀97只、毛脚鵟2只、雀鹰1只、雕鸮1只、灰鹤1只、红喉歌鸲22只、蓝喉歌鸲12只、红胁绣眼鸟7只、鹩哥2只、领角鸮1只、夜鹭1只、游隼3只、红嘴相思鸟1只、凤头蜂鹰2只、红脚隼1只、鸳鸯1只等；

救助国家三有保护动物427只：戴胜3只、苍鹭1只、小䴙䴘1只、黄喉鹀13只、普通朱雀38只、黑尾蜡嘴雀93只、环颈雉7只、喜鹊2只、黑天鹅1只、短趾百灵27只、麻雀31只、豆雁1只、黄雀28只、柳莺5只、凤头百灵18只、凤头䴙䴘1只、八哥11只、大山雀7只、煤山雀4只、山噪鹛2只、北红尾鸲7只、棕头鸦雀9只、树鹨2只、斑鸠1只、喜鹊1只、沼泽山雀4只、黄腹山雀7只、灰头鹀2只、暗绿绣眼鸟16只、黄腰柳莺2只、灰背鸫2只、三道眉草鹀1只、大杜鹃2只、红尾水鸲2只、虎斑地鸫1只、黑喉噪鹛1只、金丝雀3只、黑翅长腿鹬1只、金翅雀1只、伯劳4只、黑头蜡嘴雀1只、乌鸫7只、白眉柳莺1只等；

救助其他野生动物4只：白狐1只、黄鼬1只、中华花龟1只、猕猴1只（国家二级保护动物）

救助人工养殖动物10只：牡丹费氏鹦鹉4只、小太阳鹦鹉5只、黄桃鹦鹉1只。

从以上留存资料以及华北野保守望者团队开展的工作情况我们完全可以看出，河北省政府出台的规定、各部门的联合行动以及群众为保护野生动物所做的努力，都在很大程度上为野生动物的生存提供更好的保障，让它们有更好的生存条件及环境。

十一、救助其他野生动物

翻看着资料，回想着刘华和张杰给我讲述的救助野生动物事例，我突然想起一个问题，于是到隔壁办公室敲门："刘副局长，我有个问题想问您。"

"来来来，坐！什么问题你请讲。"刘华从桌子上的一份文件上抬起头来。

"咱们讲了很多救助野生动物的案例，基本都是各种鸟类，咱们没有救助其他动物的案例吗？"

"哈哈哈，确实讲的都是鸟。"刘局长爽朗地笑了。

"之所以讲的都是鸟呢，第一是因为临漳的鸟类资源非常丰富，种类多，数量多。第二，鸟类相比其他野生动物，受伤的情况更多，跟人类接触的距离也更短。但我们偶尔也救助鸟类以外的动物，这种情况确实比较少。"说完，刘局长开始给我讲述他们救助一只狗獾的事例。

几年前，柳园镇派出所接到一村

民报警，称在他家果园里发现了一只不认识的动物，好像受伤了。派出所民警联系了临漳自然资源和规划局，请局里派工作人员一起去查看情况。

“我记得当时是程海阳去的。”刘华回忆说。

“程海阳赶到现场后，发现那只动物是一只国家二级保护动物狗獾，经过仔细检查，发现那只狗獾没有明显外伤，但像是刚刚产完幼崽，比较虚弱。之后，程海阳与佛山动物园的专家取得联系并且沟通后，根据专家建议，对那只狗獾给予喂食、喂水，等它恢复体力后就原地放生了，它得去找它的幼崽。”

“狗獾长啥样儿啊？”我问刘局长的同时拿起手机准备搜索图片。

“狗獾在我国属于国家二级保护动物。它体型较大，颈部粗短，四肢短健，性情凶猛，栖息环境比较广泛，已列入《世界自然保护联盟》（IUCN）2008 年濒危物种红色名录。”刘局长在我搜索图片的同时就给我科普了一番。

“咱们省（河北）独特的地理环境孕育了丰富的动植物资源，有鸟类 400 余种，约占全国鸟类种数的 1/3，兽类 90 余种，其中国家和省重点保护的动物有 137 种。一级保护动物有 17 种，有金钱豹、白鹳、黑鹳、中华秋沙鸭、金雕、白肩雕、虎头海雕、白尾海雕、玉带海雕、胡兀鹫、细嘴松鸡、褐马鸡、白头鹤、丹顶鹤、白鹤、大鸨、波斑鸨。”刘局长说起这些动物种类，掰着手指头的样子认真又莫名有些可爱。

这时，张杰从门外路过，刘华叫他：“张杰，来，进来。”

张杰进来，对我点头打招呼。“刘局长，什么事儿？”

“没什么事儿，想着你记忆力好，你跟咱们这位作家说说咱们河北省的二级保护动物都有哪些。”

张杰扑哧一声笑了，他说：“刘局长您这是要考我啊！这您可难不倒我，我早就背得滚瓜乱熟了！”说完他就扭头对着我跟机关枪扫射似的啪啪啪说起来：“河北的国家二级保护动物有猕猴、豺、黑熊、石貂、水獭、猞猁、兔狲、原麝、马鹿、黄羊、斑羚、角䴙䴘、赤颈䴙䴘、斑嘴鹈鹕、海鸬鹚、黄嘴白鹭、彩鹳、白鹮、白琵鹭、黑脸琵鹭、白额雁、大天鹅、小天鹅、疣鼻天鹅、鸳鸯、鸢、黑翅鸢、蜂鹰、雀鹰、松雀鹰、赤腹鹰、苍鹰、白头鹞、草原鹞、白尾鹞、鹊鹞、白腹鹞。”

“怎么样，刘局长，我没有记错的吧？没有丢落的吧？”张杰故意摆出一副得意傲娇的样子。

“哈哈哈，没错，没错！”刘局长也高兴地笑起来，他对着我说：“看我们的工作人员对待野生动物保护工作方方面面都是到位的吧？”

“嗯，确实。咱们临漳自然资源和规划局，无论是您，还是相关的工作人员，在野生动物保护方面，做得都相当到位！”我真诚地伸出大拇指赞叹。

“张杰，你去年是不是和海阳一起去救助过一只水獭？”

“嗯，是！”张杰回答。

“给大家讲讲救助过程吧！”刘华看着张杰说。

“去年夏天的时候，有一天早上我们刚上班，就接到了派出所的电话，说群众报警称在漳河边发现了一只受伤的动物，像是黄鼠狼，让我们过去看一下。我们赶过去后初步判断那是一只水獭，是国家二级保护动物。经过观察发现那只水獭右前腿有伤口，我们猜测是它夜间出来觅食的时候被什么东西割伤了，由于水獭的伤势影响它的活动，所以不能将它直接放归自然。后来我们联系了佛山野生动物园，将那只水獭送去治疗了。”张杰回忆着去年夏天的事情。

“后来放归自然了吗？”我问。

“那是肯定的！后来我们得到消息，救助两周后就把它放归自然了。”

“水獭长啥样？像黄鼠狼？”我追问。

张杰打开手机，搜索了水獭的词条给我看水獭的图片，我看着它们体形细长，四肢短而圆，头部扁而略宽，全身毛短而密，具丝绢光泽，体背和尾部棕黑或咖啡色，腹面毛长，呈浅棕色，又像黄鼠狼又像大号的老鼠。

据了解，水獭分布于中国各地，在欧洲、亚洲和非洲北部等地区均有分布。它们为半水栖兽类，经常活动于河流，湖泊或溪水中及岸边，甚至稻田内亦可见，在湖岸、水流平缓的地方较多。水獭常在靠水边堤坡、灌丛、树根下、石隙内或杂草中筑洞，昼伏夜出，嗅觉发达，擅长游泳或潜水，在水中鼻孔和耳均可关闭。水獭食物以鱼类为主，亦吃青蛙、螃蟹、水鸟或鼠类。水獭通常在春、夏季繁殖产仔，怀孕期约 2 个月，每胎产 1—5 仔，寿命约 6 年。

刘华说：“近年来随着城市生态环境越来越好，一些野生动物也会不时‘进城’转转。”

2021 年，在临漳县临漳镇，一只“捣蛋鬼”愁坏了村民。捣蛋鬼是啥呢？是一只猴子。它经常溜进村民家中偷吃的，有时还会打破厨房玻璃，入室偷食。

临漳县自然资源和规划局的工作人员接到群众的“投诉”后，迅速抵达现场，开始布置诱捕笼，笼子内外都放了水果。然而，这只捣蛋鬼太聪明了，把陷阱周边的水果全部吃掉后，它坐在笼子上，就是不钻进去。

后来猴子发现了工作人员，便在房顶上、树上来回游走，还对工作人员进行挑衅，发出恐吓声。工作人员只好又设置平网式诱捕笼陷阱，放入水果。随后，猴子入内拿香蕉时，触碰到了机关。历时 3 个多小时，工作人员终于将这只调皮的猴子抓获。经鉴定，这只“捣蛋鬼”是一只太行猕猴。

“太行猕猴，是从附近的太行山下来的？”我真的很好奇。

“应该是的。咱们临漳位于太行山东麓，是河南河北交界，南边就是河南太行山猕猴国家级自然保护区，那边猕猴数量多，我们抓获的那只猕猴多半是从那来的。”

“最后那只猕猴是怎么处理的？”

“我们把它放归到有野生猕猴群生活的山区了。”

太行猕猴是一种很有意思的动物。它们食性很杂，主吃林间的瓜果蔬菜，比如树叶、嫩芽、野果、野菜，而且一般只挑成熟、鲜嫩、香甜的吃，边采边丢，故猴群过处往往遍地断枝弃果。同时，它们也沾蚯蚓、小型鸟类或鸟蛋、各种昆虫等荤腥。

太行猕猴终年栖息于针阔叶混交林、灌木林及悬崖峭壁之间，那些岩石嶙峋、悬崖峭壁又夹杂着溪河沟谷、攀藤绿树的地貌，是它们最理想的生活场所。猕猴群居生活，少则十几只，多则几十只至上百只，并具有社会性，等级制度分明。由一只雄猴担任猴王率领猴群，还有护卫猴、哨猴等分工，若发现天敌靠近等异常情况，哨猴就会发出信号召唤猴群，靠着熟练的攀崖越险本领迅速转移。联络时，猴群成员会用声音、手势以及表情来表达多样的信息，互相梳毛也是一项重要的社交活动。

由于太行山地区气候较冷，猕猴生活的山峰陡峭，因此太行猕猴群体更大、体更壮、毛长尾短、更善于攀缘，行动更敏捷，为猕猴中进化度最高的一种。作为中国少有的北方猕猴群落，太行猕猴与猕猴的其他亚种有许多显著的差异。它们还有个特性：爱捣蛋！

前些年，人类旅游干扰对太行山猕猴产生了诸多影响，除了滥捕滥杀外，更重要的原因在于人类与它们的互相干扰。

一方面，人类对自然资源的开发剥夺了猕猴不少栖息地，把很多完整的分布区割裂成几个小碎块。在有猕猴分布的景区内，游客人数常与猕猴伤残个体数存在正相关性。此外，农户上山活动也会影响猴群作息、与猴群竞争资源等。

另一方面，有些猕猴种群会时不时到人类生活区惹麻烦，引起部分居民的仇视和报复。一些猕猴保护力度好或是本身猕猴种群集中的地区，就有猕猴进入山间的村子，揭瓦片、偷食物、砸瓷器、摔家电，专做打砸抢的“捣蛋鬼”，而它们敏捷的身手也使一般的驱赶方式无济于事，这就有可能招来农户的防御性或报复性猎杀。

我国本是猕猴“富产”国，但猕猴如今却成了国家二级保护动物，并被世界自然保护联盟列为“近危”物种。太行山猕猴身为普通猕猴的华北亚种，遗传多样性一旦丢失，再也不能从其他亚种那里得到弥补，所以弥足珍贵，具有重要的科研价值和保护价值。

临漳县几次对于非鸟类动物的救助，说明了临漳县动物物种的多样化以及自然环境的多样化、健康化。据临漳县自然资源和规划局的工作人员介绍，在临漳北郊生态屏障区，春季百花齐放，夏季绿树成荫，秋季硕果累累，直至隆冬经久不落；树木花草错落有致，多彩颜色交相辉映，晴时俏丽活泼，雨时含情脉脉，吸引着人们三三两两结伴而行，在这一方如画美景中享受怡然自得的乐趣。

近几年，临漳县大力推进“创建国家森林城市”攻坚行动，工作中，领导重视，资金保障投入大，部门协作合力大，舆论宣传声势大，工程推进力度大，全面“创森”力量大。几年间，一股“绿色之风”吹遍临漳大地的每个角落，全县绿化总量不断增加，绿化体系日趋完善，绿化档次不断提高，绿化特色逐步显现。

尤其是每年入冬，临漳县紧抓冬季植树造林的黄金时机，通过实施城区绿化、乡村绿化、路网绿化、机关绿化、经济林基地、生态休闲场所改造、水系绿化 7 大造林绿化工程，城区绿化新增造林 1330 亩；乡村绿化新增造林 7447 亩；全县乡间路、村间路、田间路完成绿化 650 公里，新增造林面积 7250 亩；县城内所有机关、企业、学校、住宅小区的院内和院外共完成植树 6000 棵、新增造林 100 亩；发展特色经济林 7000 亩；以砖寨营乡绿化苗圃基地为依托，打造服务半径辐射 10 公里的生态休闲场所，在临邺大道建设骑行道 33 公里，对漳河沿岸多节点打造生态游园长廊；水岸新增造林 2600 亩。

如今，临漳县实现城在林中、道在绿中、人在景中，中心城区成了“生态氧吧”，乡村地绿天蓝，生态环境向好，民生福祉达到新水平。这些为野生动物的栖息生存提供了充足的资源支撑。

十二、回程所思

回程的高铁上，我一直望着窗外的天空、大地，想象着这里的鸟儿在天空翱翔，在水边嬉戏觅食，在林间筑巢栖息，想象着这里的陆生动物在旷野奔跑，在洞里筑穴，在树林里寻找食物。想象着，想象着，我忆起童年——

麦黄时节，布谷鸟整日“布谷、布谷”地叫着，声音悠扬，极富韵律。喜鹊叽叽喳喳地飞来飞去，长长的尾巴甚是好看。

初秋，正是收玉米的季节。有力气的男人们挥着镐头把玉米一棵棵砍下来，根挨根，尖挨尖地摆好，妇女和孩子就负责把玉米秆上的玉米一颗颗掰下来，扔到一堆最后集中拉回家。这个过程大人是非常累的，小孩子嘛，大多都是边玩儿边干，他们的快乐来自给玉米须须编小辫儿啦，用玉米秆子搭个窝棚啦。当然，还有一件孩子们特别期待的快乐，就是突然发现的野鸡、野兔、刺猬等各种小动物们。

野鸡和野兔的行动都特别快，等发现它们的时候它们基本就迅速飞走、窜走了。刺猬就不一样了，它们爬得慢，被发现后往往就会被围观，幸运的话还能遇到一只刺猬妈妈和一窝刺猬宝宝。小孩子也并不会伤害它们，只是觉得新鲜有趣，看够了也就任它们去哪儿了……

回北京了。我开始动手整理采访资料，写下此次采访的所闻所见。我知道，临漳这片大地的人们为保护野生动物在努力，在付出；我也知道，临漳的野生动物生存环境必定会越来越好，动物与人类的相处也必定会越来越和谐。

李伟亮，中国诗歌网诗词编辑。曾获《诗刊》2016年度陈子昂青年诗词奖，《中华诗词》第二届刘征青年诗人奖。作品发表于《诗刊》《诗潮》《中华诗词》《当代诗词》《心潮诗词》等。现为保定市作协诗词艺委会副主任，河北省楹联学会学术委员会副主任。

临漳：古树长青，延续古都记忆

小　凡

一、古树见证历史

在我的家乡内蒙古包头，有一段保留较好的赵长城。赵长城，为赵武灵王时所筑，故也称赵武灵王长城是中国现存最古老的长城，已有2000多年的历史。所筑修建的长城，分为南北二段。

赵国南长城修建早于北长城。为赵肃侯所建。该长城由漳水、滏水的堤防连接而成，大体从今武安西南起，向东南延伸磁县西南，折而东北行，沿漳水到今肥乡西南。

赵国北长城修建晚于南长城。约在赵武灵王20—26年修筑。站在土筑长城之上眺望，隐隐约约可以看到这段从大庙起，东向边墙壕村，西向昆都仑区的古迹。保留比较好的一段在包头至石拐公路10公里处。

我一直想去赵国首都邯郸寻访一下历史的痕迹。借着此次采访野生动物保护和林业工作的机会，从北京出发，不到2个小时，就来到了邯郸市临漳县。

临漳县，西望太行山，东眺齐鲁地，位居中原腹部，扼守燕赵南门，地处晋冀鲁豫四省交界，是邯郸市下辖县，位于河北省邯郸市东南部，素有“天下之腰脊、中原之噤喉”之称誉。

临漳历史悠久，文化底蕴深厚。古时称“邺”，享有“三国故地、六朝古都”美誉，曾作为曹魏、后赵、冉魏、前燕、东魏、北齐六朝都城，享有“三国故地、六朝古都”的美誉。临漳文化底蕴深厚，是都城规划肇始地、建安文学发祥地、佛学弘传中兴地、多元文化碰撞地，在我国政治、经济和文化发展史上占有重要的地位。

临漳县作为都城建设肇始地、建安文学发祥地、佛教文化繁荣地、西门豹投巫治水发生地，临漳孕育了建安文化、都城建设文化、成语典故文化、鬼谷文化等文化脉系。

通过考古发掘，邺城遗址现多分布于临漳县习文镇、邺城镇境内，于1988年被评为全国重点文物保护单位，2005年被列为全国36处大遗址之一。

邯郸是“中国成语典故之都”，其中有400多条成语典故都出自邺城。如西门豹治邺、鬼谷子授徒、曹孟德纳贤、曹冲称象、巧夺天工、破釜沉舟、快刀斩乱麻等，彰显了邺城文化以及邯郸文化脉系的博大精深。

临漳，这座历史悠久的古老城池，不仅文化底蕴深厚，还蕴藏着大自然界的瑰宝——古树。在这片历史悠久的土地上，几株历经沧桑、见证岁月更迭的古树傲然挺立，它们如同沉默的守护者，静静地诉说着过往的故事。

接待我们的是临漳县自然资源和规划局的刘华副局长，他分管林业资源与林业产业方面工作。他对临漳的古树如数家珍。

古树是指树龄在100年以上的树木。名木是指具有重要历史、文化、科学、景观价值和重要纪念意义的树木。为精准测算古树的树龄，专家一般会从历史记录中确定树木年龄，或者通过一些科技手段，比对类似气候、土壤条件下同一树种的树干直径和树龄之间的关系，从而推测古树的树龄。此外，还可以采用针测仪、生长锥、CT扫描等方式测量。

据了解，临漳县共有古树45棵，其中包括一级古树（名木）1株，二级古树6株，三级古树38株。这些古树的树种主要有槐树、刺槐、皂荚、杜梨、柘、柿、侧柏、圆柏、枣、毛白杨等。

槐树，豆科槐属的落叶乔木。树皮暗灰色，树冠球形，老时则呈扁球形或倒卵形。枝叶密生，羽状复叶。圆锥花序顶生，花蝶形，夏季开黄白色花，略具芳香。荚果肉质，念珠状不开裂，黄绿色，常悬垂树梢，经冬不落，内含种子。种子肾形，棕黑色。

槐原产中国北部，生长于高温高湿的华南、西南地区，以黄河流域华北平原及江淮地区最为习见，越南、日本、朝鲜和欧美国家亦有栽培。喜光而稍耐阴，能适应较冷气候，根深而发达；对土壤要求不严，在酸性至石灰性及轻度盐碱土条件下都能正常生长；抗风，也耐干旱、瘠薄，能适应城市土壤板结等不良环境条件。

远在秦汉时期自长安至诸州的通道已有夹路植槐的记述，是中国特产树种之一。槐，树冠优美，花芳香，是行道树和优良的蜜源植物；因其耐烟毒能力强，也是厂矿区良好的绿化树种。花和荚果入药，有清凉收敛、止血降压作用。叶和根皮有清热解毒作用，可治疗疮毒。木材坚韧、耐水湿、富弹性，可供建筑、家具、农具用。

皂荚是豆科皂荚属落叶乔木，枝为刺圆柱形，小叶卵状披针形或长圆形；花杂性，为黄白色；荚果带状，厚且直，两面膨起；果瓣革质，褐棕或红褐色，常被白色粉霜，有多数种子；荚果短小，稍弯呈新月形，内无种子；花期3到5月，果期5到12月。皂荚之名最早记载于《神农本草经》中，李时珍云：“荚之树皂，故名。”

皂荚产于中国东北、华东、中南等地，多生长于山坡林中或谷地、路旁，常栽培于庭院或宅旁；皂荚属阳性树种，在阳光条件充足、土壤肥沃的地方生长良好；喜温暖向阳地区，喜光不耐庇荫。皂荚适生于无霜期不少于180天光照不少于2400小时的区域。主要的繁殖方式为播种繁殖，也可扦插繁殖，但成活率不高。

皂荚所含的皂荚苷有毒，对胃黏膜有强烈的刺激作用，误食种子或豆荚，均可出现致毒性反应。此外，皂荚还有很高的经济价值，是退耕还林的首选生态、经济树种。在鲁迅的著作《从百草园到三味书屋》中，所描绘的百草园里的自然景物里也有皂荚树的身影。

杜梨是蔷薇科梨属落叶乔木，枝常有刺。株高10米，枝具刺，二年生枝条紫褐色。叶片菱状卵形至长圆卵形，幼叶上下两面均密被灰白色绒毛；叶柄被灰白色绒毛；托叶早落。伞形总状花序，有花10—15朵，花梗被灰白色绒毛，苞片膜质，线形，花瓣白色，雄蕊花药紫色，花柱具毛。果实近球形，褐色，有淡色斑点，花期4月，果期8—9月。

产中国辽宁、河北、河南、山东、山西、陕西、甘肃、湖北、江苏、安徽、江西。生平原或山坡阳处，海拔50—1800米。杜梨抗干旱，耐寒凉，通常做成各种栽培梨的砧木，结果期早，寿命很长。木材致密可做成各种器物。树皮含鞣质，可提制栲胶并入药。

柘是桑科、橙桑属植物。落叶灌木或小乔木，高可达7米；树皮灰褐色，小枝无毛，略具棱，有棘刺，冬芽赤褐色。叶片卵形或菱状卵形，偶为三裂，先端渐尖，基部楔形至圆形，表面深绿色，背面绿白色，无毛或被柔毛，叶柄被微柔毛。雌雄异株，雌雄花序均为球形头状花序，单生或成对腋生，具短总花梗；雄花有苞片，附着于花被片上，花被片肉质，先端肥厚，内卷，雄蕊与花被片对生，花丝在花芽时直立，聚花果近球形，肉质，成熟时橘红色。5—6月开花，6—7月结果。

分布于中国、朝鲜；在中国分布于华北、华东、中南、西南各省区（北达陕西、河北）。日本有栽培。生于海拔500—2200米，阳光充足的山地或林缘。

柘的茎皮纤维可以造纸；根皮药用；嫩叶可以养幼蚕；果可生食或酿酒；木材心部黄色，质坚硬细致，可以作家具用或作黄色染料；也为良好的绿篱树种。柘适应性强，再生能力强，根系发达，是治理石漠化、荒漠化恶劣土地条件，防止水土流失，保护生态环境方面的先锋树种。

柿是柿科柿属乔木植物。其叶呈椭圆形或近圆形，新叶稀疏且有柔毛，老叶上面是深绿色，有光泽，下面绿色，有柔毛或无毛；花雌雄蕊异株，稀雄株有少数雌花，雌株有少数雄花；果形多种，有球形，扁球形；果肉较脆硬，老熟时果肉变成柔软多汁，呈橙红色或大红色等。柿花期5—6月，果 9—10 月。

柿子原产于中国长江流域，现在各省、区多有栽培，同时朝鲜、日本、法国、俄罗斯、美国等国均有栽培。柿子喜温暖气候，充足阳光和深厚、肥沃、湿润、排水良好的土壤，适中性土壤，较能耐寒，较能耐瘠薄，抗旱性强，但不耐盐碱土。柿树的繁殖主要用嫁接法；通常用栽培的柿子或野柿作砧木。

在绿化方面，柿树寿命长，可达 300 年以上，叶大荫浓，秋末冬初，霜叶染成红色，冬月，落叶后，柿实殷红不落，一树满挂累累红果，增添优美景色，是优良的风景树。果实常经脱涩后作水果，经过适当处理，可贮存数月，柿子亦可加工制成柿饼，将柿饼上的白霜扫下，可作为白糖的代用品。

侧柏是柏科侧柏属乔木。其鳞叶交互对生，排成一平面，小枝扁平；孢子叶球单性同株，球果当年成熟，开裂，种子无翅。因古人认为万木皆向阳而生，唯独柏树树枝向西，五行之中西方属金，其色为白，故名“柏”；又因柏树入药时，“取叶扁而侧生者”，故名“侧柏”。

侧柏分布广泛，栽培历史悠久。除青海、新疆外中国各地均有分布，黄河及淮河流域为集中分布地区，是中国重要的园林绿化及防护林树种。侧柏为喜光树种，主要分布在低山阳坡和半阳坡，抗风力弱，在迎风地生长不良，能耐干旱贫瘠的环境，可生长于一般树种难以生存的陡坡石缝中。

因其四季常青，树形美观，故有“百木之长”的美誉。侧柏树龄可长达数百年，因此也被看作是“吉祥树”。

圆柏是柏科刺柏属常绿乔木。圆柏茎树皮深灰色，纵裂，成条片开裂；幼树的枝条通常斜上伸展；小枝通常直或稍成弧状弯曲，生鳞叶的小枝近圆柱形或近四棱形；刺叶生于幼树之上，壮龄树兼有刺叶与鳞叶；花雌雄异株，稀同株，雄球花黄色，椭圆形；球果近圆球形；种子卵圆形，扁，顶端钝；子叶条形，先端锐尖；花期 4 月；果期翌年 11 月。

圆柏原产于中国，现分布中国各大山地，在朝鲜、日本、俄罗斯均有分布。圆柏是喜光树种，较耐阴，喜温凉、温暖气候；忌积水、耐寒、耐热，对土壤要求不严，能生长于酸性、中性及石灰质土壤上；圆柏的繁殖方式为播种、扦插、压条。

圆柏的树形枝干极为优雅，树冠呈圆锥形或广塔形，在中国历代各地均广泛作为庭院树栽植，具有不错的观赏价值。

枣别称枣子，大枣、刺枣，贯枣。鼠李科枣属植物，落叶小乔木，稀灌木，高达 10 余米，树皮褐色或灰褐色，叶柄长 1—6 毫米，或在长枝上的可达 1 厘米，无毛或有疏微毛，托叶刺纤细，后期常脱落。花黄绿色，两性，无毛，具短总花梗，单生或密集成腋生聚伞花序。核果矩圆形或是长卵圆形，长 2—3.5 厘米，直径 1.5—2 厘米，成熟后由红色变红紫色，中果皮肉质、厚、味甜。种子扁椭圆形，长约1厘米，宽 8 毫米。生长于海拔 1700 米以下的山区，丘陵或平原。广为栽培。本种原产中国，亚洲、欧洲和美洲常有栽培。

枣含有丰富的维生素 C、维生素 P，除供鲜食外，常可以制成蜜枣、红枣、熏枣、黑枣、酒枣、牙枣等蜜饯和果脯，还可以作枣泥、枣面、枣酒、枣醋等，为食品工业原料。

毛白杨是杨柳科杨属植物。乔木，高达 30 米。树皮幼时暗灰色。侧枝开展，雄株斜上，老树枝下垂；小枝（嫩枝）初被灰毡毛，后光滑。芽卵形，花芽卵圆形或近球形，微被毡毛。叶柄上部侧扁，长 3—7 厘米。雄花序长 10—20 厘米，雄花苞片约具 10 个尖头；雌花序长 4—7 厘米，苞片褐色。果序长达 14 厘米；蒴果圆锥形或长卵形，2 瓣裂。花期 3 月，果期 4 月（河南、陕西）—5 月（河北、山东）。

毛白杨分布广泛，在中国辽宁（南部）、河北、山东、山西、陕西、甘肃、河南、安徽、江苏、浙江等省均有分布，以黄河流域中、下游为中心分布区。喜生于海拔 1500 米以下的温和平原地区。

毛白杨是中国特有的白杨派乡土树种，具有树形挺拔美观、生长迅速、材质优良、适应性强等优点，一直是黄泛平原地区速生用材林、农田林网和城乡绿化建设的主栽树种之一。

古树的树皮斑驳，每一道裂痕都仿佛记录着一段过往的风雨与阳光。春日里，它抽出嫩绿的新芽，为古城增添一抹生机；夏日，浓密的树荫成为村民们避暑纳凉的好去处；秋风起时，金黄的落叶铺满小径，踏上去沙沙作响，别有一番风味；而到了冬日，它则以坚韧不拔的姿态，迎接每一场风雪，展现出生命的顽强与不屈。它见证了无数代人的成长与变迁，承载着厚重的历史记忆与文化情感。

其中，特别值得一提的是位于临漳县习文乡靳彭城村东的古汉柏（或称“曹操拴马桩”），这是一株具有极高历史和文化价值的古树。

临漳古柏在临漳县习文乡靳彭城村，距邺城三台遗址 7 公里，位于邺南城遗址的南城墙外。

古柏苍劲挺拔，虬枝如铁，浓郁葱茏，身形伟岸，饱经沧桑而未毁，久历岁月而不衰。古柏树高 26 米，树冠直径 78 米，树身粗 5.7 米。古柏根系发达，根系在地下延伸至树干 30 米以外，最长处延伸到 50 米，有效增强了树木抗击风袭的能力。树干挺拔，树冠苍劲，枝叶翠绿，树主干上生长着半球状的骨突，形状如紧握的拳头。当地人根据传说，为该树命名“曹操拴马桩”。

曹操，字孟德，是中国古代杰出的政治家、军事家、文学家、书法家，中国东汉末年的权臣，亦是曹魏政权的奠基者。

曹操少年间任侠放荡，到 20 岁时举孝廉为郎，授洛阳北部尉。后任骑都尉，参与镇压黄巾军，调济南相。董卓擅政时，散尽家财，起兵讨董卓。初平三年，据兖州，分化诱降黄巾军30余万，选取其中精锐组建青州军。建安元年（196年），迎汉献帝至许县，从此用献帝名义发号施令，总揽朝政。在此前后相继击败袁术、陶谦、吕布等势力。建安五年（200年），在官渡之战中大败割据河北的袁绍，随后削平袁尚、袁谭，北击乌桓，统一北方。建安十三年（208年）进位丞相。同年率军南征，收复荆州，但在赤壁之战中败于孙刘联军。建安二十年（215年），取汉中，次年（216年）自魏公晋爵魏王。建安二十五年（220年），曹操病死于洛阳，享年66岁。曹魏建立后，被追尊为太祖，谥号武皇帝，葬于高陵。

曹操用人唯才，抑制豪强，加强集权；在北方屯田，兴修水利。他的诸种举措使统治地区的社会经济得到一定的恢复和发展。对于曹操的功业及其为人，后世评论之多，分歧之大，可谓世所罕见。此外，他知兵法，工书法，擅诗歌。其诗多抒发政治抱负，反映汉末人民的苦难生活，气魄雄伟，慷慨悲凉，开建安文学之风。

据说，东汉末年，群雄纷争，邺城为军阀袁绍的驻地。赤壁之战后，曹操于建安九年（204年）攻克邺城，在此建都。修建了铜雀、金虎、冰井三台，还兴修了玄武池。曹操常在铜雀台上宴饮宾客，玄武池是用来每年春季举行籍田仪式（给耕牛披红挂绿，魏王亲自扶犁耕田，号召尚农）和阅兵仪式的场所。

据当地民众口口相传，此柏树可追溯到汉朝时期。公元2世纪时，地球开始进入一个小冰河期，气候趋向寒冷干燥，隐藏于草原的多种病毒，可能因此传入了游牧民族部落，并随着游牧民族的迁移、征战活动，再传播到了人口稠密的农业区。从起源地看，罗马瘟疫已确认来自东方的波斯地区（罗马征战帕提亚），东汉的瘟疫则可能来自于西方。于是这场横跨欧亚大陆的世纪大瘟疫，直接导致了欧亚大陆两大东西方强盛王朝东汉王朝与罗马帝国的陨落。据我国史书记载，东汉桓帝时大疫3次，灵帝时大疫5次，献帝建安年间疫病流行更甚，造成了十室九空。在这样的历史背景下，东汉王朝中央政权对地方的控制力被严重削弱，各豪强地主纷纷割据自立，攻伐混战，人民困苦不堪。

曹操趁势而起，挟天子以令诸侯，剑指北方袁绍军阀集团。建安五年（200年），曹操经官渡之战一役，以少胜多大败袁绍，袁绍军阀势力被严重削弱。建安九年（204年）二月，曹操借机攻破袁绍军阀集团的邺城，并从这一年起，直至建安二十五年（220年）正月曹操病逝的十六年时间里，其一直把邺城当作自己的王都，并苦心经营，政令军事皆从此出。

曹操占据中原后，为向南扩展自己的势力，在邺城铜雀台南八公里处挖掘了一个人工湖泊，引漳水以操练舟师，大练水兵，这个地方叫玄武池。可玄武池这里光秃秃的一片，曹操每次举行籍田、阅兵、训练水师仪式时，竟无拴马之处。次子曹植见状，特意从太行山移来一棵碗口粗细的柏树，栽在玄武池南。柏树汲取漳南大地的灵气，越发长得挺拔茂盛，曹操见状非常高兴，每当骑马到此，总把马拴在这棵树上，因此，这棵柏树也就有了“曹操拴马桩”的美称了。

公元280年，代曹自立司马家族中的司马炎终于灭掉了东吴，西晋虽然短暂统一，但之后又迎来了中国的大分裂时期。古柏树所在邺城前后被后赵、冉魏、前燕、前秦、北魏、东魏政权所统辖，到北齐时，曹魏古柏处建为彭城。彭城王居住此地，后渐渐发展成为当地的佛教圣地。

邺南城是北朝晚期的佛教中心，邺下大寺甚多，也有人说这是大寺庙内留下的古树。据林业专家鉴定，此树至少在千年以上，是华北平原上现存最大的柏树。

隋唐时期的国家重臣、史学家，创作了二十四史之一《北齐书》的李百药，就在其诗作《赋得魏都》中诗曰：“玄武疏遥磴，金凤上层台……南馆招奇士，西园引上才。”指的就是曹操在此地的作为。

经唐到宋，曹魏古柏处发展成为道、儒、佛教圣地，故又称为彭城三教堂大柏树。元明清三代，曹魏古柏依旧枝繁叶茂，苍翠挺拔，当地百姓以为古柏已经升仙有灵，遂供奉为柏仙。

当地村民说：“树根若被铲破，会泌出略带红色的液体。”村民谓之“血柏”。住在这里的曹姓乡民较多，此树成为他们的神树。每逢节日，当地百姓都要在树下烧香祈福。

三国归晋，沧桑巨变。彭城王居住此地，古柏院落为彭城佛教圣地。

古柏有许多神奇的形态令人想象，杨局长指着大树对我们说，这里有一首民谣很好地概括了古树的形态：“东有男女情悠悠，西有蜗牛树上走，南有喜鹊枝头笑，北有观音双合手，上有双龙绕树飞，下有凸拳暴如雷，曹操古邺南校场，玄武池畔拴马桩。”

相传清朝咸丰年间，一个贪官见这棵树长得粗壮，便想留给自己做棺木，就派十几个人带着大锯，强行前来锯树，可刚一插锯，褐红色的树液像血一样喷了锯树人满身，锯也被死死地卡住，怎么拉都拉不动，人人吓得魂飞魄散，扔下锯就跑。不久，锯树人得重病死了，方圆几村都知道是大柏树闹的，从此以后，再也没人敢打大柏树的坏主意了，人们把这棵树传为“血柏树”，至今树东侧还有当年的锯痕。

1993年3月18日，美籍华人许昌东先生来邯投资建厂，参观该树后连连赞道：“稀奇稀奇，太神了世界罕见。”随即慷慨解囊捐款，立碑曰：“天下第一柏。”“曹操拴马柏”的古柏，历经了1800多年雨雪风霜，至今仍根深叶茂，成为临漳县文物保护单位和旅游景点之一。

2018 年，全国绿化委员会办公室与中国林学会联合主办“中国最美古树”评选活动，全国共有 685 株奇贵古树参与申报，经园林专家鉴定后共有 85 株古树上榜，其中临漳县靳彭城村的“曹操拴马桩”被评为“中国最美圆柏”。园林鉴定专家称此树：木质细致，坚实，红褐色，芳香，耐腐，根、杆、枝均可入药，为该树科学命名为“汉桧柏”。

时至今日，每当游客走进院内，近看千年古柏，越发苍劲挺拔，浓郁葱茏，任凭风雨侵袭，巍然屹立，好似一位饱经沧桑的巨人，见证着历史的烟云和时代交替。柏树世代繁衍，枝叶已覆盖了院子近三分之一。每当游客在院中漫步，一股凉气袭来，柏香四溢，沁人心脾。

而古柏树能有今天的胜景，也离不开当地政府和部门对其的保护。为更好地保护历史遗迹“曹操拴马桩”，当地林业技术专家针对树木生长现状，从肥水管理、病虫害防治、树体支撑、地面铺装等方面提出指导性意见和建议，为延缓古树衰老，管理人员采用技术手段对古柏进行保护，并在古树周围开挖了数道扇形浅沟，施加有机肥养护古柏辐射的根系，进而使千年古柏的生态价值、科研价值、文化价值和景观价值得到了持续性的开发，构成了人与自然的浑然一体与和谐共生。

2021 年 7 月，临漳县人民政府关于印发《临漳县古树名木保护办法》的通知。内容如下：

临漳县古树名木保护办法

第一条 为加强对古树名木的保护，促进生态文明建设，根据《中华人民共和国森林法》《城市绿化条例》《河北省古树名木保护办法》和《河北省绿化条例》等法律、法规的规定，结合本县实际，制定本办法。

第二条 本办法适用于本县行政区域内古树名木的保护管理。

本办法所称古树，是指树龄 100 年以上的树木；名木，是指珍贵稀有或者具有重要历史、文化、科学研究价值和纪念意义的树木。

第三条 古树名木实行属地保护管理。保护古树名木坚持以政府保护为主，专业保护与社会公众保护、定期养护与日常养护相结合的原则。

第四条 县绿化委员会统一组织、协调本行政区域内古树名木的保护管理工作，其下设的绿化委员会办公室负责日常工作。

县住建局负责县城建成区和建制镇规划区内古树名木的保护管理工作，县林业局负责县城建成区和建制镇规划区外古树名木的保护管理工作。

县生态环境、交通运输、水利、文旅、资源规划等部门在各自职责范围内做好古树名木的保护管理工作。

第五条 县级人民政府应当将古树名木保护纳入城乡总体规划，并将古树名木保护所需经费列入本级财政预算。主要用于古树名木的资源普查、建档立牌、设置保护设施和保护标志、复壮、抢救、养护补助、人员培训、宣传表彰等。

第六条 县乡两级人民政府应当加强对古树名木保护的宣传教育，增强公众的保护意识。

第七条 县住建局、林业局（以下统称县古树名木主管部门）应当加强古树名木保护的科学研究，推广应用科学研究成果，提高保护和管理水平。

第八条 任何单位和个人都有保护古树名木的义务，有权举报损害古树名木生长的违法行为。

县古树名木主管部门应当建立举报制度。接到举报后，应当依法调查处理，并为举报人保密。

第九条 古树名木按照下列规定实行分级保护：

（一）名木和树龄500年以上的古树实行一级保护；

（二）树龄300年以上不满500年的古树实行二级保护；

（三）树龄100年以上不满300年的古树实行三级保护。

第十条 县古树名木主管部门负责组织本行政区域内古树名木的认定工作，并按照上级有关规定在古树名木或者古树名木群落周围划定保护范围，设置保护设施和保护标牌。

保护标牌式样按照省人民政府绿化委员会统一规定，应当标明古树名木的中文名称、学名、科属、树龄、保护级别、编号、养护责任单位或者个人（以下统称养护责任人）等内容。

任何单位和个人不得擅自移动、损坏保护设施和保护标牌。

第十一条 县绿化委员会应当组织县古树名木主管部门，每5年对本行政区域内的古树名木资源进行一次普查，对古树名木或者古树名木群落进行登记、编号、拍照、造册，建立古树名木资源档案。

县古树名木主管部门应当根据古树名木资源普查情况，确定一批树龄80年以上不满100年并且具有保护价值的树木作为古树后备资源，参照三级保护措施实行保护。

第十二条 鼓励单位和个人向县古树名木主管部门报告发现的古树名木资源。接到报告的古树名木主管部门应当及时进行调查，并根据调查结果，更新古树名木资源档案。

第十三条 县古树名木主管部门应当对古树名木资源进行动态监测管理，并根据树木生长、存活变化情况及时上报省古树名木图文数据库。

第十四条 古树名木实行养护责任制。养护责任人按照下列规定确定：

（一）国家机关、部队、社会团体、企业、事业单位用地范围内的古树名木，由所在单位负责养护；

（二）铁路、公路、河道、湖泊、水库用地范围内的古树名木，由铁路、公路和水利工程管理单位负责养护；

（三）城市道路、公园、广场、绿地、游园用地范围内的古树名木，由城管执法局负责养护；

（四）自然保护区、风景名胜区、森林公园、宗教活动场所、林场范围内的古树名木，由其管理单位负责养护；

（五）县城居住小区和居民庭院范围内的古树名木，除个人所有外，由业主委托的物业管理企业或者社区负责养护；

（六）村农民集体所有的古树名木，由村集体经济组织或者村民委员会负责养护；

（七）承包土地上的古树名木，由承包人负责养护；

（八）个人所有的古树名木，由个人负责养护。

养护责任人无法确定的，由县古树名木主管部门协调确定。

第十五条 县古树名木主管部门应当与养护责任人签订养护责任书，明确养护职责。古树名木养护责任人变更的，应当重新签订养护责任书。

第十六条 有关单位和个人对确定的养护责任有异议的，可以向县古树名木主管部门申请复核。古树名木主管部门应当自收到申请之日起 10 个工作日内做出决定。

第十七条 县古树名木主管部门应当定期组织专业技术人员对古树名木进行专业养护，发现古树名木有病虫害或者其他生长异常情况时，应当及时救治。

第十八条 县古树名木主管部门应当向养护责任人无偿提供必要的养护知识培训和养护技术指导。

养护责任人应当履行养护职责，按照有关规定和技术规范对古树名木进行养护，防范和制止损害古树名木的行为。

第十九条 古树名木遭受病虫害或者人为、自然损伤，出现明显生长异常的，养护责任人应当及时报告县古树名木主管部门。县古树名木主管部门应当自接到报告之日起 10 个工作日内组织专业技术人员进行现场调查，查明原因，采取救治和复壮措施。

第二十条 古树名木死亡的，养护责任人应当及时报告县古树名木主管部门。县古树名木主管部门应当及时进行调查、核实，查明原因，经确认死亡的，予以注销。

具有特殊历史、文化、科学研究价值和纪念意义的古树名木死亡的，县古树名木主管部门应当采取防腐措施，保留原貌，继续加以保护。

任何单位和个人不得擅自处理未经县古树名木主管部门确认死亡的古树名木。

第二十一条 新建、改建、扩建建设项目影响古树名木生长的，应当采取避让和保护措施。

第二十二条 因特殊需要采伐、移植古树名木的，应当按照《中华人民共和国森林法》和《城市绿化条例》的规定办理批准手续。

第二十三条 经批准移植的古树名木，应当由专业绿化作业单位实施移植。

移植古树名木的全部费用以及移

植后5年内的复壮、养护费用由申请移植单位或者个人承担。

移植古树名木的，移出地与移入地的人民政府古树名木主管部门应当办理移植登记，变更养护责任人。

第二十四条 鼓励单位、个人捐资保护古树名木和认养古树。认养古树的，可以在保护标牌中享有认养期间的署名权。

第二十五条 禁止下列损害古树名木的行为：

（一）擅自采伐、移植；

（二）剥皮、挖根、折枝；

（三）悬挂重物或者借用树干为支撑物；

（四）在古树名木保护范围内采石、挖沙、取土、铺设管线、堆放和倾倒有毒有害物体；

（五）其他损害古树名木的行为。

第二十六条 县古树名木主管部门及其工作人员违反本办法规定，有下列情形之一的，对直接负责的主管人员和其他直接责任人员依法给予处分；构成犯罪的，依法追究刑事责任：

（一）违反规定批准采伐、移植古树名木的；

（二）未依法履行保护和监督管理职责，造成古树名木死亡的；

（三）其他滥用职权、玩忽职守、徇私舞弊的行为。

第二十七条 违反本办法第十条第三款规定的，由县古树名木主管部门责令改正；造成损失的，依法承担赔偿责任。

第二十八条 违反本办法第二十五条规定，《中华人民共和国森林法》《城市绿化条例》和《河北省绿化条例》等法律、法规已经规定法律责任的，从其规定；未规定法律责任的，由县有处罚权的单位处二百元以上一千元以下罚款；造成损失的，依法承担赔偿责任；构成犯罪的，依法追究刑事责任。

第二十九条 本办法自2021年7月10日起施行。

2017年12月，邯郸邺城国家考古遗址公园被国家文物局列入第三批国家考古遗址公园立项名单。2021年10月，在“第三届中国考古学大会”上，邺城遗址成功入选中国“百年百大考古发现”名单。2021年12月，在河北省2021年考古年会上，经过综合评审和专家投票，邺城遗址被评为2021年河北省六大考古新发现之一。“曹操拴马桩”本身与中华民族一起，千百年来虽历经磨难仍生生不息，是中华文化符号和形象的重要组成部分，是中华民族的根和魂。

漳河，是临漳的母亲河，世人对漳河的认识始于西门豹治邺破除“河伯娶妇”迷信陋习和“引漳凿渠”，使邺地成为富庶之地的历史典故。在临漳县中国·邺城县令廉吏文化展馆中，向我们充分展示西门豹任邺城县令时的丰功伟绩，后人把这些壮举记入史册，称颂至今，其中《史记》这样评价：“故西门豹为邺令，名闻天下，泽流后世，无绝已时，几可谓非贤大夫哉！”西门豹以能臣、忠臣的美名名垂青史，是中国历代地方官员的楷模。

西门豹的典故至今耳熟能详，漳河也被世人所知。任何城市的发展都离不开水，历朝历代沿漳河流域而生的文明兴盛，都与漳水有着深厚的渊源。

早在春秋时期，齐桓公在漳水河畔筑城称邺，战国初年，魏文侯派西门豹为邺令，在任期间投巫治邺，开凿十二渠，促进了当地农业经济的繁荣。魏襄王时期，史起为邺令，在十二渠旧址基础上改建后进行灌溉，民受其利。水利的开发加速了农业的发展，此后，从东汉末至北朝时期的数百年间，邺城长期作为中国北方的重要政治经济中心，三国曹魏、十六国后赵、冉魏、前燕、东魏、北齐均以邺城作为都城，才得来临漳享有“三国故地、六朝古都”的美誉。

据地方志载，靳彭城村北距漳河仅有数公里，千百年来漳河曾多次泛滥溃堤，造成泥沙淤积，使得地面被不断抬高，古柏部分树干被埋没地下，其实际高度应该比现状高很多。

临漳还散落着其他种类的古树，它们或挺拔于山间，或静谧于河畔，每一株都以其独特的姿态和生命力，为这座古城增添了几分神秘与古朴。这些古树不仅是自然界的宝贵财富，更是临漳历史文化的重要组成部分，它们以无声的语言，向世人展示着这座古城的悠久历史与灿烂文化。

在临漳的生态环境中，古树扮演着多重重要角色，它们不仅是自然景观的亮点，更是生态系统中的关键元素，在维护生态平衡、传承历史文化等方面都发挥着不可替代的作用。

古树首先是生态平衡维护者，首先它可以对生物多样性起到保护作用：古树为众多生物提供了栖息地和食物来源，如鸟类、昆虫等，有助于维持生物多样性。它们的枝叶、果实和树皮等部分都是生态系统中其他生物的重要资源。

其实，古树还有土壤保持与水源涵养作用：古树的根系发达，能够牢固土壤，减少水土流失，同时其树冠能够截留雨水，增加土壤湿度，有利于水源的涵养和地下水的补给。

此外，古树还有空气净化与气候调节作用：古树通过光合作用吸收二氧化碳，释放氧气，有助于净化空气。此外，它们还能调节局部气候，为周围环境带来凉爽湿润的空气。

古树也是历史文化传承者，古树见证了临漳的历史变迁和文化发展，是当地历史文化的重要载体。例如，被誉为“曹操拴马桩”的古柏，就承载着三国时期的历史记忆和文化故事。古树往往与当地的传说、习俗等文化元素紧密相连，成为文化传承的重要媒介。通过古树，人们可以更加直观地感受到当地的历史文化氛围。

古树具有很强的景观与旅游价值，古树以其独特的形态和悠久的历史成为自然景观中的亮点，吸引着众多游客前来观赏。在临漳，古树与古建筑、古遗址等景观相互映衬，共同构成了美丽的风景线。

古树作为重要的旅游资源，为当地带来了可观的经济收益。通过开发古树旅游项目，可以推动当地旅游业的发展，促进经济繁荣。

古树是研究植物学、生态学、地质学等多个学科的重要资源。通过对古树的研究，可以深入了解植物的生长发育规律、生态环境的演变过程等。

古树也是重要的教育资源。通过组织学生参观古树、了解古树的历史文化价值和生态功能，可以培养学生的环保意识和科学素养。

古树在临漳的生态环境中扮演着生态平衡维护者、历史文化传承者、景观与旅游价值提升者以及科研与教育资源等多重角色。它们不仅是自然界的宝贵财富，更是人类文化和社会发展的重要组成部分。因此，我们应该加强对古树的保护和管理，让它们在未来的岁月中继续发挥重要作用。

除了古汉柏，临漳县还有多株其他种类的古树分布在各个乡镇和村庄。这些古树同样具有较高的生态、科研和文化价值。

古树长寿离不开的是其自身的遗传特性。现代科学研究认为，寿命的长短取决于细胞分裂更新次数。而树的细胞分裂更新次数比动物要多，分裂持续时间长，因此寿命也会更长。同时，古树名木携带着很多优秀基因，为科学家繁育出抗逆性强的优良林木品种提供了可能。

20 世纪 40 年代前，国际上认为水杉与恐龙一样已经绝迹。然而，我国学者在湖北利川发现了水杉，震动了国际植物学界。经过数十年的研究推广，水杉已成为我国平原地区种植最广的树种之一。

良好的生态环境也为古树名木生长提供了绝佳的场所。古树名木树体树冠较大，具有显著的固碳释氧、保持水土、保护生物多样性等生态功能。

古树名木还孕育了自然绝美的生态奇观，具有超越时空界限的景观震撼力，成为重要的旅游资源。它们与险峰、幽谷、奇石、古迹等交相辉映，孕育出巧夺天工的独特意境。

古树名木不仅承载着民族的记忆，也记载着大自然的奥秘。它们历尽千百年风霜雨雪，有着极其丰富的生物信息，是研究所在地古气候、水文、植被、环境变迁的重要实证资料和标本。

我国西藏在新中国成立前没有气象站，科学家通过分析树木年轮，了解到 1900 年以来西藏有过两次大降温。中国科学院在从大兴安岭到喜马拉雅山、从新疆到云贵高原的大区域范围内，开展了利用年轮印证气候变化的研究，做出了长期、超长期天气预报。通过古树年轮的生长状况，科学家们得以推测出古代的气候状况，这对于了解气候变迁和自然地理环境的演变都具有重要作用。

此外，许多古树的叶、花、果实、种子还可供食用或药用，馈赠人类独特的经济价值。

落其实者思其树，饮其流者怀其源。古树名木在大地上生长，凝结了时间，扩展了空间，是文明的年轮，也是山河的印记。

据刘华介绍，临漳县对古树名木的保护工作非常重视，已经对全县的古树名木进行了全面的调查、登记和建档工作，并明确了管护责任单位。同时，还采取了多种措施对古树进行保护和管理，如肥水管理、病虫害防治、树体支撑、地面铺装等复壮工程，以充分发挥古树的生态、科研、文化和景观价值。

二、创建森林城市

临漳县地处中原腹地，地势平坦，气候适宜，生态环境良好。古树在临漳的生态环境中扮演着重要角色，它们不仅是自然景观的亮点，也是生态系统中的关键元素。临漳县在经济发展的同时注重生态环境保护和文化传承。通过发展现代生态农业、现代装备制造业和文化旅游业等产业，临漳县实现了经济社会的全面进步。

近年来，临漳县自然资源和规划局创新思路，以“创建国家森林城市”为契机，在全县开展宣传活动，展示在创建国家森林城市活动中取得的成效，提高广大群众的知晓率和支持率，引导全社会参与国土绿化。

国家森林城市，是指城市生态系统以森林植被为主体，城市生态建设实现城乡一体化发展，各项建设指标达到规定的要求并经全国绿化委员会和国家林业和草原局批准授牌的城市。

“国家森林城市”是目前我国对一个城市在生态建设方面的最高评价，是最具权威、最能反映城市生态建设整体水平的荣誉称号。

森林是孕育人类文明的摇篮，是城市生态系统的主体，是现代城市不可或缺的有生命的基础设施。创建国家森林城市是贯彻落实党和国家生态文明建设战略部署的生动实践，是绿色发展理念在我市的具体体现，是打造宜居宜业宜游“风采浈江”的重要举措，是推进统筹城乡发展、做大做强林业产业的主要内容，是进一步优化城乡生态环境，彰显城市特色，提升城市品位和综合竞争力的现实需要。

国家森林城市，是指城市生态系统以森林植被为主体，城市生态建设实现城乡一体化发展，各项建设指标达到以下指标并经国家林业主管部门批准授牌的城市。

国家森林城市的创建是一项系统工程，需要整合全社会各方面的力量共同推进。从城市森林网络、城市森林健康、城市林业经济、城市生态文化和城市森林管理五方面着手，全面提升森林质量与效益，着力构建独具浈江特色的森林生态绿地系统，让森林走进城市，让城市拥抱森林，实现

“山水环绕、城乡一体、碧水蓝天”的城乡生态建设新蓝图。

2004年以来，我国已有贵州贵阳、辽宁沈阳、湖南长沙、四川成都、内蒙古包头、河南许昌、浙江临安、河南新乡、广东广州等城市被授予“国家森林城市”称号。截至2018年10月，全国已有166个城市获“国家森林城市”称号，已有300多个城市开展了国家森林城市建设，有22个省份开展了森林城市群建设，18个省份开展了省级森林城市建设。

2020年7月28日，国家林业和草原局正式下发文件，批准临漳县开展创建国家森林城市，并实行备案管理。此次国家林业和草原局批准河北省创建国家森林城市共5个，分别是雄安新区、正定县、井陉县、迁西县和临漳县。临漳县是河北省林草局上报的43个县中被国家林草局批准的除雄安新区之外的4个县之一，也是邯郸市唯一被批准开展创建国家森林城市的县。

其中，森林覆盖率通常是指森林面积以及四旁树木的覆盖面积与土地总面积之比。在计算森林覆盖率时，森林面积包括郁闭度0.2以上的乔木林地面积和竹林地面积，国家特别规定的灌木林地面积、农田林网以及4旁（村旁、路旁、水旁、宅旁）林木的覆盖面积。森林覆盖率是反映森林资源的丰富程度和生态平衡状况的重要指标。

建成区绿地率是指居住区范围内各类绿地的总和与居住区总用地的面积的比率，主要包括公共绿地、宅旁绿地、配套公建所属绿地和道路绿地等。这里的绿地包括公共绿地、宅旁绿地、公共服务设施所属绿地（道路红线内的绿地），不包括屋顶、晒台的人工绿地。公共绿地内占地面积不大于百分之一的雕塑、水池、亭榭等绿化小品建筑可视为绿地。

城区绿化覆盖率指建成区绿化植物的垂直投影面积占建成区总用地面积的比值，建成区绿化覆盖率是衡量一个城市绿化水平的主要指标。

2022年，临漳县紧紧围绕创建国家森林城市目标，大力开展向城要林、向村要林、向路要林、向渠要林、向家要林、向单位要林、向公共休闲场所要林、向各类建设用地要林活动，制定了创森攻坚行动实施方案，狠抓森林网络、森林健康、生态福利、生态文化等创森重点工作，着力推进“一核（中心城区）、一环（环县城）、三带（水系）、十廊（通道）、百村（村庄）、千园（公园）、万网（农田林网）”绿化工程，取得明显成效。

临漳县承担市创森任务清单共有森林网络、森林健康、生态福利、生态文化四大项报表，均高标准上报完成。邯郸市创森办对临漳县工作给予充分肯定，成安、广平等县先后来临漳县学习创森做法。

目前，临漳县省级森林城市已成功创建。2020年以来，临漳县高规格成立了创森指挥部，坚持国省同创的工作思路，大力开展国家和省级森林城市创建工作，省级森林城市已创建成功。2020 年 4 月 20 日，河北省林草局同意临漳县创建省级森林城市并备案管理。2020 年 12 月 30 日，河北省绿化委员会和河北省林业和草原局授予 26 个县（市）区“省级森林城市”荣誉称号，临漳县名列其中。

森林乡村创建取得成效。为丰富国家森林城市创建内容，临漳县开展了森林乡村创建认定工作。截至目前，已有 9 个村获得“省级森林乡村”称号，分别为：狄邱乡西申村，邺城镇三台村、邺城村，柳园镇郝村，砖寨营乡范庙村、羊羔屯村，称勾镇钱村，柏鹤乡兵马寨村，南东坊镇前小庄村。其中：狄邱乡西申村，邺城镇三台村、邺城村，柳园镇郝村，砖寨营乡范庙村还获得了“国家森林乡村”称号。

临漳县创建国家森林城市宣传氛围初浓厚。临漳县印发了创森宣传方案，对创森宣传任务进行了分解落实，并大力督查推进。在创森宣传中主要通过以下方式开展，在《临漳周报》刊登创森工作动态，在云端临漳上刊发创森相关知识。在公交车、出租车和车站 LED 显示屏上播放创森口号，在高铁张贴标语宣传。电信、联通和移动公司进行了短信推送。在县城街道、公园等地方悬挂标语进行宣传。在县城沿街门市、宾馆、加油站的 LED 显示屏上播放创森口号。在县城主要出入口建安路、金凤大街四处限高“三面翻”开展创森宣传。开设电视专栏和广播专栏进行创森宣传。

义务植树节为每年 3 月 12 日。植树节是按照法律规定宣传保护树木，并组织动员群众积极参加以植树造林为活动内容的节日。按时间长短可分为植树日、植树周和植树月，共称为国际植树节。提倡通过这种活动，激发人们爱林造林的热情、意识到环保的重要性。

中国的植树节由凌道扬和韩安、裴义理等林学家于 1915 年倡议设立，最初将时间确定在每年清明节。1928 年，国民政府为纪念孙中山逝世三周年，将植树节改为 3 月 12 日。新中国成立后的 1979 年，在邓小平提议下，第五届全国人大常委会第六次会议决定将每年的 3 月 12 日定为植树节。2020 年 7 月 1 日起，施行新修订的《中华人民共和国森林法》，明确每年 3 月 12 日为植树节。

“世界野生动植物日”是为提高人们对世界野生动植物的认识，由联合国大会于 2013 年 12 月 20 日决定设立的节日。2021 年 3 月 3 日，是第 8 个“世界野生动植物日”，以“推动绿色发展，促进人与自然和谐共生”为主题的全国 2021 年“世界野生动植物日”主题宣传活动拉开帷幕。2022 年 3 月 3 日是第 9 个“世界野生动植物日”。2022 年“世界野生动植物日”全球宣传主题为“恢复关键物种修复生态系统”，中国宣传主题为“关注旗舰物种保护，推进美丽中国建设”。2023 年世界野生动植物日的主题是

“野生动植物保护伙伴关系”。2024年世界野生动植物日（3月3日）主题为“连接人与地球：探索野生动植物保护的数字创新”，旨在提高人们对数字技术在野生动植物保护和贸易中的最新应用以及数字干预对世界各地生态系统和社区的影响的认识。中国的主题是“构建野生动植物智慧保护体系”。2025年3月3日的世界野生动植物日主题为“野生动植物投融资：投资于人类与地球”。

爱鸟周是中国为保护鸟类、维护自然生态平衡而开展的一项活动。1981年9月，中国国务院批准了林业部等8个部门《关于加强鸟类保护执行中日候鸟保护协定的请示》报告，要求各省、市、自治区、直辖市都要认真执行，并确定在每年的4月底至5月初的某一个星期为“爱鸟周”，在此期间开展各种宣传教育活动。召开爱鸟周广播大会，举行爱鸟周学术报告会，悬挂人工鸟巢，发放和张贴爱鸟宣传画等。由于中国幅员辽阔，南北气候不同，各地选定的爱鸟周时间也不尽相同。

“春眠不觉晓，处处闻啼鸟。”春天是鸟儿繁殖的季节。人们常说：“莫打三春鸟”。我国劳动人民对于鸟类的认识和爱护自古以来就有着传统。远在春秋战国时期（公元前770一前221年），孔子提出“覆巢毁卵则凤凰不翔”（《史记·孔子世家》）的保护鸟类思想。西周王朝不仅注意保护雌鸟，而且也注意保护幼鸟。如：“命祭祀山林川泽，牺牲毋用牝（即雌性鸟兽）”“毋覆巢，毋杀孩虫、胎夭飞鸟”（《周礼》）。西汉（公元前206年一公元8年）规定：“鹰隼未挚，罗网不得张于溪谷”“孕育不得杀，壳卵不得采”等（《淮南子》）。说明帝王王法规定，不准捕杀繁育的亲鸟，禁止掏鸟蛋。到宋朝，有关爱鸟护鸟的法令，有“民二月至九月，无得采捕虫鸟，弹射飞鸟”（《续资治通鉴长编》）。至元代还规定了“严禁狩猎天鹅、鹰隼”的法律。对于鸟类的认识和保护，到了明朝的李时珍（1518年一1593年）著述的《本草纲目》，记述的鸟类有三卷。第47卷的水禽类23种，第48卷的原禽类23种，第49卷的林禽类17种、山禽类13种。这部历史巨著，不仅因具有医学方面的实践意义驰名中外，而且是我国当时的识鸟爱鸟的总结，体现了我们中华民族对于鸟类认识和爱护的光荣传统和悠久历史。

古代，人们出于对森林和树木的朴素的敬畏之情，举行一些纪念活动。美洲印第安视森林为图腾：“树木撑起了天空，如果森林消失，世界之顶的天空就会塌落，自然和人类就一起死亡。”

随着人类的发展，从早期的农业耕种到近现代对木材及林产品的消耗猛增，导致全球森林面积急剧减少，森林品质不断下降，生态环境逐渐恶化。

森林面积减少受诸多因素的影响，比如人口增加、当地环境因素、政府发展农业开发土地的政策等，此外，森林火灾损失亦不可低估。但导致森林面积减少最主要的因素则是开发森林生产木材及林产品。由于大量消耗木材及林产品，全球森林面积的减少不仅仅是某一个国家的内部问题，它已成为一个国际问题。毫无疑问，发达国家是木材消耗最大的群体。当然，一部分发展中国家对木材的消耗亦不可忽视。非法砍伐森林是导致森林锐减的另一个十分重要的因素。据联合国粮农组织 2002 年报告，全球 4 大木材生产国（俄罗斯、巴西、印尼和刚果）所生产的木材有相当比重来自非法木材。由于消费国大量消耗木材及林产品，导致全球森林面积明显减少，全球每年消失的森林近千万公顷，这不仅仅是某一个国家的内部问题，它已成为一个国际问题。

“世界森林日”，又被译为“世界林业节”，英文是“World Forest Day”。这个纪念日是于 1971 年，在欧洲农业联盟的特内里弗岛大会上，由西班牙提出倡议并得到一致通过的。同年 11 月，联合国粮农组织正式予以确认。联合国大会决议中宣布每年 3 月 21 日为世界森林日（International Day of Forests），从 2013 年起举办纪念活动。设立 3 月 21 日为世界森林日的目的是为提高各级为今世后代加强所有类型森林的可持续管理、养护和可持续发展的意识作出了有益贡献。

临漳县利用义务植树节、世界野生动植物日、爱鸟周、世界森林日等科普活动开展宣传。在广大学生中通过手抄报和绘画等形式开展创森宣传。开展森林乡村评选活动，印发创森彩刊。制作播放创森微视频和宣传片，全县创森氛围初步形成。

植树增绿是创森的重要内容，临漳县成立由县人大常委会主任为政委，分管副县长为指挥长的创森和造林指挥部，以开展“三统筹三扩大四创建”活动为载体，以创建国家森林城市为目标，制定了《临漳县 2022 年创建国家森林城市暨国土绿化攻坚行动实施方案》，召开了高规格的创森、造林绿化和林长制动员部署会。要求各乡镇各部门密切配合，形成合力，确保“创森造林”责任全覆盖、管理无真空。扎实推进“一核、一环、三带、十廊、百村、千园、万网”绿化工程，并制定时间表，绘制分布图，进行挂图作战，定点造林，推进林长制等增绿、护绿、管绿协同管护机制。造林期间，县自然资源和规划局每天对全县造林绿化工作跟踪督查，每两天通报一次，县政府副县长商新学定期召开调度会，听取自然资源和规划局创森和造林绿化情况汇报。通过一系列增压措施，实现精准绿化，以目标倒逼进度，时间倒逼程序、督查倒逼落实，进而监督和检验工作成效。目前，各乡镇、各有关部门都能按照任务分工和目标要求进行推进工作，全力攻坚，掀起造林绿化高潮。

着力推进“一核、一环、三带、十廊、百村、千园、万网”绿化工程。一核：即中心城区绿化。一是重点推进城区内宜林空闲裸露土地绿化，实施见缝插绿、破硬还绿、拆墙透绿，对城区内绿化成活保存率不高的地块重点搞好补植补造。二是加大各类公园绿地、生产绿地、防护绿地、附属绿地等改造和建设，积极利用路口、街边、城中村等空地，修建带状公园、街心公园、口袋公园、微公园等，实现300米见绿、500米见园目标。三是积极开展“森林庭院、森林机关”“森林校园”“森林企业”评审创建。在学校门前、校内道路及操场周边及企业空闲地上，实施见缝插绿、破硬还绿。对于各类企业一年以上不搞建设的地块做到应绿尽绿。一环：即县城外环路林带建设。新增绿化面积40亩，主要是洛村段、教育园区段、岗陵城村段及东南角村段因架设高压线造成树木缺株断档地方搞好补植补造。三带：即依托南、北民有干渠和漳河三条主干水系开展水系绿化。组织沿线乡村在水系用地范围内开展新植和补植，水岸绿化率达100%。十廊：即全县六纵四横十条国省市县乡道绿化和两侧的宜林地绿化。按照《邯郸市国土绿化规划（2019-2035年）》要求，重点结合道路两侧违建拆除工作，腾退绿化空间，对成活保存率不高的地块搞好补植补造，打造高质量的绿色廊道。百村：即全县429个村庄绿化，以绿化标准村为抓手，继续大力开展村庄绿化，绿化标准村要求为（1）进出村道路、主要街道和次要街道乔灌结合绿化全覆盖；（2）建一处至少1.5亩以上的村公共休闲绿地（小游园）；（3）坑塘、闲置庭院、空闲宅基地、房前屋后全部绿化。（4）人均新植树3棵。标准村创建正在如火如荼进行中。千园：即临漳县全域内的各类村级游园、生态休闲场所、公园和果园建设。结合临漳现有条件，新建各类村级游园、公园、郊野森林公园和果园，为城乡居民提供健康养生、休闲体验的理想之地。万网：即农田林网建设。各乡镇大力推进乡间路、村间路、田间路等农田林网建设，尤其是已硬化未绿化道路，按“一路两沟四行树”标准绿化，实现道路绿化全覆盖。在农田林网建设推进过程中，我县重点采取挂图作战的方式，每个乡村利用绘制的“农田道路绿化分布图”“村庄绿化分布图”，进行挂图作战，已绿化的部分用绿色标识，未绿化的部分用红色标识，正在绿化的部分用黄色标识，村内街道、空闲地、公共休闲地，村外进村路、连村路、田间路等的绿化情况一目了然。

活化造林机制，营造护绿氛围。一是建立“林长制”长效管护机制，落实“部门、乡镇、村”三位一体管护模式，从根本上解决“重栽轻管和年年种树不见树”问题。二是县自然资源和规划局积极落实县政府“乡栽县补”奖补政策，开展对农村园林管理人员培训，每村培养1—2名园林管理技术骨干，提高农村绿化、养护和管理水平。三是严格施工。各乡镇从规划设计、整地挖坑、苗木标准、栽植浇水到抚育管理等各个环节都严格质量标准，将工程监督、质量管理等各项任务层层分解，落实到村、到人头，确保工作有人做、责任有人担。四是大力宣传国家森林城创建重要意义。组织谋划植树节、湿地日、世界森林日等专题宣传，构建起政府、企业、公众共同参与的绿色行动体系。群众对创建“国家森林城市”的知晓率、支持率、满意度均达 90% 以上。

近年来，临漳县自然资源和规划局创新思路，以“创建国家森林城市”为契机，在全县开展宣传活动，展示在创建国家森林城市活动中取得的成效，提高广大群众的知晓率和支持率，引导全社会参与国土绿化。在河北省林学会发布“第 10 届河北省林业科普奖”授奖公告中，临漳县创建国家森林城市宣传活动荣获二等奖。

临漳县持续开展创建国家森林城市主题宣传活动，向广大群众宣传林业科普知识，营造创建国家森林城市人人知晓、人人支持、人人参与的浓厚氛围。

三、古都绿意更浓

2024 年 3 月，临漳县委书记、县总林长李书峰主持召开了 2024 年总林长会议，会上宣读了临漳县 2024 年第 1 号总林长令《关于切实做好 2024 年国土绿化工作的令》。会议强调，一要精准把握政策、科学造林绿化。抓好五大造林绿化工程，继续对乡镇实行“乡栽县补”政策，积极争取上级资金，引导市场化主体参与造林绿化，增强林业发展活力。二要创新制度机制，提升绿化效果。把城市绿化、廊道绿化作为工作重点，坚持“因地制宜、适地适树”，发展多元化造林工程。完善养护机制，加强综合管护力度，创新责任包联机制，提高树木存活率。三要落实林长责任、保护绿色生态。三级林长要充分发挥自身作用，做好巡林督察等工作，学习借鉴先进地区经验，科学规划造林绿化，实现美化环境与经济发展共赢；凝聚强大工作合力，全力创建国家森林城市，厚植生态人文底蕴，加快建设经济强县、绿美临漳。

近年来，临漳县大力开展国家级森林城市创建工作，林业资源不断增加，伴随而来的林业有害生物危害日渐突出，林业资源面临严重威胁，人民群众生产生活受到严重影响。为有效破解这一难题，县政府采取政府、民间共投资，一起防治林业有害生物，取得显著效果。

针对京港澳高速、京广高铁、国省干道等重要通道及漳河、民渠两侧约 3 万亩重点林业资源，临漳县从 2013 年开始，已连续十年开展飞机施药防治第一代美国白蛾作业，取得了良好的防治效果。今年 9 月，为进一步落实美国白蛾防治工作，县政府又拨款13万余元开展了第3代美国白蛾飞机防治，大大减轻了美国白蛾当年危害。

临漳县城区面积2.3万余亩，分布有十大公园，走进临漳县城，三曹园、七子园、三台园、六朝园、金凤公园、邺令公园等公园在城内星罗棋布。公园内，小桥流水，亭台楼阁、曲径回廊，移步换景。建安文学馆、廉吏馆、文昌阁、千佛塔，处处彰显历史文化之美。

三曹园位于临漳县西南新区朱明大街西200米，东临朱明南大街，南临永阳路，西面为厚载大街和北面为凤阳路，始建于2010年春，落成于2012年底，占地15.96公顷，其中水域面积6.61公顷。“三曹园”源于曹氏父子三人曹操、曹丕、曹植。全园分4个门，南门比较大，门内有曹操跃马青铜塑像。

三曹园因建安文学领袖曹操、曹丕、曹植父子三人而命名，以其彰显“三曹”在中国文学史上的重大成就，追寻“三曹”在古都邺城（临漳）的历史足迹。三曹是汉魏间曹操与其子曹丕、曹植的合称，因他们父子兄弟间在政治上的地位和文学上的成就，都对当时的文坛很有影响，是建安文学的代表，所以后人合称之为“三曹”。北门广场有暖红色花岗岩“三曹”雕塑，形象生动，栩栩如生，仿佛他们父子三人正在谈兵论道，抑或吟诗作赋。

园内最重要的建筑群落，是坐落在三曹园湖心岛的建安文学馆，有三座以三曹字号命名的拱桥与外界连接。该馆建筑格式呈四合院状，坐北朝南，文昌阁居中，内奉文昌帝君、魁星和三曹。馆内设三曹厅、七子厅、其他邺下人文厅和建安文学研究厅四个展厅，展厅间长廊相接，碑林相连，整体建筑呈古建风格，形制庄严大气。此馆既是建安文学资料库，又是专家研究成果档案室，国内尚属首例，为建安文学研究搭建了一个平台。

三曹园是弘扬建安文学，展示三曹风采的综合性文化生态景区。整个景区风格设计匠心独具，景点衔接组合有序；步游道路曲径幽深，绿树花卉景色宜人；健身广场空气清新，活动中心配置齐全；湖水草坪令人心旷神怡，长廊小桥使人流连忘返。置身其中，浓厚的三国气息扑面而来，如画的古邺风情尽收眼底。工作之余，闲暇时分，行走在园内如诗如画的廊桥草坪，垂钓于湖边静谧安宁的绿树花丛，远离世俗的喧嚣，除去一身的疲惫，是人们休闲游玩的绝好去处。

临漳邺城公园位于河北省临漳县西南新区，该园总面积708.75亩，其中湖泊水面面积318.25亩，绿地面积390.50亩，自西向东由三曹园、七子园、三台园、六朝园四个景区组成。融合厚重的邺城文化和独特的湖泊风情，景区内水清林幽，环境幽雅，具有“水、绿、雅、趣”四大主题和“水、鸟、岛、林、阁、塔”等生态文化要素。景区内三季有花，四季常青，湖水景观和人文景观融为一体，形成了集湖泊观光、休闲度假、历史文化教育等多功能于一体的水利风景区。

三曹园，地处临漳县城西南新区朱明大街、永阳路、厚载大街和凤阳路之间，是弘扬建安文学、展示三曹风采的综合性文化生态景区。整个景区风格设计匠心独具，景点衔接组合有序；步游道路曲径幽深，绿树花卉景色宜人；湖水草坪令人心旷神怡，长廊小桥使人流连忘返。置身其中，浓厚的三国气息扑面而来，如画的古邺风情尽收眼底。

七子园位于临漳县城西南新区，介于金凤南大街和正阳路交叉口西北角。该园之名，取自东汉末年居于邺地（今临漳县一带）并享誉古今的“建安七子”。作为对建安七子的怀念，七子园内塑有建安七子的巨大雕像，占地几百亩的人工湖也被称为七子湖。七子园，碧水蓝天，绿树鲜花，空气清新，环境幽雅，是临漳一处美丽的风景名胜。置身此处犹感江南水乡犹在，古邺风韵犹存。南门仿古石牌坊，高大雄伟；七子湖畔，杨柳依依。廊桥亭台，环绕湖边。曲直蜿蜒的小路两边，有青草和鲜花相伴。登七子桥，一睹建安七子文采，仿佛又回到了 1800 年前的魏武时代。七子雕像，建安风骨，各具风采，令人敬慕。至湖心千佛塔，凭栏望，七子湖水面宽阔，波光粼粼，一片浩渺。清澈的湖水，每当微风吹过，泛起阵阵涟漪，是人们钓鱼和游泳的最佳场所。矗立于岛上的千佛塔，四边方形，古色古香，五十米高，直入云霄，为园内最高建筑。临高极目远眺，西南望古邺，穿过无边无际的原野，恍若窥见雄伟壮丽的邺城三台；东北望新城，高楼大厦鳞次栉比，盛世美景尽收眼底。

三台园因临漳县铜雀三台遗址公园而得名，园内一座青石亭伫立其中，取名铜雀亭。该亭由红柱子、青砖瓦组成，在铜雀亭的两侧，还分别有两个亭子，造型与铜雀亭相仿，取名金凤亭和冰井亭，可供居民纳凉、休闲、娱乐。园内还有三台湖、三台桥、转军洞、九龙壁浮雕等美景。三台园与七子园毗邻，在园内，还可望见七子园的千佛塔。

六朝园位于临漳县西南新区，是一座以临漳县历史上六个朝代（曹魏，后赵，冉魏，前燕，东魏，北齐）为背景的文化主题公园，它是邺城公园的一处独立园区。有开放式的微型广场及湖区砌石护岸，为小型群体活动和广大垂钓爱好者提供了惬意场所。主景有：六朝记事广场（纪事亭，六朝碑），六朝台，亲水平台（钓鱼场），对弈广场（对弈亭），假山瀑布，石拱桥（桥栏板上有临漳八景浮雕），健身区，各种绿化植物等。

健康的园林景观是群众幸福生活的直接体现和需求。为此，县政府每年拨专款约 80 万元用于城区树木花草的防治，防治多采用三缸泵、车载喷雾器等，防治时间与居民游园时间错开，尽最大可能减少对居民的出行和生活影响。

针对分布在农田林网、村庄及周边、漳河故道沙化土地等区域的林业有害生物防治，县政府在“谁经营，谁防治”方针的基础上，一是责成林业部门加大防治技术的培训，让林农掌握防治技术；二是采取政府出资的方式，购买大型车载喷药机器 5 台，供林农免费使用；三是政府出资购买农药，按政府和群众 1∶10 的投资比例，免费向林农发放，撬动 10 倍的民间投资，共同保护全县林业资源的安全。

2024 年 6 月 17 日是第 30 个世界防治荒漠化与干旱日，临漳县自然资源和规划局以：打好“三北”工程攻坚战、筑牢北方生态安全屏障为主题，在金凤公园广场开展世界防治荒漠化与干旱日宣传活动。

活动现场，县自然资源和规划局通过悬挂条幅、设置宣传台、布置展板、播放防沙治沙视频等多种形式，向公众发放《中华人民共和国防沙治沙法》《防沙治沙先进事迹》《乡村绿化手册》《沙尘暴应急避险常识》等宣传科普资料，普及相关法律法规及荒漠化危害等常识，大力宣传“三北”工程建设、防沙治沙先进典型经验及取得的成效。活动期间，共计发放宣传资料 3000 余份，现场解答群众咨询 60 余次，起到了良好的宣传效果。

据悉，2024 年 6 月 17 日防沙日宣传活动，临漳县自然资源和规划局超前谋划，创新方式，线上 + 线下进行，刊发公益宣传片、推出宣传海报、创作微视频、编印发放宣传品，并运用依托新媒体平台进行推广，增强了活动的吸引力和时效性。

下一步，临漳县自然资源局将强化资源保护，科学划定造林绿化空间，引导全社会积极参与国土绿化建设，为全县经济社会高质量发展贡献生态力量。

今年春天，河北临漳施行三举措扎实做好春季国土绿化工作。为深入贯彻落实习近平生态文明思想，认真践行绿水青山就是金山银山的发展理念，奋力推进新时代“经济强县、绿美临漳”建设，连日来，河北省邯郸市临漳县抢抓春季国土绿化黄金时节，坚持“科学规划、精准造林”，提早谋划、精心安排，创新工作思路，以“三项举措”为抓手，扎实开展春季国土绿化工作。

县委县政府主要领导及时召开春季国土绿化动员会，对全县春季国土绿化工作进行安排部署，明确任务、明确目标，严格压实责任，充分落实发挥县、乡、村三级职责，层层压实责任，将国土绿化任务细化分解到乡、村，抢抓春季有利时间，迅速掀起植树热潮。

坚持“科学规划、精准造林”，在经过先期摸排、走访、调查等基础上，结合县域实际，将春季国土绿化工作与森林城市创建、和美乡村建设、绿化提升村及骨干道路重点村绿化等有机融合，做到合理规划、科学布局，高质量高标准部署 2024 年春季国土绿化工作。

不断强化林业专业技术人员服务意识，县自然资源和规划局组成技术小组，深入各乡镇村，开展现场培训和技术指导，为春季国土绿化做好跟踪技术服务。同时，严把造林质量，杜绝使用不合格苗木，督促指导乡镇和造林户严格按照造林技术规程栽植，及时安排专人开展新造林抚育管理，从严把好整地、栽植、管护关，确保造一片、活一片、成林一片。

截至目前，全县已完成植树12320余株、折合220亩。

生生不息，美美与共。古树是活着的历史，它们用年轮一圈一圈地记录着历史，与岁月俱长，与山川同在。持续加强古树名木保护管理，推动古树名木保护工作发展，必将让更多的古树名木在临漳大地上健康生长，让美丽中国绿意更浓。

小凡，中国作家协会会员，中国报告文学学会会员，鲁迅文学院第40届高研班学员，有作品见于《人民日报》《光明日报》《中国艺术报》《文学报》《北京文学》等。

铜雀春深碧野平

赵光华

登上铜雀台，周身春风沐浴，我目光逡巡，潇洒倜傥的周郎呢？温柔可人的二乔又在哪里？

导游介绍说：“‘东风不与周郎便，铜雀春深锁二乔’只是唐朝诗人杜牧的一个假设，意在告诫掌国兵柄之人在决定国家生死存亡时要慎捉战机，不要留下遗憾，否则自己的老婆都要被敌人掠去，贻笑大方。”

三国时期，曹操击败袁绍后意气风发，挥斥方遒，选择在漳河边建立都城，名为“邺都”，他主持修建了铜雀、金虎、冰井三台，即史书记载的“邺三台”，这30多米的高台，在一马平川的燕赵大地的确少见。临漳县自然资源和规划局耕地保护科杨建东科长当起了义务导游，尽管我们请了专职导游，他还是穿插解释，颇具主人风范，难掩他作为临漳人的骄傲和自豪。他说：“我们的祖先曾经在这块大地上创造了辉煌，博物馆里珍藏的许多稀世珍宝就是证明。”这里是建安文学的发祥地，“建安七子”是那个时代文学的代表人物。他们在这里题咏甚多，将“邺城”易名“临漳”，那是后来的事，现在县城往北13公里就是临漳人的母亲河——漳河。

临漳县位于河北省最南端，位居中原腹部，西望太行山，东眺齐鲁地，素有“天下之腰脊、中原之噤喉”的美誉。今县境为古邺地，春秋时齐桓公始筑邺城，距今已有2700多年历史，战国时魏文侯以邺城为陪都。西汉置邺县。魏晋南北朝时期，邺城作为曹魏、后赵、冉魏、前燕、东魏、北齐六朝都城，居黄河流域政治、经济、军事、文化中心长达4个世纪，创造了邺城文化，留下了丰富的历史文化遗存，素有“三国故地，六朝古都”之美誉。西晋建兴二年（314年），因避愍帝司马邺讳，改邺县为临漳县，是以临漳为县名之始，距今已有1700多年历史。临漳因城北的临漳河而得名，临漳一词采自曹植《铜雀台赋》中的诗句：“临漳水之长流兮，望园果之滋荣。”

这里的确是“六朝古都”，敢这样称呼自己的县，全国没有几个。这里不比南京，它只是河北邯郸的一个县级市，你千万别小看这座小县城，这

摄影：汪洋

里的文化底蕴会让你惊叹。这里曾经有规模宏大的宫殿，有走马灯似的帝王将相，有聚在一起对酒当歌的文人雅士，历史浩瀚的烟云已经消散，而今临漳大地上春风浩荡，是一望无际碧绿的麦田，是排列整齐的城乡，是笔直平展的大道。

当我踏上临漳县的土地，就深深被它吸引，朝思暮想是临漳，流连忘返也是临漳，也许前世我就是临漳人。

一

算下来，这是我第二次来邯郸，上一次来也是初春，参加全国的生态林业作家采风。在绿树掩映的村镇，在全国成语故乡，我们领略了邯郸厚重的历史文化，以八路军 129 师司令部驻地为核心的一批红色教育基地让我深深感受到邯郸作为老区在战争年代为中国革命做出的贡献和牺牲。

武灵丛台是古城邯郸的象征，武灵丛台相传始建于战国赵武灵王时期，是赵王检阅军队与观赏歌舞之地，古称武灵丛台。颜师古《汉书注》称，因楼榭台阁众多而故名“丛台”，台上原有天桥、雪洞、花苑、妆阁诸景，结构严谨，装饰美妙，曾名扬列国。现存古台雄伟壮观，是明清修复的建筑，虽已非原貌，但仍不失古典亭榭的独特风格。它是赵都历史的见证，因此成为古城邯郸的象征。

“一回生二回熟”，家乡以外的某个地方，来过两次，就会记住他。想不到我还有机会再来邯郸，上一次我们采风团去的是涉县，涉县和临漳同属于邯郸管辖，一样要从邯郸东站下车，一样作为宾客要被热情的邯郸人们招待。

仲春时节，气温让人倍感舒适，永济北站前已经是桃红柳绿，微风吹在脸上，有点“吹面不寒杨柳风”的意思。车窗外，是黄土高原上特别熟悉的景色，山峦高低起伏，黄色的迎春花开得正艳，梯田上的油菜星星点点，杏花开始凋落，桃花正在怒放，春天好像是一场鲜花的接力赛，你方唱罢我登场。

高铁过了阳泉站，好像一条巨龙摆脱了束缚，腾空飞翔起来，显示屏上显示的时速已达到300公里，再看不到山峦起伏，目之所及，皆是一望无际的华北平原。麦田上的绿凝聚起来，不间断地涌入眼帘，融入我的身体，这蓬勃的绿驱赶大地一个冬天积攒的阴霾，嫩绿色、葱绿色、金黄色交替划过我的视线，天空中有飞机拉过的几道白线，好像哪位画家用白板笔在蓝色的幕布上随意涂抹的实线。

“叮咚”一声，手机微信界面打开，是临漳县自然资源和规划局耕保科的杨蔓，她说已到接站口，随行的汪洋行李比较多，最重是沉甸甸的摄影包。他是全国自然资源系统著名的诗人兼摄影师，我陪同他多次采风，除了一部单反，还有长长短短的镜头，他的诗歌意境很美，他喜欢拍摄自然题材的作品。前几天和他视频，他还在江西婺源拍摄油菜花，他是个非常敬业的兄长，我们在北京一年，同吃同住，结下了深厚的友谊。这次是北京分别四年后再次见面，他还是老样子，沉稳，厚重，遇到聊得投机的人，便侃侃而谈。

临漳县是都城规划肇始地，建安文学发祥地，佛学弘传中兴地。临漳先后获全国文化系统先进集体、全国文化百强县、全国绿化模范县、国家园林县城、国家卫生县城、首批省级生态园林城试点、中国鬼谷子文化之乡、中国成语典故之乡等多项荣誉。其中铜雀三台遗址公园、邺令公园最为著名。

这次来临漳是受中国自然资源作家协会指派采访该县的耕地保护工作，总结该县在保护耕地方面的经验。粮食安全是“国之大者”，耕地是粮食生产的根本。国家始终高度重视耕地保护问题。十八大以来，党中央先后实施农田水利骨干工程、高标准农田建设工程、黑土地保护工程、耕地土壤污染治理和修复工程等，划定耕地和永久基本农田保护红线，建立省级党委和政府落实耕地保护责任制。这一系列硬措施，守住了耕地红线，初步遏制了耕地总量持续下滑趋势。

但是，我国人多地少的国情没有变，耕地“非农化”“非粮化”问题依然突出，耕地撂荒增多，占补平衡质量不高，守住耕地红线的基础尚不托底。农田水利方面欠账还很多，一些地方水土流失、地下水超采、土壤退化、农业面源污染加重。新时代新征程上，耕地保护任务没有减轻，而是更加艰巨。

来到临漳县自然资源和规划局，分管耕地保护的温江涛副局长早早就站在大门口迎接我们，见面便觉得格外亲切，握手寒暄后，我们来到办公楼一楼小会议室，几位科长已经等候多时。墙上挂满了宣传挂图，其中一幅图片显示“2023年5月11日至12日，中共中央总书记、国家主席、中央军委主席习近平在河北考察，并主持召开深入推进京津冀协同发展座谈会。这是11日上午，习近平在沧州市黄骅市旧城镇仙庄片区旱碱地麦田考察时，同种植户、农技专家亲切交流。”图片上，习近平总书记等一行站在已经抽穗的麦田里同种粮大户交谈，领导人平易近人，和蔼可亲，种粮大户是一位农民，他衣着朴素，目光炯炯，正在向领导人汇报。

耕保科长杨建东，是一位80后的年轻人，他身材高挑，略显消瘦，一副眼镜夹在鼻梁上，说话地方口音重。他2013年开始从事耕地保护工作，没有几年便担任了耕保科科长。他说：“临漳局耕地保护科的工作非常繁重，具体业务有：耕地保护日常工作，耕地区块地价调查，土地征收成片开发方案编制，耕地质量分类，设施农用地备案和临时用地管理等6大项。”临漳县国土总面积752平方千米，属漳河冲积扇平原，地势自西向东缓缓倾斜，海拔60—80米，基本没有25°以上的坡地，地表平坦，耕地广阔。土壤由漳河淤泥沉积而成，分褐土、潮土、沼泽土、风沙土4个类型，土地比较肥沃，适于种植。全县耕地总面积76.8474万亩，其中基本农田面积66.8602万亩，耕地主要种植小麦、玉米以及油料作物。

临漳具有天然区位优势，良田有漳河水灌溉，自古仓廪实，民心安，旧时天子为什么选择此地作为都城一定有它的道理。

温副局长说：“目前全局有干部职工200余人，老中青结合，领导班子团结，干部职工干劲大，纵向比较，各项工作都走在邯郸市自然资源系统前列，在服务全县经济发展上，临漳规划和自然资源局更是做到精准、超前，不违规。”2019年机构改革后，职能基本到位，土地、规划、林业、不动产全部整合到自然资源和规划局。特别是执法体系改革，原来属于县局管理的基层国土所人财物全部下放到乡镇，县局不再具有执法权，只保留协调指导职能。为全面贯彻落实习近平总书记关于耕地保护和保障国家粮食安全的重要指示批示精神以及市委、市政府工作部署，根据《关于开展县级党委和政府落实耕地保护和粮食安全责任制考核工作的通知》精神，严守耕地保护红线，强化永久基本农田特殊保护。依据《中华人民共和国土地管理法》《基本农田保护条例》《河北省土地管理条例》《河北省基本农田保护条例》等法律法规，结合临漳县实际，在邯郸市自然资源系统率先制定了《临漳县耕地保护工作考评办法》，对乡镇全面进行考核，把耕地保护工作细化、量化，明确县乡两级各自的权限和责任，年底该加分的加分，该减分的减分，该奖励的奖励，该处罚的处罚。考评对象是各乡镇党委和人民政府，党委、政府主要负责同志为第一责任人。考评内容及计分办法一是变更调查发现的违法占地图斑（满分 40 分），以上级下发认定的违法占地图斑宗地数量和面积及整改情况作为扣分依据，扣完本项为止。图斑下发后，乡镇未能按照要求和标准整改到位的，将按下列情形扣分：①基本农田（20 分）：违法占用基本农田的，每宗地扣 2 分，扣完为止；其中有 1 宗违法占用基本农田 5 亩及以上未按时整改到位的，一次性扣 20 分并问责相关责任人；②一般耕地（10 分）：违法占用一般耕地的，每宗地扣 1 分，扣完为止；其中有 1 宗违法占用一般耕地 10 亩及以上未按时整改到位的，一次性扣 10 分并问责相关责任人；③其他用地（10 分）：违法占用除耕地以外其他地类的，每宗地扣 0.5 分，扣完为止；其中有 1 宗违法占用除耕地以外其他地类 20 亩及以上未按时整改到位的，一次性扣 10 分并问责相关责任人。二是土地卫片执法图斑（满分 30 分）。①上级下发卫片图斑后，经确认属违法占地图斑的，每宗地扣 1 分；②未按要求、标准整改到位的扣 2 分，扣完为止；③卫片图斑与变更调查图斑重合的不再重复扣分。三是日常巡查督导发现的违法占用耕地问题（满分 20 分）。县自然资源和规划局日常巡查督导发现违法占地的，及时向乡镇移交，移交后经认定属违法占地且没有按时完成整改的，每宗地扣 1 分，扣完为止。四是占补平衡项目区出现“非耕地”（满分 10 分）。①乡镇项目区内每出现 1 处“非耕地”扣 1 分，扣完为止；②年度内发现占补平衡项目区内“非耕地”未完成整改的，一次性扣 5 分，扣完为止。

加分项：年度内完成占补平衡项目的乡镇加3分。减分项：①网络媒体、电视媒体、报纸媒体等出现违法占地问题的乡镇，每出现一起扣 2 分；②涉违法占地舆情问题处理不当致使影响扩大的乡镇扣 5 分；③年度内发生乱占耕地建房行为，发现一起扣 20 分并向纪委监委移交违纪线索。

县自然资源和规划局根据上级部署的耕地保护目标、任务和要求，依据省、市、县认定数据、卫星遥感影像以及其他相关资料，通过内外业结合方式，对各乡镇进行季度、年度考评得分。实行“季度测评、年终总评”的方式对各项指标执行情况综合评价、打分排序，考评结果报县委、县政府。每季度在县委常委会会议上通报耕地保护工作，每季度倒数第 1 的乡镇党委主要负责同志做检查；连续 2 个季度排名倒数第 1 的乡镇，移交县纪委监委介入调查，对主管副职严肃问责，直至免职；对年度考核倒数第 1 的乡镇，提请县委、县纪委监委拿出处理意见；乡镇的年度考评结果，作为乡科级领导干部年度综合考核重要依据，并全县通报。通过考评，乡镇干部尤其是乡镇一二把手更加重视自然资源和耕地保护工作，增强了责任心和使命感。

2023 年 9 月 25，在临漳县召开的耕地保护暨自然资源违法违规问题整改工作推进会议上，县委书记李书峰主持并讲话。他强调各乡镇和相关部门要提高政治站位，进一步增强红线意识、底线意识，落实最严格的耕地保护制度，以更坚决的态度、更务实的举措，全力维护自然资源管理秩序。要聚焦重点。坚持“复耕为主、补划为辅”原则，聚焦重点问题、重点部位，强化措施、集中攻坚，把握节点、快速推进，严格标准、整改销号，县自然资源和规划局要加强工作统筹和业务培训，指导乡镇开展耕地保护工作，确保高标高效整改到位。要较真碰硬。发挥执法队伍“利剑”作用，强化动态执法检查，实现日常执法“全天候”“全覆盖”，对于违法用地行为，坚持“零容忍”，用“长牙齿”的硬措施做到“露头就打”，切实形成震慑效应。

2024 年 3 月 18 日，县长刘志强召开县政府常务会议，重申了在耕地保护方面要采取强硬措施：一要思想再重视。树牢红线意识、底线意识，落实最严格的耕地保护制度，维护自然资源管理秩序。二要措施再强化。加强日常巡查监管，做到发现一起、查处一起，坚决杜绝违法违规用地行

摄影：汪洋

为发生。三要考核再严密。发挥考核“指挥棒”作用，树立鲜明导向，强化结果运用，倒逼工作末端落实。

临漳县早在2019年就成为耕地季节性休耕制度试点县。

他们的指导思想是以绿色发展为导向，以改革创新为动力，落实藏粮于地、藏粮于技战略，突出生态优先、综合治理，以保障国家粮食安全和不影响农民收入为前提，聚焦重点区域，集中连片推进，加大政策扶持，强化科技支撑，加快构建具有河北省特色的耕地季节性休耕制度，促进生态环境改善和资源永续利用。

巩固提升产能，保障粮食安全。坚守耕地保护红线，提升耕地质量，对季节性休耕地采取保护性措施，禁止弃耕、严禁废耕，不能减少或破坏耕地，不能改变耕地性质，不能削弱农业综合生产能力，确保急用之时能够复耕，粮食能产得出、供得上。

加强政策引导，调动农民积极性。逐步建立季节性休耕政策框架，支持农民开展季节性休耕。对承担季节性休耕任务农户的原有种植作物收益给予必要补助。

尊重农民意愿，稳步有序实施。以农民为主体，尊重农民意愿，发挥主观能动性，不搞强迫命令和“一刀切”。严格申报程序，规范项目运作，实行公示制度，广泛接受监督。

实施精准管理，提升试点水平。强化项目管理，明确试点任务，积极应用卫星遥感识别技术，减少人为因素干扰，防范道德风险，做到任务精准到地到人，补助精准到地到人。

按照邯郸市农业农村局、财政局安排给临漳县季节性休耕制度试点任务面积与地下水超采综合治理相结合，计划在83个村或种植大户安排实施休耕面积7.6万亩。

他们的主要措施可以概括为“四个加快”，一是加快形成季节性休耕组织方式。按照中央统筹、省级负责、市级组织、县级实施的工作机制，创新组织方式，丰富休耕模式，完善管理措施，落实工作责任，严格试点实施程序，调动基层和生产经营主体参与休耕的积极性；二是加快形成季节性休耕技术模式。积极推广生产生态兼顾的耕作制度，形成一批可复制、可推广的用地养地相结合的技术模式。重点示范自然休耕和生态休耕两种方式，探索和试验研究冬休夏秋种等技术模式，发挥季节性休耕效益；三是加快形成季节性休耕政策框架。根据小麦市场价格变化，科学确定补助标准，确保农民收入不降低，稳定休耕预期。发挥辐射带动作用，逐步形成省级支持重点区域开展季节性休耕和结合本地地下水资源实际，自主推行季节性休耕的长效机制；四是加快形成季节性休耕监测评价机制。积极利用承包地确权成果，配合农业农村部门运用卫星遥感等信息化手段，加强对季节性休耕有关地块跟踪监测。科学布局休耕地质量监测和对比监测网点，开展耕地质量监测对比，跟踪季节性休耕区域耕地质量变化情况。探索开展第三方评估，明确评估内容、制定评估标准、形成评估体系，科学评价试点成效。

根据国家和省试点工作方案要求，临漳制定本县实施方案，明确实施内容、试点区域、技术路径、工作程序、资金使用、补贴标准、操作方式、保障措施等内容，组织乡（镇）、村开展季节性休耕，集中连片实施，力争整建制推进，积极引导承包农户和新型经营主体主动参与试点。为有效应用卫星遥感技术，监测季节性休耕试点任务落实情况，要优先选择承包地确权颁证完成省级验收的乡（镇）、村开展试点。承担任务的乡（镇）名、村名、农户名、试点地块的四至信息（地块代码）由县级农业农村部门负责做好填报工作。县、乡（镇）及试点农户要层层落实责任。县与乡（镇）签订责任书，细化任务，提出要求。乡（镇）与参加试点的农户或新型经营主体签订季节性休耕协议，充分尊重和保护农户享有的土地承包经营权益，明确相关权利、责任和义务，保障试点工作依法依规、规范有序开展。

根据省、市分配的年度任务清单，临漳县将实施任务的乡镇、村与农村承包地确权登记颁证工作相结合，科学分解落实到乡（镇）、村、农户、地块。结合本地实际，量化任务目标，规范工作流程，绘制项目区域示意图，制定本县实施方案。县组织乡（镇）政府逐村核实面积，填写耕地季节性休耕制度试点任务分解清单，由乡（镇）政府负责人、村委会负责人和农户三方签字确认，并加盖乡（镇）政府和村委会公章。乡（镇）政府汇总后，在村务公开栏公示不少于 7 天，并留存公示影像资料。公示无异议后，报县农业农村局备案，县农业农村局审核汇总，作为拨付补助资金的依据。由县农业农村局组织乡（镇）政府及有关专家组成自验组，对实施面积、季节性休耕落实情况等进行自验，自验结果通过部门公示栏、电视、政府网站等进行公示，公示时间不少于 7 天。公示无异议后，申请市级验收。自验办法由县政府制定。

他们把季节性休耕制度化探索作为试点，创新方式、探索路子、积累经验，加快形成制度，从而施行常态化管理。

各乡镇政府对本行政区域内季节性休耕制度试点负总责。县级成立由政府主要负责同志任组长的推进落实机构，加强统筹、强化措施、落实责任，明确实施单位和责任人，细化工作措施。农业农村、财政部门要加强协同配合，明确责任分工，形成工作合力，全面落实试点任务和要求，保障试点有序开展并取得实效。

县农业农村局牵头成立耕地季节性休耕专家指导组，指导各乡（镇）、村、农户开展季节性休耕。积极探索休耕与节水、休耕与养地、绿肥种植与养地等模式，因地制宜实施季节性休耕。农业农村局分区域、分作物制定季节性休耕下茬作物种植技术指导意见，开展技术培训，指导试点地区农民尽快掌握技术要领，搞好机具改装配套，落实下茬作物和绿肥种子，满足种植需要，做到科学、合理休耕与种植。

按照国家农业部门轮作休耕区域耕地质量监测方案要求，科学布设监测网点，坚持定点持续监测，掌握试点区域耕地质量现状与变化趋势，与区域外的质量对比，科学评估试点成效，为建立合理的休耕制度和耕地质量保护提升提供技术支撑。明确监测任务，重点对水肥药投入、作物产出、土壤养分等基本情况进行监测。要严格监测规程，加强质量控制，确保调查内容和样品检测数据真实可靠。及时撰写监测报告，突出作物产量、耕地质量和生态资源，评价休耕效果，提出政策建议。

耕地轮作休耕制度试点是党中央、国务院有关农业农村改革的重大部署。县政府要求各单位要增强绿色发展的自觉性。通过现场观摩、经验交流、典型示范等方式，宣传季节性休耕制度试点的积极成效，营造良好舆论氛围。探索出的好经验、好典型、好做法，要及时向省、市农业农村、自然资源部门反馈。

会议室办公桌上一份“临漳县耕地保护工作专报”文件引起了我的注意。文件首页除了红头以外，主要内容占页面的左半部分，右面大半部分空出了领导批示的地方。杨科长说：“这个专报我们基本上每月出一期，遇到紧急需要上报的情况可以随时制作上报。”这个专报直接送给县委书记、县长和分管副县长，主要领导批示后再下发基层，这等于是拿了“尚方宝剑”，各乡镇以及有关部门必须按照领导的批示不折不扣地执行。我查阅了装订整齐的 2023 年耕地保护专报，上面分别有县委书记李书峰、县长刘志强、分管副县长王世玉等领导的批示。

我翻开卷宗，看到 2024 年《临漳县耕地保护工作专报》第 1 期内容是通报邯郸市自然资源和规划局召开的全市自然资源和规划局重点工作驻点督导推进动员部署会议情况，邯郸市自然资源和规划局局长李涌对全市重点工作进行了安排部署，省厅第十一督导组组长黄景宝明确了来邯郸督导的三项重点督导任务，第一项是问题整改涉及 5 个方面：即 2021 年、2022 年、2023 年卫片执法发现问题的整改情况，自然资源部北京局例行督察发现问题的整改情况，2024 年 1—2 月份新增违法占地的整改情况，未整改到位的进展情况，前期已上报完成整改的真伪情况。对那些没整改的问题，督导组将一个图斑一个图斑核，督促各乡镇加快整改进度，按时间要求完成；第二项是督查重点项目用地保障和是否存在未批先建情况。重点督查国债项目、重大基础设施项目、省市重点项目等在用地上是否得到充分保障，是否存在“未批先建”“边批边建”

问题；第三项是督查战线工作进展情况。督查市县两级是否按省厅和市局要求成立战线工作专班，积极推进工作。黄景宝组长提出，时间紧任务重，涉及面广，省厅将与市局结合采取联合督导的方式开展督导，通过实地核查、明察暗访、拍摄专题片、定期通报等措施，督导县乡两级尽快完成整改。对督查工作中发现的弄虚作假或重大典型问题，将直报省厅或省市纪委监委。市局李涌局长要求，省级考核即将开始，当务之急是迎考，关键任务是整改。全市耕地保护大会已经对全市耕地保护工作进行了安排部署，要对照方案清单和省厅交办问题清单，抓紧整改，务必高质量完成任务。在这份专报上分别有县委书记、县长和分管副县长的签批意见，该专报复印件下发到各乡镇以及各有关单位。

温江涛说："这项专报制度，也可以说是我们临漳的首创，保护耕地不是自然资源局一家的事，是各部门、各级政府共同的责任，需要全社会的参与。通过专报制度，一是争取到了县委县政府主要领导的支持，二是可以让领导及时掌握全国、河北省在耕地保护的动态和任务；三是耕地保护措施能得到更好地落实。"

对于卫片执法检测到的违法疑似图斑处理，临漳县以"土地卫片执法检查领导小组办公室"名义给图斑所在乡镇人民政府下发通知，第一次下发"土地卫片疑似图斑整改通知"，第二次是对已经落实的违法图斑，并且整改不到位的乡镇人民政府再次下发"土地卫片违法图斑整改督办函"，明确完成期限，如期完不成任务的移交纪检监察部门问责，通过"一专报两督查"的方式，该县的违法占地图斑整改完成率在全邯郸市名列前茅。

临漳县 2022 年 9 月份出台了《临漳县耕地保护"田长制"实施方案》，进一步健全党委领导、行政负责、部门协同、公众参与、上下联动的共同责任机制，严格源头控制，强化过程监管，确保本行政区域内耕地保护责任目标全面落实；严格贯彻落实耕地"占补平衡""进出平衡"制度，强化永久基本农田保护，严格耕地用途管制，遏制耕地"非农化"、防止耕地"非粮化"，结合耕地流出排查整治、耕地卫片监督、耕地保护例行督查整改等工作，牢牢守住耕地和永久基本农田保护红线；持续加大耕地保护宣传力度，通过报纸、电视、网络等媒体，深入乡村向广大群众宣讲最新的耕地保护政策。引导群众广泛参与、共同管理，形成全社会关注、全民参与和监督的耕地保护良好氛围。

临漳县耕地后备资源不足且分布不平衡，新增耕地空间有限，补充耕地尤其是落实"先补后占、占优补优、占水田补水田"要求的难度日趋加大，耕地保护面临着数量、质量、生态等方面的多重压力。临漳县自然资源和规划局将积极加强政策研究运用，按照立足当前、着眼长远、分期推进的思路，进一步挖掘补充耕地潜力，统筹做好园地、残次林地等适宜开发利用资源与25度以上坡耕地之间的转化利用。积极与其他部门加强协作，拓宽补充耕地来源，通过实施土地整治、高标准农田建设、城乡建设用地增减挂钩、工矿废弃地复垦等，统筹做好全市耕地“占补平衡”。

该局将积极支持县域经济建设，保障重大项目落地，按照“县域自求平衡、市域统筹调节、省级适当调剂、国家适度统筹”的原则，保障项目所需耕地占补平衡指标。若将来无法在本区域内满足重大项目、重大工程、民生公益事业、基础设施建设等省、市重点项目占用耕地的所需耕地“占补平衡”指标，积极协调市级统筹和县级调剂耕地占补平衡指标，为重点项目建设提供有力支撑。

按照《河北省财政厅河北省农业农村厅关于印发〈河北省农业“三项补贴”改革工作实施方案〉的通知》《河北省财政厅关于提前下达2023年农业生产发展资金（用于耕地地力保护）的通知》和《河北省财政厅关于下达2023年中央耕地建设与利用资金的通知》，临漳县2023年5月份颁布实施了耕地地力保护补贴工作实施方案。

为深入开展耕地保护和质量提升行动，进一步完善农业补贴政策，改革农业补贴制度，切实加强农业生态资源保护，自觉提升耕地地力，增强耕地地力保护补贴的指向性、精准性和实效性，提高农业补贴政策效能，促进农业稳定发展和农民持续增收。通过实施耕地地力保护补贴政策，引导各乡镇结合本地实际，创新方式方法，以绿色生态为导向，提高农作物秸秆综合利用水平，制定鼓励农民综合采取秸秆还田、深松整地、科学施肥用药、推进病虫害统防统治和绿色防控等综合措施，切实加强农业生态资源保护，自觉提升耕地地力，实现“藏粮于地”。

补贴对象原则上为拥有耕地承包权的种地农民。农户承包集体机动地和农户承包地转租转包的，原则上对承租（包）者进行补贴，原承租（包）合同有约定的，尊重农民意愿，按承租（包）合同的约定补贴。享受补贴的农民应承担耕地保护责任，做到耕地不撂荒，地力不降低。

临漳县2023年补贴依据农村税费改革时核定的农业税计税土地面积扣除其中的按规定转为非耕地的土地面积、退耕还林土地面积，再加上新增耕地的实际种植面积确定。对已作为畜牧养殖场使用的耕地、林地、成片粮田转为设施农业用地、非农业征（占）用耕地等已改变用途的耕地，以及长年抛荒地、占补平衡中“补”的面积和质量达不到耕种条件的耕地等不给予补贴。

补贴标准由县根据补贴资金总量和确定的补贴发放面积综合测算确定（测算办法：上级下达我县的耕地地力保护补贴实际资金总量 ÷ 实际补贴面积 = 亩补助金额）。国有农场执行县统一的单位面积补贴标准。

严格补贴发放要求，一是严格执行补贴资金专户管理制度，确保补贴资金封闭运行，实行补贴兑付“一卡（折）通”。二是充分利用河北省财政补贴信息系统发放补贴资金，提高兑付效率。三是严格落实补贴公示制度，由乡镇政府负责组织村委会进行公示，每个农户的补贴面积、县测算的补贴标准、补贴金额必须在村委会显眼位置张榜公示，接受群众监督，确保公示内容与实际补贴发放情况一致。四是严格执行补贴信访受理制度，对于信访案件要在规定时间内办结，让群众理解认可，信访案件处理情况将作为绩效评价的重要考核指标。五是严格落实补贴监督机制，发现问题及时纠正处理，杜绝虚报冒领、截留挪用补贴资金等违规现象的发生。

乡镇政府组织各行政村负责基础数据统计上报、面积核实和公示，并对上报数据的准确性和真实性负责；县农业农村局负责面积核对、统计汇总；县财政局会同县农业农村局按照便民高效、资金安全原则通过“一卡（折）通”方式做好补贴资金发放工作。具体上报程序：一是乡镇政府组织村委会根据群众实际种植面积认真填报补贴清册，并经村委会负责人签字确认、村委会盖章，在村务公开栏公示，无异议后将补贴清册报乡镇政府审核。二是乡镇政府对各村上报补贴清册进行审核把关，核实补贴面积，并进行统计汇总。审核无误后，将村补贴清册和乡镇汇总表（乡镇长签字、加盖乡镇政府公章）各一式两份分别上报县财政局和农业农村局，并同时上报电子文档。三是县农业农村局对各乡镇上报数据进行统计审核汇总；县财政局依据县农业农村局汇总审核后的数据协调金融部门拨付补贴资金。

耕地地力保护补贴工作由县人民政府负总责，县农业农村局、财政局具体组织实施，乡镇政府要密切搞好配合。建立健全工作机制，明确责任分工，密切部门合作，抓好工作落实。各乡镇政府也要成立相应组织，实行乡镇长负责制，组织各行政村负责基础数据统计工作上报、面积核实和公示等。县农业农村部门负责各乡镇数据的审核汇总；县财政部门依据县农业农村局审核汇总后的数据，按照便民高效、资金安全原则通过“一卡通”的方式做好补贴资金发放工作。加强政策宣传。各乡镇、县直相关部门要切实做好舆论宣传工作，主动与广大农民群众沟通交流，通过发放明白纸、张贴横幅标语、微信群等形式做好政策解释工作，赢得群众理解支持，避免产生社会矛盾。加强监督检查。耕地地力保护补贴资金发放要做到“四到户、四不准”，即政策宣传到户、底册编制到户、张榜公示到户、资金发放到户，不准虚报冒领、不准截留、挤占和挪用、不准违规发放、不准拖延发放时间。要加强监督检查工作，重点是监督检查各乡镇、村委会是否按要求做好相关工作。坚决杜绝骗取、套取、贪污、挤占、挪用农业支持保护补贴资金或违规发放补贴资金的行为。对任何单位或个人滞留、截留、挤占、挪用和骗取农业支持保护补贴资金的，一经查实将严格按照有关规定追究相关人员责任，涉嫌违法犯罪的将依法依规严肃处理。

让耕地保护从法律上有保障，制度上有依据。把耕地保护工作放到经济社会发展全局中进行谋划、统筹推进，以保护促发展，确保把最严格的耕地保护制度落到实处。

通过上述“休耕、补贴、专报、考核、督查”五项制度，使临漳的耕地数量上有保证，质量上有提高。县、乡镇、村各级领导干部的重视，从顶层设计和制度上，为全县的耕地保护工作起到了保驾护航的作用。

二

谈话间，从门口走进来一位身材高大，同样消瘦的人，他见到我们，讪讪一笑，又退了出去，我隔窗看到他在外拍身上的土，抖落脚上的泥，不一会他走进会议室，运动鞋上的泥点子还没有弄干净。温局长介绍说：“这是我们的卫片办主任苗永壮。”

“苗永壮”好名字，一棵幼苗永远茁壮。

等他坐到会议室的长条桌一旁，我才细细看他，他衣着朴素，过长的头发蓬松地盖在头上，身上的泥点子像盛开的小菊花，他有点拘谨说话声音不高，他解释说下乡陪同市局领导验收土地违法图斑整改现场所以迟到了。

温江涛接过话题说：“你看这个表格，2021、2022、2023 卫片发现、发回的疑似图斑我们全部整改到位，违法的拆除，符合用地政策的补办手续。2021 年违法图斑 6 个，拆除 4 个、补办 2 个，2022 年我们没有发现一宗违法占地，2023 年发现一个正在补办手续。很欣慰地告诉两位作家，2024 年第一宗违法占地还没有出现。”

温江涛语气中有自豪，脸上有笑容。这位分管局长 50 岁出头，敦厚朴实，眼镜后面是一双睿智的目光，他分管规划、耕保、卫片等工作。他说：“工作头绪多，但每一项都非常重要，丝毫不敢懈怠，每天工作都很累，但是当圆满完成一项工作后，那种成就感油然而生。”

刚才还稍显羞涩的苗永壮主任大概是适应了采访环境，一下子打开了话匣子，谈话中，了解到他同样是一名退伍军人，他有五年的从军生涯，谈起部队生活，永壮激情四射，他曾经是武警部队的“报务能手”，受到武警部队云南省总队司令部的表彰，退伍回到邯郸后，2007 年在邯郸预备役炮兵旅组织的专业技术比武中荣获有线第一名，复转到临漳规划和自然资源局后，2010 年开始从事卫片执法工作，由于工作成绩突出，多

摄影：汪洋

次受到临漳县委、县政府的表彰和奖励。并作为敬业奉献模范候选人上报河北省。

苗永壮 1977 年出生，大专学历，中共党员。从云南武警大理支队退出现役复员，按照国家政策分配至县自然资源和规划局工作，现任自然资源和规划局卫片办主任职务。在 2010 至 2022 年度卫片执法检查工作中，他出色地完成临漳县土地卫片执法检查工作体系构建，有力维护了自然资源开发利用和保护秩序。退伍前夜，苗永壮同志给自己立下了人生信条，军旅生涯给了他钢铁般的意志，教会了他做事的态度，现在虽然退伍了，但是精彩人生才刚刚开始，无论将来到地方任何单位，做任何工作，都要发光、发热。8 年的乡镇基层工作经历让他积累了宝贵的土地执法经验。岗位调整到县局卫片主任后，他努力钻研相关业务技能，起早贪黑，工作在卫片执法检查的内业、外业第一线，逐渐从一个门外汉成长为业务尖兵。辛勤的劳动换来累累硕果，2012 年至 2022 年连续十年年终考核评级为“优秀”，并多次获得县级和单位“敬业奉献先进典型”“爱岗敬业标兵”等荣誉和嘉奖。卫片执法是落实耕地保护的重要手段之一，是一个地方土地管理秩序综合水平评估的重要体现，是全面落实国家粮食安全工作考核的重要依据。苗永壮同志深知责任重大，他时刻把增强“四个意识”、坚定“四个自信”、做到“两个维护”摆在政治首位，他思想高度紧绷，时刻提醒自己卫片执法的底线如同雷区一样绝对不能跨越。

他坚信，政治理论水平的掌握程度决定了一个人工作业务能力水平的高低，作为党员，他把“做事先做人，万事勤为先”作为行为准则，在实际工作中不断完善自我，加强党性修养，不间断地学习国家的法律法规和各项规章制度，将卫片工作与理论学习相结合，积极响应习近平总书记关于耕地保护的重要指示批示精神。除了按时参加县局组织的集中学习，他还自己摘抄《习近平谈治国理政》《习近平经济思想学习纲要》《土地管理法》等万余字的学习笔记，使自己的思想能够与时俱进，具备了一定的政治理论水平和政治洞察力，牢固树立了全心全意为人民服务的宗旨和正确的世界观、人生观、价值观。

苗永壮同志特别注重相关软件和硬件设备的操作能力，卫片工作业务全程需要计算机、GPS 等硬件设备支撑，更需要相关办公、绘图以及测绘软件的熟练掌握支持。他为了更快地掌握新业务，多年前他就利用业余时间自费在社会电脑学校参加了办公自动化技能培训，并以优异成绩取得了计算机等级证书。卫片执法涉及外业和内业两大块，外业需逐地块现场定位拍照记录，内业需要整理庞大的表单数据和文字稿，各种文件常摆满了他的桌面。他起早贪黑，近 10 年来他走遍了全县每一个村庄几乎每一块土地，从没减过苦叫过累。他忘我执着，夜以继日，熬了多少个通宵，眼睛经常血丝。妻子总是抱怨他忙，说他不顾家，不理解他，他说做好本职工作是单位每一名员工最基本的职业道德和修养，也是工作最起码的标准。业务能力不是与生俱来的，是需要不断地学习成长的。作为一名共产党员，曾经的军人，既然领导把这个任务交给了我，就一定要尽职尽责地完成，才对得起国土卫士这个称号，才对得起党对自己多年的培养。苗永壮同志因为业务水平高，多次被省厅抽调参加全省卫片审核工作。2017 年，他作为全市唯一被省厅抽调的业务骨干参加全省各市卫片数据审核，回来后，谁也没想到一向腼腆的他竟然能站在市局领导和各县局主管局长面前成为培训会的主讲。会上，他表现得不卑不亢，从容不迫，耐心、准确地解答各位领导和同事们的提问，赢得全场阵阵掌声，成为一时的佳话。

参加工作以来，苗永壮同志始终严格要求自己，把作风建设的重点放在严谨、细致、求实、脚踏实地埋头苦干上，真正做到了干一行、爱一行、钻一行，具有较强的服务意识和协调能力。在工作中，他始终保持严谨的工作态度，严守工作纪律和保密规定，树立了不骄不躁、扎实肯干的工作作风，不断增强工作的主动性和积极性。他始终以高度的责任感、使命感和工作热情，积极负责地开展工作。同时，能够以制度、纪律规范自己的一言一行，虚心接受来自各方面的意见，时刻保持良好工作作风。他团结同志、尊重领导，谦虚谨慎的为人处世风格全局有目共睹。2022 年和 2023 年全局公开投票评选县局年度优秀，他都高票当选。他在担任县局党委第二党支部书记期间，把支部党建工作抓得有声有色、丰富多彩，各项资料成为全局模板和范本，受到局党委和县委组织部高度评价和认可。

苗永壮同志在工作中虽然没有取得什么惊天动地的业绩，但每一次的卫片外业核查，每一次的数据统计报表，他都能以百分百的精力投入到其中去。他在工作中进步，在工作中学习，在工作中不断成长，他时常用自信的口气对自己说："我能行！"他从不计较个人得失，每次都能高标准完成工作任务，真正做到了一名当代党员应具有的优良品质，是当之无愧的楷模。像苗永壮这样的爱岗敬业的年轻人在临漳县自然资源和规划局还很多，临漳县耕地保护工作能做到现在这个成绩，离不开这些默默无闻的小人物。

三

温江涛说："去土地复垦现场看看吧，还有高标准农田建设，现在田地里风景正好。"

带我们去现场的是生态修复中心主任袁华，袁华是一位敦实的小伙子，脸上永远洋溢着淡淡的微笑，他说："临漳耕地后备资源不足，在土地复垦方面每年的项目不多。"

他说："土地整治目标是通过整治使农田标准化，规模上集中连片，耕

摄影：汪洋

作条件和质量达到较高水平，成为生态优化、结构合理、增产增效的农业示范性农田。通过对项目区土地利用现状的分析，我县新增耕地潜力主要来源于低效园地、残次林地、荒草地的整治开发，将其改造为耕地，增加有效耕地面积。”

袁华说起土地整治工作和他负责施工过的项目，侃侃而谈，如数家珍。

他说起2022年实施的两个项目。第一个项目区位于临漳县西羊羔乡南羊羔村。项目区总建设规模为10.8419 hm^2，项目实施后预计新增耕地10.8419 hm^2，新增耕地率为100%。项目性质为土地整治项目，类型为占补平衡项目。通过配套建设项目区内农业基础设施，科学布局农田地块，合理布置各项工程，改善农业生产条件及生态环境，在提高农业综合生产能力的同时，实现土地资源可持续利用目标。高效利用和优化配置土地资源，加快改善农村生产生活条件，实现农业增效、农民增收、农村发展，促进农业现代化及统筹城乡发展。

实施土地整治项目，临漳局做到了“四个坚持”。一是坚持“十分珍惜、合理利用土地和切实保护耕地”的基本国策，规范开展土地整治项目建设。二是坚持规划引导，以土地利用总体规划和土地整治规划为依据，与相关规划相协调，统筹安排土地整治项目建设。三是坚持因地制宜，根据不同区域自然资源特点、经济社会发展水平、土地利用状况，有针对性地采取田、水、路综合整治措施。坚持数量、质量、生态并重，确保基本农田数量稳定、质量提高。四是坚持以农村集体经济组织和农民为主体，充分尊重农民意愿，维护土地权利人合法权益，切实保障农民的知情权、参与权和受益权。

第二个项目区位于临漳县张村集镇南史庄村。项目区总建设规模为19.0833hm^2，项目实施后预计新增耕地19.0833hm^2，新增耕地率为100.00%。项目区以缓平地为主，部分区域存在田坎，但高差较小。土地权属明确，界址清楚，面积准确，项目区与周边权属之间，均无地界纠纷，袁华主任说，这个施工过程比较顺利，村内的群众非常拥护，投入的资金全部为国家投资，无须地方配套，项目施工过程中，解决了村内一部分富余劳动力，让他们不出家门就能挣钱。

临漳局每个土地整治项目总能对项目区进行详细的调查研究，收集规划设计基本资料，提出规划设计的主要思路，并广泛征求地方政府和有关部门的意见和建议，在此基础上，进行项目的规划设计，并编制项目预算书。通过进行土地整治，落实本区域内耕地占补平衡任务。科学合理地开发项目区土地，满足农田生产和环境景观协调要求，起到保持水土、保证生态环境良性循环的作用。通过配套建设项目区农业基础设施，科学布局农田地块，合理布置各项工程，改善农业生产条件及生态环境，在提高农业综合生产能力的同时，实现土地资源可持续利用目标。高效利用和优化配置土地资源，加快改善农村生产生活条件，实现农业增效、农民增收、农村发展，促进农业现代化及统筹城乡发展。

2023 年他们也实施了两个项目，一个是章里集镇中章村等三个村土地整治（占补平衡）项目，项目区土地总面积 7.1214 hm^2，其中后章村集体土地 2.1851 hm^2，中章村集体土地 2.6769 hm^2，章里集村集体土地 2.2594 hm^2。项目可增加有效耕地面积 7.1214 hm^2，通过配套建设项目区农业基础设施，科学布局农田地块，合理布置各项工程，改善农业生产条件及生态环境，在提高农业综合生产能力的同时，实现土地资源可持续利用目标。高效利用和优化配置土地资源，加快改善农村生产生活条件，实现农业增效、农民增收、农村发展，促进农业现代化及统筹城乡发展。

第二个项目是位于临漳县西羊羔乡南羊羔村、苏庄村、刘羊羔村、王羊羔村。项目区总建设规模为 6.7246 hm^2，其中刘羊羔村集体土地 1.9122 hm^2、王羊羔村集体土地 1.2345 hm^2、南羊羔村集体土地 3.1106 hm^2、苏庄村集体土地 0.4673 hm^2。这个项目是开发利用低效园地、残次林地、荒草地。项目实施后预计新增耕地 6.7246 hm^2。

袁华说：“实施项目不仅要注重经济效益，更要重视环保工作，临漳县本来就是实施‘两山’理论的先进县，为了尽量避免和减弱施工对环境带来的负面影响，减少对环境的破坏，施工加强了对环境的保护工作，并根据本项目的实际情况、气候条件和特征，紧密结合当地社会经济发展规划、环境保护、水土保持等规划及地方性法规、政策，无条件接受环境保护监测单位的指导和监督。工程施工中，按照批准的相关规划、措施方案切实做好生活区、施工地区、取弃土场及其他施工活动区域范围内的环境保护工作，并由环保部门进行经常性的检查、监督，使该项目工作落到实处。对施工过程的水污染、扬尘、噪声都做到了及时治理。对各类车辆、设备使用的燃油、机油、润滑油等应加强管理、所有废弃脂类均集中处理，不得随意倾倒，更不得任意弃入水体内。工程竣工后，根据实际情况及环保要求进行场地平整，尽量恢复地表天然状态。对原耕地区域需满足复垦需要，对因工程施工而堵塞的沟渠、河道予以疏通和保持水流顺畅。”

好多年我没有看到如此大片的麦田了，项目区里的田块被树林分切成大小不等的田块，每个田块内现在种植的都是小麦。此时，小麦正在拔节，好像一夜之间就能长高许多，蓝色的天空下是大片绿油油的麦田，我想到了一幅著名的电脑桌面图片，那是内蒙古大草原的绿，那种绿是高低起伏的，而现在展现在我们面前是整齐划

摄影：汪洋

一的葱绿，好像是被刀切割过。

车子缓缓停下了，麦田里一个穿塑料透明雨衣的农民正在地里忙碌，喷灌技术的运用既节约了水资源，又增加了灌溉的效果。水从黑色塑料软管均匀设计的喷眼中射出来，变成了雾状，形成了一个个白色的水雾团，在夕阳的照射下，水雾上方出现许多美丽的彩虹。

袁华顺着田埂走进麦田，不一会那个正在忙碌的农民忙完了活跟着袁华来到地头，他是种粮大户刘存林。满手是泥的老刘有60岁左右，他头发偏少，还被风吹得东倒西歪，褐紫的脸庞带着淡淡的微笑。雨衣上的水珠子还在往下滴答，一双黑色的高筒雨鞋上没有一点泥，那是被雾状的水无数次冲洗过。为了不耽误老刘工作，我们的采访简洁明快。他说这块土地原来是杂草丛生的次生林地，偶尔种有小片的油菜。土地投入和产出不成正比，土地就撂荒了，这个项目施工完后，两家就承包了这100多亩地。现在小麦长势良好，预计今年是个丰收年，老刘望了一眼麦田，眼中充满了希望，我脑补了几个月后联合收割机收小麦的场面，黄灿灿的小麦被收割机吐进拉运粮食的大卡车，被运到粮食晾晒场，被送进面粉厂，被磨成雪一样白的面粉。

我说：“老刘展望一下种地的经济效益吧！”老刘呵呵一笑，没有马上回答我，他点燃一根烟，稍做停顿说：“随着种地成本的加大，种一两亩地经济效益不大，但是种上100亩，上千亩那效果就不一样了。”老刘回答得

摄影：汪洋

很是艺术，他没有说出具体数字，但是我们能感觉到他是尝到了种粮的甜头了。

我该去开关阀门了，喷灌必须定时关闭和开启不同地段的供水阀门，他说灌溉用水都是经过计算的，得用时间来卡。

望着老刘远去的背影，我心生怜悯，60 岁左右的人了，到了人生最尴尬的年龄，说老不老，说小也不小，按说他该歇歇了，但依然在田间劳动，田地有个好收成，就是对农民最好的回报。自然资源部门改善土地种植条件，说大了，是和国家粮食安全密切相关，说小了，关乎每个农民家庭的幸福生活。

进入西羊羔乡政府，和正准备出去迎接我们的王乡长打了一个照面，袁华介绍说："这是王乡长。"我在心里嘀咕："是乡长还是副乡长？这个王乡长看样子不过 30 岁出头，穿着整齐，落落大方，满脸的胶原蛋白，浑身充满了活力和朝气。"在她干净整洁的办公室落座后，她说："刚刚开完一个会，乡政府的工作非常繁杂，'上面千条线，下面一根针'。所有的工作都要靠乡里落实。我的工作就是开会布置，检查督促。"寒暄过后，她说："自然资源和规划局服务为民的工作让老百姓得到了实惠，老百姓提起他们就感觉格外亲切。听说你们要来采访，镇村干部非常踊跃，我们挑选了几位村干部和群众代表，他们见证了土地整治项目实施的整个过程，还是由他们来说吧。"

第一位接受采访的是乡政府包村干部，他叫梁思源，是一个 20 多岁年轻干部，他身材魁梧，一米八几的大个子，现在的乡镇干部已经不是 20 多年前的样子了，他们都是高校毕业后经过考试进入乡镇工作，文化素质高，思维敏捷，责任心强，积极上进。他 2021 年刚上班就被派往南羊羔村担任包村干部，现在已经 3 年多了，回首 3 年 1000 多个日日夜夜，他和村民结下了深厚的感情，每个村都有许多矛盾和问题，但是只要你深入群众和他们交心，了解他们的思想，大部分问题就能解决。南羊羔村共有 800 多户，常住人口 1500 多人，属于中型村庄。自然资源和规划局 2022 年在该村搞的土地整治工作，主要是平整土地和硬化田间生产路，投资不算太大，但是没有让群众掏一分钱，项目开展得非常顺利。南羊羔村过去耕地不太平整，大型机械根本进不了地，通过整治，土地平整了，耕地质量提高了，农业机械化程度也提高了，自然土地产出和回报率就增加了，据测算每亩增加纯收入 300 多元。这块土地由于不平整，过去只能种树，现在全部改造成基本农田了，主要种植小麦玉米和大蒜。小梁同志有文化，普通话标准，我们全程交流没有让人做“翻译”。他最后说：“你们还是听听群众怎么说吧，他们最有发言权。”

西羊羔乡？南羊羔村？这里的地名虽然不是高大上，但是都非常接地气，我非常好奇地问王乡长：“为什么这里的地名都和‘羊羔’有关系，莫不是过去这里出产‘羊羔’？”王乡长笑了笑：“算你猜对了，我们这里确实和畜牧业和养羊有牵连，并且历史悠久，最远可以追溯到东魏、北齐时代。我们这里曾经是牧羊区，盛产羊羔，并建有观牧区看台，因此，形成的村落叫‘羊羔’。所辖的 15 个村有 6 个村名和‘羊羔’有关，分别是中羊羔村、温羊羔村、刘羊羔村、王羊羔村、南羊羔村、西羊羔村。”王乡长接着说：“我们西羊羔乡地处临漳县东北，东与成安县李家疃镇交界，南与柏鹤集乡毗邻，西与临漳镇相连，北与成安县辛义乡接壤。辖区面积 30.59 平方千米，粮食作物以小麦、玉米为主。主要经济作物为蔬菜。主要品种有韭菜、大葱、西红柿、茴香等。畜牧业以饲养生猪、羊、家禽为主。”年轻漂亮的王乡长过去在县妇联工作过，还当过乡镇人大主席，转任乡长时间并不长，但从言谈中可以看出她对全乡的基本情况了如指掌。

第二个走进乡长办公室接受采访的是一个老头，袁华介绍说他叫朱辛保，今年 70 岁，老朱看上去精神矍铄，大概不经常出门，加之坐在乡长办公室，对面坐着采访他的作家，老朱看上去略显拘谨，满是老茧的双手规规矩矩地放在微微抖动的膝盖上。为了让他放松，我给他递上一根烟，帮他点燃，他讪讪地搭腔，脸上露出淡淡的笑容。

“我纠正一个问题，刚才这个领导说我 70 岁了，其实我今年才 69 岁，阴历生日还没有过呢。”老朱说起这个，我觉得非常有意思，他纠正年龄的意思说他还不老，身体健康，还能下地干活。他 1996 年入党，是一个党龄 28 年的老党员。他过去是农机手，经营大型农业机械，现在年龄大了，孩子们不让他搞了，他就种几亩地。

“自然资源和规划局施工的土地整治项目有我家 8 亩地，这块地过去高低不平，没法种庄稼，只能栽树。2023 年这个工程开始干，半年多就完工了，现在这块耕地平平整整，种地都觉得心情舒畅，家庭收入整体增加了。”老朱越说越带劲，刚才的拘谨烟消云散，他脸上洋溢着幸福的笑容。

“您老精神状态这么好，肯定能活一百岁。”采访结束，我随声说了一句祝福的话，老朱笑得合不拢嘴，脸上岁月堆积的沟壑瞬间舒展开来。

张淑青是南羊羔村的妇女主任，一看她就是见过世面的人，乡干部不介绍，我一直以为她也是一个乡干部呢，她成熟稳重，看样子当村干部好多年了。一头齐耳短发显得干练，穿着打扮也不落俗套，也是，脱贫攻坚、乡村振兴连年的一号的文件都是涉及“三农”工作的，党中央从各个层面提高了农民的生活待遇，交通条件、人居环境改善，增加农民的文化生活提高农民文化素养，农村图书馆、文化下乡，等等，“润物细无声”啊！现在农民和城里人差距越来越小了，基本上分辨不出来了。

张主任说话干脆利索，直入主题：“这个项目是乡政府对接县里，给我们村办的一个好事，这块地历史上就是杂草丛生，许多年了一直是这样。群众有意见，埋怨村干部不为群众办事，干群关系因此也不十分和谐，群众有意见是对的，干部也有难处，现在干什么都要钱哩！干部也为难哩！去哪里弄钱啊！后来乡干部带来县上的人来我们村调查，说是进行土地整治，这是好事啊！别人是打着灯笼去找，现在是好事找上门了，于是全村干部群众思想高度统一，为项目施工提供方便，保证项目施工过程中没有一点问题。事实也是这样的，项目施工过程中，遇到问题村干部私下里就解决，他们根本不知道。”

袁华频频点头认可，他是项目负责人，风里来雨里去最有发言权，但是袁主任不善言谈，我觉得他一定是个实干家。

张主任接着说：“我家现在有 7 亩地，项目施工完后，每亩增加收入 200 多元，我两个女儿一个出嫁了，一个大学刚毕业已经在南方城市谋到职业，干得不错，我没有啥可操心的，现在在村里为群众做些工作，身体健康比什么都好。”张主任是个严肃的人，她脸上风轻云淡，但是言语间，可以感觉她对现在生活的满足。

袁华说：“高标准基本农田建设，过去是我们自然资源和规划局的工作。2019 年机构改革后，把此项工作划归农业农村局了。我县的高标准农田建设工作一直做得非常好，建东科长已经联系了农业局有关人员，他们正好在施工，我们去看看现场吧。”

摄影：汪洋

习近平总书记强调要守住耕地这个命根子，尤其要加大高标准农田建设投入和管护力度，高标准农田建设，是国家一项重要的关乎粮食安全的国之大策。临漳县一方面在建，更多的精力放在管上。临漳县2023年争取到中央财政预算内高标准基本农田改造提升项目，地点在柏鹤集乡、杜村集乡、张村集镇、砖寨营镇4个乡镇17个行政村，项目规模为3万亩，总投资4215万元，其中中央财政资金3372万元，省级财政配套422元，县级财政配套421万元，此项工程施工期一年，工程负责人说："灌溉工程和电路架设工程已经基本完工，道路工程已经接近尾声。"

在张村镇一处田间道路硬化现场，工人正在用机械打磨已经硬化的路面，打磨机在高速旋转，水泥路表面越来越光滑，路边新修的水泥渠道上还覆盖着塑料保护膜，一条新架设的低压线路伸向远方，一个崭新的变压器安装就位；在另外一处施工现场，工人正在根据测量结果放线、铺设硬化路面两边的钢制模具。高标项目负责人是一个小伙子，他皮肤粗糙，黑里透红，大概是风吹日晒的后果。他用不太流利的普通话介绍说："这条道路紧挨村镇，群众积极性高，为了不影响施工，都把各自门前清理得干干净净，有的群众出义务工，并没有要求报酬。有镇村干部和群众的支持，有县委县政府支持，我们一定能够按期按质完工，要把这个项目做成民心工程、幸福工程，我们农业农村局是立了军令状的。"这个小伙子铿锵的话语，让随行人员精神振奋。在临漳这片希望的田野上，一定能够盛开幸福

摄影：汪洋

的花朵。

一望无际的绿色在辽阔的田地里舒展，金黄的油菜花盛开，田块之间道路两旁笔直的杨树嫩芽初绽，车辆路过一片地，群众正在种植山药，挖坑的拖拉机“吐吐吐吐……”在田间缓慢向前移动，群众跟着机械把山药小段（种子）放进挖好的沟壕内。说起山药，我立马来了精神。在我们家乡，晋南永济的黄河滩沙土地里，现在也是种山药的时候，我们当地的山药种植面积非常大，大量的铁棍山药销往全国各地。建东科长说：“耕地面积增加了，质量提高了，群众的致富路子也多了，在种地上开始大做文章了，山药是近几年才开始引进种植的，效益正在展现。”

我们的车辆在一条大水渠边停下来。水泥铺设的水渠内，水缓缓地流着，清澈得很。王乡长介绍这条渠叫“民有北干渠”，水来自上游的“岳城水库”每到农田灌溉季节，农民便抽水灌溉农田，丰水期上游的水是免费的，枯水期，由于用水量大，县里会掏钱买水，让群众免费用水。

“这项措施很不错呢！”我随口说了一句。

据建东科长介绍，临漳是农业大县，粮食作物产量大县，县委县政府非常重视农业发展，出台了很多政策，千方百计为种粮农民提供方便，为农民增产增收提供方便。这一举措也让各级政府和农民的关系更近了，感情更亲了。

水渠里的水来自岳城水库，岳城水库以上的漳河发源于山西，千里迢迢穿行过太行山的崇山峻岭，进入河北，漳河水性湍而悍，急流以高屋建瓴之势，穿峡谷、越断崖，奔腾而下，“漳水洪涛声闻数里”（《畿辅安澜志》）。岳城水库位于河北省磁县与河南省安阳县交界处，大坝左端在河北省磁县境，右端在河南省安阳县安丰乡英烈村北，控制流域面积 18100 平方千米。灌溉面积河北与河南省 300 万亩耕地。1981 年后，并向河北邯郸市、河南安阳市工业供水。

岳城水库的水来自漳河，漳河发源于我们山西。此刻作为山西人，我感觉我们山西人和河北人是如此亲近，我恨不得马上去看漳河，无奈天光暗淡下来，看到忙碌了一天的建东、袁华、杨蔓，王乡长，我还是没有开口，随行的汪洋兄一下子猜透了我的心思，他说：“明天我们要看看漳河，近距离触摸漳河水。”

四

临漳，顾名思义就是临漳河而居，全国像这样的城市不少，比如山西的“临汾”，山东的“临沂”，云南的“临沧”等。“临水而居，择水而憩”这一概念自古以来就是人类亲近自然的本性。从古至今，人们对于居住环境的选择，往往倾向于靠近水源。这不仅是因为水源地气候宜人、环境优美，也是因为水能够带来宁静和平和的感觉。在城市化快速发展的今天，临水而居，已经成为一种稀缺的资源享受。随着城市的发展和土地开发利用，能够同时享受自然和生活便利的空间变得越来越少。因此，河畔的土地和居住环境变得尤为珍贵，成为一种身份和地位的象征。临水而居不仅仅是一种物理上的选择，它还蕴含着深厚的文化意义。它代表着人们对美好生活的追求，对自然和谐生活的向往，以及对诗意人生理想的实现。这种生活方式体现了人类对自然环境的尊重和利用，同时也反映了人们对美好生活环境的不断探索和追求。临水而居，择水而憩不仅是一种生活选择，也是一种生活态度和文化追求。

漳河，古称衡漳、衡水，衡者横也，意指古代漳河迁徙无常，散漫而不可制约。漳河属于黄河水系，以后因黄河南徙，纳入海河水系。上游由两河合一，一为清漳河、一为浊漳河，都发源于山西省东南部太行山腹地（行政隶属于山西晋中及长治等地），下游作为界河经过区段划分河北省与河南省边界，到河北省邯郸市馆陶县合流卫河，漳河流经 3 省 4 市 21 县市区，长约 400 千米，流域面积为 1.82 万平方千米。

我们的车子开到了位于香菜营乡的漳河大桥边，站在桥上，居高临下，河水澎湃而来，沿着弯弯曲曲的河床奔流而去，因为还没有到丰水期，河床还有部分裸露的土地，河水清澈，虽不如湖水般澄明，但是那淡蓝色的水面还是让我惊叹不已，河水是来自大自然的玉液琼浆，是地球流淌的血液，它滋养了大地的万物生灵，也是河两岸人们的精神家园。我想起一句诗：“我住长江头，君住长江尾。日日思君不见君，共饮长江水。”这里且不说诗句间的爱情故事，从地理意义上讲，400 公里漳河灌溉了多少亩良田，让世世代代人们繁衍生息，用什么语言赞美漳河都不为过。

司机师傅说从桥尽头有一条小路可以下到河边，甚至可以触摸到河水，我立即兴奋起来，每到一个地方最喜欢看的就是山川河流等自然风景，这些大自然的景观最能激起我的创作灵感。由于路较窄，坑坑洼洼，车子开始打滑，但是司机韩师傅还是努力把车开到了河边。我近距离贴近河水，听到河水哗哗的声音，好像感觉到它的心跳，我蹲下来，伸长胳膊，手伸入河水，由于春季阳光普照，河水并不是那么冰凉，甚至有些温暖。漳河水哺育了沿河两岸的人们，漳河是临漳人的母亲。漳河水利历史悠久，早在战国时期，西门豹治邺即在漳河河北省临漳县段建造了引漳十二渠。中华人民共和国成立后建造了漳泽水库、岳城水库、红旗渠、漳南渠等大型水利工程。在流域农业生产和治理洪涝灾害方面发挥了作用。

漳河水在山谷间蜿蜒而行，穿越了太行山。是什么力量让它一往无前，奔流入海？是自然的力量，是上苍赋予他的使命。是沿河人民亿万年的虔诚感动了他，是良田美景、是飞禽走兽、是鸟语花香，是和谐的世界让他敞开胸怀去接纳和包容。

走过三台胜景斑驳的大门，一尊曹操雕像矗立道路正中，只见他目视前方，凝聚一派霸王之气。太阳已经拨开云雾，阳光照耀在这座 1800 多年前建造的高台上。邺城，一个历史上跳不过的名字。曹操修建三台，“铜雀春深锁二乔”的典故诞生于此；建安文学从这里兴起，建安风骨在中国文学史上留下浓墨重彩的一笔；玄音梵呗曾绕梁不止，一尊尊、一座座精美的佛造像不仅令考古人员惊叹，更惊艳了世界。邺城，作为六朝古都，有着太多道不尽的故事；临漳，作为中原襟喉，如今又书写着怎样的传奇？

绕过曹操雕像，高高的门楼上，“三台胜境”的匾额格外显眼。穿门而过，54 级台阶连通古今。百年古槐枝繁叶茂，阳光穿透枝叶，洒落在青灰色的石砖上。拾级而上，便来到现今仅存的金凤台遗址。金凤台，原名金虎台，始建于公元 213 年，距今已有 1800 多年的历史。登高西望，巍巍太行连绵千里；下台回转，夯土细砂历史沉金。据说曹魏修筑三台时用米汤将夯土搅拌，每 12 厘米夯一层，这样一层一层地夯上去，所以经过近两千年的风吹日晒、雨水冲刷，依然屹立不倒。层层夯土，虽不言不语，却是千百年来历史变革的见证者。建安文学更是为三台留下了不少千古名篇。在这里，蔡文姬的胡笳十八拍萦绕于殿阁楼宇之间，三曹与建安七子饮酒赋诗、慷慨激昂。据说三台建成之初，曹操在台上宴飨群臣，命其子和群臣当场赋诗赞美三台。曹植才思敏捷，出口成章：“建高门嵯峨兮，浮双阙乎太清。立中天之华观兮，连飞阁乎西城。临漳水之长流兮，望果园之滋荣……”这就是著名的《铜雀台赋》。

要想一览六朝古都的风采，邺城博物馆是必去之地。邺城博物馆位于邺城遗址保护范围北侧，是《邺城遗址保护规划》的开山巨作。馆内现藏文物万余件，其中陈列的曹魏时期青石螭首、北吴庄出土佛造像等珍品乃馆内珍品。该馆综合利用声、光、电、3D 技术等先进的展陈手段，辅之以壁画、雕塑、场景复原，用巧妙的创意为人们还原了邺城从史前至秦汉，从三国到南北朝的厚重历史，脉络清晰、重点突出地展示邺城文化、经济、政治的发展历程，被誉为闪耀在中原大地的一部“百科全书”。

邺城博物馆的入口似城门般巍然耸立，进入门内便豁然开朗。博物馆的外形仿造朱明门而建，朱明门是邺南城的正南门，被称为国门，是众门之首，它是皇帝专用门，相当于北京正阳门。深入馆内，映入眼帘的便是复原的沙盘邺城，“饰表以砖，百步一楼。凡诸宫殿门台隅雉，皆加观榭，层甍反宇，飞檐拂云，图以丹青，色以轻素，当其全盛之时，去邺六七十里，远望苕亭，巍若仙居”，正如《水经注》中的记载一般。提及邺城，便想到三国雄风。“往事如烟，铜雀台虽已不再，但其雄伟之风依然可以窥见一斑。”邺城博物馆藏品丰富多样，展现出了古邺城厚重的文化底蕴。“中午请两位作家吃临漳的一个地方特色名吃羊汤”

建东科长真是了临漳的活地图，名城胜景一概在他脑子里，临漳每一个人都是临漳的解说员，提及家乡他们眉飞色舞。午饭时分，临漳老街的老孙一流大锅羊汤店里几乎坐满了食客，大家都为这一口羊汤而来。

“我们的羊汤是老汤，一星期换一次。”吧台上的年轻人是老孙家羊汤的第四代传人，而他的祖辈，从一个小小的羊汤摊儿，一步步经营到如今的临漳县名优特色小吃。

“熬羊汤选用的羊头骨、羊蝎子等部位，三天就要换一次。”

“桌上有盐有胡椒粉，根据口味自己加。”入座后，漂着葱花香菜的羊汤被端上桌。伴随着羊汤一同上桌的还有烧羊脸、烧羊血，这些都是店里的特色菜。

店家说：“一天大概能有五六百人来店里，很多还是老顾客。回头客经常夸我们的汤好喝，量大实惠，肉质鲜嫩。老店传四代，秉承的就是精选好食材只为做好汤的经营理念。”

有鲜嫩的羊肉吃，有暖胃的羊汤喝，再喝几口当地白酒真是惬意。因为下午要见临漳自然资源和规划局局长，小酌几杯，不胜酒力的我便有了几分醉意。车子拐进县城宽阔的玄武大街，街道两旁春柳驽出芽儿，沉甸甸的柳絮随风摆动，红叶李满树的粉红色小碎花像电影院的彩色爆米花一样炫彩靓丽。

酒足饭饱，建东科长带我们去游览金凤公园，进入大门，金凤台上一座巨大的建筑雕塑出现在眼前，用花纹相间的粉红色大理石雕塑而成的金凤，伸着舒展的翅膀，仰起高昂的头，像是在空中展翅飞翔。传说中的金凤，是神鸟、祥鸟，是鸟中之王，人们只要看到它，就会有好运到来，保护平安，子嗣昌盛等，寓意人们对吉祥、财运、爱情、幸福的追求和向往。既突出了古邺文化的历史渊源，又反映了临漳腾飞、振兴中华的进取精神，是金凤公园的标志。

金凤公园西区广场，矗立着九根汉白玉雕塑文化柱，每根柱子上都刻有一个成语，并刻有相关的历史文化内容场景。这些成语有：春华秋实、七步成诗、对酒当歌等，集中反映了邯郸临漳“成语之乡”的独特魅力。每个文化柱都高大雄伟，好像“天柱”一般，矗立在人们的物质世界和精神世界里。

早春的金凤公园，每一种树木花草都那么美、那么可爱！苍劲有力的梧桐树，婀娜多姿的垂柳树，蓓芽初绽的大杨树，四季常绿的塔松树，器宇轩昂的银杏树，紫荆花、海棠花、山樱花、玉兰花、紫藤花，色彩斑斓、争奇斗艳、鲜艳夺目、五彩缤纷，让我们大饱眼福。行走在公园的环形跑道上，漫步在婉娫、曲折、幽静、狭窄的林荫小道上和新鲜的空气耳鬓厮磨倍感舒适，跨过潺潺流水的小桥，奇花异草的芳香扑面而来，让人神清气爽，心旷神怡！

五

梁书河局长实在太忙，本来说下午约见我们，临时通知他参加县委常委会。我们在临漳县自然资源和规划局内继续采访。

走进温江涛副局长办公室，好像一头掉进地图的海洋。墙上挂满了各种地图，我仔细看，有土地利用现状图、中心城区总体规划图、卫星影像图等，温江涛的办公室不大，甚至有点狭小，办公桌上是一摞摞的文件夹，两个锈迹斑斑的铁皮文件柜里，一遍是业务资料，一遍是各种书籍，刚进门右侧靠墙放置了一张单人床，床上依然是崭新的地图，在温江涛办公室坐了一个多小时，不停有人敲门进来汇报工作。

温江涛说：“工作头绪多，繁杂，一项也不敢贻误。梁局长经常参加市里的会议，有时候几天都没有时间来单位一趟。今天他得知你们来采访，可临时市委办通知召开常委会，今天下午可能见不到你们了，见谅！”

温江涛说：“临漳县自然资源和规划局是 2019 年机构改革比较成功的

一个单位，我们单位现在的主要职责是总的来说是履行全民所有土地、矿产、林地、草地、湿地、水等自然资源资产所有者职责和所有国土空间用途管制职责。组织编制县自然资源和国土空间规划，监督检查自然资源和国土空间规划及测绘等工作的执行情况。其他的比如自然资源统一确权登记工作、国土空间规划体系。县林业和草原及其生态保护修复的监督管理，等等。按照机构编制职责清单，仔细算下来我们单位承担这 34 项工作。班子成员每个人都分管七八项工作。工作任务重，加班加点成为常态，有时候晚了，我就在办公室凑合一夜。我的办公室有点乱啊，不好意思！”

“2023 年，我们临漳局各项工作稳步推进，多项工作受到表彰。局档案信息中心顺利通过档案管理 4A 级验收；在创建全国文明城市的工作中，临漳县创建全国文明城市工作，自然资源和规划局第一阶段验收点位满分和整改完成率 100%，被通报表扬，并获得临漳县全国文明城市工作流动红旗。我局志愿服务队被评为邯郸市学雷锋志愿服务典型。2023 年 1 月一 3 月党委系统信息得分情况中，我局综合得分 108，县直单位排名全县第一，又一次被通报表扬。同时，报送的多篇信息被中国改革报改革网、河北省人民政府办公厅政务交流期刊、河北省人民政府办公厅要情快报、河北新闻网、河北省林长制工作简报、河北省林业和草原局官方公众号、河北省不动产登记公众号、邯郸市政务专报、邯郸市全民推行林长制简报、邯郸日报等政务专报和媒体刊发。普法工作中，我局被河北省自然资源厅评为

摄影：汪洋

‘八五’普法示范县。”

温江涛的记忆力足够好，说起成绩，他一项也没有落下，他带领我们去五楼小会议室参观，墙上的锦旗鲜艳夺目一个个金黄色的奖牌闪闪发亮。温局长说：“这些成绩的取得，一是我们有一个好班长局党组书记梁书河，二是靠全局 200 多名干部职工，‘人心齐，泰山移’。这话一点也不假。”

梁书河，一个响亮的名字，我在脑补他的形象。名字里有“书”有“河”，他一定是一位知书达理，胸怀临漳山河的大家。梁书河局长 1972 年出生，中共党员，本科学历，现任临漳县经济开发区管委会常务副主任、临漳县自然资源和规划局党组书记、局长。他参加工作以来，任真贯彻执行党和国家的路线、方针、政策，坚持以习近平新时代中国特色社会主义思想为指导，深入贯彻落实党的二十大精神，以自然资源“两统一”为主线，以保投资、保项目、保发展为抓手，牢记全心全意为人民服务的宗旨，在工作中他严格要求自己，树立良好的工作作风，遵规守纪，爱岗敬业，勤政廉政，扎实工作，圆满完成了省、市、县安排部署的各项工作任务，向各级领导交上了一份圆满而又沉甸甸的答卷。多年被他被临漳县委、县政府评为“先进工作者”“优秀共产党员”“服务重点项目建设先进个人”“信访稳定工作先进工作者”，并荣获“2021 年河北省国土绿化突出贡献人物”“2022 年河北省自然资源系统先进工作者”荣誉称号。

他，政治站位高，始终做到对党忠诚，能够牢固树立增强“四个意识”、坚定“四个自信”、做到“两个维护”，在思想、行动上能同党中央保持高度一致；牢记全心全意为人民服务的宗旨，正确行使党和人民赋予的权利，自觉地为群众谋利益，从不计较个人得失，是忠实践行“两个维护”的楷模。

他，领导能力强，勇于开拓创新。在党建工作上，临漳县局 6 个党支部全部达到优秀党支部标准，并荣获 2021 年度临漳县文明单位荣誉称号。在要素保障上，他带领一班人争得省建设用地批复 4968 亩、累计出让土地 159 宗 5440.17 亩，出让价款 386072 万元，为县域经济发展注入了有力的资金保障。在专项整治上，拆除了八阵城、东前坊表等历史遗留违法违规问题，他毫不手软，严格执法，累计拆除违规违建 33 万平方米，在全市率先实现 7.3 后违法图斑拆除全部“清零”。在造林绿化上，累计完成造林 75953 亩，2020 年成功创建“河北省森林城市”。在服务民生上，进一步深化审批登记制度改革，优化发展环境，累计发放不动产权证书 85057 册、不动产登记证明 26084 份，按时办结率均为 100%。

他，自律意识强，始终做到清正廉洁，严格履行全面从严治党主体责任，带头执行中央八项规定及其实施细则精神，以作风建设永远在路上的恒心和韧劲，坚持从严抓作风、从严带队伍、从严管干部、从严管家人。同时，创新廉政教育方式，开通“掌中廉政微课堂”，工作做法先后被河北新闻网、“学习强国”等媒体刊登，构建了风清气正的自然资源政治生态。

他，工作方法多，始终做到创先争优。在他的带领下，临漳县局 2021 年被自然资源部评为全国自然资源系统“七五”普法先进集体（河北省唯一县局）；不动产登记工作被评为“全国百佳便民利民示范窗口”，同时连续两年被省文明办、省厅授予“文明服务流动红旗单位”；2021 年规划工作被邯郸市党史学习教育领导小组授予“优秀创意类·十佳单位文明称号”；2021 年城市精细化管理三年行动工作，被邯郸市城市综合管理委员会评为先进集体。2022 年临漳县自然资源和规划局被临漳县人大授予 2021 年度“承办代表建议先进单位”荣誉称号并颁发奖牌；在河北省营商环境评价工作中，临漳县自然资源和规划局不动产登记中心获得综合评分全省第一名；邯郸市例行督查问题整改暨违法占地百日攻坚行动第一期专报，临漳县排名全市第一；在邯郸市 4 月份不动产登记系统数据质量排名中，临漳县自然资源和规划局不动产登记中心综合排名全市第一；在邯郸市自然资源和规划局系统 2022 年 1—4 月份信访情况通报中，临漳县信访受理率、按期办结率 100%，排名全市第二；在中共邯郸市委干部考核领导小组办公室经济发展绩效专项考核通报中，该局承担的产业项目建设指标排名全市第二；在河北省自然资源厅组织的“提质增效、文明服务”竞赛活动中，临漳县不动产登记中心获得文明服务流动红旗；邯郸市耕地保护督察发现问题整改暨土地卫片执法集中攻坚行动专报第 5 期中，临漳县日常工作扎实、主动谋划、提前着手，效果明显，初步通过核查，被通报表扬；在中国自然资源报通报表扬的 2022 年度读报用刊工作先进单位评选中，临漳县自然资源和规划局获得先进单位；邯郸市自然资源和规划局 2022 年 1—11 月份全市批而未供和闲置土地利用情况通报中，临漳县批而未供处置情况完成比率 114.8%，被通报表扬。

该局的造林工作经验，得到邯郸市副市长赵洪山同志的批示，做法被全市推广；此外，在规划编制、低效用地处置、野生动物保护、人大评议等工作中，连续多年名列前茅。这些成绩的取得无不沁透了梁书河局长的心血和汗水，漳河不会忘记，临漳这片土地和临漳人民更不会忘记。

温江涛说：“给你们讲讲两个梁书记的故事，他是医学院本科毕业的高才生，过去一直在卫生部门工作，后来组织派他去乡镇锻炼。他先后担任过两个乡镇的党委书记 2019 年机构改革，来到自然资源和规划局工作，刚来时，他业务不熟悉，白天工作忙，他就晚上学习，为了弄清楚一项业务，他半夜三更起来看书查阅资料，直到弄懂了再去睡觉，但是准备睡觉了，才发现窗外已经是晨曦微露。梁局长在最短的时间内，把自己由一个门外汉变成业务精通的一把手。梁局长常说：‘规划和自然资源局涵盖的范围大，业务专业性强，自己都弄不清，怎么带领全局往前走？’”

建东科长接完电话说：“不好意思，两位作家，我们稍微迟点吃饭，梁局长估计 6 点多才能到机关。”

趁着这一小空时间，我在看温局长办公室墙上的影像图，温局长介绍说：“临漳县将省级生态园林城市创建作为促进经济发展、改善生态环境的重要抓手，作为提升城市品位、增强人民福祉的民生工程。”据了解，截至目前，建成区绿地率达到 36.27%，人均公园绿地面积达到 15.15 平方米，公园绿地服务半径覆盖率达到 90.06%。每日清晨，在临漳县金凤公园，随处可见身着运动装的居民，三五成群，有边聊天边散步的，有排成整齐队伍打太极的，有围成一圈踢毽子的，有在小树林里拉二胡、吊嗓子的……

现在除了邺城考古博物馆等几处景点，县城的公园、游园、街道，甚至小区、商场，处处充满着文化气息，汉魏风格、历史雕塑、文化小品，随处都是文化，都是历史。正是临漳县城建设过程中的“文化赋能”，现在的临漳县城，所有的街道和公园都以邺城文化元素命名，公园、游园、广场、道路绿化带内，处处都有文化元素，形成了别具一格的“临漳特色”。截至目前，临漳县城共建有 10 个大公园和百余个小游园，公园面积 4500 亩，人均公园绿地面积达到 15.15 平方米。同时，见缝插针对城区道路、停车位、住宅区实施绿化、林荫化和景观化，城区道路绿化普及率达到 100%，城市防护绿地实施率达到 95%。

直到傍晚，忙完事务的梁书河书记才风尘仆仆地走进会议室他一直道歉说：“让两位作家久等了，分身乏术啊。”

从穿衣打扮到言谈举止，可以看出来梁书河是一位儒雅、精干、实在的人。他一身标准的干部服，一副眼镜背后是一双真诚的眼睛。他说话没有丝毫官腔，他说：“我有时候一个星期工作到不了单位一趟，经常晚上办公，我们局的中层都习惯了，非常感谢他们，你们不要写我，要多宣传他们，宣传我们临漳县领导，没有县委、县政府领导的支持，我们的工作就不可能干得这么顺利。”

我从梁书河脸上读到了疲惫，深刻体会到一个县级自然资源和规划局局长肩上的重担，保护资源和保障发展本来就是一个矛与盾的问题，作为单位一把手就要学会在刀尖上跳舞，既要保护资源，又要保障发展，作为单位一把手要确保每一项工作都不能出纰漏，可想压力有多大。

今天已经是周五下午了，晚上我们没有打扰梁书河和温江涛，建东科长说：“明天要参会，晚上加班准备材料。”他建议我们可以去酒店附近的

“七子公园”转转，那里的夜景不错。

七子公园就距离我们入住的临漳迎宾馆不远，金凤南大街和正阳路交叉口。该园之名，取自东汉末年居于邺地并享誉古今的“建安七子”。即孔融、陈琳、王粲、徐干、阮瑀、应玚、刘桢，他们发展并繁荣了建安文学。因他们大体生活在东汉建安年间，所以后世称为“建安七子”。“建安七子”在这里他们创作了大量优秀的诗、赋、散文，为中国的文学创作开创了一个崭新的局面，对后世影响极大。

近年来，为缓解城区缺水，县委、县政府利用西南新区坑塘，打造了总面积 390 亩的 4 个生态湖；在县城东北出口处，建设了占地 206 亩、湖面 90 余亩的玄武园；开挖整修周边湖渠 10 余处、水网 18 公里，形成了近千亩生态水面。用现有河道、水体、坑塘打造湖泊景观，先后建设了三曹、七子、金凤等 10 大公园，园内小桥流水，亭台楼阁，曲径回廊，移步换景，以及带状、街心、口袋公园等上百个小游园，真正做到了以水为魂、以水发力，持续做好水文章，打造水城共融的生态彩带。2300 余亩公园绿地，近千亩湖面的生态水系，让县城成为天然氧吧。“城在园中建、人在画中游、画在景中走”，外来客商和游客称赞临漳是“公园中的县城”。

七点半，天色已经完全暗了下来，湖边宝塔上的轮廓灯准时点亮，湖岸边和拱桥上的灯带也依次亮起，游人不多，今天的公园似乎只为迎接我们。沿着湖边漫步，汪洋老师不停地选择角度拍照，我的手机虽然像素不高，但是看到美景，我也不想错过。

站在七子湖畔，杨柳依依。廊桥亭台，环绕湖边。仿佛置身江南水乡。南门仿古石牌坊，高大雄伟，走在曲直蜿蜒的小路两边，有青草和鲜花相伴。登上七子桥，看到建安七子塑像，至湖心千佛塔，凭栏望，湖水面宽阔，波光粼粼，清澈的湖水，微风吹过，泛起阵阵涟漪，古色古香的千佛塔五十米高，直入云霄，为园内最高建筑。临高极目远眺，西南望古邺，穿过无边无际的原野，恍若窥见雄伟壮丽的邺城三台；东北望新城，高楼大厦鳞次栉比，盛世美景尽收眼底。

这一夜，我枕着临漳的薄纱入眠，梦境中，我仿佛又回到了 1800 年前的魏武时代。唐代大诗人李白在一首送别诗里写道：“生前一笑轻九鼎，魏武何悲铜雀台。”他要告诉世人，不论是绝代容颜，骚人才华，还是帝王权势与奢靡生活，都将在岁月流逝中成为陈迹，生前事既不必执着于利害得失，身后事也不必悲叹挂怀。要时刻保持天真和达观，保持应有的豪情满怀。山简、竹林七贤、王羲之、范蠡，在他面前都相对逊色。他觉得自己比他们有更大的气概和才华，他依然傲视万物，保持昂扬的斗志。

今天就要返程了，我早上 6 点就起床整理行李，从河北邯郸到山西运城，要坐 6 个多小时的高铁。我隔着窗户往外看，七子公园内早已经人头攒动，我洗漱完毕，轻装下楼，开放式公园和城市街道巧妙地融为一体，走进公园，我沿着七子湖步行，看到一位 70 多岁的老者在打太极拳，他满头银发，面色红润，一招一式非常专业，我上去搭讪。当老先生得知我是外地来临漳采访的作家时候，话匣子一下子打开了。

他说：“我每天早晨都来这里锻炼，这里离家近，空气又好，特别方便，县城里公园越来越多，游园随处可见，街道和小区的绿化也越来越好，外地人说我们临漳是公园中的县城，我觉得很贴切。”老者的骄傲和自豪溢于言表。

时间太短，指缝太宽，两天时间倏忽而过，这里的山水，这里的人民，这里的历史都镌刻在我的脑海里，我想多年以后我一定要再来临漳，详细地去读这座城市，感受他的温度。

感谢临漳县自然资源和规划局的同行们，他们勤奋敬业，朴实无华，热情好客，从他们身上可以看到自然资源人对国家、对人民的赤胆忠心，临漳良田阡陌、民风淳朴，相信在这片充满希望的田野上，勤劳的临漳人一定会创造更加美好的明天。

赵光华，中国作家协会会员，中国自然资源作家协会签约作家，山西省作家协会会员，中国地质大学（北京）2021 年度驻校作家，山西省永济市作家协会副主席，出版有中短篇小说集《林中鹿鸣》。

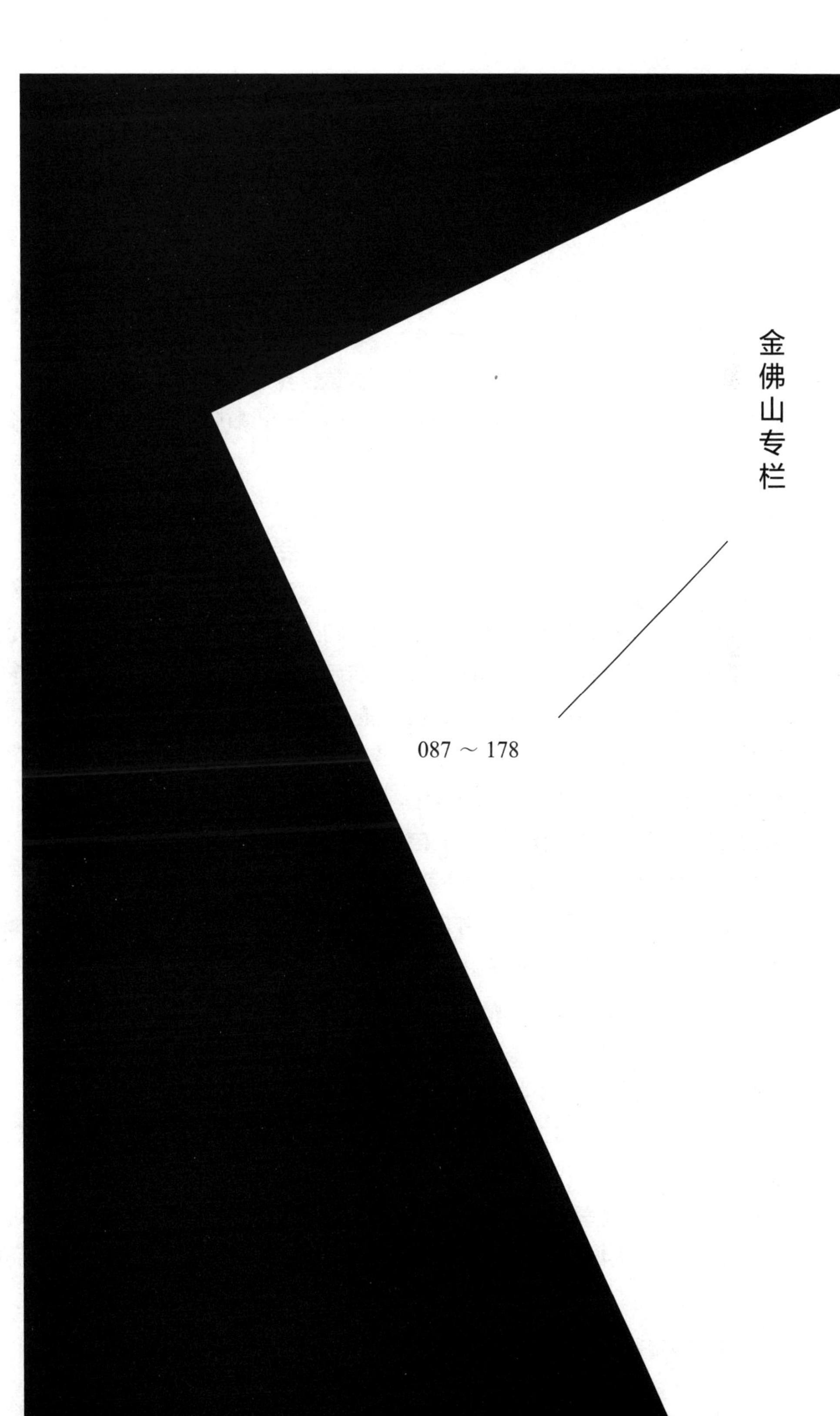

金佛山专栏

087 ～ 178

初识金佛山

陈国栋

四月末，因两年一度的大地文学奖颁奖及中国自然资源作家协会在重庆市建立的自然生态文学创作基地揭牌，我来到了重庆市南川区的世界自然遗产地——金佛山，两天半的身临其境，我对人们称之为“东方阿尔卑斯山”的金佛山有了一些了解。

金佛山下的文学聚会

我是第一次来重庆市南川区金佛山，以前听说过金佛山是世界自然遗产地。三月下旬，我们与南川区委宣传部商量，为建设“美丽南川”，助力南川经济社会持续发展，在南川区金佛山设立中国自然资源作家协会的自然生态文学创作基地，以充分发挥基地在引领自然生态文学创作、普及自然生态科学知识及自然生态文化文学常识等方面的作用。我才开始了解金佛山，我向重庆市作家协会冉冉主席咨询，在金佛山建立自然生态文学创作基地的必要性，冉冉主席鼓励我说非常好！我们重庆市作家协会在金佛山也建立了一个文学基地，你们协会揭牌时，我一定来祝贺！

我是 4 月 24 日中午，从四川省兴文县坐大巴到达重庆市南川区金佛山下的天星温泉小镇，入住天星两江酒店后，我就与作协秘书处的老师们一起布置第七届大地文学颁奖会场、准备材料，在报到处欢迎前来参加颁奖活动的代表、嘉宾。

4 月 25 日上午，“金佛山杯”第七届大地文学奖颁奖仪式，在重庆市南川区“世界自然遗产地”金佛山举行，一批倾情山水林田湖草沙、关注人与自然和谐共生的作家，分别摘取了报告文学奖、小说奖、散文奖、诗歌奖、评论奖、新人奖。

中国自然资源作家协会给予获奖作家的颁奖词是这样说的：

秦锦丽的《地球赤子》。用端庄又不失温度的文字，记述了李曙光院士在地球化学领域上下求索的科学人生和杰出贡献。作品集科学知识、生态社会、人文故事于一体。月光照彻，星星作陪，长年累月，孜孜以求。耄耋之年的李曙光院士如一盏明灯，照亮莘莘学子探索之路。这部报告文学，让我们深知科技是国家强盛之基，创新是民族进步之魂。鉴于此，特将“金佛山杯”第七届大地文学奖报告文学奖颁发给秦锦丽女士作品《地球赤子》。

董永红的《夕阳波澜》。她是一名医务工作者，她有医生的仁心和作家的敏锐，她总能发现人物表面背后隐藏的复杂性。一个人的精神状态是时代精神的一部分，一个人的情怀是民族情怀的一部分。通过她的作品，我们似乎感受到中华民族总是在失望和希望的交织中不断前行，在波澜壮阔的历史潮流中积蓄向上的力量。鉴于此，特将“金佛山杯”第七届大地文学奖小说奖颁发给董永红女士作品《夕阳波澜》。

江北的《平凡之鹭》。从一只鹭鸟的视角，以幽默轻松的笔调，描绘人类与鸟在自然环境中的矛盾与冲突，同时也展现了相互间的和谐与美好。间接地反映了当代年轻人看似叛逆行为里所蕴含的精神追求。这篇散文，作者用朴实简练的语言，对平凡的生活进行了一次深刻的颂扬，对美丽的自然进行了一次深情的告白。鉴于此，特将“金佛山杯”第七届大地文学奖散文奖颁发给江北女士作品《平凡之鹭》。

徐庶的《眼见与真实（组诗）》。立足大地，隐喻人生，将词语之琴与人生之弦巧妙融合，将山川之景与诗意之情浑然一体。诗人通过四种物象，着墨哲学主题，是一组值得细细品味和反复思考的诗歌。这组诗取材自然，入木三分，踏石无痕，隐喻辛辣。诗人以深刻的哲思与隐喻表达了对生命与生活的思考。鉴于此，特将“金佛山杯”第七届大地文学奖诗歌奖颁给徐庶先生组诗《眼见与真实》。

谭滢的《上下求索，寄情云水——从汪洋〈云水间〉说开去》。洋洋洒洒，大开大合，其宽阔的视野、细腻的笔触、精妙的点评，无不显示了作者对于当代诗歌深度透彻的理解和思考。她沉潜到文字的深处，拓展文本，敏感地抓住诗歌的精神内核，形成了自己独特的审美体验，从而做出客观、冷静、精辟的分析判断，为诗歌阅读带来更多的可能。鉴于此，特将“金佛山杯”第七届大地文学奖评论奖颁发给谭滢女士作品《上下求索，寄情云水——从汪洋〈云水间〉说开去》。

新人奖马半丁。常年在人迹罕至的野外勘探，用地质锤与岩石交谈，用文字记述身边的感人故事。文笔流畅、视角独特，他不仅在自然文学的创作上展现出了非凡的才华，更传递了对地球环境的关怀和对未来可持续发展的思考。我们有理由相信，这些成就仅仅是他的一个开始，在未来的文学道路上，他会创作出更多更精彩的作品。鉴于此，特将“金佛山杯”第七届大地文学奖新人奖颁发给马半丁。

文汇报记者江胜信在报道中说：什么样的文学可以见山水、听松涛、闻鸟鸣、嗅稻花、战风沙、探宝藏、抚年轮、尝百味、叩人心……答案是“大地文学”。

多年来，中国自然资源作家协会主办的《大地文学》，始终坚持其“从大地中来，到人民中去”的宗旨，引领广大会员立足自然资源行业，创作自然生态文学作品，讲好人与自然和谐共生的自然资源故事。

金佛山下的文学聚会，既是两年一度的大地文学奖的颁奖活动，更是向广大作者发出坚定文化自信，不断推出人与自然和谐共生的优秀文学作品的动员令。

走进金佛山

在“金佛山杯”第七届大地文学奖颁奖仪式上，中国自然资源作家协会与金佛山管委会签订了《金佛山中国自然生态文学创作基地合作协议》，自然生态文学创作基地揭牌运行，发布了“世遗金佛山美丽中国行——中国自然资源作家走进金佛山”的倡议书，同时还启动了“纪念金佛山申遗十周年——金佛山杯”自然生态文学征文大赛。

中国自然资源作家协会在重庆市南川区金佛山建立的自然生态文学创作基地，这也是协会在四川省兴文县之后，建立的第二个自然生态文学创作基地，建立自然生态文学创作基地的消息，经媒体报道后引起了社会和广大文友的关注，其中新华社客户端发布“金佛山中国自然生态文学创作基地”在重庆南川揭牌的消息，其浏览量达 154.9 万。

在所有的议程都完成后，我得以静下心来深入观察已住下 24 小时的金佛山世界自然遗产地，而且在冉冉主席的引导下，用了整整的一天半的时间，将金佛山世界自然遗产地的几个主要景区都分别体验了一下，大有相见恨晚的感觉。

金佛山位于北纬 30 度附近的云贵高原和四川盆地交汇处的重庆市南川区境内的大娄山脉北部，面积约为 1300 平方千米，其中景区面积为 441 平方千米，最高峰的海拔为 2238 米。

北纬 30 度是一条穿越四大文明古国的纬线，古埃及的金字塔、巴比伦空中花园、百慕大群岛、珠穆朗玛峰、尼罗河、密西西比河等都在这一纬度附近。

金佛山的地质结构主要属于新华夏构造体系，具有石灰岩喀斯特地貌的特征。每当夏秋晚晴，落日斜晖将层层山峰映染得金碧辉煌，如一尊金身大佛发射出万道霞光，异常壮观美丽，金佛山因此而得名。

金佛山的地质结构包括两个主要

的地貌类型：

一是海拔在1000米以上的地区，相对高差在500至1000米之间，表现为山势雄奇、陡岩绝壁、奇峰奇石的地貌景观。

二是海拔在800米至1200米之间，相对高差超过500米的地区，主要由寒武系、奥陶系和志留系的岩层组合构成。

金佛山在历经了4.6亿年来的多次地质构造运动，特别是燕山期以来的西北部表现强烈的沉降，而东南部则以褶皱隆起为主。这些地质运动导致金佛山形成了独特的地层结构和剥蚀溶洞，记录了一套完整的地质历史，具有重要的科研价值。

金佛山的喀斯特地貌发育完整，洞穴系统众多，其中包括多个巨大而古老的地下河洞穴系统，这些洞穴的宽度在20至120米之间，高度在10至80米之间，其中一些洞穴沉积物的形成可追至380万年前。金佛山具有典型的喀斯特台原、古老的高海拔洞穴系统、多彩的地表喀斯特景观，有中国南方最具代表性的桌山，可谓是天下第一喀斯特桌山。

金佛山集草木之大成，有国家森林公园，还是地球生物基因库。动植物资源丰富，据统计保留了8085种动植物，其中中药品种多达4000种。被誉为“植物麦加”“植物王国”“中华药库”。银杉、方竹、杜鹃王、古银杏、大叶茶被誉为金佛山五绝；常山、地苦胆、毛黄堇、回心草、胡豆莲、四棱筋骨草、金山岩白菜、朱砂莲为金佛山八大特效药材名扬天下。在药池坝景区，我看到在一万多平方米的坦缓绵延的草地上荟萃中药上百味。另外还养育了野生动物150种。

金佛山也是著名的佛教圣地，早在汉代时就有佛教进入，素有“北峨眉，南金佛”“东拜普陀，西拜金佛”之说。鼎盛时期，寺庙茅庵近千座、僧尼逾万人，供奉燃灯古佛千余年，是全国最大最早的燃灯古佛道场。

金佛山是国家级风景名胜区，与著名的佛教圣地峨眉山、道教名山青城山、美丽的自然风光和光荣的革命历史而知名的缙云山并列为巴蜀四大名山。700多年前，意大利旅行家马可·波罗曾经来过金佛山，他在游记中记载了金佛山雄、奇、险、峻错综复杂，山、水、林、泉、声形兼备，并称“金佛晓钟”“云海苍松”“绝壁玩猴”为三绝。

金佛山的自然景观还包括溶丘洼地、落水洞、穿洞、石林、岩柱、瀑布、峡谷、悬谷和单面山等喀斯特地貌，以及冰雪、云海、日出、佛光等。

在金佛山，春天可以观赏高山杜鹃，夏天可以享受清凉胜境，秋天可以观看层林尽染，冬天则能看到南国雪原，是一年四季宜旅游的胜地。

2014年6月15日，集喀斯特地貌的特征，古老的高海拔洞穴系统、多彩的地表喀斯特景观，地球生物基因库，佛教圣地，国家级风景名胜区于一身的金佛山，以其独特的自然人文奇观及保护完整性被列入世界自然遗产名录。

金佛山上景色美

谷雨春光晓，山川黛色青。四月下旬游览金佛山，美丽的景色让我目不暇接，但有两个景区给我留下了深刻的印象，就是杜鹃岭和古佛洞，一个在山上，一个在山洞里。

金佛山是杜鹃花属植物种类分布最集中的地区之一，目前已知的杜鹃花属植物 42 种，其中野生的 38 个物种中有 9 种在培育新种时引用采自金佛山的标本作为模式，模式产地的杜鹃产量占该山野生杜鹃总数的 23.7%，该山特有种、模式种的比例之大，在世界上极为罕见。

四月下旬正是杜鹃花盛开的时节，迎着春风的吹拂，我从云端步行来到灵光洞、金佛寺、方竹林海、杜鹃王庭、观花全景平台，只见漫山遍野的杜鹃花竞相绽放，有灌木型和乔木型。灌木型的杜鹃花大多分布在中低的山谷上，而乔木型的杜鹃花则多分布在山的中部和低温地带。花冠大的有 8 厘米左右，中等的也有 4 厘米左右。

金佛山管委会的郝位翔介绍说："金佛山的各种杜鹃大约有 50 万株，其中树龄超过 50 年的有 1.5 万株，树的直径 30—80 厘米的 3 万多株。"

漫步在杜鹃岭约 2.2 公里的游步道上，放眼四周各种色彩组合的杜鹃花争奇斗艳，低头看眼前的游步道两侧都被乔木型的杜鹃花簇拥着，多么美丽的生态景观，一同观景的同事，叮嘱我停下来多拍点照片，让美好的记忆驻入脑海。

从药池坝沿着步道来到古佛洞，一走进古佛洞穴，我就被眼前宽敞的洞厅，四大菩萨、释迦牟尼佛、1250 尊形态各异的罗汉佛像以及宽敞的水面等自然与人文结合的场景所震撼。

古佛洞穴形成于 570 万年前，海拔为 2120 米，佛洞全长有 3777.7 米，其中已开发 1200 米，整个洞厅面积为 46800 平方米。独特的高海拔洞穴系统和保护与合理开发利用现状是成功申请世界自然遗产地的重要组成部分。洞内不仅有天降古佛、石棺、仙鹤指路、普渡舟、采硝遗址等自然人文结合的景观，还有四大菩萨、释迦牟尼佛、罗汉佛像。古佛洞是目前已知的中国海拔最高、面积最大、形成年代最为久远的佛洞，也是目前中国最大的洞内佛教道场，被誉为"天下第一佛洞"。

在古佛洞里，在四大菩萨佛像前，我目测了一下每尊菩萨都有 30 多米高，重量大约在 50 吨以上，这么庞大的菩萨是怎么搬运进古佛洞？我向在现场的当年开发古佛洞的李福珍老人请教，她说四大菩萨都是利用古佛洞里的石灰岩材料，就地雕刻而成。

面对洞穴里的 1250 尊神态各异的

罗汉佛像，我说："很多寺庙里要么是500尊罗汉、要么是800尊罗汉，您为什么请了1250尊罗汉？"李福珍说："古佛洞空间大，洞穴长，罗汉请少了阵势出不来，为此，我将重庆主城罗汉寺的500尊罗汉搬运到古佛洞，同时按有关规定新塑了一批罗汉，加起来共1250尊。这些罗汉完整地放在洞穴里既能很好展示各种形态，又能较好地保护下来。"

在一旁的中国自然资源作家协会全委会委员、曾经在南川区工作过的蒋宜茂接上话："古佛洞里因为有1250尊罗汉，2018年以'供奉最多罗汉塑像的天然溶洞'成功获评'世界吉尼斯之最'。"

李福珍深情地指着眼前的罗汉说："20年前，为开发金佛山，我们公司花巨资将这些罗汉运到这里，并新塑了750尊罗汉，当时上级有关部门说这些罗汉不能竖立起来，要我找个地方放起来。"听到这话，李福珍着急了，这可是1250尊罗汉啊，如果保护不好，加之洞穴里有滴水，时间一长，所有罗汉都将掉颜色并损坏了。

正当李福珍为这1250尊罗汉的处理与保护不知所措的时候，担任重庆市南川区委常委、副区长的蒋宜茂来到金佛山调研，得知李福珍的担忧和为难后，蒋宜茂对李福珍说："我来协调有关部门，你按照原来的设计从保护的角度，将1250尊罗汉放好，同时处理好洞穴滴水和罗汉佛像发霉的问题。"

李福珍在向我讲述当时蒋宜茂副区长在古佛洞现场帮助她的公司渡过难关的故事时，面带笑容转向蒋宜茂："当时我就是按照您的要求，将所有罗汉竖立好了，洞穴滴水的问题也解决了。"

联想到一路上看到的美景和景区完善的配套设施建设，这可是建设者们多年来艰辛努力的成果。看着眼前这个20多年前为了将金佛山的资源优势开发出来造福当地百姓，经历过种种挫折仍不言放弃的已近80岁的倔强老人；还有一个不唯上不唯书只唯实，坚持从实际出发、实事求是，为金佛山的开发敢担当如今已退休的曾经是南川区的老领导。他们一直都在为金佛山走出南川、走出重庆、走向全国、走向世界而努力；他们默默地用自己的方式在做贡献，我们应当铭记在心。

陈国栋，中国自然资源作家协会主席、中国作家协会第十届全国委员会委员、《大地文学》主编。中国地质大学（北京）高级研究员、文学创作中心主任，中国地质大学（武汉）客座教授。在《人民文学》《中国作家》《中国自然资源报》等报刊发表报告文学、散文、评论等两百万字。报告文学《地球印记》获2022年度《人民文学》非虚构作品奖。

禅意杜鹃始盛开

周伟莨

重庆南川金佛山，大地文学奖颁奖典礼庄重而又热烈地在此举行。而我，作为主办方中国自然资源作协的副主席，又是这届大奖的评委和颁奖嘉宾，也因此有幸来到这里，登上神秘的金佛山，目睹了满山杜鹃的怒放之美，这是一场与缘分的邂逅。

禅意，在这座山间弥漫。金佛山的宁静和杜鹃花的绚烂形成了一幅独特的画卷。我漫步在山间小道，感受着大自然的呼吸，享受着杜鹃花散发出的淡淡清香，仿佛听到了大自然的梵唱，心灵也渐渐平静下来。我此刻走的每一步都像是踩在禅意的音符上，与大地共鸣，与万物相通。

满山的杜鹃，似火焰般燃烧在山间，如同一个个禅意的符号，点缀在青山绿树之间。她们或独立或成簇，或热烈或婉约。它们红得热烈，粉得娇艳，白得纯洁，如同一群仙子在山间舞动。每一朵杜鹃似乎都有着自己的故事，它们在微风中轻轻摇曳，向人们诉说着生命的美好与坚韧。

安排我们采风的蒋宜茂先生曾在南川担任主管，对金佛山有着深厚的感情。为了让我们更好地了解金佛山的历史与文化，他特地请来了金佛山拓荒者的代表——80 岁的李福珍老太太陪同我们参观，并为我们讲述当年的故事。

李福珍精神矍铄，步伐稳健，动作利落，一点也看不出岁月沉淀在她身上的年纪。那犀利的眼神，仿佛能洞察一切。言谈举止间透出一股沉稳和干练，也让人对她心生敬畏。

在上山的途中，她将自己年轻时创业和来金佛山开拓旅游的艰辛历程娓娓道来。那些艰苦岁月，那些筚路蓝缕的拓荒者们，用他们的汗水和智慧，将金佛山打造成为一个 5A 级旅游胜地。她的话语中充满着对金佛山的热爱和执着，让我们对这片土地和她的故事有了更深的了解。

我停下脚步，静静地凝视着路旁一朵正盛开着的杜鹃。它的花瓣细腻如丝，色彩鲜艳夺目。我仿佛能看到它在寒冬中默默积蓄力量，等待着春天的到来。这是一种怎样的坚持与等待啊！而此刻，它正在阳光下怒放。禅意，是一种超脱世俗、追求内心平静的境界。那些怒放的杜鹃让我看到了禅意的化身，它们在山间静静绽放，不求回报，不求关注，只是默默地把自己最美的一面展现给世界。这种无私和超脱，正是禅意所追求的最高境界。

点缀在满山遍野的杜鹃，如同一幅绚丽的画卷。它们相互映衬，相互呼应，共同演绎着大自然的壮丽。尤其是那株开满鲜花的世界上最大的杜鹃花树“金佛山杜鹃王”，让我不禁想起人生的起伏和缘分的奇妙。人生就像这杜鹃一样，需要经历寒冬的考验和等待。正如李福珍老人所说：“人生就像这满山的杜鹃，有时候需要等待，需要耐心沉淀，才能迎来属于自己的怒放时刻。”老人的话也富有禅意，只有这样，我们才能在人生的道路上越走越远，越走越宽广。

站在金佛山巅，俯瞰着连绵的群山，我感到自己如此渺小。但同时，我也明白，每一个生命都有其独特的价值和意义。正如李福珍老人，若非遇见她，聆听她的故事，我们又怎能深刻体会到她为金佛山走向世界所付出的辛勤与努力？又如这满山的杜鹃，每一朵都独一无二，但她们共同绽放的美丽却足以令人陶醉。

金佛山的杜鹃充满着禅意，它让我领悟到了生命的真谛。在这纷繁复杂的世界中，我们应该学会像杜鹃一样，坚守内心的宁静与美好，不被外界的喧嚣所干扰。缘分，如同满山的杜鹃，不经意间就会绽放，给予我们意想不到的惊喜。

金佛山充溢着禅意的杜鹃，还让我对大自然有了更深的敬畏之心。在它们的身上，我看到了生命的无限可能和希望。这种敬畏之心让我更加珍惜和爱护我们赖以生存的生态环境和自然资源。

离开金佛山时，我带走了一份禅意和对生命的敬畏。我知道，这座山和这些花，将永远留在我的心中，成为我人生旅途中一道美丽的风景。愿我们都能如杜鹃般怒放，都能像李福珍老人一样活出自己的精彩。

周伟茛，中国作家协会十代会代表，中国自然资源作家协会副主席兼散文委主任，中国徐霞客研究会副会长，中国大地出版传媒集团大运河文化研究中心首席代表、《中国大运河文化》《中国自然生态散文双年选》主编，苏州科技大学兼职教授、苏州职业大学客座教授等。著有散文集《雪泥鸿爪》《天涯屐痕》《书香与禅意》《周末闲话》等多部。主编文集十余部，作品多次获奖，入选多种文集并选入高考题库。

南川氧吧福地

董永红

我久居西北宁夏青铜峡，黄河从身边流过，这里四季分明，气候干燥。今年四月二十四日，当飞机飞越千里降落西南重庆，正值雨天，浓密的潮湿似层层细网顿时将我包围。

接到颁奖邀请函的前几天，重庆作家叶子热情相约，说主城区离南川区金佛山还有一百二十公里，到时候他开车，可捎带四人同行。二十四日，我们来自宁夏、甘肃、湖北、山东的四名作家，有的坐高铁，有的坐飞机，有的在北站，有的在西站，到达时间不同，彼此等待，汇合。经南腔北调的自我介绍后，于下午三时乘坐叶子老师的车，前往设在金佛山的颁奖地。

金佛山，世界自然遗产，令人神往。这里满目苍翠，绿叶肥厚，山顶云雾缭绕，山下河水潺潺。水的偏爱，使这里的树木和石头处处长青苔，散发着西北闻不到的别样清香。

清澈的河水，我总是稀罕不够。第二天清晨，我悄悄走出房间，穿过酒店前的草坪就有一条河，河水清得剔透发亮，树影倒映，浪花欢唱。空气如此新鲜，还是练一下八段锦吧。平日早晨练不了几节我就气喘吁吁，难以坚持。眼下在小河边练习，神清气爽，毫不费力，胸腔仿佛被神奇地打开，通透，舒适。听金佛山管委会主任郝位翔先生介绍，这里是有名的康养之地，空气负氧气离子含量常年保持在每立方厘米两万个以上，是天然氧吧，荣膺联合国“杰出绿色生态城市奖”。

我有些后悔。早在二〇二三年春天，我染疫后四个多月一直咳嗽胸闷，二哥二嫂让我放下工作请假，找个海拔低的山水之地安心疗养一段时间。我固执地认为还是疾病所致，疗养作用可能不大。经过漫长一年，用药无数，到二零二四年初我仍被咳嗽困扰。二哥二嫂再次劝我到山清水秀的地方疗养，我辩解长期生活的小城海拔并不高，又在黄河边，空气相对好，咳嗽还得靠药治。二哥二嫂几次没能说服我，我还是每天中药加西药服用至今。没想到，此时在金佛山走路轻松，呼吸畅通，连爬山也不喘气，我才深深地理解了二哥二嫂的苦心，真后悔没听他们的话，早早到像南川这样的天然氧吧疗养。

之前，接到中国自然资源作家协会刘能英老师发来的“金佛山杯”第七届大地文学奖颁奖典礼的邀请函，我的小说《夕阳波澜》获小说奖。惊喜过后，犹豫不决。不得不考虑身体状况，一年多来被困新冠后遗症久咳难愈樊笼，平常走路稍快就会胸闷，再说我以前乘飞机时，飞机上升和下降的过程会难受。查看高铁，转站到重庆近九个小时。想到已有四年多没出过远门，果断订了往返机票。

走出干燥少雨的西北小城，走进重庆南川，尽情呼吸，腿脚轻松，我忍不住一口气跑了百米，竟不喘粗气。这一年多，平常快走也会出现不适的我，到此处居然能奔跑，真是“康养胜地”与别处不同。

我第一次吃到新鲜竹笋，还是十多年前在浙江临安，那时也是四月底，当地满山翠竹，遍地竹笋，餐桌上的菜品多是各种竹笋和野菜，让从小没吃过鲜竹笋的我大饱口福，十多年过去总是念念不忘。没想到这次在重庆南川又碰上竹子连片，竹笋遍地。每顿饭更是竹笋荟萃，竹笋炖火腿、竹笋炒腊肉、竹笋炖鸭肉等。做法不同，味道各异，各种竹笋，有的脆嫩，有的肉一般耐嚼。在当地，竹笋是家常菜，一年四季都有。对北方人来说，鲜竹笋是缺物，真叫人吃不够。每顿饭我都劝人吃笋。您是哪里人？山西的。来，吃笋吃笋。您是哪里人？吉林的。快，吃笋吃笋。我们北方人平日很难吃到这样好的鲜竹笋，就这样，每顿饭我都毫无节制，非要吃撑才肯放筷子。能怪我贪嘴么？只怪竹笋太好吃呀。

还有一道争论的野菜。第一天的欢迎晚宴上，当地山水公司总经理陈永刚先生介绍一道菜，是山上的野菜叫柴胡。仔细观察，像菠菜，又像桑叶，我说这不像柴胡。陈先生肯定地笑着说是，旁边的人也说是，多吃能清热解毒。初次见面我不敢造次，第二天与当地一位作家说起，他说那就是柴胡，山上很多，他们经常吃。我说那你找到一束，用手机识别一下。山上植被茂盛，许多植物叶子长得很像。他用手机拍照识别，确实没显示是柴胡。我笑着说：“你们吃错了吧！”我非常清楚，柴胡有大柴胡和小柴胡，我从小生活过的地方漫山遍野都是，大柴胡的叶子像柳树叶，小柴胡的叶子略窄，两者都开黄色的小花。大柴胡根黑，小柴胡根黄，小时候我每年暑假在山上挖柴胡，等晒干后卖了当学费，再熟悉不过了。你们吃的这道野菜，可能与柴胡相差十万八千里，只不过被你们叫成柴胡罢了。这位作家见我说得如此肯定，也起了疑心：“也许吧，我们从小吃，老人说是柴胡，我们就认定是柴胡。”

生活在小地方的我自然眼界狭窄，没见过的东西太多。为解心中疑惑，我索性拿手机搜索，原来柴胡的种类很多，南柴胡、北柴胡、硬柴胡、软柴胡等。果然，是我褊狭。这便是出门的好处，能够遇见不同而打破固有思维，认识世界的丰富性和复杂性。我向来以为，柴胡只有我老家山上长的大柴胡和小柴胡，当在南川遇见南柴胡时，不由得为自己的无知掩面。

二十多年前，我在宁夏常见到来自重庆的打工者。在固有的认知里，土地永远是生活在乡村的农民兄弟最大的依赖。重庆这座山城，到处是树林，几乎看不到耕种的土地，使我不得不担忧乡亲们的生活。

当地的作家朋友特意带我走进附近乡村。一路碰到建在山坡上的院落，多数大门紧闭，偶然有老人的身影。我问："你们这里也有空心村吗？"作家朋友说："年轻人出去工作了，老人们在打牌"。我说："你们这里没地方种庄稼，老人不出去打工，怎么能打牌呢？"他笑着说："我们这里的人天天要打牌，不打牌生活无趣，周边工厂多，年轻人工资一月一万左右，还是可以的。""那你们这边六十岁以上的老年人还打工吗？"他说："这个年龄打工的不多，别的地方不了解，就南川区金佛山周边的乡村，六十岁以上的老年人多数不在自家住，他们爱住在村里的康养院，每顿饭只交两块五角钱。政府补贴多，康养院有专人做饭，生病有人照顾，大家聚在一起打牌很巴适。"我惊讶地开玩笑："不会吧，难道咱们不是生活在同一个国家吗？在我们宁夏乡村，六十岁以上的人多数还奔波在田间地头、建筑工地，仍然在劳动，前些日子，我去种菜的地方，见到两个七十二岁的老婆婆，她们跟年轻人一样跑着干活，在乡村，无论年龄多大，只要还能干得动，多数老人仍做着力所能及的事，直到做不动为止。有些乡村虽有食堂，就餐的老人一般条件特殊，并不对所有六十岁以上的老人开放。也有康养院，只是收费高，乡村的老人极少去。"作家朋友笑着说："老百姓过怎么样的日子与当地的经济有关，经济好了，老百姓就会享受好的社会福利，经济不好可没办法。"

我第一次看杜鹃花是十多年前在浙江天目山，记忆中那里的杜鹃树并不高大。这次在金佛山不但见到了高大的杜鹃树、千年的杜鹃王，更观赏到当地特有珍贵品种，被称为"世界六大奇葩杜鹃"的金山杜鹃、麻叶杜鹃、弯尖杜鹃、阔柄杜鹃、黄花杜鹃和喇叭杜鹃。花期当时，色彩缤纷的花朵满山竞相绽放，叫人不舍离去。

杜鹃花盛开的金佛山里藏着古佛洞。进入水滴洒落的洞口，我以为里面是溶洞，有各种各样的钟乳石，没想到是极窄的峡谷，其实是一座山从中间裂开的缝隙，弯弯绕绕，望不到前路，望不到后路，更望不到顶。最狭窄的缝隙只能一个人通过，行走其中不能有想象，一旦想象，恍如山缝会合起来将人挤入山体，可按不住冒泡的想象。不会的，千百万年，山崖亘古，岿然不动，怎么会因我行其中而动。我一边独自安慰，一边快步走在前面。转瞬，一个无比巨大的山洞豁然出现。据了解，这里是中国海拔最高、面积最大、形成年代最久远的山洞，可同时容纳十万人。洞内天降古佛、一千二百五十尊罗汉等佛像，天造地设，神奇无比。回想刚才走过窄窄的峡谷又猛然相逢山洞，我确信陶渊明笔下的桃花源一定真实存在。

“金佛山杯”第七届大地文学奖颁奖典礼隆重、热烈。之后，是金佛山采风。当地人说：“你们真幸运，这边已下了半个月雨，见作家们来举行颁奖活动，天气一下子晴得这么好。”佛光普照，福地南川。作为一个写作者，写作的目的并不为获奖，而我能获得本届小说奖，也是莫大的幸运。

金佛山，渺小的我因手中秃笔有幸捧举奖杯，感激不尽。

董永红，中国作家协会会员，鲁迅文学院第三十六届高研班学员。在《中国作家》《小说月报·原创版》《海外文摘》《朔方》《雨花》《飞天》《青海湖》《读者·原创版》等发表小说、散文一百余万字。出版长篇小说《产房》《风雨有路》和小说集《等你长了头发》三部。

金佛山之缘

赵克红

我与金佛山是有缘的。这“缘”，是命中早已注定的。在纷繁的人世间，所有的邂逅和相遇，相识与相知，皆因一个“缘”字，它能让看似不可能，成为可能。就拿我这两次去重庆金佛山来说，其实，都是事先一无所知的，一切都是缘分使然。回忆与金佛山的过往，那一帧帧不断变换的影像，在脑海中一一完美呈现。

一

癸卯初春，我去重庆参加中国作协创联会，入住酒店后，我拿出会务手册，认真看后才知道，还有两天在南川的活动。我知道南川有座金佛山，金佛山是 5A 级景区，是南川一张靓丽的名片，到南川，金佛山是必去的景点。

重庆会议结束后，我们来到南川。翌日早饭后，我们由南川分别乘坐 3 辆中巴前往金佛山，天气乍暖还寒，出发前，会务工作人员反复叮嘱，一定要穿厚些，山上温度比山下要低许多。为了防冻，我把备用的衣服全都穿在身上，南川区还特意为大家准备了棉大衣和暖手宝等保暖衣物。

汽车向金佛山景区行驶。导游小刘不但人长得漂亮，而且很善解人意，她告诉我们：“金佛山属大娄山系，最高峰海拔2200多米。”山体连绵起伏，当落日斜照，层层山崖映染得金碧辉煌，远远望去，如一尊尊金身大佛闪射出万道霞光，异常壮观而美丽，因此得名金佛山。宋代诗人也在《望金佛山谣》中写道：“朝望金佛山，暮望金佛山，金佛何崔嵬，缥缈云霞间。”由此可见，古人游览金佛山时，对其美景同样也是赞不绝口的。

听了刘焱导游的讲解，我情不自禁向窗外探望，无奈，窗外雾蒙蒙的，什么也看不清。因为昨夜刚刚下过一场不大不小的雪，空中雾气蒸腾，通往山顶的盘旋山路，本就狭窄，加上地面湿滑，汽车开得很慢。公路两边是成排的竹子，竹叶被冰碴压得很低，常被缓缓前行的汽车窗玻璃碰撞到，发出“咔嚓咔嚓”的声响。车窗外的天空依旧阴沉，越往山顶走，雾气越重，金佛山湮没在大雾中。我心中暗自祈祷，希望早些雾散云消，能够饱览金佛山的美景，便也不虚此行了。

汽车在索道不远处的停车场停下，我们乘上索道，索道跨山越涧，坐在缆车上俯瞰金佛山，就像是一幅大型的山水画卷，云蒸霞蔚，满目青绿，群山如屏横列，雄浑粗犷，恍若仙境。

走下缆车，继续沿高高低低的山路行进，虽然路滑道险，但大家兴致颇高，心情丝毫没有受到影响。山路上许多地段结了冰，导游一再提醒注意脚下，大家都分外小心，生怕一不留神摔倒。走了近一个小时，在路的正前方是一块不规则的大石块，石块前，是一块百平方米左右的平地。我停下脚步，见石块旁围拢了不少人，这些人全是这次参加笔会的，有几个和我很熟识。也难怪，游客一般是不会选择这样的天气，到山里旅游的。我走近大石块，只见上面镌刻着四个金色大字“金龟朝阳”。人们纷纷在这块石头前拍照留念，我也欣然近前留影，并把照片珍藏在手机相册里。

石块的两侧，是伸向不同方向的两条山路。石块的正后方，是依山而建的绵长蜿蜒的栅栏，栅栏的造型是镂空的不规则的图案。此刻栅栏前站着许多人，他们的眼睛顺着导游手指的方向张望着，导游说：“右前方就是‘金龟朝阳’。”有的人眼神好，看一眼便回答：“那不是一只龟吗？真的太像了”；还有视力不好的却左看右看，仍看不清楚。我的眼睛远视，导游用手指给我看，隔着薄雾望去，金龟若隐若现。只不过龟的颜色不是金色的。其实，所谓“金龟朝阳”，是西坡绝壁与山上的缓坡共同构成的奇妙景观。缓坡为大小两山，大坡恰似椭圆形的龟背，极为饱满，小坡较为狭长，很像龟前伸的头部，而绝壁正好构成了龟板的边缘。由于金佛山植被特别好，龟身上长满了绿油油的大树，仿佛一只浑然天成的绿毛龟。这只龟可不容小觑，其“龟体”高约 300 米，长约 500 米，体型之大，超出人们的想象。明明是绿龟，为什么叫“金龟朝阳”呢？带着疑问，我询问导游，原来，夕阳西下时，落日余晖照在悬崖绝壁上，石壁会折射出金黄色的光，人们称其为“金龟朝阳”。

我下意识看了一下时间，才刚刚 10 点多，离太阳落下还早得很呢，看来这次我是不能观看落日光照下的金龟朝阳了，但又不甘心这样离开，便恋恋不舍地多看了几眼，越看越觉得这只龟非同寻常。这只龟眼角半闭半合，颇有灵性，嘴中仿佛在喃喃细语：金佛山欢迎你！

稍事休息，我们随导游小刘，开启了金佛山绝壁栈道之行。悬空的绝壁栈道，同样是金佛山的精华所在。一条曲折蜿蜒的悬空栈道挂在石壁上，逶迤群山被云雾缠绕，因刚下过雪，地面有些湿滑，有几个同行者因为身体或年龄原因，不再去往下一个景点了。我也有过短时的犹豫，最终在众人鼓励下，沿着栈道小心翼翼缓步前行，这真是一次惊险刺激的探险。小刘导游一直跟随着我，这增添了我的自信和前行的动力。绝壁栈道是一条悬挂在山体腰间的长廊，全长 3.5 公里，其中约 1.6 公里几乎是在垂直 90 度的崖壁上修建而成。这条栈道是一条近距离欣赏金佛山美景的绝佳通道，我一边行走，一边不时停下脚步，但见群山依偎，满目苍莽，脑海中猛然跳出一代伟人“江山如此多娇”的诗句，顿添几分豪情，疲惫和恐惧瞬间随山风逝去。

金佛山环绕东、北、西 3 面，是延绵不绝的陡崖绝壁，这巨大而古老的高海拔地下河洞穴系统，探测长度大于 25 公里，已测洞穴沉积物早于 380 万年。洞体规模巨大、形成时代久远、发育层次清晰，反映了金佛山地区水文地质和古喀斯特地貌演化环境的重大变迁。

燕子洞，称得上是绝壁栈道上的一个中途休息站，宽阔的洞口足以容纳上百人短暂休息。这是个巨型溶洞，站在洞里，可以从幽邃洞穴望见明亮的天空。洞里有燕子飞进飞出，导游对我说，这里很早就生活着成千上万只岩燕，如今依然能看见它们的身影。说话间，几只身形娇小的岩燕，在绝壁间上下翻飞，速度极快。洞里有清澈的山泉水，凸凹不平的岩顶上还栖息着与恐龙同时代的古岩燕。

在这里，我们体会到会务贴心的服务：不仅安排有水果和茶点，还有小型演出，演出的地方戏剧精彩无限。我取了一块面包和一杯热茶，独自来到栅栏边，当我的手扶到栅栏时，下意识地又缩了回来。虽然天已放晴，但这里的温度依然很低，栅栏被一层薄薄的冰裹着，阳光下愈加晶莹剔透。远处是层层叠叠的山峦，蒸腾的云雾，将连绵起伏的山，衬托得秀美壮阔，使青山更具灵性；而云雾有了青山，便有了依托，时而娴熟温顺，时而任性放纵，时而轻柔地游荡于山谷群峰之间，时而缭绕于峡谷深涧之中，若行云流水……“我见青山多妩媚，料青山见我应如是。”金佛山重峦叠嶂，峰峦峭峻。尽管此前曾在许多山中见过翻滚的云海，但眼前云海仍让我为之一震。栈道外云海翻涌，一会从这边缓缓散去，一会又从那边卷土重来，如梦似幻。这让我想起“忽闻海上有仙山，山在虚无缥缈间”的诗句来。我想世间如果真有仙境，金佛山应该名列其中。

告别燕子洞，继续在栈道上行走，可以上仰千仞绝壁，下俯万丈悬崖，但已没有了最初的恐惧。我们一边轻松地行路，一边海阔天空地聊着。

蓦然，一处开阔的坝子展现在眼前，导游说这就是金佛山著名的“药池坝”。据说重庆 5800 多种中药品种中，金佛山多达 4000 种。金佛山药用植物非常丰富，在药池坝万余平方米坦缓绵延的草地上荟萃中药百味，可谓是“一步一草，三步一药”。药农们常常将辛苦采到的药材拿到池子里清洗，天长日久，池子的周围，长满了治疗常规疾病的各种草药，“药池坝”的名字由此而来。

“人行金山药染袖，风过南川闻药香。”可以说，药池坝是重庆市的一个中药宝库。无论哪种草药只要对症就能发挥好的药效，给人带来健康和幸福。在一碧万顷的草原上，见一“天池”，清澈的池水，如同天下掉下的一面镜子，把整个天空都倒映在水中，此情此景，会让人的心情一下好起来，好心情，同样也会“治病”的。

返回车上，我隔着窗玻璃，十分留恋地朝外打量，金佛山从我的视线中渐渐远去，可它的美，却留存在我的心中。金佛山，不仅仅只是一座山，它更是一段难忘的旅程，一段前世的“缘”。

二

今年春天，我到四川广元旺苍参加第五届中国地学诗歌大赛颁奖活动，接着，又来到宜宾文兴参加第七届中华宝石文学奖相关活动，原以活动结束便可返回洛阳，没想到因缘巧合，我再次来到重庆南川，我想，莫非是金佛山冥冥之中的召唤，这看似偶然的相见，也蕴含着一种必然。

我们住在金佛山下的“天星两江假日酒店”，恰遇金佛山杜鹃节，山上的杜鹃开得正好。会务安排“走进金佛山”集中采风一天。早饭后，大家兴致颇高，不到半小时的车程，便顺利到达金佛山景区。“人间四月芳菲尽，山寺‘杜鹃’始盛开”。金佛山的杜鹃生长在海拔较高的山区，温度较低，杜鹃花也晚开了些日子，弥补了我去年没能看到杜鹃花留下的遗憾。

这里杜鹃花数量众多，有五十万株之众，品种多达六十四种，是国内品种最为齐全的野生杜鹃花观赏地，树龄超过五十年的就有 1.5 万株，每一棵杜鹃都有着一段不凡的故事。

沿着景区小路前行，道路两侧是鼎鼎有名的方竹林，风儿吹过，竹叶沙沙作响，仿佛夹道欢迎我们到来。对方竹的大名，早已如雷贯耳，在南川的几天里，几乎餐餐都有方竹笋，它早已成为南川的主打美食。金佛山的方竹笋，我们在餐桌上早已识其味。但我们中的许多人，却没有在它生长的地方真正见过它，不是导游介绍，我还真的把它混同一般的竹子，这竹子是圆柱形的根茎，当地诗人蒋先生，让我用手指触摸一下，这才感觉到上面有棱角。方竹主茎细小，直径从一厘米到三厘米不等，金佛山的方竹笋看起来并不茂密，也不算高大，和我想象中的方竹有很大差距。

走出方竹林，便进入杜鹃林步道，步道边的杜鹃花热情似火。这里的杜鹃花，花色繁多，姿态万千。有的枝叶扶疏，千枝百杆；有的郁郁葱葱，俊秀挺拔；有的曲若虬龙，苍劲古雅。在一棵高大的杜鹃花前，我停下脚步凝视，枝上的花大多已绽放，细小的花瓣，质如丝绸，许多蜂蝶在花丛中飞舞，每一朵花儿在春风中空灵含蓄，聚拢在一起，一树繁花惊艳了赏花的人……

步入杜鹃王庭，便步入一片杜鹃的海洋，满山的杜鹃层层叠叠，密密匝匝，如天空的万朵彩云飘落，令人震撼，极具视觉冲击力。阔柄杜鹃是这里最常见的品种，水红色的花朵，似穗状大风铃，被花朵压得略垂着头，远看像烟花迸发，一派繁华和热闹的景象。

这里还有一棵千年杜鹃树，需两人合抱。超大的树冠上开放着成千上万朵杜鹃花。这棵巨大的杜鹃树，在山石的缝隙扎根，顽强地将枝杈向空中伸展，向阳光靠近，经日月光华滋润、雨打风吹，历数月蛰伏和力量积蓄，终于在每年的 4 至 5 月间，舒展最畅快的身段，绽放出最美丽的姿色，把令人心动的笑靥开在春风里，开在赏花者的心间。杜鹃花绚烂的色彩，让人心情愉悦，激发了我们对美好生活的向往和追求。

站在金佛山之巅，眺望九莲宝顶，那一团团、一簇簇犹如浓墨重彩的斑斓油画，漫山遍野，形成花的海洋。色彩各异的杜鹃花，相互依偎着，奋力从浓密而耀眼的重重绿色之中挣脱出来，它们向着阳光，展现着俏丽的身姿和缤纷的笑颜。在青山绿树间姹紫嫣红，云蒸霞蔚，开得热烈、开得灿烂，开得气势如虹。

在纷繁的人世间，所有的邂逅和相遇，都源于一个“缘”字。坐在返程的汽车上，我期待着与金佛山再次相见。我相信，我的默念，金佛山一定听见了，那山谷中袅袅的风声，就是它给我的承诺。

赵克红，一级作家，中国作协全委会委员、河南省作家协会副主席，中国铁路作家协会副主席，作品发表于《人民文学》《中国作家》《诗刊》等，被收入多种选本及考试试卷。著有诗集、散文集、中短篇小说集、评论集等十余部。

花开南川

秦锦丽

一

好巧，接到作协通知我获得大地文学奖并询问我能否参加将在重庆南川举行的颁奖大会时，我正在翻阅常江先生大著《数字合称大词典》“山系”卷的“金佛山十二景”——金佛晚霞、竹海松涛、柏枝杜鹃、古佛洞天、十里画屏、万卷书台。

我一脸狐疑地问：“就是金佛山所在的南川？”电话那头说：“对呀，就在金佛山脚下。”“啊？”我的嘴巴张得足够夸张。惊讶中痛快地答应：一定参加！

大地文学奖，明明从“大地”生出，却像从天而降，秋毫不察之际，正当我第一次端详“金佛山”这个词时，金佛山正举大地之托，向我招手了，这难道是量子纠缠的作用？

正是最美人间四月天。大地回春，山绿水绿，连风儿也绿着，兰渝铁路一路向南，一分钟不耽延，准准地把我送达山城重庆。与南北而至的几位老师搭乘当地获奖者、著名小说家叶子老师的车，说笑间来到南川区天星小镇“豪华”酒店。老朋友间杂着新朋友，亲切如素，矜持少许。

打开酒店房间，满幅绿色映在窗前。窗外露台上，一只方几两把竹椅，绿风相邀而坐。鸟在面前的丛林里、枝梢上、露台边飞上飞下，叽叽喳喳，向我们致以欢迎、表达问候。

欢迎宴上，当地相关领导深情致辞，我单单被一个温婉身影所吸引，她不施粉黛、没烫染头发，妩媚玲珑、笑意盈盈。不及牡丹艳丽，却似兰花典雅。原来，她是重庆市作家协会主席冉冉女士。

这个柔弱的女子，不，川妹子哪里有柔弱一说，川妹子是坚果，弥坚而饱满。她说：“每粒沙，都是负罪的雪山。每粒沙，都是迈入歧途的草地。”她还说：“大地是滋养人类生生不息的源泉，生态文学承载着文学事业发展的使命，大地文学奖落地南川，必将促进重庆文学与中国生态文学的深度融合。”

我无奉承之意。这个全国人大

代表，关注文学、文化与生态已久。2023 年两会期间，她就提交了建设长江国家文化公园的建议书。这非一个不曾拥有自然生态情怀的女作家能做到的。长江流域横跨我国东、中、西部三大经济区，总面积 180 万平方公里，人口和地区生产总值均占全国 40% 以上。这个宏大建议提出，将长江干流区域和长江经济带区域的 13 个省区市列入长江国家文化公园建设范围，由国家立项，建设具有全流域性、全局性、全国性的文化项目。长江，乃自然之物，公园是人文产物。建设长江国家文化公园，正是自然与人文、生态与文化的有机融合。

赞佩之余，你说，这样的女子不像南川绽放的一枝生态文学之花啊！

二

晚饭后，我与同伴——河南女诗人谭滢，准备去夜游天星小镇。我一向对地名人名颇感兴趣，觉得名字背后藏着很多玄机，关乎一片地域、一个家族或一个家庭。那么，此地为什么叫“天星”，是看天上的星星格外明亮吗？抑或小镇像天上的星星一样璀璨明亮？刚要出门呢，作协秘书处刘能英老师打来电话：“快叫上几个人来我房间干活。”连日来，秘书处几位老师忙完宝石文学奖颁奖，再忙大地方学奖，个个恨不长三头六臂。我马上与同伴们来到她房间，哦？男男女女在制作手捧花。

平生领过十来次奖了。地点有在国家会议中心、有在普通会场；奖品有镀金奖杯、有玻璃奖牌、有陶瓷工艺品。这一回，大地文学奖，变了！

哟嗬，谁的创意？稀奇独特，好不新鲜。

“这等超级创意，唯吾刘大能呗！”

“本来嘛，买花捧简单，直接在网上订购就可以。网上的花捧琳琅满目，真花、假花应有尽有，可是，没有一款能入我的法眼。我是谁呀，著名的刘大能啊，我的法眼高着呢。网上的花要么品质合适，但价格太贵；要么便宜，但庸俗不堪。好不容易选中了几款价格适中的，但看来看去，没什么特点，哪个场合都可用，谁捧上都像。咱大地文学奖的花捧，怎么能没点个性呢？既要体现大地情怀，又要朴素自然。把旧杂志封面拆下来卷成花杯，正面露出‘大地文学’四字，花花草草一装扮，多显特色呀，这才是我刘大能的风格。”

这妮子解读起来眉飞色舞，颇有几分得意——快做吧！这将是你们一生最难忘的花捧。大伙七嘴八舌，边讨论边制作。用《大地文学》封面卷成花杯，用一沓红、绿、粉的光面纸剪出大小不一的平面花朵，再用筷子卷边后绕成花瓣，按大套小黏成大小均匀的花朵固定在细铁丝上，坐入花杯，点缀几枝新鲜枝叶，一束束“私人订制”的手捧花成型啦！全过程流水线作业，卷封面的卷封面，剪纸的剪纸，绕花边的绕花边，插枝叶的插枝叶。刘大能“指使”年轻男诗人扮了一回“采花大盗”，去院子或路旁采来一把把月季和玫瑰，每捧里插一枝，登时，淡淡、幽幽的花香与青草味，使花捧有了田园的味道、山野的味道，内容到形式更加与大地贴切了。经环环相扣、细心操作，花捧当然也吸纳了每个人的指香、体香。第二天，我等走上领奖台时，一人一捧，举过头顶，向台下观众挥花致意，全场掌声雷动，各路记者的相机快门嚓嚓嚓，闪光灯哗哗哗。不凡的“大地文学奖”杯，充满暖意贴在大地之子的胸口，永远开放在每个人的心中。

三

什么样的文学可以见山水、听松涛、闻鸟鸣、嗅稻花、战风沙、探宝藏、抚年轮、尝百味、叩人心？答案是“大地文学”。这是文汇报女记者江胜信对颁奖大会的报道开篇，可谓妙笔。她本是一个旁观者，值得大赞的是，头天晚上，她居然也是花匠之一，欣欣然与我们一起又剪又卷，诗心荡漾，花意盛开。她称获得大地文学奖者，是一批倾情山水林田湖草沙、关注人与自然和谐共生的书写者们。

不假，这批倾情山水、关注自然的书写者们，对世界自然遗产地金佛山不可不登。不登高，不足以观全貌。尤其登上海拔 2200 多米的最高峰凤凰岭，四下望去，绵绵延延。原来，金佛山是由金佛、柏枝、菁坝 3 山 108 峰组成，总面积 1300 平方公里，其中景区规划面积约 441 平方公里，核心景区面积近 70 平方公里，森林覆盖率高达 95% 以上。这里与珠穆朗玛、玛雅文明、古埃及金字塔同处于神秘北纬三十度附近，境内有喀斯特世界自然遗产、生物多样性、佛教文化三大奇观——被誉为巴蜀第一名山。早在 10 年前，金佛山因喀斯特地质构造特色突出、生物资源丰富具有代表性被列入《世界自然遗产名录》。

一路走，导游海海一路给我们介绍，这里算得上植物学的生动课堂，已知植物有 8000 多种，被誉为“植物王国”。其中银杉、银杏、大叶茶、方竹、杜鹃王树属国家一类保护植物，被誉为“金山五绝”，已知动物 500 多种，物种丰富。已被评为国家级风景名胜区、国家森林公园、国家首批科普教育基地、国家级自然保护区、国家自然遗产、国家 5A 级旅游景区，世界自然遗产，全国文明旅游风景区。

景区具有原始独特的自然风貌，雄险怪奇的岩体造型，神秘幽深的洞宫地府，变幻莫测的气象景观，惊险刺激的绝壁栈道，历史悠久的唐寺庙群，融山、水、林、泉、洞为一体，集雄、奇、险、秀于一身。四季皆景，春赏高山杜鹃、夏享避暑天堂、秋观层林尽染、冬品南国雪原。此时，正是杜鹃盛开之季，生长、生活于北方的我，惊诧于这满山的杜鹃花。有人说，杜鹃花就是黄土高原我家乡的山丹丹花，走近辨认，其实不是。杜鹃属于杜鹃花科，而山丹丹花属百合科，适应范围广，极耐寒，喜阳，多在黄土高原上与杂草伴生，生命力极强。估计因二者均花姿优美，花色浓艳，而被人们混淆。

真正与杜鹃花有千丝万缕联系的是映山红。对，就是歌曲《映山红》所指的映山红。但金佛山景区工作人员自豪地说，杜鹃花生长的概念范围比映山红大得多，映山红属于红杜鹃花一种，红杜鹃花花开的时候漫山遍野一片鲜红，映得山都红了，因此得名映山红。而白杜鹃、黄杜鹃、蓝杜鹃、粉杜鹃都不是映山红。

同行的年轻诗人，惊叹之余与远方的朋友视频聊起天，吴侬软语，可能借杜鹃花的花语“永远属于你”表达心中的爱意和快乐。

一路等着我的景区工作人员海海说：“金佛山拥有杜鹃 42 种 30 多万株，有 6 种独有品种和 1.5 万株大龄古杜鹃，是世界上迄今为止发现的胸径最大、最集中、最壮丽的古杜鹃群落。位于金佛山牵牛坪有一株最大的杜鹃，树高 13.8 米，基径周长 7 米，挂万余朵花，被誉为‘千年杜鹃王树’。”2012 年 9 月，中国科学说到杜鹃，很多人都会想到被称为映山红的灌木杜鹃，而对于金佛山上生长的高山乔木杜鹃就鲜为人知了，金佛山拥有杜鹃 42 种 30 多万株，有六种独有品种和 1.5 万株大龄古杜鹃，是世界上迄今为止发现的胸径最大、最集中、最壮丽的古杜鹃群落。她不时为我拍照，行至金佛山牵牛坪时，终于见到“千年杜鹃王”了。树高 13.8 米，基径周长 7 米，挂花数万朵，为了避免其受损，被围栏围了起来。据说，中国科学院昆明植物研究院的专家，誉其为杜鹃花中的极品，是我国树龄最古老、树干最雄壮、树冠最宽阔的千年乔木杜鹃，被上海大世界基尼斯授予“树龄最长的粗脉杜鹃”。

大美面前往往生伤感。近距离凝视“千年杜鹃王”，不觉凉悲上心来——一生绽放繁华，但居野处偏，多么孤寒啊。尤其在坐缆车下山途中，看着那些生长于悬崖峭壁、陡峭山峰上的杜鹃，独自开放，世间多少人能一睹其芳姿？它们拥有了人世间最了不起的孤艳芬芳。

四

来自地质行业的我，对世界自然遗产一金佛山神奇的喀斯特奇观颇有兴趣。我愿意把人美好的情感、思想看作生命特定时刻的绽放。愿意把树木花草看作大地特定时刻的绽放。也愿意把喀斯特理解为沉寂的地壳特定时刻的一次次绽放。

那么，金佛山喀斯特该是地壳多么波澜壮阔的一次绽放！总面积174.19平方千米，形成具有超乎寻常的自然现象或非同寻常的自然壮美。

教科书解释，“喀斯特”原是南斯拉夫西北部伊斯特拉半岛上的石灰岩高原的地名，意思是岩石裸露的地方。那里有发育典型的岩溶地貌。“喀斯特”一词即为岩溶地貌的代称。中国是世界上对喀斯特地貌现象记述和研究最早的国家，《徐霞客游记》中的记述最为详尽。

目睹中国南方喀斯特典型代表的金佛山独具特色的原始自然风貌，放开你的想象，这里在远古时期曾经是一片汪洋大海，沉积了巨厚的岩层。在距今约2亿年前，金佛山退出海洋成为陆地，最初的金佛山并不是高耸的山体，而是一个被高山包围的古盆地。来自周围高山的溪水源源不断汇入金佛山古盆地，为喀斯特洞穴的发育提供了条件。后来经历了多次地壳运动，四周的山体被逐渐降低，金佛山也由汇水盆地逐渐变成了巍峨的高山。

由几亿年前的汪洋大海，到如今的群山叠翠，在翻天覆地的变化之后，金佛山为人类留下了极其珍贵的地质变化和生物进化的印记，成了发掘不尽的地质宝库。在金佛山的海拔最高处的被称为“天下第一佛洞”的古佛洞就是其一。

其实金佛山的溶洞比比皆是，无处不在。说得出名称的溶洞就有近千个，还有一些不知名和无人问津的溶洞，数不胜数。与其他地方的溶洞相比，金佛山的溶洞大多规模庞大，洞中套洞，为世人展示着一个跨越时空的奇观地下世界。而它深厚的历史沉淀，也成为美丽的神话故事的催化剂，引发人们无穷的想象。

除了高海拔洞穴迷宫，我们还看到金佛山拥有千姿百态的石林景观。与其他石林相比，同样是石峰、石芽，同样是千姿百态的石林景观，但不同的是，金佛山的石林有着充满生命活力的石树共生的奇观。石峰、石屏上生长的茂密植被一年四季常青，掩藏于遮天蔽日的原始林海中。往往微风暗度时，隐有鸟语花香，曲径通幽之处，又见峭壁峥嵘。

不论徜徉喀斯特，还是走入浓荫下的石林，都让我不自觉地警醒自己，人类是多么渺小，大自然的造化多么神奇，大地之上，受造之万物都当彼此善待，持续各自的自然使命！

匆匆两天，就要离开金佛山了，我内心尚有一百个一千个不愿意。还没去潺潺溪边听流水呢，还没去古朴小镇感受民俗呢。甚至所住客房露台上的竹椅，也眼巴巴等了我两天，都没顾得上一杯清茶小坐片刻，听听雨打芭蕉、风过竹林……

收拾行李时，我与滢遗憾箱包太

小，不能把属于自己的“大地之花”带走，左瞧瞧右看看，放哪里好呢？我是“极端强迫症者”，下馆子、住酒店撤离时，从不留下一片狼藉。床铺整理整理、桌面柜面擦擦、杯子、盘子各归各位，末了，只剩两束花——大地之花，丢了太可惜，不，不能丢。就把两束花端端地立于电视机前，永远赠予南川、留念于金佛山。

此后余生，我寄一份珍爱在南川，留些许牵挂在金佛山。南川，也因多了大地之花，而更加活色生香。滋养南川的金佛山，也将因吸纳了自然资源文化情愫、大地情怀，而绿水长流、繁花似锦。还没放下笔，我就在幻想，流年某时，金佛山十二景会不会改为十三景？这第十三景就是——大地之花。

秦锦丽，笔名牧子，中国作家协会会员，中国自然资源作协传记文学委员会主任，中国地质大学（北京）特聘作家。出版散文集《月亮没有爬上来》《月满乡心》、报告文学《大地作证》（合）等。曾获冰心散文奖、中华宝石文学奖、黄河文学奖、大地文学奖、全国行业及省级新闻奖等多项，作品入选中学语文教材和年度选集。

我与金佛山有个约定

张贵付

人间四月芳菲尽，金佛杜鹃始盛开。2024 年 4 月 24 日，应中国自然资源作协的邀请，我们十五名获奖作者参加了“金佛山杯”第七届大地文学奖颁奖典礼活动，地点是重庆市南川区天星两江假日酒店。

颁奖典礼结束时，中国自然资源作协为金佛山“中国自然生态文学创作基地”授牌，并与重庆市山水都市旅游开发有限公司联合举办“庆祝金佛山申遗 10 周年——金佛山生态文学创作征文大赛”。从 4 月 25 日起至 11 月 30 日，面向全国喜爱生态文学的爱好者征稿，12 月进行评选，2025 年 4 月在南川举行颁奖仪式。

金佛山已列入“世界自然遗产”名录，自然景观众多，叫人难以忘怀。我的脑海里闪现今年 4 月 26 日在金佛山看到的一幅幅美丽画面：让人浮想联翩的卧睡佛、千姿百态的杜鹃花、清幽深邃的方竹林、从树林里跳出来挡在游客前面的小松鼠、狭窄幽长的绝壁栈道；还有神秘莫测的古佛洞、腾空而下的龙岩飞瀑、祈福胜地金佛寺……

第一次去金佛山，我们乘中巴车在山中公路曲折盘旋，回转往复，让人不禁想起抗战时期滇缅公路的二十四道拐。

在车上，导游小张拿起手机滑出一幅彩图问我们：“这就是金佛山主峰的山形图，它像什么？”

顺着小张指示的方向望去，我不假思索地回答：“这有点像是我们湖南郴州飞天山的那尊睡佛。”

山东作家张世奇答道：“确实像一尊睡佛，但不是你们飞天山的那尊睡佛，肯定是金佛山的睡佛。”

小张笑着说：“是金佛山的睡佛，但不全面。”

“不全面？”也许是我的佛缘浅，没有看出想象中的佛相来，便带着疑惑看着小张。

小张启发道：“大家再认真地看一下。”

重庆作家叶子见我们一时回答不了，马上打圆场道：“你们没有看出那不是一尊佛，而是两尊佛。”

“两尊佛？”大家都感到有些惊讶。

小张将山形图拉开讲解：“金佛山主峰的山形就像男女两尊睡佛共相厮

守，其间包含着多么坚贞的爱情故事啊！文人骚客给他们取了一个动听的名字‘两佛共一守’。”

经小张这么一讲解，金佛山似乎灵动起来，山形变得有鼻子有眼。从右往左看，映入我们眼帘的是一尊较小的睡佛。那佛头、颈、胸、腹、腿、脚俱全，山形轮廓线条就像一位睡美人。在这尊女佛的左上边，还有一尊较大的睡佛，其颈下的左边，还有更高更大的胸腹和腿脚。这尊较大的睡佛轮廓线条，充满了阳刚之气和粗犷之美，称之为男佛。

佛的问题有了答案。我问道：“为什么在佛的前面有个金字呢？”

小张答道：“金佛山属于喀斯特地貌，二氧化硅含量高，岩石很坚硬，是一种热变质岩。每当夏秋晚晴，落日斜晖把层层山崖映染得金碧辉煌，如一尊金身大佛射出万道霞光，非常壮观而美丽，‘金佛山’因此得名。”

谈笑间，不知不觉到达了停车场。一下车，我看到头顶的缆车线，那是由前方高耸直立的绝壁山口直接斜拉到车场边的站台，斜拉钢丝线至少有五六十度。

坐上缆车，有的人刚开始感到害怕。作家周伟芃知道妻子有恐高症，便关切地问：“这么高，你害怕吗？”

其妻当着众人的面逞强道：“大家都不害怕，我有什么害怕的？”其实，她跟我一样，坐在缆车里已不敢动弹了。

好在缆车向上移动的速度比较慢，且四面不是都透明，坐在车里就像没动一样，大家都不怕了。

在这平静气氛中，我开始领略金佛山的风光。当然，在如此高的缆车上，也只是探头观望罢了……

从索道站台出来，那幽蓝的天，立即抓住我的眼球；那漫山遍野的杜鹃花，深深吸引着我的视线，金佛山太美了！

置身于杜鹃花中，我一次次停下脚步，不忍离去，真想把这别样的杜鹃花看个透彻，读个明白，欣赏个淋漓尽致。

上高中时，我读过毛岸青、邵华写的《我们爱韶山的红杜鹃》。文中反复咏赞韶山的红杜鹃，缘物寄情，热情洋溢地表达了作者对伟大领袖毛主席以及其他革命先烈的无限怀念和崇敬之情。有一年春，我们单位组织党员活动去毛主席故乡，对韶山的红杜鹃仍记忆犹新。

其实，出生于湘南地区的我，对杜鹃花比较熟悉，老家生长着许多杜鹃，红的、黄的、白的、紫的等种类并不少见，小时候上山扯竹笋还吃过杜鹃花。上百岁的杜鹃群落却不多，大多数森林公园里都能看到其身影，遗憾的是这些公园没有形成独特的“气候”，难以吸引游人的眼球，更没引起游客的关注。

金佛山的杜鹃花却与众不同，开出的花，均为海碗大小，一朵就是一只彩绣球。它成群结队，一丛丛、一片片硕大的花朵，相互依存着，从浓密而耀眼的重重绿色之中挣脱出来，向着阳光，展现着俏丽的身姿和缤纷的笑颜。

杜鹃花被誉为“花中西施”。听说杜鹃的寓意是“爱的喜悦”，代表着一种爱意的浓烈和内心的喜悦之情，指的是热恋期的男女，可以用红杜鹃花向自己喜欢的人表白或求婚。而金佛山本来是一个吉祥的名字，吉祥的地方，如果把爱与幸福连在一起，来金佛山的游客，定会有爱相伴终生，有福享受一世。

在步入“绝壁栈道”的岔路口时，成群的小松鼠窜来窜去讨东西吃，模样十分可爱。游客们纷纷拿出饼干、面包、方便面之类的食物，撕成一小块或丢在地上，或悬在半空中，五六只小松鼠分别从树林里钻出来，飞快地啃走一块食物后，随即又出来争抢食物，感觉都不怕人了。

游客们抓住小松鼠争抢食物的时刻，纷纷拿出手机拍照。一些小鸟也赶来凑热闹，从天空中飞下来与小松鼠争抢食物，惹得大家高兴得争相拍照。

路上，小张告诉我们，2014 年 6 月 23 日，金佛山申报“世界自然遗产”名录成功后，10 年来景区的基础设施有了质的飞跃，游乐设备、安全防护、花木管理、景点修缮等方面大为改观，现在已是国家 5A 级景区。

如今，金佛山春有花、夏有凉、秋有色、冬有雪。这座生物宝库，有近万种动植物在此和谐共生，方竹笋、大树茶、古银杉、古银杏和乔杜鹃因其稀有，被誉为“金佛山五绝”。

而一向被人们认为是圆桶形的竹子，在金佛山却长成了有四个暗棱的方竹，真是够神奇的。

说起竹笋，叶子告诉我们：“据说明年的征文颁奖活动，现场有扯笋、剥笋比赛，大家可要踊跃参加啊！”

嗨！扯笋对于我这个湖南人来说，是熟悉不过的事情。

小时候的我常常呼朋唤友、成群结队，向着老家的大王岭、对门岗等山上进发。

清明节前后，正是竹笋破土而出的时候，小笋形如千万支笔杆，书写蓝天白云的惬意，书写雨霁天晴的畅快，一天一个模样，一天一个高度。时不等人，乡亲们知道扯笋的季节来了。

我们这些孩童沿着蜿蜒崎岖的山路上行，静静的山林顿时活跃起来，路旁的小鸟从身边惊飞。竹林间夹杂着一些油茶树，油茶树上长出了许多茶泡，有的像桃子，有的像耳朵，路边红彤彤的野草莓到处都是，小伙伴们已等不及清洗，摘下来直接往嘴里送，玩得可高兴啦！

经过半个多小时的爬行，我们终于到达了竹林。

小伙伴们分头钻进竹林，开始扯笋。富饶的大山长满了小竹笋，大的比拇指粗，小的像铅笔细，东一个，西一个藏在草丛中、荆棘里。

山林棘刺丛生，扯笋时经常被荆棘挂住，手脚都是红红的挂痕，衣裤也被挂烂，反正是旧衣旧裤无所谓。一个多小时后，我们扯的春笋，已经装满了一篮筐。累并快乐着是我们那时扯笋的最真实写照。

让我没有想到的是，当天，几个北方的文友大多数未见过竹林，不知道如何扯竹笋。来自吉林的女作家江北跟随在我的身后，在游道两边不时露出几根竹笋，兴奋叫道："看！这里有好多竹笋，怎么采啊？"我回头一看答道："这个太简单了，我示范一下给你看。"随即弯下腰轻轻用力将竹笋扯出来。江北按照我的动作扯了一根竹笋，谁知她未掌握扯笋的要领，垂直用力过猛地将竹笋扯出来，差点摔倒在地上。我告诉她扯笋不能垂直用力，因为竹笋的外面有壳，而且裹得比较紧，扯笋时可先将竹笋向两边摇一摇，斜着用力容易将竹笋的嫩节部分折断，这样会省时省力。江北按照我说的方法扯了三根竹笋后，便再也没有闹出洋相。不一会儿，她手里就拿着一把竹笋。我估计她是第一次扯笋，一路上拿着这把竹笋高兴得手舞足蹈。

沿着弯弯曲曲的林荫小道，我们一行人来到山腰的两江假日连锁酒店。这是一个集商务会所、休闲娱乐、康养度假、观日出云海于一体的酒店。

站在酒店前面，可以观看苍翠如玉的森林，明净高远的天空。这里时而阳光明媚，时而云雾缭绕。山间的云雾，在山下看是铺天，在山上看是盖地，没有一丝缝隙。

吃午饭时，面对桌上的"全笋宴"，如清水笋片、白油笋、竹笋炖腊猪脚、泡椒笋、五花肉炒笋、笋烧鸡公、凉拌小笋、酱椒笋……一道道色香俱全的特色美食，惹得我直吞口水。

也许是走了三个多小时的山路，肚子确实有点饿了。我立即用勺子盛了一碗竹笋炖腊猪脚汤，狼吞虎咽地吃起来。待我吃第二碗时，便悄悄地告诉坐在我身边的张世奇："老本家，这个竹笋炖腊猪脚汤太好吃了，既香又鲜，你可要尝一尝啊！"

他随即盛了一碗，刚吃上一口，便直呼："好吃，好吃，真是太好吃了！这个竹笋炖腊猪脚汤香鲜俱味，你们必须尝一尝，否则会后悔的啊！"

北方几个女文友听说好吃后，一改平时矜持的模样，站起来轮流盛起竹笋炖腊猪脚汤。

宁夏作家董永红说："我还以为是竹笋炖香菇呢，这味道美得可以上《舌尖上的中国》栏目，值得向世人分享！"

同桌的刘能英答道："大家都说好吃，回去后就好好地写一篇征文，获奖后，明年四月份可以再来嘛！"

我笑道："刘编辑，我们几位文友不会辜负您的期望！这次在金佛山潇洒地走了一回，既掌握了金佛山的第一手资料，又有比较雄厚的写作功底，一定会写出好作品。"

平时比较内向的大地文学编辑张艳刚吃上两口就兴奋地说："这竹笋炖腊猪脚汤的确好吃。来，大家一起努力出精品力作，为我们明年再次相聚加油！"

叶子爽快地答道："好啊，大家一起加油，明年你们再来重庆的话，我开车再接大家来金佛山！"

好一个热情的重庆文友！这次来金佛山，就是他在重庆中石化高滩岩服务区东加油站等了三个多小时，将我们四个不同省份的文友接到天星两江假日酒店。

接着，叶子向我们介绍，金佛山竹有平竹、水竹、金竹、刺竹、方竹等多个种类，最出名的是平竹和方竹。平竹笋柔软细嫩，入口香脆，四五月份出产的大多是平竹笋，八九月份出产的是方竹笋。今天我们吃的是平竹笋，而不是方竹笋。

孤陋寡闻的我，这时总算长了见识，第一次听说秋季也有竹笋上市。我从《南川文旅》得知，金佛山海拔高，没有任何污染，方竹笋生长在海拔1400米至2300米之间，形呈四方，有棱有角，不发于春，独于秋季破土，以其独特的鲜、香、嫩、脆品质享誉全球，堪称“竹笋之冠”“笋中之王”。

贾思勰《齐民要术》记载：“笋，竹萌也，皆四月生。唯巴竹笋，八月九月生，始出地，长数寸。”方竹与一般竹子的生长期截然不同，在凉意渐浓的秋天，秋雨一下，秋风一吹，方竹笋就次第而发，热闹了秋天，沸腾了竹林。

于是，“雨后春笋”在金佛山被逆转成“雨后秋笋”。

一眼泉水，奔流不已，必成大海；一竿方竹，种之不懈，即成森林。金佛山的方竹林目前种植面积已达到二十多万亩，是我国最大的方竹林。秋季的方竹笋，海拔高出笋早，海拔低出笋迟。方竹笋傲然于高寒处先发的品格，与雨后春笋大为不同。

方竹笋曾为贡品，味甘清香、脆嫩爽口，腊肉炒笋、油灼白笋、凉拌笋条、火锅烫笋等方竹笋系列菜，已成为“南川味道”的一张美味名片。

这可谓是一座山，享醇厚自然馈赠；一方竹，谱一曲金佛山缘分。

也许是我们的诚心感动了老天，多日不见的太阳，当天阳光灿烂，为仰卧的大佛铺上一层红晕，佛光普照！

小张告诉我们，不进绝景古佛洞，等于没上金佛山。

吃过中饭，我们来到酒店不远的古佛洞。在洞口，一棵形状奇特的杜鹃树吸引了我们的目光。它从山石的缝隙之中，顽强地伸展出坚硬却并不高大的身体，开着一丛丛粉红色的杜鹃花，显得十分耀眼。

刚入洞内，我们穿越蜿蜒曲折的山洞小路，有的地方只能容一人低头通过，两边都是岩石，左弯右拐，曲曲折折，还好在地面铺上了水泥地板，沿途灯光明亮，要不然的话，可能会处处“碰壁”。

走了六七分钟，突然变得豁然开朗，仿佛进入了“龙宫”。洞内约有一公顷的“大厅”，气温降至十度左右，右边是一处天然奇观—天降古佛，灯光如梦如幻。左边是宽阔的空间，有巨大的释迦牟尼双身像，周围有1250尊罗汉，气势恢宏，五颜六色，神态各异，已获吉尼斯世界纪录。

大佛端正而立，在暗淡的霓虹灯

下，惟妙惟肖；一池琼浆，在昏暗的灯光照射下，倒映出狰狞的崖壁。小张说，这就是传说的徐庶石棺材，摸摸石棺材，升官又发财。

小张接着介绍，古佛洞已探明溶洞的长度达 11 公里，洞底面积约 14 万平方米，目前仍不知洞底有多深有多远。

我们穿过长长的罗汉塑像，沿着小路往深处走，彩色灯光照在那些吹胡子瞪眼的雕塑上，胆小的人可能有点发怵。

虽然洞里很大，也经不住逛。我们在洞中穿行，好像找到了陶渊明笔下的“桃花源”，这里可居住成千上万的人。大家听滴水空灵，看琼花晶莹幻景，感受大山之脉搏跳动，自会得到一番超然之境界。

出洞后，我们坐中巴车返回到索道站，乘缆车下山原路返回到酒店。

当天晚上，我们一行人外出散步，惊喜地看到天空中镶满了星星，一眨一眨地亮着眼睛，特别能净化人的心灵。久居城市，我经常抬头仰望夜空，总想找到儿时的漫天繁星。但是每次都很失望。而金佛山下的星空是这么安静，这么温暖，这么闪烁。我仰望星空产生了无限遐思，仿佛坠入星河，寄望星月、宇宙的浪漫。

返回住处，进入酒店的土特产超市，摆放着琳琅满目的方竹笋、南川贡米、中华蜂蜜等十大南川特产，其中以方竹笋的种类最多，诸如方竹笋干、香辣脆笋、山椒味笋尖、手剥笋等。

我问超市售货员小李：“方竹笋有什么来历吗？”

小李说：“相传三国时期的谋士徐庶，不愿意为曹操效力，只给曹丕推荐了司马懿，自己则隐居在金佛山古佛洞修道。为便于深山老林吃素，他找到一种怪竹，竹节带刺，深秋长出竹笋。这种竹形似方非圆，触摸有明显棱角，竹笋化渣香脆。而相距两百多米的仙女洞，有个尼姑方菊也在此修行，他们谋计多栽种此怪竹。不久，方菊修道成仙，徐庶为纪念她的功劳，便以她的姓命名此怪竹为‘方竹菊’。”

原来如此，怪不得古佛洞有一尊徐庶的石雕像。随即，我们在超市买了一些方竹笋制成的土特产。

小李见我对方竹笋如此感兴趣，便告知，方竹笋在全世界仅产于重庆市金佛山原生态自然保护区及贵州桐梓县箐坝山、柏芷山等地，是少有的秋收、秋食的竹笋，弥补了春笋断季的市场空缺，市场前景非常广阔。

接着，她向我们介绍南川区委、区政府对方竹笋产业的重视，成立了重庆市南川区特珍方竹产业技术研究院。通过改进生产技术，提高生态环境质量，让方竹笋、大树茶等南川特色农产品在消费市场更走俏，已远销到东南亚、美国和日本等地。

顿了顿，小李又告诉我们，十年前，金佛山盘山公路尚未完全修好连通，村民们背笋下山要走十多公里的山路，常常是精疲力竭，加之笋价不高，村民扯笋往往是自给自足，要不就制成干笋，等待时机销售。一斤干笋需要十二斤鲜笋，除去人工、时间等成本后，利润比鲜笋降低了不少。

十年后，村民们将笋采回，当天剥壳，由收笋人将每家每户的鲜笋逐一过秤，一手交钱一手交货，连夜将鲜笋运出山里卖给笋厂，过了夜就不新鲜。南川区则通过液氮保鲜系统，让春季、秋季产出的部分竹笋保持了鲜度，使其销售期延长到一年四季，弥补了春笋、秋笋断季的市场空缺。当地商家经过错季销售，鲜笋的销售价格翻了两三倍。

俗话说："一方山水养一方人"。这些生长在金佛山的竹笋，一头连着山外的餐厅，一头连着村民的幸福。

南川区委、区政府在金佛山成功申报世遗之后，按照世界遗产委员会的标准，对资源进行严格保护和管理，谋划和推动景城乡一体化发展，以金佛山景区为核心，以南川城区、生态大观园区为重要功能区域，整体设计"金佛山—城区—大观园"景城乡一体化发展布局，打造城区至金佛山"景城一体"旅游经济带、大观园"景村一体、农旅融合"乡村振兴试验示范带，绿水青山正在变成金山银山。

围绕"竹"这一特色，南川区以敢为人先的精神，竭诚让老百姓在自己的荒山荒坡种上方竹，不仅绿了山头，还能增收致富，促使南川培育壮大新兴产业接续替代传统产业、加快转型发展。

而今，方竹笋从深山走向世界，链接了山里与山外的餐桌。金佛山方竹笋宴、传统加工工艺均已成功申请重庆非遗，且南川非遗名菜刘氏烧鸡公也非方竹笋不可，其更是地道重庆火锅的绝配……

一方水土成就一方特产，也养了一方人。竹林是湘南地区取之不尽用之不竭的天然食库。回到郴州后，我立即将方竹笋的信息告知湖南省劳动模范、郴州市芝草农业科技开发有限公司总经理陈红芝。

这位有情怀的农业人，立即与郴州市蔬菜种植大户朱小见联系，打算去重庆市南川区考察学习，探讨可否将方竹笋移植到郴州的高寒山区，拟移植成功后作为一个蔬菜特色品种供应粤港澳大湾区，带动当地农业经济发展。

湖南人向来就有"恰得苦，霸得蛮，耐得烦，不怕死"的精神，看到这些一向敢闯敢试的农业达人，我为何不敢在"庆祝金佛山申遗十周年——金佛山生态文学创作征文大赛"中试一试呢？

有道是：重要的不全是为了获奖，最重要的是敢于参与。为了在金佛山的约定，我已做好准备，力争明年与文友们再相聚。

张贵付，湖南省作家协会会员。作品发表于《人民日报》等刊物，多次获奖，出版有长篇报告文学《铁血金银寨》、故事集《铀矿薪火》（合著）。

金佛山之春

山　夫

春天，是大地万物更替的序章，一条条复苏的讯息，铺天盖地席卷而来，将盎然生机姹紫嫣红的世界一瞬间推入到了春的语境。在这个世界自然遗产地的金佛山，春的脚步轻盈而温柔，如同一位技艺精深博大的艺术家，用她那细腻的纤纤玉手，一点点地将冬日的沉寂抹去，给金佛山的峰峦沟壑披上了一层生机勃勃的新装。借第七届大地文学奖在重庆南川举行之机，身随心行，终于踏入了这一佛山净地，一睹金佛山威严端庄慈祥的真容。

走进金佛山，映入眼帘的是那绵延不绝的山峦，它们在春风的抚摸下，似乎更加清晰和亲切。翠竹绿林覆盖着的座座山峰，犹如大海调皮的样子，波浪般地起伏舞动，仿佛每一座山峰都有了生命，都在向我述说着属于它们的故事。山脚下静望，澄明的意境更会瞬间灌满脑腔，只觉得那些山峦在阳光的照耀下，像是被金边仔细勾勒的青绿山水画，清雅中更显神圣和庄严。

是啊，金佛晚霞确实很美，它是金佛山不可多得的美景，曾位列清代、民国年间的“南川八景”之首。当太阳渐渐西沉，天边的云彩被染上了斑斓的色彩，金黄、粉红、深紫……如同梦幻般的调色板，在天幕上慢慢铺开。我站在金佛晚霞下，那份震撼直击心灵。晚霞不仅将天际染成了绚丽的红色，更将整个金佛山映衬得如同梦幻中的仙境。山体在夕阳的照射下呈现出层次分明的金色，一如其名——金佛山。而这份壮观，是任何语言都难以尽数描述的美。看着落日余晖中的晚霞，心中涌动的不仅是对大自然的赞叹，更有对生活无限的热爱与期待。

随着海拔的逐渐升高，我仿佛逐步进入了另一个世界。脚下的泥土，四周的风，甚至空气中流动的花香，都透露着一种原始而神秘的气息。金佛山的春天，的确是一幅流动的画卷，每一笔都是大自然的神迹，每一色都是生命的绽放。

我来的四月，本是“人间四月芳菲尽”的时光，可金佛山中大山深藏着的漫野杜鹃花，却正是“山寺桃花始盛开”的佳季。春行金佛山，杜鹃花成了金佛山待客的主人。而最为人称道的金佛山珍稀古杜鹃生态群落，则是她迎宾的丽人方队。此刻，正当春风送暖，漫山遍野的杜鹃花竞相开放，如火如荼，如云如霞。走在花间，花香扑鼻而来，那种感觉宛如置身于仙境。每一朵杜鹃都娇艳欲滴，每一朵杜鹃都如诗似琴，它们不仅吸引了我等这些来自他方的游客，更成为摄影爱好者和自然探索者们挥洒才情的天堂。

在这些花海中，时不时可以见到陌生的昆虫面孔，但我还是喜欢忙碌的蜜蜂和蝴蝶，他们在花间穿梭，他们在绘制春图，他们在畅写诗雨，他们在为这个春日增添着无尽的勃勃生气。金佛山的花海，就像是大自然恣意地泼彩，就像是一幅摄人魂魄的油画名作，各种颜色交织在一起，绚烂夺目。山巅伫立，放眼望去，花海与苍茫的云天相接，让人心旷神怡，如此，哪还有人间烦忧，一切烦恼早已随风而去。

金佛山不仅仅是自然的宝藏，同样也是人文的瑰宝。在山间，隐匿着由老三线厂屋舍改造而成的“三线酒店”。这些曾经见证过国家工业化进程历史的山山水水和老建筑，如今，它们摇身一变，成为兼具历史情怀与现代舒适的特色酒店。在这里，既可以回味那个年代的沧桑巨变，也能感受到现代设计的巧妙融入。

住在当年三线厂区里的酒店中，仿佛可以听到时光的声音，感受到岁月的沉淀。每一次游走于改造后的“三线酒店”，漫步于旧时的厂区，仿佛能听到岁月回声中传来的那些往昔的喧嚣，都像是在穿越时空，回到那个机器轰鸣、人声鼎沸的时代。而透过窗户，眼前又是满目绿意和花香，这种时空交错的感觉令人着迷。曾经的老三线厂区，如今焕发出新的生命力，以一种独特的方式让历史与现代交融。

春天的到来，金佛山上的生物们自然也进入到春的活跃序列。清晨，当第一缕阳光洒向大地，山间的小动物们开始忙碌起来。松鼠跃动在枝头，鸟儿在林间欢唱，还有那些在晨光中翩翩起舞的蝴蝶，它们似乎也知道这个文学盛会，在为这个春天举行一个盛大的庆典。幸运的是我住的客房紧靠小河，窗外的青山竹林，河岸的那棵玉兰老树，总会让晨鸟的闹钟定时响起，让我心享晨曦的萌动。看着面窗鸣叫的一只只丽鸟，望着天空绽放着的朝霞丹日，春晨中的山的清乐，自然也成为醉美的慰心乐章了。

我行走在金佛山的小径上，耳畔是潺潺的流水声，那是山间清澈的溪流在欢快地奔跑。忽然，一块石头落入水中，激起一圈圈涟漪，又引来几只好奇的小鸟停在岸边观望。这样的场景，让我忍俊不禁，让我忍不住驻足，让我在春晨中静静地享受这片刻的宁静与美好。

春日里的金佛山，还有那些难得

一见的野生动物。客房部的小李说他们曾在林间发现过野生动物的身影，看到过松鼠和一只警觉的鹿，还见过几只活泼顽皮的猴子。它们在这片广袤的森林里自由自在地生活，与人为善，与自然和谐共处。这里，不仅仅是野生动植物们的家园，也是我们人类心灵的港湾。

春天的金佛山，是一首诗，是一幅画，是一场梦。在这里，我感受到了生命的蓬勃，感受到了大自然的神韵。每一次呼吸，都是那么清新自然；每一次眺望，都是那么心旷神怡。金佛山之春，不仅仅是一个季节的更替，更是一场心灵的洗礼。

随着时间的流逝，这段旅程已经结束，但金佛山之春给我的感动却长久地留在了心底。每当回想起这里的一切，都会感到一种温暖和力量。如诗如画的春的金佛山，它用自己独有的方式，诠释着生命的意义，展现着大自然的奇迹。

山夫，中国作家协会会员，作品见于《人民日报》《光明日报》《解放军报》等。

在金佛山

江　北

在金佛山，站在山脚远望缭绕着薄雾的高山，那一片片粉白，就在薄雾里若隐若现，那是杜鹃花的颜色，浓郁地嵌在碧绿的高山上。雾就像一条丝带顺着山脉飘向天际，这是雾消失的前奏，也是最后谢幕的恋恋不舍。但阳光出来了，天空，高山亮了起来，那片片粉白就如同站在舞台中央般引人注目了。坐在空中缆车里，那一棵棵树，那山间流淌的瀑布，以及绽放的杜鹃花，逐渐清晰起来。这时，我希望快点到达，快点见到高山杜鹃花的美丽容颜。

等下了缆车，我迫不及待地拾级而上。空气清新而湿润，掩映在青草中的各色小花竞相开放，鸟儿在树枝间鸣叫，一支溪流在草木间流出，细细的水流，滴在石台上，滴滴答答如同吟唱一般。台阶蜿蜒，时而宽阔时而狭窄，树木搭成的遮阳棚，隔离了热烈的阳光，但风依然带着温度来回穿梭，没走多远，汗水就如溪流般在脸上流着，抹了抹，甩了甩，一串汗珠落在石阶上，顷刻间就消失了痕迹。拐了个弯，一抬眼，掩映在茂密树木之中的金山杜鹃树，豁然出现在眼前。它如此高大粗壮，让我不由得惊叹。导游说这棵树有三百多年了，还说金佛山古树杜鹃有近万株。我站在树下，看着最近枝头那纯净透明的粉白杜鹃，它们紧密地簇拥在一起，就如同一个个小小的喇叭形状的风铃，那毛茸茸的花蕊，就如同铃铛，风吹过来，我恍惚听见清脆的丁零零。杜鹃是让人喜欢的植物，各种颜色的杜鹃都娇艳得恰到好处，它不过分浓艳，也不会让自己黯然，它总是用一种善解人意的颜色，让你觉得亲近自然。我仰望这棵树，心里想着它由一粒种子破土而出，通过水，空气和硅的强大而缓慢的渐变，逐渐长成一棵树，从弱小到强大，直至枝条上绽放出花团纷呈。一下子，感动了，内心翻滚着阵阵敬意。

金佛山古名九递山，九级山体层层叠叠，如同九枚莲花瓣，而九莲的顶又如莲之雄茎，此情景如坐莲在云雾间，飘然如仙境。而在这仙境中，典雅秀丽的杜鹃花使得这海拔两千二百三十八米的高山更加生机勃发。

导游告诉我，越往上走杜鹃树也越多。金佛山是中国野生杜鹃的荟萃地，种类有六十多种，不但有珍稀品种的弯尖杜鹃，也有稀少的黄杜鹃，还有其他属于世界六大奇葩的杜鹃。

漫步走，越往上空气越湿润，台阶也湿滑了，苔藓随处可见了。导游说这里就是方竹林了。莫名其妙的，我想起了父亲。我父亲是一名地质队员，还记得我们坐在山间空地，阳光就在树梢跳跃，一只松鼠在树上探头探脑，父亲让我深深呼吸，于是，我的鼻子里灌满了温暖的泥土和青草混合的味道，父亲说这是山的气息，是天底下最古老的气息。而此时，我闻到的这古老的气息，属于金佛山的气息，古老但异常清新的气息。我深深吸气，一种从内向外的愉悦布满了身心。我蹲下来，看着毛茸茸的，绿绿的，看上去就像一张小毯子似的苔藓。有苔藓的地方，说明空气质量高，生态环境好，而金佛山的苔藓与杜鹃的根系属于互利共生。苔藓的吸水性，杜鹃的喜湿润，彼此间共享着生长环境。

沿着绿毯望过去，我惊喜地发现了一对小小的白蘑菇，那样小巧，美丽，而充满灵动，就像爱丽丝梦游仙境里的蘑菇精灵。在蘑菇精灵的带领下，我进了竹林。金佛山的方竹林属于高海拔竹林，也是当地的主要经济植物。走了一会儿，心心念念找方竹，但所见的竹子都是圆的。我问导游哪里有方竹子？导游说周围都是。我说周围明明都是圆的。导游笑了，说要用手摸，才能感觉竹身的棱角。我轻轻地抚摸竹身，果然不同的，竹身的棱角是分明的，仔细体味，倒真是有方的感觉。外圆内方，仔细想想，做人是否也要像这方竹一样外圆内方呢。圆是通融，方是原则。人活在世间，既要通融又要有原则，掌握分寸就尤为重要了。好在，人生是学习的过程，活到老学到老。走着，想着，恍然觉得穿越到了古代，自己变成一介书生，住在这清幽之地，在竹林间漫步，吟读诗书，听着竹林沙沙，溪水潺潺。

就听见潺潺水声了。一座小桥，清澈的溪水正从桥下欢快地流着。站在桥上往下望，水中石子在溪水的冲刷下仿佛有灵性般闪着点点光芒。水是山的血液，树是山的皮肤，花朵是山的服饰。金佛山的服饰是美丽的，血液是古老纯净的，皮肤是充满生命力的。

我是北方人，不识笋。见前面的人时而从地面拔起白白细细，尖头的白芽。一问是笋芽。他指着尖尖的笋头，说这就是。说着他拔起递到我手里，说可以吃的。一听可以吃，我来了兴致，按照他教的方法，一提一拔，笋尖就出来了。没经过烹饪的笋尖，涩而清新，有回甘。方竹笋清五脏，但不宜多生食，熟食味道清淡鲜香。

阳光不知什么时候退去了，天空暗淡了很多。我走下台阶，有两条路，我习惯了向左。一路走下去，拐个弯，前面出现了平缓的草坪，草坪的尽头是一片盛开的杜鹃林，远望过去，那粉色的一片，就像仙女的云朵降落了一般。或许仙女真的就躲着在里面，偷偷欣赏着这金佛山的美景。游人们在草坪照相，我坐下来，望着对面的山尖上苍白的一片，那团苍白像一卷纱徐徐展开，越来越近了，发现那是雾。雾移动得很快，眨眼间就弥散在草坪，我站起身，往前跑，雾就在我身后追，我跑进杜鹃林，它跟着进了林子，顷刻间，白茫茫的一片了，不过，我依然能看清雾里的杜鹃花，那吊钟的花身簇拥一起，那盛开花瓣像荡漾着的笑颜。雾越来越浓郁，就像一张密实的网罩住一个美丽纯洁的空间。我感觉自己变得渺小，而这渺小又真实得让你感觉你和这个世界融为一体了。我望着四周，雾就像一条河在树林间流淌，我也仿佛站在河流里，尽情享受着这纯洁无瑕。那些花正在我眼前，我能感觉到它跟我一样。这时，我突然想起了仙女，美好存在心中，那么每个在林中的人岂不就是仙女。想到这，我感觉一种轻盈从脚下升起，于是，我举起手，转动腰身，如同仙女般翩翩起舞起来。

江北，本名李松花，中国作家协会会员，鲁迅文学院第19届高研班学员。出版小说集《白月光》《内伤》、长篇小说《归原》、长篇报告文学《大医精诚》。

杜鹃，松鼠，方竹及其他

张　艳

1

上金佛山，野生杜鹃拦了路。花朵纷纷繁繁，数万朵铺开来。

季春时节的金佛山，杜鹃俨然成了花魁，古典秀逸。金佛山横亘于重庆市南川区境内，大娄山脉北部，海拔两千二百三十八米，是中国野生杜鹃的荟萃地。不止杜鹃繁茂，还有竹，草、野樱桃、苔藓，甚至罕见的红豆杉都有芳踪，想找一处裸露的山石都难。满眼的碧绿，团团红云紫霞，华照山野，一叠一叠，推远，又拉近。明人汤显祖写："遍青山啼红了杜鹃"。就是在说金佛山啊，短短八个字，有声有色。

杜鹃分乔木型和灌木型，灌木型杜鹃多分布于中低山间，人迹不容易到的山崖巨石和山脊上；乔木型喜开在山腰和山顶，人烟稀少处。导游自豪地说金佛山正好契合了杜鹃的生长，所以满山的杜鹃也就不奇怪了。在金佛山，杜鹃科植物大约五十余万株，品种有六十九种，树龄超过五十年的约一万五千株。这是什么概念？金佛山的面积是一千三百平方千米，粗略一算，平均走上几步就能看到古杜鹃的身影。名贵的珍稀品种有簇簇怒放的弯尖杜鹃、恬静高雅的黄花杜鹃、粉面迎春的麻叶杜鹃、花型硕大的阔柄杜鹃、鼓着喇叭吹吹打打的金山杜鹃、佳丽可人的喇叭杜鹃，乃"世界六大奇葩杜鹃"。

杜鹃别名有山踯躅、山石榴、映山红、照山红、唐杜鹃等。许多地方称之为映山红，花朵犹如山间精灵，通体艳红，因此而得名。其实杜鹃花色很多，霞粉、水红、瓷白、墨紫、橙黄。据说黄色杜鹃最少，属娇宠，少便金贵。胡适称紫色杜鹃为轻紫，这个"轻"字形容出的紫色有着更广阔的气象。在来金佛山的前一周，我在山东菏泽的大田里看了三天牡丹，赏过一等国色的牡丹后，按说对无论从花型还是色彩都逊于牡丹的杜鹃不会心动了吧，可是当看到峭壁上、石缝间、小径旁片片粉簇簇红时，依然内心荡漾。

在一枝杜鹃花前倚立，仰头细观，一簇有十四朵花，一花五片瓣，十四根花蕊，十三根花蕊细小，一根花蕊长而粗，顶着一个嫩色的“小绿蕊”。这根长花蕊，正对着的花瓣，条纹肌理楚楚可见，洒满紫红的斑点。一簇花，像一把伞，伞沿的七朵先开。伞心的七朵随后。吹着喇叭，唱着情歌，如美人唇色，生动莫名。

一棵古杜鹃按时令开花，就已经很美了，但要美到令人震撼，还得花海。很多东西要具备一定规模才显得美，就像眼前的杜鹃，花苞挤挤挨挨，如海潮涌上金佛山，震撼了大娄山脉。杜鹃的低调、坚毅和隐忍使其久负盛名。它对谁都张开怀抱，既不仰头，也不俯视。凡夫俗子来，它们安静地开；诗人雅士来，它们安静地绽放。

这多像才子苏东坡，上可以论史析文，下可以同百姓煮肉吃茶。东坡的眼睛和杜鹃的眼睛一样澄澈，天下无一个不好之人。

终于看到了导游向我们夸耀的杜鹃王子。这个名字我们念了一路了。观念中，杜鹃属于温柔的女子，怎么会有大树样枝条遒劲的杜鹃王子？虽然我早前科普了在高黎贡山地区，一百年前就发现了高达二十五米的大树杜鹃。在看到树高足有二十米，树冠如盖，英姿健硕的千年王子的一刹那，呆立在那里，像被施了定身术，半晌，两个字脱口而出：震撼。菏泽有多棵明代的牡丹王花树，盛花期，一棵牡丹王可同时开花两百余朵。一株古杜鹃竟挂花万余朵。

导游说今年的天气稍稍冷了些，盛花期可能还要等上几天。不要紧，花树下走一走，知足，满足。

2

“金佛山的松鼠很多，不惧人，会友好地跟游人互动，如果运气好，一会儿也许就会和它们相遇。”

导游说的时候，我不以为然，难道松鼠经过了驯化？野松鼠与人类之间从来都是有距离的。在蒙山见过一只小松鼠，它非常小心，我只稍微动一下身体，试图坐下来仔细观其样貌时，它立刻警觉起来，顺滑的小身体一顿，然后迅速转过身钻入了草丛，蓬松的大尾巴在草尖上摆了两下，就完全让草淹没了。在灵山，我与一只小仓鼠打个照面，它尖嘴猴腮，一脸不屑，想看清它的面部细节很难，机灵劲写满全身，你稍有一点动静，它早没影儿了。爬香山，我遇到过一只土拨鼠，它没有想到我正从它的家门前路过，忽然从洞门口里钻出来，还没定睛打量，就被我吓得直立起来，旋即逃回了洞里。诗人写：“一个人加一个动物 / 将造就一片快速的流浪。”人类和动物间的这种微妙的藏躲关系是不是与生俱来的。不是弱小的动物惧怕人类，它们之所以非常警觉，其实是人与动物之间的一种默契，适当地疏远，似乎以一种示弱的方式，表达着对人类的尊重。

这样想的时候，就真的邂逅了松鼠。一只烟灰色的小松鼠从岩石缝间探出小脑袋来，看了一会儿热闹，欢快地跳到了我面前。我不知怎么和它交流，怕惊扰了它，呆呆地立着不动。这时，有游人走过来轻轻地朝它丢一把花生，它机灵地转动眼珠，抱起花生啃食，呆萌可爱，窸窸窣窣的声音，如一曲低声部的音乐。

吃完了花生，开始四处嗅。我蹲下来，伸出手，它犹豫了一下，向我挪近了一点。学着它的叫声，轻唤它：嘟嘟嘟，觉得这声音不对，于是换了一种尖尖的略带颤音的叫声。在山野，轻声地呼唤动物的名字，无论对动物还是对自己，都是一份难得的修炼，更有与动物神交的满足。

又有游客走过，大惊小怪地欢叫，立刻从包里翻吃的，我提醒游客，带果壳的食物最好，游客找到一包面包，试着给它，它竟然也吃起来。小嘴巴巴，继续翻弄出天籁般的声音。

由此断定，金佛山的松鼠见过大世面。其实见没见过世面不重要，本质在于能否透过世界的任意一面，即使是小小松鼠与人共处一山的微缩画面，见天地，见自己，见众生。

若不是还要继续向山上爬，我愿一直与松鼠静待，轻声和它交流，如遇久违的老友。

当然了，这只是我自己内心的戏太足，估计松鼠才不会想什么朋友敌人的。它的眼里是澄澈的山，嘴中是美味的食物。

3

小径蜿蜒，幽篁蔽天，分列左右，形成栅栏。林竹曲水，方竹的形状椭圆中带方，隐隐有棱角，竿纤细，清秀，劲挺，宛如重庆女子，清秀脱俗。轻雾挂在竹间，露珠悬于叶上，阳光照耀下，像溶解了的钻石一样，闪闪发光。一个玲珑剔透的绿国。

苔藓累累，摸上去，湿湿的，滑滑的，入眼入心。“人行其下，翠沾衣裙。”苔藓属于小型绿色植物，构造简单，被称为“最低等的高等植物”。全世界约有两万三千种苔藓植物，几乎广布全球，有地球上真正的拓荒者之称，中国约有两千八百多种。金佛山拥有苔藓植物三百五十种，是金佛山生长年代最久远的生物。苔藓在自然景观中代表着宁静、低调、沉稳和旺盛的生命力。故而，有苔藓出现的地方，多为环境好、空气质量高。这里青苔遍布，除了生态环境，还有一个重要方面，即杜鹃的功劳。乔木杜鹃垂直根系（主直根系）很少，水平根系及须根发达。受金佛山的地形影响，乔木杜鹃水平根较多裸露于地表，易因水土覆盖不完全而引起营养不足。苔藓有较强的吸水性，因此能够抓紧泥土，有助于保持水土，因而对古杜鹃的保护、种群恢复和原生态竹林起到了重要作用，尤其能维系杜鹃幼苗和嫩竹赖以生存的必要生长环境。杜鹃喜凉爽、湿润气候，恶酷热干燥，又反过来为苔藓提供了半阴潮湿的生长环境，它们联合起来，形成了互利的共生关系。

金佛山的方竹主要分布于金山、柏枝山、箐坝山，长于海拔一千米以上，成片或与杜鹃属等植物混生。是当地主要的经济植物。我刻意看了一下，此时的海拔为两千一百六十三米，南川区林业局竖的蓝色大牌子很显眼：金佛山方竹混交林高海拔示范基地。

我的办公楼前有瘦竹一排，直径也就一厘米有余，是真的瘦，风一吹就要倒的样子。仿佛它们存在只是为了那句“不可居无竹”。而几公里外的紫竹院公园却竹影摇摇，斑竹、玉竹、紫竹等十七种竹品与银杏树共同把公园打扮得绚丽多彩。

爱竹，不仅仅爱其皮毛，更多的是养眼润心。慢慢走，一路看，有的竹子躺在地上，它们睡着了吧？竹子的一生短暂，在完成了生长后，或自然而然地入土为泥，再抚育下一代，或为人类所用，奉献全部。

而更多的，有尖尖笋头拱出地面。土地是有多大的能量，供着一拨一拨方竹笋发芽。一时间竟无法道出是人的赋予还是大自然的馈赠。竹笋怕是也没有想过，自己只是做了生长这一件事，便艳绝一方。竹痴金冬心先生画竹题记，写：“时雨夜过，春泥皆润。晓起，碧翁忽开霁颜。玉版师奋然露顶，自林中来，白足一双，为碍其行脚也。”几行字，读得心里喜滋滋的。一场夜雨过后，春泥湿润。清晨，天气豁然晴朗。推门一瞧，屋外的笋，冒出了尖儿，你们是从林中来的呀，你们白嫩嫩地打着赤脚。不穿鞋，居然没耽误行脚。

初春的新笋恰白足一双，不禁长叹一声，多好的比喻啊。

导游说金佛山的笋尽得高山之清冽之气，质地晶莹，脆嫩化渣，极为清甜。我问导游：“可以生吃吗？”

“当然，不过它最好的吃法可不是生吃，具体怎么吃……”导游停顿了一下，故意卖了一个关子。

轻剥笋芽，竟然没有拔动，导游教给我，要踩，用脚麻利地斜踩方竹笋的根部，听到咔嚓一下，便可轻松拔起，而且不会伤根动土。好聪明的办法。剥去笋子外面韧壳，白白嫩嫩的笋尖如玉般，仿佛要化开。放在嘴里，略带生涩的山野新鲜的气息顿时充满口腔，入喉透彻，汁水充盈，隐隐有涩味，还有一股清气，末了口中竟有一丝丝的回甘，特有的清香刷新了味蕾。这味道陌生，新奇，没敢多吃。山野草木香的气息，让我想起小时候，蹲在二爷旁边，看他推刨子。二爷做的一手好木工活。刨刀闪亮，木片如花卷，一卷又一卷，着实好看，也好闻。樟木的气息，杉木的气息，松木的气息，柳木的气息，轻灵又厚实。二爷也编竹筐，竹篾翻动，青绿闪烁。

导游说金佛山的方竹笋，有灵气，可清五脏六腑，刮油去秽，中午我们就在山上就餐，让大家吃个够。导游仍然吊着我们的胃口，秘而不宣。我不由得咽了一下口水，边赏竹边耐心等吧。想起谁说的一句话：“等待也是品尝的一部分。”笋荤素可搭，多以荤相配。李渔说以之拌猪肉，肥而不腻，肥肉的甘味入笋，相得益彰。其实春笋可以独立成篇的，因着它的嫩滑鲜润，不一定非要沾肉荤的光，甚至还能与它们分庭抗礼呢。电影《武士的家计簿》中，全家人坐在一起吃饭，父亲居中，左边母亲女儿，右边祖母儿子，都吃得很安静，只有轻微的喝汤的声音。母亲搛起一声笋，说：“时鲜的竹笋呢。”她咬了一口细细地嚼着，发出既脆又韧的咔嚓咔嚓声，一副很欣赏很享受的样子。窗外正是粉粉的春天……梁实秋先生喜欢笋馔，爱其细嫩清脆，说样子也漂亮，细细长长的，洁白光润，没有一点瑕疵。“苦笋及茗异常佳，乃可径来。怀素上。”十四字小令，直言直语：我这儿的苦笋和茶都非常棒，快来吧。原先猜测怀素说的苦笋是春笋，现在能不能想象成就是金佛山上的瘦癯笋呢？《苦笋帖》，瘦肥相间，是碑帖里的笋烧肉，味道极佳。淡淡鲜鲜，淡如道，鲜近禅，可谓君子之风。

张艳，中国自然资源作家协会会员，河北省作家协会会员。作品发表于《散文百家》《当代人》《北方文学》《大地文学》《中国自然资源报》《中国绿色时报》《北极光》等报刊。

金佛山的荣光

张世奇

因为文学之约，我与重庆相见。因为金佛山，我看到重庆的荣光。

关于重庆，在我有限的知识积累中，无外乎国民政府的战时首都、日军的大轰炸、渣滓洞、《红岩》《重庆谈判》与《雾都茫茫》，这些从书刊影视上获取的凌杂的印象，还有就是对嘉陵江和山城的想象；关于经济状况，一直以为大西南大抵是不够发达的。至于金佛山，是在接到活动通知后上网查看才得知，系大娄山脉主峰，位于云贵高原和四川盆地的过渡地带。云贵高原和四川盆地，都是较大的地理名词，但凡上过几年学的人都耳熟能详，数得出其中几处风景名胜。但就是它们之间的“过渡地带”往往被人忽视，不仅仅是我，也不仅仅是金佛山。

没承想，是《大地文学》的颁奖活动促成了我首次的金佛山之行。从黄海沿岸的岛城青岛飞到大西南的山城重庆，再乘车爬到金佛山怀抱里的假日酒店，一日之间的落差不单单是海拔高度、气温，还有心理上的陡然改变，当然包括对杜鹃花的认知。

1

我去过贵州铜仁的梵净山，曾赞叹于漫山遍野浩无际涯的杜鹃花，也曾登上井冈山，感叹红色土地上的革命象征，吟诵《我们爱韶山的红杜鹃》。在北方，春节到来之前，花棚里、花市上摆着一排排刚刚开放或含苞待放的杜鹃花，红的、白的、粉的、紫的，三四十厘米的高度，几十元一盆，在春节期间，把客厅开得红红火火，喜气盈盈。但花期过后，由于空气干燥，叶片陆续脱落，大多干枯而死，即使幸存者，第二年花蕾也大大减少。

说起这些经历，金佛山的导游告诉我：“你说的那些杜鹃，实际上就是灌木映山红，金佛山的乔木杜鹃才是珍贵的杜鹃。”在金佛山的日子里，我承认，我的目光一直在追寻乔木杜鹃。

当我气喘吁吁地攀登在金佛山弯曲的步道上，在观看了不知多少个古树标识牌之后，突然听到走在队伍前面的导游一声高喊：“快看，前面就是杜鹃花！”我抬头望去，路边一棵约十几米高的大树，一簇簇地，满身挂着粉紫色的喇叭花，在湿润的阳光里舒展着，对着汗涔涔的我微笑。探出的花枝悬在小路的上空，像云朵有意搭建的花梯，早有几位美女在等候扶“梯”拍照。

杜鹃花竟然这么高大，如此艳丽，这倏忽一瞥，竟让我的眼前闪过白玉兰树的形象。

围拢在树下，导游继续介绍说：“杜鹃的名称传说源于巴蜀时代的蜀王望帝杜宇，他禅位后逝去，其魂化为鹃鸟，所谓‘杜鹃啼处血成花’，此花即名杜鹃。”

我没法考证这个故事的真伪，但当地人确实是以古杜鹃树来纪念杜宇的，在那株“杜鹃之王”树下，我赫然看到了“望帝”的牌位。七根黑褐色的主干从老树根上发出来，呈辐射状向上伸展，各自生出一大片枝杈，共同营造出一株大树的外形，满树的金山杜鹃花释放出巨大的气场，让周围的一切树木和花草逊色。游客至此，莫不驻足，还有人口中念念有词。古老都是奇迹、幸运和智慧的化身，也就成为人们的精神寄托，接受人们如奉山神般的顶礼膜拜。

辞别“杜鹃之王”，沿山道由高而下，尽管路边和目光可及之处，不乏一个个高低起伏的杜鹃群落，在万绿丛中涌出片片白紫红黄，人们激越的情绪却慢慢缓和，就像一出大戏过了高潮，直到在药池坝的山坳遇见一株“杜鹃王子”。

走到“药池坝”底部，山势变得平缓开阔起来，道路左边几十米外，一株白色的杜鹃开得正盛，由于周围没有其他树木，几百平方米的地方，就像专门为它设计的舞台，它就那样挺拔、孤傲、旁若无人地开着，像一座圣洁的杜鹃花的雕像。它的四周护有一圈木质的围栏，不远处有一张木制的长条座椅，人们从廊道上下来，不用走到树跟前，大致会在座椅上休息、等待掉队的朋友，以杜鹃为背景拍照，这个角度和距离往往也恰到好处，不得不为管委会的暖心与精细点赞。主动为别人着想，让别人舒服，不仅仅是一种品德，有时也是自我保护的智慧。

说起来也不怪，金佛山独特的自然地理环境和气候培育了杜鹃花，保护了杜鹃花，成为杜鹃花的原生地，“杜鹃王子”“杜鹃王妃”生长达千年之久；金佛山独有的杜鹃名贵珍稀品种：弯尖杜鹃、麻叶杜鹃、阔柄杜鹃、金山杜鹃、黄花杜鹃和喇叭杜鹃合称“世界六大杜鹃奇葩”，杜鹃花美丽的容颜和气质也让金佛山享誉内外。说起金佛山人对杜鹃的感情，不能不说这次颁奖会的一个花絮：中国自然资源作家协会秘书处的几位女作家，在制作会议用花束时突发奇想，金佛山管委会是活动承办方，如果在花束上插上几朵盛开的杜鹃花，既有诗意，又是对金佛山的宣传，这该是多么好的创意！金佛山乔木杜鹃就有 60 多万株，采摘几十朵花应该没有什么影响吧？然而，管委会的回答是：“不是多少的问题，而是坚决不允许！”乔木杜鹃是国家保护类植物，景区同时也是自然保护区，金佛山人就是杜鹃的保护神。作家们被管委会的执着所感动，遂就地取材，用其他树叶代替了花朵。好在金佛山，最不缺的就是各种各样的树。

2

一座山的外貌，通常是以岩石和树木作为标志的。地理位置和地壳运动决定了山的先天优势，北方的山除了寒冷地区的针叶林带，大多山势低缓，植被生长条件差，尽管经过多年的喷播绿化，依然难以掩饰山体的裸露和植被的贫乏之感，尤其在漫长的冬季和料峭的初春。南方的山大多山高壑深、植被茂密，温暖湿润的横坐标搭配垂直分布的竖坐标，交合出时间错觉上的梦幻般的景色。

金佛山处于北纬 30° 附近，属亚热带季风性湿润气候，这里冬短、春早、夏长，雨热同季，气候垂直分布。在重庆，穿着短袖欣赏繁华过后江边的绿树，在金佛山赏花，一件外套穿了又脱，脱了又穿。

金佛山属典型的喀斯特地质地貌，由于特殊的地理位置和气候条件，在古老的时代，缓冲了第四纪冰川的袭击。较为完整地保持了古老而又不同地质年代的原始自然生态，山势雄奇秀丽，景色深秀迷人。在 1300 多平方公里的区域内，峰谷绵延数十条大小山脉，屹立 108 座峭峻峰峦。西坡索道是进入金佛山的捷径，也是观山赏景的移动站台。

坐在索道厢内，俯瞰 900 米之下的金佛山，树木葱茏茂密，随山势高低起伏，偶有星星点点的花树点缀其间，给人带来一阵惊喜，不过，这惊喜可能瞬间被飘来的云雾所驱逐。有时望着脚下的万丈深壑，感觉如鸟在飞，顿生恐惧，抬头看看同伴，却又装得若无其事。极目远望，一座座峰峦各自盘踞一隅云天，像下凡的神仙，潇洒泰然，忽而瞬间隐身，无踪无影。“东边日出西边雨，道是无晴却有晴。”云雾散尽，霞光散尽，云雨交加，风从天来，变化莫测才是不变的日常。

金佛山典型的喀斯特桌台地貌，形成了众多陡峭的山崖，从索道上俯瞰悬崖飞瀑，虽然少了江河拦水坝开闸时的轰轰烈烈，但在绿色的世界里陡然飞出一束银白，不知始于哪里，不知跌落何处，是何等的超然与神秘！有时走在山谷，想想树叶上晶莹的水珠、小溪淙淙的流水，还有远处不停的轰鸣声，都不约而同地奔向了同一个方向，就觉得天道有常，人生亦是，所不同的只是奔赴途中，溅起或大或小的浪花。

山无林，如人无发。金佛山就是一个巨大的植物活体标本库，素有植物王国之称。山上珍稀动植物种类繁多，植物多达 5099 种，其中古生植物 250 余种，特有植物 136 种、稀有濒危植物 82 种、珍稀植物 52 种。银杉、古银杏、大叶茶、方竹、杜鹃王树属国家一类保护植物，被誉为“金山五绝”。

金佛山方竹，对于不懂竹子的北方人来说，与其他类型的竹子看不出什么区别，但在导游的指点下，试着用手去摸一摸，就会感觉到表面看似圆润的竹竿，会摸到有棱有角，真的是外圆内方，这暗合了“中庸”的为人处世之道，所以，古代文人崇尚“居不可无竹”，窃以为，最该栽植的当属方竹。

为了方便游客触摸体验，山间蜿蜒的登山步道旁栽种了多处方竹林，建立了“金佛山方竹混交林高海拔示范基地”，标识牌上对其特征有着详细的介绍，因为上面说竹笋可食，真的就有游客去挖笋生吃，步道边散落着几根残缺的笋尖，可能生笋并不是山间美味。在金佛山的日子，不喜欢吃辣的我常常为吃饭犯难，每顿饭我都在一盘盘的辣椒炒肉、辣椒炖肉、辣椒熬汤里，搜取不辣的青菜，除了炒油菜、凉拌蕨菜，合乎口味的就是竹笋，金佛山的竹笋鲜脆而不失劲道，清爽而有余香。离开金佛山时，我携带的唯一土特产就是几袋竹笋，鲜的、干的、咸的，唯恐让家人落下一种美味。

除了杜鹃、方竹，从“浮岚亭”到“问松亭”，蜿蜒漫长的登山步道旁，在树上设置了大量的标识牌，这是植物科普最直白最有效的方法，喜欢植物的人由此轻松获益。巴东栎、巴山榧、伯乐树、鹅耳枥、丝栗栲、红毒茴、三角枫、湖北算盘子、柳杉，这些闻所未闻的树种，连同稀奇古怪的名字，不断呈现在眼前，刺激着我的求知欲，我一棵一棵拍下，走过去还忍不住回头张望，因为，此番离去，再来重温的概率极小。

穿行林间，徜徉满眼的绿色，呼吸着潮湿新鲜的空气，便觉心旷神怡，气从丹田悄然上升。因为这方天地，除了不时变换着不知名字的树木的气息，细细品咂还夹有中药的味道，本草多可入药，也是人们的常识。

在药池坝，不仅可以赏花赏树，还可以认识中药。辽阔平缓的草甸，宛如微缩的呼伦贝尔，一片片的野草花，有人在这里静坐、仰卧；一排排的房车，有人在这里读书、食宿，真的是因为这里的水土和空气，皆因中草药而超凡脱俗，难以置换。如果可能，我愿瓶装这里的空气到内地贩卖，也可建造长途管道，吸纳这里的山风。这里拥有 4000 多种药用植物，占到全国的三分之一。当归、党参、大黄、大蓟，两步一草，三步一药，许多药用植物可以拿照片在此对照。在一处低洼地，几十棵蒲公英盘踞在几平方米的地方，显然是就近落种的同一个种群。我走近其中的一棵，几乎所有的叶片被杂草掩盖，我知道，为了抵御高原的风，它选择了匍匐的身姿；七八枝箭杆却把小黄花托得很高，是为了把成熟的种子发送得更远。物竞天择，适者生存，在大自然的残酷法则面前，植物的务实，足以让人汗颜。

站在食物链顶端的人类，以征服者的姿态沾沾自喜的同时，正在吞食着战天斗地、破坏生态带来的苦果，适度开发，合理利用自然资源越来越成为人们的共识。但是，在人类私欲的驱使下，“度”的控制尺度难以把握，社会成本太高。就像古墓挖掘一样，开发就是破坏。原始森林和赖以生存的动植物，维持他们的原貌，保持他们的宁静，才是最好的保护，人类不必自作多情。除非因为自然的灾难，它们向人类求援。

据管委会的朋友介绍，金佛山的开发告一段落，以后的工作重点致力于生态保护的具体细致性工程，这是难得的喜讯，也是金佛山人的胸怀。

我参观过金佛山的佛洞，未曾有幸见到山顶的佛光。但凭我对金佛山人的了解，透过金佛洞口那朵朵洁白的阔柄杜鹃，我相信，美存在于现实，美存在于心间。金佛山未来的荣光，也会让重庆更加闪亮。

张世奇，中国自然资源作家协会网络文学委员会主任、签约作家，山东省作家协会会员。获“金佛山杯”第七届大地文学奖提名奖。

兴文、南川颁奖花絮

刘能英

作家的创意

2024 年 4 月 7 日上午，在自然资源作协秘书处，陈国栋主席宣布了两个重大决定：4 月 23 日在四川省兴文县举办“兴文杯”第七届中华宝石文学奖颁奖典礼；25 日在重庆南川区举办“金佛山杯”第七届大地文学奖颁奖典礼。

作协两个大奖不是同场却又紧接着在不同的地方举办，在作协历史上还是首次。秘书处只有五个工作人员，这期间周习老师还有别的任务脱不开身。陈国栋主席当机立断，让贾志红负责宝石文学奖的准备工作，让我负责大地文学奖的准备工作。

陈主席特别交代我，大地文学奖全程由我们作协具体操办，一定要用最少的钱，办最盛的会。我说：“巧妇也难为无米之炊啊！”主席笑着说：“那是你刘大能的事！”“这……这……那……那……”不等我这这那那的，主席给了我一个背影，剩我一脸茫然在风中凌乱。

我除了会写几首破诗以外，哪会干这等大事呀！心里虽然嘀咕，手上还是快速地百度有关颁奖典礼的程序。

首先要解决的是主持人。不花钱能请到哪位主持人呢？当我把脑子里所有熟悉或是不熟悉的人都过一遍的时候，贾志红拿着文件匆匆地从我跟前走过，我眼前一亮，这不就是最合适的人选么？她客串过好几次小众书坊的主持人，都非常成功，就是她了。

“这么大的活动，我可不行，再说，我还得负责宝石文学奖，忙着呢！”

知道她忙，但没想到她这么快这么果断地拒绝了我。我不急也不恼，我有的是办法让她出山、登台。

第二个要解决的问题是花捧，这个简单，直接在网上订购就可以。果然是有钱好办事，网上的花捧琳琅满目，真花、假花应有尽有，可是，没有一款能入我的法眼。我是谁呀，著名的刘大能呀，我的法眼高着呢。网上的花要么品质合适，但价格太贵；要么便宜，但庸俗不堪。好不容易选中了几款价格适中的，但看来看去，没什么特点，哪个场合都适用。大地文学奖的花捧，怎么能没有特点呢？没有特点，就不是我刘大能办事的风格。

关闭眼花缭乱的淘宝、拼多多，揉了揉酸涩的眼睛，准备放眼窗外休息会儿，猛然扫到窗台上的一摞《大地文学》，灵感来了。

我把《大地文学》上的封面小心地撕下来，对角一旋转，一个漏斗形的花杯就出来了。王先桃的手最巧，她旋转的角度恰到好处，不仅圆，还最大限度地把“大地文学”四个字展示出来。

花杯弄好了，花呢？叶呢？

叶好解决，周习老师的紫竹、富贵竹正生机勃勃！直接拿来就用。插入花杯，迫不及待地让张艳拍个照看看效果。

“真给力，橘黄色的《大地文学》封面，配上绿色的富贵竹，紫色的紫竹，如果再配上几朵红花就更好了。”王先桃说。

“刘大能，你赶紧联系南川方面，金佛山正值杜鹃节，看看能不能让他们帮忙现场采摘一些杜鹃花，做我们的花捧。这样不是两全其美吗？既装饰了我们的花捧，也契合了他们的杜鹃节。”

“好！”还是志红主意多。

等我联系上南川的黄巧，她的一番话让我雀跃的心情一下子跌到冰点，她说金佛山的杜鹃花树属于野生乔木，是国家保护植物，不能采摘的，擅自采摘是要追责的。

“那啷个办哟，油菜花有没有得？”我也学着她的重庆话问她。

“油菜花早开过了哟。实在没得办法，不好意思哈。”

电话还没来得及挂，志红又催我：“刘大能，帮我打印几份宝石文学奖领导的致辞可以不？”

“可是可以，但你得先答应当我大地文学奖的主持人。”

“不是我不当啊，这么重要的颁奖活动，我一个人能行吗？15个获奖者的颁奖词，能不能不念提名奖的？”

“不行不行，大地文学奖两年一届，提名奖也是非常不容易的。必须得念。这样吧，我再给你找个搭档，一人念一半，可以不？”

“找谁搭档呢？”

“你别管我找谁，你先答应了我才好办。”

志红终于答应当我的主持人。我心里小小地得意了一回：“小样儿，你还能拗得过我？”

于是我赶紧帮她打印领导的致辞，拿起那大红色、粉红色的打印纸，我的灵感又来了，何不用这些彩色纸，自己制作纸花呢？

说干就干，打开抖音，选了几款折花视频，学着折了几朵玫瑰花，插入花杯，果然效果就出来了，掌声也跟着响起来了。耶!!！拍照保存。

花捧的样品弄好了，我及时到花店买了包装纸、扎丝、彩带、胶带，再拿了几张彩色的打印纸，顺手就放到行旅箱，生怕到时候忘了带到南川。

午休的时候刷抖音助眠，非常巧合地刷到了李德重当主持人的视频。这个小德子，藏得这么深，以前只知道他是中国矿业报的资深记者、编辑，还是《大地文学》的特约编辑。现在知道他还有这一手，怎么能放过他呢？

于是赶紧呼叫矿业报的赵腊平总编，他同时也是自然资源作协的副主席，请求他火速支援。赵总说："秘书处的盛情邀请比我这个总编的行政命令效果会好很多。"

"明白！"按赵总指示，我迅速给德重发去微信邀请："德重，第七届大地文学奖4月24日至27日，在重庆南川区金佛山颁奖，我们特邀请你来给我们当主持人，跟贾志红一起。别拒绝哈，谁让你这么帅又这么有才呢！"

德重一口就答应了，这下我跟志红都松了一口气。有专业主持人的加持，我们心里都有底气了。

高兴之余，我把邀请德重的微信转发给赵总，赵总点赞又惊叹："这撩哥的手段，不简单！"

我毫不吝啬地打了一大串胜利的表情给赵总。

文学的折角

4月22日上午，是第七届宝石文学奖颁奖仪式的前一天，跟宝石文学奖获得者何其三坐一起，乘车前往石海世界地质公园采风，途中，我把大地文学奖的花捧照片给她看，不等我嘚瑟，她马上说："我不要宝石文学奖，我要大地文学奖！"明知道她是开玩笑的，我还是把这句话转给了志红。

志红马上命令我："刘大能，想尽一切办法，给宝石文学奖也设计制作一个别有寓意的花捧！"

这一刻，真恨自己嘴欠。恨归恨，事情还得做呀。"其三，你赶紧用手机搜一下，如何用纸折宝石！"

一听说宝石文学奖的花捧也要特制，何其三立马来了兴趣。车子行走在山路上一颠一簸，但丝毫不影响她在网上搜各种教学视频，一个一个反复看，她说："要找一款既简单易学又特别像宝石的。"弄得我俩都没心思采风，错过了很多精彩节目。

好不容易熬到采风结束，前往苗医药膳宾馆晚餐。眼看天色马上要黑了，我跟何其三私下商量，等上够三个菜，咱俩一个劲猛吃，吃饱就下席，我都侦察好了，酒店后面有好多适合当配叶的树枝草枝。

趁着上菜的空隙，我盘算了一下我所带的制作花捧的原材料，怎么省着用，也只够大地文学奖的。于是赶紧给宝石文学奖获得者熊宴打电话，我知道她这会儿正在成都火车站准备坐高铁来兴文，我让她想办法买两把剪刀、十张彩纸，下了火车一刻也不要耽搁，直奔豪生酒店我的房间905。她问什么事这么急？我说你来了就知道。然后又一一通知获奖者王江江、文汇报记者江胜信、主持人李德重等人，吃完饭后跑步前进赶到905。

等我忙完这些，三道菜已经上齐了。眼看着天越来越暗了，我胡乱吃了几口，边吃边使劲给何其三递眼色，不知道是光线太暗还是她眼睛太近视，好半天才反应过来。我们偷偷溜下桌，找服务员要了两个塑料袋。出了药膳酒店，就直奔目的地。她折野草枝，我折野树叶。顺便也捡了一些环卫工人下午刚修剪掉的行道树上的小枝丫。正当我们全身心投入的时候，没注意到东北角落里来了一个人，他说："你们大老远从北京跑到这里扯草干吗，义务劳动吗？"艾玛，吓死我了。原来是我们的大巴司机。他帮我们把采好的两大包配叶抱到车上藏好。我们又到花园里采了几朵野菊花，心惊胆战的，手腕上被蚊子叮了好几个大包。

晚餐后终于回到905房间，熊宴也刚好赶到，说："什么事这么急，我还准备请大家去吃烧烤呢。"我说："你明天还想不想要宝石文学奖？明天就要颁奖了，这花捧还没有做好。"

"花捧还要自己做啊？"

"是的。"我把大地文学奖的花捧样品给她看，她乐歪了嘴。

烧烤有啥好吃的，干活！其三把视频打开，大家照着视频，裁纸的裁纸，折纸的折纸，扎配叶的扎配叶。一切听我指挥！

有些事，真的要看天赋，其三写诗，那是又快又好，可是折宝石的视频，任是看了无数次，就是学不会，而江记者只瞄了一眼，就学会了。我说："其三啊，你就别影响江记者了，你帮忙撕胶带吧。"

大家正忙得热火朝天，几个手机同时叮咚叮咚响个不停。原来是江江小朋友建了一个群，把大家紧张忙碌的场景都拍照发到群里了，江记者安静地折着，其三坐在她对面，像是虚心求教的样子。德重拿着树枝比画着，大彩拿着花枝飘过，熊宴指手画脚的照片最搞笑。我埋着头干活，连个脸都没有露一下。

我故意大声说："这是谁拍的照片呀，我也是要脸的人，我的脸呢？"熊宴说："把我拍得张牙舞爪的，我宁愿不要脸了。"

宝石折得差不多了，配叶也搭配好了，可花捧就是立不起来。我试了试，头重脚轻得厉害。我环顾了一下房间，看看还有什么东西能废物利用得上。这时脚下被什么东西绊了一下，捡起来是半瓶矿泉水。主意来了。

我让德重和江江到各个嘉宾房间收集空的矿泉水瓶子，再将每个瓶子灌满水，拧紧瓶盖，再把纸花及配叶绑在瓶子上，最后扎上包装纸，果然稳妥了，放在台上能立得住，拿在手里有分量。

晚上12点半，14个花捧终于做好了，每一朵花捧里面嵌入两个宝石。到此，有纪念意义有特殊含义的宝石文学奖花捧终于完美地制作成功了。

我们的欢呼声引来了陈主席，他视察了一番，也非常满意，但提出了一现实问题，离第二天的颁奖活动，还有好几个小时，如何保鲜？要是颁奖的时候都蔫巴了，那可就丢人丢大发了。

我说：“这事交给我吧，我每隔半小时喷一次水，保证不会蔫。”江江说：“你用什么喷？你可别用嘴喷哦！”大家一阵哄笑。

放心吧，没有什么事能难倒我刘大能的，没有水壶，不是还有花洒么？

当大家各自散去，我调好闹铃，随时准备着给花儿洒水。同时回看群里的各种照片，真的是让人忍俊不禁。这时，小江江把群名改成了“文学的折角”，这名字好听，我喜欢。

大地的花朵

24日，是中华宝石文学奖颁奖活动结束的日子，也是大地文学奖颁奖典礼报到的日子。自然资源作协主席团成员与秘书处工作人员以及嘉宾乘坐大巴车从四川兴文赶到重庆南川。我的主场开始了。大地文学奖的花捧，因为有样品，再加上张艳、江江、江记者都有经验，我就全程委托给他们了，好在又有获奖者牧子、董永红、江北等人的参与，轻车熟路了许多，效果也更好，折的玫瑰花、杜鹃花也更好看。再加上中国地质大学（北京）自然文化研究院刘晓鸿院长的加入，氛围就更热烈了。用餐时吃剩的小番茄、蘑菇馒头，都成了花捧的原材料，配在绿叶之间，格外好看。

安排好折花团队，我又赶到排练现场。志红跟德重正紧张地对着台词。而背投还没有最后敲定。我提前做好的背投，在电脑上看，非常完美，可是投到LED上一看，效果并不理想，感谢南川方面及时进行补救。幸亏提前委托前驻会作家李曼将历届大地文学奖颁奖典礼的照片、22—23年的《大地文学》以及《大地文学》第一卷至最新一卷等内容，制成了暖场视频，不然现场再做，更是手忙脚乱。

25日，颁奖会开始前几分钟，我们把花捧发到每一位获奖者手中，告诉他们上台时要如何如何，就是忘了嘱咐他们不要随便动花捧。有一位获奖者从来没见过这么贴切、形象、接地气的花捧，非常好奇我们是怎么制作的，结果，好奇害死猫，他把花捧拆开之后半天还不了原，好在张艳及时发现，小心帮他还原了。

而我呢，看到主持台上空空如也，感觉这里应该有一篮花的。但也不好意思跟南川方面提。于是飞也似的跑回房间，将剩下的两张《大地文学》封面拿到会场，快速地做了两个花杯连在一起，但是半天找不到合适的底座，就将会场的茶杯拿了一个，用包装纸一包装，一个台式花篮还真的是那么一回事。两本《大地文学》封面卷在一起，更显气派。可惜，我才将这个花篮摆到主持台上，南川方面就拿来了一个正式的大花篮。他们说这么重要的场合，我这个花篮放在这里不合适。但我仍然不甘心，虽然这个花篮是临时自制的，但它是大地的花朵，对我们来说，有着特殊的特别的纪念意义。于是我把它放到颁奖台的另一角，虽然不怎么显眼，但总算是有一席之地。

一切准备就绪，就等主持人上场。这时德重小声跟我说："志红姐竟然没有扑粉底，我还扑了一点粉呢。"我一下子乐了，看着小德子粉白帅气的脸，说："没事没事，她天然去雕饰，更好。开始吧！"

一切都比排练时表现得更好，一切也比我预想的要顺利，大家都是超常发挥。特别是主持人，几乎是零失误。还有专业摄影师张伟锋，专职录视频的叶浅韵，引导嘉宾、获奖者上台跑前跑后的张艳，坐在角落里默默无闻翻 PPT 的江胜信，等等。

当主持人宣布"金佛山杯"第七届大地文学奖颁奖典礼到此结束时，我长长地舒了一口气。接下来的拍照环节，也是让我感动不已。每个人都喜欢我们制作的花捧，嘉宾也好，获奖者也好，工作人员也好，相都照完了，还舍不得放下。

周伟萇、胡红拴、高洪雷、施建石等几位副主席，用各种方式表扬我们，还有蒋宜茂大哥，更是赞不绝口，称这两场颁奖会，已经是自然资源作协活动中的天花板级别了，组织者、策划人、主持人，都非常投入。还有的嘉宾说："以后有活动，就请贾主持。"我接过话说："我是贾主持的经纪人，请她之前得先经过我的同意。"

回程的路上，我跟陈主席开玩笑说："我这应该算是完成了领导交办的任务吧？用最少的钱办最盛的会！"主席笑而不答。

尘埃落定，悬着的心终于安稳了，拿出手机，划拉着朋友圈，看到霸屏现象——这几天几乎被自然资源作协的两个大奖霸屏了，初步数了数，有 100 多个媒体进行了相关报道与转载，特别是新华社的浏览量，达到了 180 万。正想发个朋友圈嘚瑟一下，结果又刷到了几位获奖者，看到他们美美的快乐的神情，我忍不住留言说："一个个捧着我们制作的大地之花嘚瑟。"

嘚瑟吧，尽情嘚瑟，我们的花配得上任何嘚瑟。

刘能英，中国自然资源作协驻会签约作家、中国地质大学（北京）特聘驻校作家，鲁迅文学院第 22 届高研班学员。

银杉的传说

肖武勇

银杉曾经被世界植物学界认为是在地球上早已绝迹了的古老树种。在金佛山上仅存 1987 株，由国家林业部门挂牌予以重点保护。它和大熊猫一样稀少珍贵，被誉为我国的“植物中的大熊猫”。千百年来虽然在金佛山上有它的存在却默默地不为世人所知。直到 20 世纪 30 年代末，杨显敬教授和他的助手们发现了它的生长地和生长群落，由此才填写了一段世界植物学界的空白历史。这里要讲的就是银杉的传奇故事。

一

1939 年秋，东北林学院的生物学教授杨衔晋带领学生助手方大明和刘渝欢到重庆南川金佛山考察。经过两天多车程的长途颠簸来到县城隆化镇。受到当地县政府的接待并派两人同行。徐县长介绍说：“这位叫张长生，家就在金佛山上，给你们带路方便得多。这位是县里武馆的陈占彪，可保护你们同行。”五人前行跋涉，离金佛山越来越近。张长生指着远处的峭壁说：“看，快到了！”大家沿着手势望去，只见长数十公里，高数百米的环山绝壁横亘在前面。彩霞在绝壁四周缥缈，绝壁在阳光照耀下闪光。仿佛像高大无比的古堡城墙挡住了向前的去路；又仿佛像列阵的武士接受贵宾的检阅。啊！多么雄伟的山势，多么壮丽的峭壁晚霞。金佛山绽开笑脸迎接远方的客人。

考察队从金佛山南坡头渡镇开始上山。经过烛台峰沿着山间小路向上行走。山越来越陡林越来越密，到了海拔 2000 米以上的高山密林。杨教授一行 5 人在原始森林中摸索行进。密林中不时出现各种野生动物。一条蟒蛇从树枝上爬行缠绕而过，无数岩燕和鸟受惊四处飞散；一头野猪匆匆跑过；一头野鹿跑过来，它警惕地四周张望后急急忙忙地跑开了，很快消失在密林中。

考察队走出密林，进入一段长长的峡谷，谷中溪流涓涓数里，沿途幽邃深寒。水行峡中顶壁绝高，人行碧流惬意至极。这就是有名的“一线天”风景地。大家决定歇息一下。方大明来到溪边捧起水就喝：“好甜！好甜！”

过了溪流，考察队又进入密林，刘渝欢不小心连人带包跌进了一个陷坑。大家拼命营救，把他从坑底拉了上来。大家才深深地舒了口气。

人们继续前进，来到深山里的一座寺庙前。只见门头匾额上镌刻着三个大字“金佛寺”。门庭左右两边一副楹联，右边：巴东如初福地；左边：渝南第一名刹。进入庭院正殿的四根立柱上，两副楹联字迹清楚。一幅写着：世间多少愁苦事，莫过生离与死别。另一幅上写着：阴曹地府这条路谁人不走，淫秽嫖赌那件事劝君莫为。

殿内飞檐画梁十分寂静肃穆。海德法师闻讯从后堂里屋赶出来。张长生介绍说：“这位是杨教授，他们从重庆来到金佛山考察山林。”

海德法师说：“原来是贵客临门，请进。请进！”

杨教授说：“早就听闻法师德高望重，久闻大名，今日得见甚是幸运！18 年前我从外国资料上发现一种奇异树木的化石图片，就一直致力于对它的找寻，至今仍无所获。故特来金佛山看能否发现它的踪影。法师久居山中一定知晓许多，望不吝赐教”。

海德法师领着杨教授来到寺庙内室藏经阁，说：“我久居山林，拾得一些怪石但不知其缘由。不知是不是你所谈的化石？”遂拿出一木箱打开，取出一红绸包裹，层层解开，果然是一些奇形怪状的石头。

杨教授俯身仔细观看着，发现几块石头上有各种各样的纹路。只见一块化石上镶嵌着树皮的清晰痕迹；一块化石上是像松果一样的果实；还有一块化石上是树叶的明显纹路。他十分惊奇地看着，口中啧啧称赞不已：“法师，你看，这些石头上有着植物的痕迹，太珍贵了！待我们研究以后，就可以从这些化石里考证出它是属于什么植物。还可以研究考证古代植物的生长、繁殖以及演变的过程。对我们国家植物科学有着非常重要的意义！”

海德法师说：“既然这些石头对国家有些用处，杨先生就把它们带去吧！”

杨教授说：“多谢大师！法师慷慨捐赠，真乃功德无量！”

海德法师说：“阿弥陀佛！善哉！善哉！只要是能为国家出力，贫僧在所不辞。”

杨教授告辞后，考察队一行人继续前进来到山寨张大爷家里，家中的老父亲见来了远客，就安排人熬制油茶，热情招待考察队的客人。

杨教授几人刚坐下不久，几碗热气腾腾的油茶就端了上来。

张大爷说：“山里人把油茶叫作提劲汤，你们喝了登山就会格外有力量。”

大家端起碗来就喝。放下碗异口

同声地称赞："好茶！好茶！"

一边喝茶一边摆谈，杨教授向张大爷的父亲打听："我们听海德法师说金佛山上有数不清的花草树木，还有一些珍稀的古老树种，您老知道金佛山上有啥奇特的树木？"

张大爷接过话题说："奇特的树木？山中的树木随便数也要数出几百种来，不知道你们要看的是哪一种？我们家屋后饲养棚的那几根木柱倒有些特别，可请你们看看。"

张大爷的父亲接着说："那几根木柱是我的父亲年轻时就从山里砍来的，怕有百年啦！我这辈子还没见过比它更坚硬的树木呢。"

张大爷领着客人来到饲养棚指着几根木柱说："你们来看这就是我父所说的那几根树，这么多年了还像新的一样。"

方大明上前摸着木柱仔细观察后，说："这木柱皮质虽旧但手感光滑紧密，木质呈油浸状是有点特别。"

杨教授边仔细观察着这几根木柱，还和旁边的已经腐烂的其他木柱相对比。

他问张大爷："您能告诉我们这种神奇的树木是在什么地方砍来的吗？"

张大爷说："远着呢！在山的东边飞来峰，当年我随爷爷去过那儿。你们要去我可以带路！"

第二天张大爷带着杨教授、方大明、刘渝欢上山去找那当年的伐树之地。考察组一行人艰辛前行，穿过密不透风的方竹林，来到一座独立石峰前。张大爷指着不远的石峰告诉杨教授："那儿就是飞来峰，旁边长着树的地方叫中长岗。"

人们停住脚远远望去，只见在众多兀立的峭峻山崖中，有一座四周都是绝壁陡坎的小山头，真像从天外飞来一般。旁边的石岗高约 30 米、宽约 20 米，上面果然长着一些树木。这些树木约有四五十株相依相偎成一团。树干挺拔俊秀，树枝下短上长，枝条婀娜多姿，树叶上疏下密，片片叶子熠熠生辉。树冠如宝塔形，十分优美大方。一根根树木像雍容华贵的少妇，昂首挺胸傲然而立，在习习山风中展示她们的绰约风姿。

杨教授不禁感叹："啊，好美的树哇！走，赶快看看去！"人们来到中长岗上的树林里。只见树枝参天，绿荫匝地，阳光照在树叶上，熔银散锦。山风一吹，涛声霍霍，阵阵树木清香沁入肺腑，浓郁的土壤气息使人神清气爽，就像进入了天然氧吧。在一棵树跟前，方大明小心地剥去依附在树干表面的那层地衣和苔藓，露出灰褐色的树皮。刘渝欢用小刀割开皮层看到树木的纹理直而光泽明亮。杨教授用手一掐，说："这木质好硬。"他又摘下一段树枝，用放大镜从断面观察其内部结构，又用放大镜观察树叶，在放大镜下只见叶片条形扁平，正面翠绿色，背面颜色略浅，生有两条清晰可辨的银白色纹路。看完后杨教授惊讶地不停地说道："罕见！罕见！"

杨教授几人把发现的地点、树木的数量一一做了记载。又分头采集了一些树叶、树枝和果实，把采来的实物用脱水纸包好，平整地摊在硬纸上压扁，涂上蜡，制成标本。杨教授还用老式120相机在各处拍了许多照片。

在宿营地吃完晚饭后，杨教授、方大明、刘渝欢就发现的新树种展开了讨论。

杨教授说："我觉得这种树很有价值。18年来我走遍了许多山岭和森林。考察记载了那么多的植物物种。在已知的植物资料中还没有它的记载。我有一种预感这是一种不曾为世人所知的十分罕见的稀有树种。但是给它定一个什么树名呢？"

方大明说："这种树外形与松树相似，而叶子却跟杉树相像，可不可以就叫'杉松'？"

刘渝欢："单从树的外形看确实和松树没大的区别，但叶子却很有特点，背面那两条银白色的脉纹十分明显，我认为叫'银松'还恰当一些。"

杨教授思索了片刻说："你们俩说得都很有道理。这种树，松和杉的特征兼而有之，但又不完全是松和杉。特别是那树叶背面两道气孔带，就是松和杉的明显区别。我们刚一进树林，给我印象最深的就是那银光闪闪的树叶，把大家的意见归纳一下，可以暂把它定名为'银杉松'，待以后有了更加确切的资料时再给它规范一个更为科学的名字。"

方大明刘渝欢同声应答："要得，暂时就叫它'银杉松'。"

"银杉松"——好一个形象的名字，一种古老而珍贵的树种就这样在20世纪30年代末，被中国的植物工作者发现而昭揭于世，杨教授和他的学生们也未曾料到，这次在南川金佛山飞来峰旁、中长岗上找到的这种奇树，竟是一个震惊中外植物学界的重大发现。

二

银杉的研究工作直到新中国成立后才有了真正的起步。1952年4月的一天，杨教授正在伏案研究。传来一个消息，云南的董济民教授在广西也发现了与银杉松相类似的同一种树木。杨教授和董教授走到了一起。他们二人经过商议向林业部建议组织一次对这种树的学术研讨。

1952年7月的一天，北京林业部的一间会议室里异常热闹。杨教授、董教授来了，中国植物研究所的郑教授来了，中国科学院的地质学专家王教授、张教授也来了。中国权威的专家学者们将要在这里集中对银杉松展开研讨，揭开它神秘的面纱。

部长主持会议。他说："同志们，杨衔晋教授在重庆金佛山区发现了一种奇特的树木，他们暂定名为'银杉松’。后来董济民教授在广西的花坪林区也发现了同样的树木。这种树存量稀少很有研究价值。今天把各位教授专家请来就是召开一次专题研讨会请大家给予论证。”

杨教授和董教授分别拿出了银杉松的幼苗、照片和有关资料。

杨教授说：“十几年前我在重庆金佛山发现了这种树木，去年董教授又在广西花坪林区找到了同样的树木，在世界上其他国家和地区会不会还有‘银杉松’的存在呢？”

郑教授说：“据我所掌握的英国《大不列颠植物志》上登载的资料，以前曾有地质学家发现过这个树种的化石。这有力地证明在300多万年前的欧亚大陆、美洲大陆上曾广泛存在过这种树木的群落。但是迄今为止除了你们的这次发现以外，世界上还没有任何国家找到过这种树木的实体。因而植物学界早有定论认为：这种‘银杉松’早已在第四纪冰川时代就绝迹了。”

王教授发言说：“从地质学的角度来讲整个地球的历史，可以说就是地壳运动的演变史。而地壳运动的主要表现之一就是造山运动。地质学界认为：地球上的岩石并不是一个大整块，而是分成好些个大块，称为板块。这些板块好像悬浮在地幔软流层上的木筏，是会漂流的。根据这个学说，亚欧大陆和南亚次大陆各是一个大板块。在离现在大约3000万年前，由于南半球印度洋底下软流层的活动引起洋底扩张，使南亚次大陆板块逐渐向北移动，最终与亚欧大陆板块相撞。在这两大板块之间的喜马拉雅古海，受到两面猛烈夹击和挤压而被抬升起来形成现在的高山。在地质史上这次强烈的造山运动就被叫作喜马拉雅运动。地壳的这种巨大变迁不仅仅局限于喜马拉雅一带，在更早的时期和更大的范围内也有发生。例如：在欧洲的阿尔卑斯山和美洲的大部分地区，都可以发现这种历史巨变的痕迹。大约发生在中生代白垩纪的印支运动和燕山运动，就对亚洲东部的大陆地壳发生过重大影响。那两次造山运动后我国四川以东、广西以北原来被汪洋大海所淹没的地区，全部从海底隆起成为大陆，使南北方的陆地连成一片，从此结束了我国南海北陆的局面。”

王教授翻阅了桌上的图片资料继续讲述着：“我们可以根据现在珍藏在英国、美国和苏联等国的自然博物馆里的地质化石来考证和确定，那个年代由于气候十分炎热潮湿，为生物的生存和繁衍提供了良好的条件。经过千百万年的进化终于形成了丰富多彩的植物界。世界各地的陆地上广泛生长着针叶林、阔叶林和针阔叶混交林，从而孕育了像‘银杉松’、银杏、珙桐等许多的古老树种。那时候的‘银杉松’生长茂密成林，是当时盛极一时的植物大家族之一。”

大家继续热烈地讨论着。

听完几位教授的谈论，董教授发出一个疑问：“那么是什么原因使得这一曾经在地球上广泛生长的古老植物全军覆没，而仅仅在中国西南地区发现有少数存在呢？”

张教授发言说：“地壳运动的演变史除了造山运动以外还发生过大冰期。所谓大冰期就是指全球范围内的气温剧烈下降，冰川大面积覆盖大陆，地球处于非常寒冷的时期。根据地质科学的研究，在地球形成以来约 46 亿年的历史上，曾发生过距今较近的 3 次大冰期。即：距今 7 至 9 亿年前的震旦大冰期；距今两亿年前的石炭至二叠纪大冰期和距今约 300 万年前出现的新生代第四纪大冰期。距今最近的第四纪大冰期持续时间最长，情况最复杂对地球的影响最大。在大冰期中还出现了温度相对较高的温暖期。地质学上称为间冰期。在整个第四纪冰期中曾出现过 4 次寒冷的冰河期和 3 次较温暖的间冰期。而每一次交替都持续了很长时间。在寒冷的冰河期中连地球赤道附近的许多高山上也有冰川活动。这一时期生长在较平坦的美洲、亚欧大陆上的包括‘银杉松’在内的许多植物物种，在地壳的剧烈变迁和寒冷冰川的袭击下遭到毁灭性的打击。而当时我国的长江流域和西南地区山地虽然也有冰川活动，但由于其处于地球的中低纬度，特殊的地形像一道天然的屏障阻挡了冰川的袭击。冰川的本身也因为由北向南推进的势头到这一带地区逐渐减弱最后终止。从而使‘银杉松’这样一些植物物种没有遭到灭顶之灾。当冰河期结束后间冰期开始了，整个地球的气温回升，冰雪慢慢消融。巨大的冰川向北逐渐撤退。植物重新泛起了新绿，大地重新充满了生机。这样作为古老树种之一的‘银杉松’在我国境内西南地区得以继续留存和繁衍。因此我们可以说它是地球大冰期时代冰川浩劫的幸存者。”

部长说：“有道理，有道理，看来发现‘银杉松’的意义已经远远超出它存在的本身。它涉及的不仅仅是植物学，而是古生物学、古地质学、古气象学等多方面的科学领域。我们将通过中国科学院进一步开展对‘银杉松’的科研。让我国的林业事业在世界上占有应有的位置。”

杨教授说：“各位教授对‘银杉松’的由来都做了精辟的分析。使我们对这一古老珍稀树种的研究更增强了信心。根据它的叶片背面有两条银白色的气孔带这一显著特点，我建议给它定一个比较规范的名字，叫‘银杉’好不好！”

董教授说：“好，‘银杉’这个名字好啊。意思是指它的叶片背面有两条银白色的气孔带。叫它‘银杉’这样称呼起来既简洁又形象。”

部长说：“好的，‘银杉’，就叫它‘银杉’。我们可以用古老、珍贵、稀少来形容它。古老，指它早在 300 万年以前就广泛存活于世界上，堪称植物中的大熊猫；珍贵，指它在科学方面的研究价值，可谓植物的活化石；稀少，指它在世界范围内已发现的数量极为稀少，不愧为林海的珍珠。我国的植物大家庭中又多了一个珍贵的成员。”

1954 年 7 月的一天，世界植物学年会在莫斯科国家植物研究院举行。来自世界各地的植物学家齐聚一堂。杨教授昂首阔步走上讲台他郑重地宣布：“在我国西部重庆金佛山上我们找到了一个树种。经过长时间的考证可以做出结论，这种树正是第四纪冰期后在世界上其他地区已经消失了的银杉树！”杨教授向大会展示了银杉标本和图片资料，引起极大轰动。全场立刻人声鼎沸，议论纷纷。

“啊，这是真的吗！”

“不可能，这个树种早就绝迹了！只有化石”

“真不可思议！”

“在中国的金佛山上居然还有银杉实体的存在，太好了！”

各国的科学家都和杨教授热情握手祝贺。

晚年的杨教授在他临终之前，写出了题为《植物活化石——银杉》的论文，论文中这样写道：“银杉，裸子植物，松科，银杉属。全世界早已绝迹，仅在中国西南重庆金佛山地区和广西花坪林区发现其生长群落共有一千多株。它生长古老，存量稀少，有植物活化石和植物大熊猫之称。”

三

20 世纪 80 年代初，经四川省人民政府批准正式建立了金佛山自然保护区。国务院先后批准金佛山为国家级自然保护区，国家级森林公园，国家级重点风景名胜区和国家重点科普教育基地。林业部发出通知：把银杉列为重点保护的一级古珍稀植物。南川林业部门又陆续发现了四五个银杉生长地，摸清了金佛山上所有银杉的数量为 1987 株。并一一挂上了标牌进行重点保护。县政府和林业局发文件贴通告印宣传资料，用有线广播等多种形式向群众宣传银杉的保护常识。由于多年来一直采取了严密的护林防火封山措施，金佛山自然保护区和银杉生长地得到了有效的保护。

自从我国生长着银杉的消息传开以后，在世界植物学界引起了强烈反响。金佛山上为数不多的银杉树更是受到各国学者的青睐。英国、美国、苏联、德国、日本等许多国家的植物学者，包括许多植物研究员、植物分类学家纷纷来到中国，希望能亲眼看见这一古老珍稀树种。他们向国家林业局提出要到重庆南川金佛山银杉生长地来实地考察。

由于当时银杉培育、繁殖的科研工作刚刚起步。金佛山当地的交通、通信等基础设施还不能适应大规模的对外接待。国家林业部门没有答复这些外国学者的要求。只是安排他们参观了北京香山植物园的银杉幼苗和标本。他们中的许多人还为不能到实地来看到真正的银杉树而十分懊悔。有位英国学者说："不看金字塔不算真正到过埃及。不看秦兵马俑坑不算真正到过中国。到了中国不到重庆金佛山看银杉树是一种遗憾！"

同时国家林业部门对银杉的保护和培育提出了更加确切的意见。对银杉生长地要求严格限制人流；未经批准任何单位和个人不得进入林地采集标本和砍伐树木；严禁在林地用火、吸烟、野炊等，做了一套具体的规定和要求。根据省里的要求，在金佛山自然保护区内设立了林区公安派出所，把方圆 24 平方千米的区域划为重点保护区。把已经普查确定的 1987 株银杉树一一挂牌编号纳入一级保护。建立了"金佛山林木繁殖试验场"，负责对银杉进行人工育苗繁殖的试验。

为了加强对银杉这一濒临灭绝的古老珍稀树种的繁育和发展，在金佛山银杉林木繁殖试验场的会议室里，方大明和课题组的老汪、老熊、小李等人正为银杉幼苗的死亡事件而商讨。大家的情绪都十分低落。因为最近几年来，大家想尽一切办法培育银杉银苗。先是采用嫁接的方法育苗。把银杉枝条嫁接到松树的生长体上，可是过了很长时间，一株也没有成活。后来又进行了扦插的试验。把银杉一年内的软条和一年以上的硬条埋入土中进行对比。经过一段时间枝条成活了还生出了小嫩叶。可是不到两年又陆续不明不白地死去了。课题组的同志们都十分着急。农大毕业的小李有一个建议，他说："银杉是经过古代大冰川冷冻考验过的一个植物物种，它已经适应在寒冷的地方生存。到了比较温暖的地带反而容易死亡。我们现在的位置既无严寒又气候温和，属于亚热带湿润季风气候区。对银杉特别是幼苗的繁殖是极不适宜的。而银杉的原始生长地海拔高度在 2000 米以上，那里地势高气温低，云雾浓湿度大，雨量多日照少，冰雪期长达 4 个月，是银杉生长的理想场所"。

根据小李的建议，银杉的繁育基地由平坝移到了高山，方大明带领同志们在冰天雪地的高山搭建了试验场。进行了一系列科研活动。

在温室里，方大明、小李、老熊、老汪等人认真筛选种子，配兑消毒药水进行温汤浸种。不久，一批种子露出了胚芽。方大明带领大家对试验基地的苗床进行深耕平整消毒，把稚嫩的胚芽小心翼翼地播撒到试验地苗床上。胚芽在苗床上逐渐生长，1 厘米，3 厘米，10 厘米……越长越高，越长越大。看着一天天长高长大的银杉幼苗，方大明和科研组的同事们心中高兴得像喝了蜜水一样甜。

正当大家都十分高兴的时候，稚嫩的胚芽却遭到黄鼠狼等野兽和虫、鸟的袭击。大家辛辛苦苦培育出来的银杉幼苗，被它们当美餐给吃了！

方大明带领大家在试验地周围围起了栅栏，白天雇请猎人背着猎枪在育苗地周围巡逻，防止野生动物的袭击，到了晚上地里安装的许多照明灯具驱赶着蚊虫和昆虫。人们还不时地喷洒药物，杀灭有害病菌，防止了病菌对银杉幼苗的侵害。由于采取了 24 小时严密的守护措施，使银杉幼苗得到正常的生长。

课题组的人们看到剩余的银杉幼苗在苗床上茁壮成长，大家都十分高兴。到了移栽的时候，方大明和课题组的人们请来了许多民工忙着移栽幼苗。在移栽下的行行树苗前，大家都露出惬意的笑容。

又过了一段时间移栽地里的银杉幼苗长高了许多。老熊、小李在苗圃查看情况。老熊突然发现了什么："小李，来看！"只见许多幼苗的树叶泛黄了，有的脱落了，根部也出现腐烂。两人急忙来到办公室，找到方大明。

方大明跟着他们来到苗圃仔细观察。方大明说："赶快药物喷洒！"

可是虽然喷洒了许多药物，但银杉苗死亡的现象仍然没有得到有效的遏制，课题组的全体人都十分着急。

老熊说："施了这么多药，死苗的情况一点也没有好转。怎么办啊？"

老汪说："这些年，我们好不容易移栽成活了这些幼苗，可眼看着就陆续死了一大半。究竟是啥原因呢？"

小李说："我查阅了许多资料也访问了一些专家。这是一种由霉菌引起的'立枯病'。植物幼苗最容易遭到侵害。而在目前还没有有效的药物和特别的根治手段。"

方大明十分忧虑地说："我们好不容易移栽成活了 1500 多株幼苗。可是由于受到病害的侵袭大多数都陆续死了。现在仅剩下 150 株。而有的还面临着死亡。怎不叫人揪心哪！"

…………

关于银杉的故事还在继续，对银杉的培育繁衍这一问题远远没有结局。金佛山上那仅存的 1987 株银杉树究竟能不能完完整整保存下来？试验场里那 150 株银杉幼苗又将面临什么样的命运？不得不引起我们每一个人的深思：对这一种濒临灭绝的珍稀树种，大家应当为它尽一份什么样的责任呢？

肖武勇，男，汉族，1953 年生，重庆市南川区人。曾任南川区作家协会副主席。著有电视连续剧剧本《金佛山剿匪记》、长篇纪实小说《董事长萧光贵》。

见　证

侯绍堂

在人生中，我与山王坪总是有缘。从小耳濡目染了许多山王坪的故事。尤其与山王坪两万亩浩瀚人工天然林结下了不解之缘。因为那里有我亲手栽植的几十棵杉树，而今那几十棵高大挺拔的树木已经成林，是山王坪人工天然林的组成部分。

事情还得从儿时对山王坪的向往说起。我的老家虽然与山王坪同属鱼泉乡管辖，但相距却有10多公里，这在当时封闭落后且交通不便的情况下，就显得十分遥远了。

到南方“大草原”——山王坪去观光，成了我和我的同伴儿时最向往的梦想。

山里娃不是不想到南川城里玩耍，交通不便不说连像样的鞋袜衣帽都没有，我第一次“出远门”到万盛就是借伙伴的塑料凉鞋才成行的。

我和小伙伴们如此神往山王坪，主要源自一代又一代前辈流传下来的关于山王坪的美丽传说，什么山王坪是太平天国屯兵之处，有很多古战场遗址，附近还有水井山寺庙，有穆桂英跑马场。总之，在我们幼小的心灵里，山王坪是那么神秘、是那么令人向往。但是在当时那种落后状态下，大人们都在集体上班挣工分，哪里管得上小孩们的“心事”呢！一年又一年想到山王坪去，一次又一次落空，这始终是一个美梦而已。直到1979年，当时的鱼泉乡党委、政府动员机关干部、社员群众、学校师生、企事业单位职工、各村社村民，以分片划地块到造林的方式，自带伙食盘餐到山王坪义务植树。我当时还是一名初中生，听到这个消息我简直高兴极了，我向生产队长软磨硬缠，他终于同意我以“半劳力”身份随同大人一起参加山王坪植树造林。

我早早做好准备，带上劳动工具，包上干粮，加入党员干部、学校老师、企事业单位职工、村民组成的植树造林大军队伍，浩浩荡荡向山王坪进发。

当时，从老家到山王坪还没有修筑公路，仅仅只有不到全程三分之一的一段坑洼不平的机耕道，全程10公里之遥的路只能步行。经过两个多小时的长途跋涉，终于来到山王坪。

初春二月，这时的山王坪似乎仍

然沉睡在冬天之中，它俨然以荒漠浩瀚的“大草原”展现在人们面前。狂风吹劲草，一阵阵狂风刮过，无边无际的草原上飞起阵阵尘土，飞沙走石夹杂着树叶不停翻滚，被吹向远方。这对于长期生活在山沟沟里的人来说，感觉似乎真的到了黄土高坡，几乎是电影小说描写场景的翻版，新奇中带着几分无奈。

到了山王坪才知道，这次鱼泉乡举全乡之力在山王坪植树造林是南川区实施万亩水杉林基地建设的重要项目内容，县里、公社都成立了专门工作机构，设立山王坪工区并任命工区主任负责业务指导，鱼泉公社管委会负责后勤保障工作。

山王坪植树造林工区石主任一声令下，大家扛着工具、树苗开始紧张地挖土、植苗、培土、浇灌。

我到植树小组负责人那儿领取了树苗，在技术人员的指导下迅速挖洞、栽种树苗、培土浇水，很快完成了10余棵杉树的种植，做完这一切，我特意记住了植树周边的环境特征，并在树上打上记号。

我想等我栽种的这些幼小树苗长成参天大树时，再汇集成人工天然林时，自己就成了绿化造林一分子，这是多么自豪的事情啊！

年轻人啊，真是初生牛犊不怕虎！

石主任一路巡查到我们植树的工位，他聊起山王坪的传说故事滔滔不绝，我们一边植树一边听他唠嗑。

石主任50岁上下年纪，中等个头，国字脸，是一个十分健谈的人，他讲起山王坪来眉飞色舞，头头是道。他绘声绘色讲道：“山王坪这个地名有多种解读，本身也包含着不少故事，有深厚的历史文化底蕴，我就先说最简单通俗的一种说法。传说太平天国时，石达开兵败大渡河，自刎者非石达开本人而是其替身。为避免满门抄斩之灾，翼王石达开经过反复考察调研，暗率其子及天王洪秀全、北王韦昌辉之子等一部人马，神不知鬼不觉地潜行到山王坪，屯兵于此。太平军据此险要，招兵买马，日夜操练人马，与民休养生息，伺机恢复反清大业。聪明的翼王为掩人耳目，特意把‘三王坪’称为‘山王坪’，以此混淆视听，避免官府清剿。”

为了证明太平军曾经屯兵山王坪这一故事，石主任又继续讲述道：“我们植树这儿就是当年太平军的‘点将台’旧址，‘太平山石刻’不是屹然矗立在那里吗？这些都是太平天国军驻足山王坪的活见证。通往山外世界咽喉要道的洪关渡、石家弯、韦家弯都是当年洪秀全、石达开、韦昌辉的后代散居之所，‘铁厂坪’‘油榨房’等地则分别是太平天国炼铁和榨油的地方。当然山王坪这个名称还有不少另外神话传说……”

石主任又指着眼前这片“大漠荒原”说道：“这儿最早是一片原始森林，后来因为大办钢铁砍伐了不少树木，后来部队接管将这里办成国有农场，开垦荒山种庄稼，这里的植被就不断减少成了这个样子。这里平均海拔 1300 多米，哪里能种多少庄稼呢？经过反复实践，在这里只有植树造林才会收到最佳经济社会效益，我可以预测今后的山王坪将会变成绿色的海洋，那时再也不会尘土飞扬了。”

听了石主任的讲述，我十分羡慕他口若悬河的演讲口才，同时我对这些民间传说故事的真实性产生了疑惑，我站在那里嘟哝道：“石主任，您说的这些故事，怎么在历史书上从来没记载呢，老师在课堂上没有讲过呢？充其量是民间传说故事而已，这也能相信吗？”

恰好此时到了吃午饭的时刻，石主任便跟大家席地而坐共进午餐，每人各自吃着自带的熟食干粮，大家期待着他的讲解。石主任面带微笑侃侃而谈：“小老弟啊，你的这个问题提得好，说明你肯动脑筋，不过你不要在这个故事真假上纠结，就算这个传说故事不一定真实，但这个民间传说故事说明这里有得天独厚的地理位置，把这里打造成青山绿水的天地是占有很大优势的。我在这里转悠了大半半辈子，才等来政府大规模植树造林的机会，我是义无反顾在这里奋斗下去了。希望你们年轻人热爱山王坪，接过接力棒，坚持不懈植树造林，把山王坪的每一寸土地都变成绿树成荫。”

听了石主任这番话，心里不禁一紧，这是一个多么纯朴的嘱托啊，我暗暗立下宏愿，我今后一定考取林业专业，到山王坪植树造林，共同打造美丽的山王坪。

同时，我在心里暗暗记住了我所栽植的树苗就在“太平山石刻”“点将台”附近，我再次记牢了周边环境。

1980 年代初期，我高中毕业后回乡在当地当上了一名初中民办老师，好在几乎每年都能带着学生参加植树造林。期间，我每次到山王坪几乎都是固定程式：先种树，再看自己以往种植的树苗长势，最后到工区石主任那里转悠聊天。

每当看到自己种植的这些树一年比一年长大长高，森林面积不断拓展，山王坪的大小山头由光秃秃变为绿绿油油时，我总是激情澎湃欣喜不已。

然而看到工区石主任的身体一年不如一年了，他挺拔的身躯逐渐变得有些佝偻，呼吸也有些短促，让我郁郁寡欢。我对他说：“石主任您的身体好像越来越差了，山王坪需要您啊，山王坪的生态工程需要您啊，千万保重身体啊！”

石主任乐呵呵道：“小老弟，我不要紧的，我已经在这里待了大半辈子，适应了这里的环境气候，也完成了上万亩造林任务，目前我肯定离不开山王坪啊，再坚持两年等我完成了造林任务，我再去医院好生检查一下，我一定会挺过去的！”

时间到了 1998 年，我已经被招工到南川城区一个单位上班。南川县城的夏天酷热难耐，我约起家人和单位同事到山王坪避暑，当然内心里还是有个小九九："顺便看看我前些年栽种的小树长势怎样，同时去看看工区石主任，我们已经好多年没有见面了。"

此时的山王坪已经由林业部门开发为景区，尽管公路等级不高但毕竟有一条土路通到了景区大门口。

来到"太平山石刻"和"点将台"后，我心急火燎地去寻找那几棵树。可我寻找了半天也不能确定究竟哪几棵树是我栽种的？因为每一棵都变成了碗口粗且笔直的大树。

我想还是去找石主任给我破解一下这个难题，再说好久不见可以向他学习一下植树造林，听他聊聊山王坪。

殊不知我到景区办公室一问才知道，工区石主任已于两年前患病离世了。

得到这一噩耗，顿时我感到天旋地转，一个为绿化山王坪奋斗了一辈子的人就这样无声无息走了，他没有看到自己双手创造的成果便匆匆离去，山王坪每一棵树的成长都凝结着他的汗水和心血。

大地呜咽，风声阵阵，莫不是大自然在向我诉说着对这位绿化英雄离去后的思念？

在随后的岁月里，或一两年或三五年，或春秋或冬夏我总要到山王坪踏青、避暑、观花、赏雪，每次都没有忘记自己种下的那几棵树。

更没有忘记石主任的嘱托，正是他的言传身教唤醒了我们的绿化意识，铸就了 2 万亩人工天然林。

如今可以告慰石主任的是，当年由您亲手在山王坪植造的人工天然林发挥了旅游观光、涵养水分、森林氧吧、负氧离子发生器等综合效能。

山王坪已经成为镶嵌在渝南黔北大地上一颗明珠。

进入山王坪景区，映入您眼帘的是一望无际的浩瀚天然林海。当年的幼小树苗早已成长为参天大树，并且落叶林与常绿阔叶林、灌木林与乔木林相互点缀，横行纵列、亭亭玉立、笔直挺拔的人工天然林浑然一体，简直像一道彩色屏障。

从天空中无人机上拍摄到的山王坪 2 万亩人工天然林，它既是与加拿大七彩枫叶彩林大道相媲美一道靓丽风景，又可以像北方亭亭玉立的白桦林一样，如守护大自然的哨兵，一年四季向人们展示着大自然的无限美景。它既是大自然赠予人类的瑰宝，更是人们用双手植造的杰作。在如此浩瀚的人工天然林里去辨认自己栽植的那几株大树简直如同大海捞针，甚至"太平山石刻""点将台"那些富有诗意的小造型都早已被人工天然林吞噬，已踪迹全无，要找到它们真是谈何容易。

天上地下美不胜收。

倘若，在晴空万里的天气里，仰望蔚蓝的天空，点点白云飘逸飞洒，把碧空的蓝天装扮得绚丽多姿，让人心旷神怡。极目远眺广袤无垠的大地，重峦叠嶂，郁郁葱葱，穿行在青山绿水之间的一条条道路，恰似泼墨山水画中的线条，把地平面装点成了苍翠绝美的山水画。

行车在崇山峻岭中，站在盘山公路观景台上瞭望远观近景，院坝道路、赶场大路、机耕道被宽平直的油化路取代，一条条公路恰似瓜藤把乡集镇与各个村庄、居民房舍连为一体，贫穷落后的踪影荡然无存，早已被充满现代气息的美丽乡村取而代之。

浓雾为雨天的山王坪蒙上神秘面纱。在阴雨绵绵的天气里，虽然不见山王坪的“庐山真面目”，但山川河流、田园道路、集镇村庄时隐时现，云飘雾绕为山川大地增添了几分朦胧的诗情画意。“犹抱琵琶半遮面”的羞涩，更为山王坪增添几分神秘，要使这些朦胧穿越到古代，定然会为文人墨客提供创作的绝好意境和素材，定然会得到谢灵运、王维、孟浩然的百般青睐，写出传诵千古的不朽诗篇。

四时风光大不同。

春回大地，春意浓浓。春天，这里是一派春意盎然的画面，满山遍野全是绿芽嫩草，形态各异、造型奇特的各种树木、藤蔓丛生，长出嫩芽新枝、郁郁葱葱、芳草萋萋使得平坦开阔的草坪充满生机活力，构成一幅幅天然盆景。

炎炎夏日，无高温酷暑。绿树成荫，参天大树遮天盖日，微风拂煦绿波荡漾，丝丝凉意沁人心脾，城市酷暑难耐之时，在夏季高温阶段，山王坪平均气温仅为 19.6 度，这里似乎成了另一个世界，与现代生活隔绝，进入到远古那幽静的世外桃源，没有了人世间的喧嚣纷争。

金秋时节，秋景醉人。温馨恬静，满山红叶似彩霞，各种树叶红黄绿交相辉映，柳杉、水杉、枫树全都出来赛美，成片的玉簪花、桂花和一些不知名的野花也像赶趟儿似的不甘示弱，竞相开放，繁花似锦，绚丽景色把您带入五光十色的世界，令人如痴如醉流连忘返。

寒冬腊月，大雪纷飞。进入隆冬时节，整个山王坪被大雪覆盖，满山晶莹剔透，一派北国风光。我在 2022 年的冬天就亲眼看见了大面积雾凇奇观，进而还发现松树、竹子、梅花岁寒三友相依相偎，坚忍挺拔，浪漫雪景仿佛把我们带进了浪漫的童话世界。500 亩生态石林与 2 万亩人工天然林相互映衬，构成天然盆景。

山王坪是金佛山的一支余脉，属于典型的切割高原型中山台地喀斯特地貌，地形切割强烈，使得这里布满天然溶洞、石林、石芽、溶洞、落水洞、峡谷、干沟等奇峰异石，千年神龟、鳄鱼嘴、情侣峰、海豹、飞来峰、葫芦门等栩栩如生，天然趣成，搭配在奇峰怪石之间，层次分明，绚丽多姿。

珍贵林木和奇花异草，构成一幅天然盆景和生态氧吧。石林内主要野生植物有红玉兰、金边桫椤等国家一级和二级保护的珍贵稀有植物等 10 余种，繁多的珍稀名贵植物，难得一见的植物石林与各种形态各异、造型奇特的各种树木、藤蔓丛生，平坦开阔的草坪，使得山王坪被评为中国首批喀斯特国家生态公园，山王坪争取到多个第一、唯一的桂冠。

还可以告慰石主任的是，当下，党和政府对山王坪的开发建设力度进一步加大，希望和梦想正一步步变为现实。

在党的新时代富民政策的指引下，相信下一个十年山王坪的山会更绿、水会更清、景色会越来越美，大地也将会披上美丽清新的盛装。

侯绍堂，男，中共党员，重庆市南川区人，重庆市作家协会会员，重庆市文学院第五期创作员，著有长篇军事历史题材小说《博弈金佛山》。

金佛山（组诗）

胡红拴

1. 金佛山的杜鹃花

跃过春的龙门，身心
飘然于云端之上
自然的色彩，成为
春的阳光与佛光
慢行山巅，诗
早成为天地流动的血液
那片燃烧的霞色，此时
就是我即兴写就的诗行
千年的杜鹃树，魂魄
当然是山的王子
喀斯特的庙堂
吉星的符号
也许就是，眼前
烂漫着的
玉娃娇娘

2. 我将心云装入心的镜头

金佛山的云
当然有佛的灵性
腾挪幻化，自由
生活的自然心事
其实，万物，乃至宗教
都有自己的法度哲学
山的法度，无非是自然的又一次心行
无论杜鹃花，还是山里那千百种草药
心本自在，何须自寻烦恼
阳光的一次次烛照
也是春行的一个个标点符号
我喜欢那雾海的感觉
当然也喜欢那阳光饱墨划破云海的纸张
云山的水墨，定然会成为经典，成为
敲醒宇宙的洪钟
天籁的声音
也会与佛光入镜
成就这方天地
让发呆的意识，真正
开出花来

3. 金佛山的杜鹃古树

拨开春雨的竹帘
借一把方竹的古剑
仗剑天涯，山巅
戏听云海的气旋
多少年了，我还是我
根，深植于亿万年的岩石
霞云的炊烟
也让梦幻的诗，写出
醉心的渔舟唱晚
无须离开重庆

一次次品味那一碗小面的感觉
我知道，脚下的小溪
正在为滔滔长江
敬献着，一个个
春的花环

4. 在北仓

双手握住雨丝的羽翼
犹如，捧着春的蝴蝶
三角梅烂漫，花
熏香了整个四月
昨天还在金佛山上
佛光仍然披在肩上
定制的伴手礼
也许就是眼前的老厂红墙
疼，也有疼的味道
亦如久远的记忆
清空的脑袋
也会让梵音入驻
青春的又一次遇见
且让这生命的艺术之火
烧制成
春天的又一个样子

5. 春读古佛洞

打开世界自然遗产的书
我将页码翻到金佛山的位置
四月的艳阳，总爱将
梦幻的诗行挂到天上
海拔 2090 米
华为手机已有准确的标高
高山上的溶洞
山的肚量，是将天地苍穹浓缩秘藏
沿着水溶的裂隙弯道
秘径，走过了 72 道拐
眼前的洞天，南海
佛的海疆，巨舟破浪
也有那连天的飞瀑
繁星灿烂，佛国
禅风浩荡
立地成佛，山岩也有灵气
350 万年前，地球
早已为佛修好了圣洁的道场
道通天地，先贤们千年前早已说过
杜鹃的花蕊
是献给佛国的一柱柱春祭的檀香
收心，让神魂融入这大地的圣殿
虔诚的文字，已成为
洗心的，一道道
佛乐浴汤

6. 花路

昨夜大醉，梦境中玩起了仙家的山水
佛光普照，暖洋洋的感觉
意念随春花，走上
爱情的天梯，路
直插云天，进入了星云的循环
漫野杜鹃，为山贴上了春联
金佛山顶，弥漫着节日的喜气
盛装的姑娘，云霞
天，光影的诗卷

7. 金佛山行

乘索道扶摇直上，双手
接过断崖的刀枪
也用断层的力
将太阳扛在肩上
与传玖、宝才二兄
也拉定伟莨的手
方竹林里，看建石、兰风打开的镜头
观千年的杜鹃老树
国栋、宜茂、马行疾书的诗行
心间又闻大吕黄钟的音响
于九莲宝顶
我听到了金山杜鹃开花的声音
我知道你会来，同走花路
共沐，阳光下的佛光
轻歌曼舞，那面大彩的花海彩绘
我听见高山流水的琴乐
星河滚滚，花海滔浪
绿径中，那一对对
如胶似漆的鸳鸯

8. 晨茶

临溪，选一个靠窗的位置
意欲，读尽南川的青绘
泡杯金佛山的老树茶
应该是山中的理想
晨光入髓，心身也成为山林的一块肌肤
更让心神
融入了清流的风尚
就这样呆呆地坐着
一个字一个字地静读
静读茶雾，心赏
山巅飞云的花絮
也浏览那几棵银杏树捎来的霞光
手指拨弄着翠竹的时针，时间
似乎也是我血液中流动的那部分激情
脑波的起伏
恍惚间，又在一遍遍
用这一味地禅茶
洗涤尘寰

9. 在良瑜养生谷

跟着太阳爬上山，爬上
那片飘着的云朵
野山的觉悟
将我等拥入怀抱
清风习习，惬意带入了峡谷
醉氧的大字
一瞬间题写于心壁
这不是醉酒，微醺
这是金佛山独家的文学
良瑜，我用自然的书法意写山居
意写天蓝水清的雅宿
又见到梦中飞舞的那只蝴蝶
庄公的意思
野逸，古桥
悠然的样子

10. 在金佛山里

在金佛山，山水

即是禅缘，一草一木
还有那春望着的漫山翠竹
河水滔滔，词话
佛乐、袈裟、佛经，自然的意见
正午时的雨过天晴
此刻，又是细雨蒙蒙
也许是天公要为我营造钓春的意境
且让这佛光融入心里
苦楝花开了
我收到，游云送来的
高山杜鹃的书信

11. 金佛山的春雷

花，仍然开在春里
树，依然躲在云里
流溪的诗句，似乎
正是我此刻的心迹
春雨，仍在轻弹着素琴
春雷，惊醒山魂
道通天地，诗
应该融入风云
造化的鼓声
也许就是春雷此刻的样子
那震天的旋律
好像是
为大地文学奖的启幕
暖场，自然的序曲

12. 在天星小镇

在金佛山
在天星小镇
客房中静读古风，静读
金佛山的心韵
雾霭云烟
将心境藏入繁星的梦幻
山溪的琴，微醺中
扭转着诗的乾坤
搬把竹椅，溪岸
悄然坐下，双眸的尺子
也会一次次丈量溪流，和
树木拥抱着的山的年轮
也许是上了年纪的缘故
晨光里，神魂似乎骑在了游云之上
云外的天星
也似乎与我融为一体
握一支熟悉的阳光
笔端的狼毫也懂得佛的意思
云幕轻启，且接过
星空，昨夜
写下的诗句

胡红拴，中国作家协会会员，中国自然资源作家协会副主席、诗歌委员会主任，《新华文学》主编。

金佛山的佛，披万道霞光显灵于世

吴传玖

能够称得上金佛山的山
自然有佛。金佛山的
佛。不在寺庙里
而是在金佛山的灵魂
与骨头里
仰大自然鬼斧神工
勿须雕琢打造
秋夏的晚阳
把所有的霞光，奉献给
金佛山，于是
金佛山的佛，披万道霞光
显灵于世，卧佛成金
万世扬名

能够称得上金佛山的山
自然有金佛。金佛山的
金佛。不在寺庙里
而是在金佛山的灵魂
与骨头里
仰大自然鬼斧神工
勿须雕琢打造
金佛山的金佛，披万道霞光
显灵于世

吴传玖，中共党员，少将军衔。1948 年生，重庆人。中国作家协会会员，云南省作家协会军事文学委员会副主任。

金山之巅（组诗）

徐　庶

1. 云

一条步道穿过竹林
抢在前面占领金山之巅
——怎么走，都是后来人

居高不宜放歌。对蓝天

似乎得放弃平视

对佛，似乎只能闭目、躬身

晨光用过的云朵，一行行
只剩下枯骨，脊髓里的节拍已被拿走

一些碎片，更像人间弃用的溢美之词

2. 雾

这是一个雾的王国：
一团雾牵着一团雾，一个国
扯着众多国

它奔跑，杜鹃花也跟着奔跑
偌大的金佛山只配花儿来圈占

它抖一抖身子，便有果实
长成一群绝壁顽猴

它趴下，一首诗里飞出的巨石
顷刻围成一道悬崖

3. 蜻蜓

“啪啪——啪——”
金佛山下，误入客房的一只蜻蜓
不断向一面落地玻璃
发起挑战

迎着明晃晃的虚无，仿佛
一架绝望的飞机
却不知撞向何处

在它看来，玻璃也许根本不存在
只是被人预设了一个玩笑

平静的生活，一旦插入一面玻璃
只有光可以自由

而它，是从光眼挑出的
一粒沙子

——这个下午，蜻蜓、山峰和房屋
各自完成了一次位移

剩下被切割的时差，仍停在原地

徐庶，中国作家协会会员，中国地质作家协会副主席，重庆地质作家协会主席。著诗集《空藤》《骨箫》等。获冰心散文奖、曹植诗歌奖、陶渊明诗歌奖、“秋浦河”李白诗歌奖。

金佛山上（组诗）

马　行

1. 金佛山上

重重山峰中
转身，寻佛

登高，前行，只见一朵朵杜鹃花
正在盛开

2. 金佛洞

天下虚空
金佛山峰中有个金佛洞

金佛洞通天
长达十余公里
最高的地方有十五层楼那么高
最宽阔的地方有六七个运动场那么大

福地洞天，金佛在其中
一千二百五十名罗汉在其中

洞中，天水从天而降
天水之上有巨石
巨石成舟，似动非动，名
普渡舟

3. 三日南川

坐在露天阳台上
看青山青，听流水流

一日，二日，三日
时光转瞬而逝，我还没有来得及
读完一本书
已到了回返的日子

三日太短
我把房卡退给了前台
却舍不得把阳台前的青山和流水退给
南川

迟疑片刻，我把青山的秀美，流水的
神秘
连同三日南川
一并存进了手机

4. 南川，一座青山

我生在大平原
长在大平原

这几天，我在南川
独面阳台外的一座青山

大平原的前世，大平原的依恋
也许，就在此山中

晨起，望一望青山
要外出了，望一望青山
回房间了，望一望青山

夜里，我把阳台的门打开，期盼借一个梦
与青山同行

马行，生于山东，毕业于南京大学，2001 年参加第 17 届青春诗会，2004 年加入中国作家协会。中国自然资源作家协会诗歌委员会副主任，中国石化作家协会副主席。

金佛山在大地上隆起（组诗）

张伟锋

1. 登金佛山

金佛山在大地上隆起
以勇敢者的姿态，主动喂进天空
云雾中的高山，只有眼睛
没有肉身和面容。今时今日，我们命好
我们运气好，我们一切都好
登山金佛山时，有清风欢迎，有阳光开路
有一颗颗赤子之心陪伴
在高拔的山中，放牧绿色的自然
我们遇见无数孤绝的树木，委身青山
托梦岩石和峭壁。我们放下身段
匍匐在古老面前，谈论人类历史
以及生命的单薄。中午时分，在道路尽头
我们转身，看见走过的地方
太阳收起宽大的衣裳
雨水和白雾重新藏匿了金佛山

2. 杜鹃花

金佛山的杜鹃花开了
在高拔的山顶之上，有一块平坦的土地
它在那里伸展枝条，开出粉红的色泽
作为陪衬，周围的树木全部俯下了身子
人群来来往往，可是，你没有来

你不是今天不来，而是明天也不来
不知道，你哪一天才会来。一棵树有一生的漫长

而一朵花，只有短暂的时光。你不来
或者你迟迟不来。它在人间
就活得不明不白，没有来由，也没有去处

3. 在金佛山

走了那么久，走了那么多年
我仍在星空下。今夜，金佛山在夜色中露出
暗淡的身影。我在河流的旁边
听水声，看水流。我像一个完整的人
站立在星空下，拾捡过往的碎片
把它们在隐秘中，拼成一个编年史
我从不曾下垂，我在山的高处，和流浪的星星
谈起温暖和远方

4. 落石

在金佛山之巅，有一个巨大的溶洞
更有一尊，落石成佛。我想在它的面前
双手合一，祈福，诉愿。但是
最终没有，我所向往的美好
会不会是旧业未了，又添新业。会不会是
我要祝福的人，已经很安稳
却被我的私心所侵扰。一块、两块、三块石头
从高处垂落，叠加起来
成为一尊佛像。我应该保持缄默，不动嘴唇
允许世间所有的自然而然，不去发心而行
也不去按念而动。我是世间微茫的尘埃
安静地俯身在我停落的位置

5. 悬崖上的步道

十万朵云彩集结在一起
朝着我涌来。我在金佛山的悬崖步道上
行走。我把一生的梦想和失落
都托付给这些雪白的灵魂。我想看见我的颤抖

我睁开眼睛的时候
云彩悉数散去。我如蝼蚁一般
悬浮在山崖之前。这一生，我到金佛山
是因为命里的因缘。我看见自己的微小
是因为，我触摸到了人世的尘埃

6. 在金佛山下，兼致马半丁

岁月没有带来什么，也没有
偷走什么。我们自始至终，依旧是
我们。把天窗打得更开一些
把门开得更大一些
如果没有星光和月亮落下来，就让黑夜
漫过我们的头顶和周边。我们像布道者本身
更像黑夜自身。走在人生的小路上
看见逝去的流水，磨洗着
河中的石头。我们轻轻捧起细腻的沙粒
放进纵身悬崖的水之肉身

7. 凤咀江

在凤咀江边，和一位年长的朋友
谈起摄影。流水哗哗，零星的雨点落
在头顶
我们的语言稀疏，半天才凑成两句话
他是长者，我是年纪不小的幼者
我们一前一后，在人生的渊薮里探险

把快门打开，去看见别人的生活
把心腾一腾，让别人的幸福在自己的
体内
长成树木。把过往，定格下来
把不安和光彩，都扔一扔。过去心
不可得。未来心，也不可得。现在心
说不透——

我们散落的话语，有些部分
惊动了远行的凤咀江。它们离开我们
的时候
跳下厚实的岩石，激起细碎的水花
它们仿佛在承诺，一定会把我们的心声
带给不在现场的人。我和我的朋友
在那个时刻，都不说半句话

张伟锋，1986年生，云南临沧人，系中国作家协会会员，鲁迅文学院第三十七届高研班学员。作品在《人民文学》《诗刊》《民族文学》《北京文学》等报刊发表，出版诗集《风吹过原野》《迁徙之辞》《山水引》《空山寂》《远行的河床》《月亮下的佤山》等多部。

在良瑜养生谷（外六首）

谭　滢

在良瑜养生谷

在良瑜，林木修长似一个个正直的人
在传经布道
我们走小路，识花草，与蝴蝶同行
森林浴是一个新的名词
方竹逶迤成片，这外圆内方的处世哲学
足以使不羁之人，拱手相让
山谷养风，养性情，更养心
云挟一缕风在山峦自由来去
激情澎湃时，就把下山的人们
统统揽入怀中
那从云端走出的人，迈着轻飘的莲步
影子愈来愈清晰
在山谷，雨也下得随性
说来就来，说走就走

佛在山顶静卧，悟道
佛在崖壁以手加额，有光从眸子里洞穿
从臀弯间射入
卧着的佛、盘坐的佛、耸立的佛
把寂寞的山崖，当最终的归宿
把天地当道场
当阳光靠近，便灼烧出佛金色的灵魂
奇迹总是以奇特的方式存在
你只当作是一只误入山谷的彩蝶
静静地来，悄悄地走

一朵花只认准一个地方

一朵花只认准一个地方
就像牡丹认准洛阳，杜鹃认准南川
这“花中的西施”呈弥漫之势
“永远属于你”的花语，令木讷之人
心底泛起阵阵热浪
金山、麻叶、弯尖、阔柄、树枫、喇叭……
请原谅我无法一一叫出你们的名字
那硕大的花朵已超出了一个异乡人的认知
这金佛山上，当仁不让的主角
令巴山榧、崖樱桃、巴东栎黯然失色
你看，她们骄傲地红着，粉着，白着，黄着
把山涂抹成自己喜欢的样子
那棵几千岁的老杜鹃，已一分为五
一个大国和五个诸侯
有人管粉红的叫贵妃，白色的叫王子
当然，还是文武百官
在杜鹃的王国，他（她）们都沉默不语
一个地方拥有怎样的福报
才可以让一棵花树地老天荒
才可以让方竹上生苔藓
苔藓上长菇伞
才可以苔花如米小，学着牡丹开

苔藓

目前还没有看到比你更卑微的植物
虽然初生于遥远的泥盆纪，你这植物界的
草根一族
与清风明月为伍
餐风饮露，与石头，草木结盟
拉低身段，匍匐在地
你知道最好的生存方式
莫过于此
宁静、低调、沉稳、旺盛
静水深流，而你始终处于潮湿的低处

北仓

一个旧址，仿佛一个培养皿
新鲜的事物如雨后春笋
带着露珠的透明和洁净
一对新人在旧厂房前留影
如橡皮擦，正在涂抹旧痕和记忆
一棵古树，一块旧墙皮，一个铁架子
使北仓更像一个失忆的老人
在岁月里静坐

有些物件只有足够老，才能稳住

那些斑驳的往事
流光似水，而你是一条来自北方的鱼
游历在午间的琐碎光阴里
一支硕大的淡绿色玫瑰花开在头顶
预支了爱情，和超验的情感
香槟、咖啡、榴梿、螺蛳粉这些味蕾的新宠
与旧爱，布满小道两旁
三角梅是北仓深处的点睛之笔
悄无声息渲染着春意
一只偌大的细腰蚂蚁踩着房顶向空中攀爬
在重庆，渺小的生物也怀揣天大的梦想

光影可以把美好的事物一一抬升

提前预支了假期，插翅向西南
空中有气流引起颠簸，飞机似振翅的大蜂
云有隔断功能，尘世会瞬间消失
欢迎晚宴正酣，酒杯与酒杯碰触的脆响
他乡遇故知的热望
在傍晚的两江假日，美好如期降临

在1513阳台的木椅上，那满坡的草木
都是近邻，闭上眼会感觉有轻微的晕眩
树木错落逶迤，雾有神性，如披风加身的
神仙，隐现皆转眼之事
雾会带来一阵疾雨，风又会把雨送走
它们都是急性子，仿佛吃了重庆辣的人
只留下氤氲之息，扑面而来
一只金色的蝴蝶前来造访，一头撞在玻璃上
发蒙片刻后，又优雅转身
慌乱的她不知相中了哪位才子
手捧花里有玫瑰，三角枫还有大地的果实
才子佳人，也会因才情而邂逅
光影可以把美好的事物一一抬升

喀斯特——南川

石芽，溶沟是你看到的石灰岩的崩塌重组
五亿年前海的旋涡，激流的莽撞
力与力的激烈角逐
逼仄之处，仅容一人侧身而过
进入岩石内部相当于顺流而下
置身一片汪洋
石灰岩的穹顶，若浩瀚的星空
落地佛，从天而降落地成佛
靠背佛，把苦难阻挡在视线之外
渡苦、渡难、渡劫。虔诚的众生脚步轻抬轻放
镶入穹顶的鸽子，衔来天上之水
润泽万物
所谓渡无非从一个地方到另一个地方
水是不可或缺的载体
就像大海造就的五亿年后的奇观
我们模仿一条鱼潜入时间的纹理
试图打捞一些闪光的东西

喝花酒

在民间，酒是兴奋剂，也是麻醉剂

高兴时喝酒，不高兴时也喝酒
高兴时喝醉了就唱
不高兴时喝醉了就哭
酒，成为最贴心的红颜（蓝颜）知己

男人惯喝辣酒，女人爱喝甜酒
果酒、花酒，则是酒场的团宠
在南川，大碗菜饭店门前身着鲜亮民族
服装的姑娘小伙，拉客时又吹又唱
满脸喜悦的客人，鱼贯而入
竹筐底部的蓝花布，仿佛记忆的深海
以竹笋为主的菜肴，带着朴素的民族风
被姑娘们用竹竿抬出
好客的她们由高到矮一字排开
“高山流水”把酒引入尊贵客人的口中
幸福升腾为面颊的红晕
起哄的，高一声，低一声
把气氛烘托到燃点
青梅酒、杨梅酒、桑葚酒、桃花酒
这酒场上的小娘子
让好酒的人们，心发颤，腿发软

谭滢，中国诗歌学会会员，作品刊发于《中国文艺家》《诗选刊》《星星》《草堂》《扬子江诗刊》《诗歌月刊》等。著有诗集《情人梅》、小说集《极度倾斜》。

登临金佛山

蒋宜茂

串珠潭喊出的大小溪流
峡谷峭壁间奔泻
集结于金佛山西麓
沉淀了僧人们
洗涤佛珠的尘埃
碧潭明澈似镜
映照着幽谷倩影
水波随性不惊
潜伏的蛟龙遁形

五千尺高差联结的路绳
在森林里苏醒，伸腰蜿蜒攀升
石阶上苔藓层叠
簇拥着抬头露脸
张口吞噬枝叶间滴漏的光点
薄雾弥漫蒸腾，裹挟清脆的鸟鸣
结伴登山的同仁，不曾思退路
拾级挥汗而上，途经险峭
振臂长啸，抑或俯仰攀登

仙踪峡烟波缥缈
静心潭四周的石阵

或立或坐，或跪或拜
吟经悟禅，仙韵袅袅
空门两旁峭壁耸立
八十一步石阶点缀成隐喻
梵音桥上仰观的飞瀑
一路高歌中幻化
震撼着桥下淙淙清泉的心

丛林中的大树
自顾向天空延伸
藤蔓依附缠绕
牵引小树们痴情观望
枯而未朽之木不愿跌倒
器脏轮回，生出的蘑菇蕴藏能量
阳光斑驳，唤不醒沉睡的落叶
读山吟水四小时时光，置身牵牛坪
悠然见亘古金龟，惬意瞅暖阳

金佛山的云雾

风吹岭原始森林的雾霭
端坐挺拔葱茏的树梢
俯瞰脚下层叠松软的落叶
似乎忘却了
曾经的生命共同体

风簇拥着风
将湿漉漉的雾霭缓缓托起
向金佛山头顶的彩云看齐

云与雾同宗同族
姿态色彩位置与名号
仰仗风的跑道与力道
伴随天地酝酿的体温
书写太阳馈赠的语言

那夜，请苍茫赐教

夕阳的憨笑
隐藏进山坳
金佛山的体温清凉
与络绎不绝的游人分手
悠然仰卧
两千多米高的脊梁
袈裟历经沧桑
仍泛起金黄
夜宿空旷的山岗
心怀诗思
请窗外的苍茫赐教

第一次窥见风吹岭
合抱之木的树梢
伸进星空的胸膛
风吹岭的千古疾风
未曾吹落悬垂的繁星
夜半深邃
密林间荡出梵音
弥漫在空灵的天际
疲惫的星辰们
齐刷刷睁圆眼睛

夏夜在连绵的山岭漫步
云雾蒸腾，裹挟鸟鸣
星光暗淡，天地连环
忽现一星辰脱缰跳跃
划破穹海，银波闪烁

透视万物的心肝
撕裂的天幕
庚即被蔚蓝的浪花缝合
不可名状的兴奋
与漫山杜鹃
被习习清风融入平静
期待硕大流星再次惊艳
黎明追来，杳无踪影
绯红的旭日已爬上山顶

云都村的脉纹

金佛山脉的云层
五彩缤纷
风吹岭的风，涤荡万年
姿态绮丽的云朵
聚集　会晤　相拥　食言
各奔东西

下山云聚木良乡者
搅动山峦起伏连绵
遍野站立的字句
闪烁着平仄构建的绿韵
清风书写云蒸霞蔚
“三塘”“九眼”吟咏云转之都

云都村因云都寺得名
云都寺乃清朝乾隆年间兴建
几百年风雨沧桑
云都寺厚重的遗迹与底蕴
焕发的祥光愈发清纯
演绎出金山风水的脉纹

游离

或站或坐的佛
严谨依序身居庙堂
千刀万刻的石雕或泥塑
度金与否，肃穆端庄

或高深或慈祥
神目如电，不语自威
络绎不绝的朝拜者
或虔诚或焦虑

香火袅袅，祈愿难料
罕有明心见性者渡浮桥
躬身拜谒诸佛像
心间欲望，将佛系的禅悟
游离至庙宇殿堂上空
悠然随风飘荡

金佛山油茶

金佛山脉可视域野
遵义市以北，綦江以南
原著山民善煮油茶
茶汤当口粮
传说多元，古来有之
其法传承有序

山茶，腊肉粒，花生黄豆众兄弟
有则参与，无则缺席
相拥而坐，茶大哥做东
拿捏文火，物理集合
趋化学反应，你中有我

无固定方程式检测演算
香气氤氲，精力倍增
俗称“干劲汤”提神
岁月沧桑，山高水长
村民们生生不息的干劲
与金佛山麓的云雾呼应着向上

金佛山冬韵

风吹岭的风淌过千古
大于或等于朔风
那些意欲遮天的雪
顺从风的轨道
纷至沓来

金佛山笼上洁白的睡袍
依旧仰卧安详
泛着迷离的白光
漫山松杉银杏杜鹃
拥着倔强的石林取暖
佩戴雪织的围裙与毡帽
昂首静默
悉数向神降临的金佛致意

低处的积雪簇拥着
覆盖了底层的苔衣与枯草
在柔软的阔叶与松针上横躺者
不时发出莫名的浅笑
躲避了高处的纷争与疯狂
静度林荫时光
聆听溪涧远去的声响
期待泄漏的朝晖
与血红的斜阳

客头渡镇

金佛山南麓，湖光涟灵
头渡脱了胎，换骨成青年
渡口古老佝偻
折叠成蓝花，存入金山湖底
腰身丰盈，容光靓姿
绝非老美人涂胭脂

黄昏与秋意公开了恋情
自风吹岭携手赶来
卷走夏的尾巴
乳白的雾纷纷起身
左顾右盼，在半山跟风弥漫
华灯凝视碧湖
刀削的岩壁未唤起波澜
露营房豪情付出的蘑菇
仰望星辰，兀自蓬勃绽放

过头渡的人烟稀疏
驻足回眸，渡口渺渺
众生芸芸，各有渡数
水波不惊，莲花朵朵
雕琢头一渡的心像
红尘纷扬，冥冥自有船桨

夜宿南川东街

“三线”文化基因
东街民宿浓缩复原

庆岩　红山　红泉　天星
诸厂遗传的精气神
在摩天轮抛洒的霓虹中
闪烁显身

夜半急促的马蹄声
弥漫深巷小院
1949 年冬月
刘邓大军翻越白马山
抵达东街，解放南川
万人空巷笑迎

金佛山与凤嘴江
未曾止息悱恻缠绵
金戈铁马踏出伤痕
牵手南川母城袅漫的烟火
镌刻入东街的墙垣
夜缓缓伸展手指，戳穿雨雾
撩拔出空寂的茫然乡愁

金佛山

异峰泛滟似金佛，轻雾飘零传籁音。
生物多奇仰日月，小溪纵野润山林。
杜鹃方竹相依媚，古树石君恩爱深。
雀鸟鸣啾歌胜景，游人络绎抒胸襟。

金山杜鹃

九递金山巍耸绽，杜鹃连片万花开。
爱君窃窃撩胸臆，惹得游人八面来。

临花叹

姚黄魏紫足精神，天物何曾掌上珍。
夜半奈何风更雨，粉红玉雪尽成尘。

问花

今遇花开满树红，也曾一朵笑春风。
若无新绿相陪衬，落瓣愁怀痴叔翁。

古佛洞

金佛山藏千佛洞，置身险扼挂瑶空。
穿云拨雾向天看，满目奇观胸臆融。

过良瑜拾句

对峙山峰涵碧溪，亭台楼榭雾中栖。
鸟窥彩蝶映斜照，峡谷嬉游有雁啼。

访天星小镇

深山小镇满天星，古色流香漾逸情。
溪水潺潺何复迭，时光不二紫霞生。

天星镇夜半望月

银辉如泄润空山，风静浮云隐月盘。
夜气窜流成幻影，岚烟一袭上峰峦。

大地文学奖雅聚

逶迤金山凤水潺，文彰大地雅篇传。
诗朋挚友拨衷曲，古佛杜鹃浮道禅。

无题

五月芳菲始涕零，葱茏一片度流年。
新词遁迹作诗窘，偶遣旧章聊续篇。

把酒话别

金佛烟云袅晚霞，小桥碧水绕庐家。
文朋畅叙起清澜，把酒吟诗绽泪花。

夜宿有间别院

金佛山魂佑南陌，凤江潺绕润东街。
有间别院隐幽境，风月苍黄浸石阶。

蒋宜茂，重庆市丰都县人。中国作家协会会员、中华诗词学会会员、中国自然资源作家协会全委委员。诗文散见于《人民日报》《光明日报》《诗刊》《中华诗词》等。获第六届大地文学奖、第六届当代诗歌奖诗集奖、第七届中华宝石文学奖、第二十九届意大利“乌贼骨”国际诗歌奖等。出版诗集《窗外》《向青涩致敬》《古风心韵》等。

金佛之山

吴长龄

金佛山杜鹃

三千年敛色，八百里含芬。
多少杜鹃血，啼红一岭云。

金龟朝阳

佛色浓于镀，梵光淡若描。
不甘长曳尾，昂首欲冲霄。

十里画廊

江山移化境，日月转青穹。
天下丹青手，谁称鬼斧工？

鹰嘴峰

一嘴朝天兀，宣威十二峰。
山中尊霸主，无意击长空。

溶洞中峰峦

共在世尘中，同遭风雨弄。
恨无海岳心，耻与人争洞。

南天门

欲解尘间苦，凌霄拜玉皇。
通关非易事，尤见李天王。

碧潭幽谷（折腰体）

玄龟栖石缝，龙爪伏幽谷。
碧潭水至清，不濯俗人足。

卧龙潭

鲵渴搅深潭，猴饥据浅渡。
卧龙不逞威，无乃虚名故。

佛脐溶洞

有佛卧南山，真经识善缘。
腹中藏万卷，何必上西天。

古佛洞大厅

米市列香前，戏楼环案左。
六根清净地，岂复人烟火。

吴长龄，重庆市南川区文学爱好者。

金佛山行

陈冰清

金佛山杜鹃花海行

古蜀千年树，深山正绽花。
红云笼晓日，翠叶映晴霞。
艳夺胭脂色，香飘锦绣丫。
一朝尘事了，来醉玉皇家。

金佛山阔柄杜鹃花

花开如火炬，灼灼照林寰。
游客惊而叹，飞禽去复还。
壮心吟馥郁，老眼晕斑斓。
愿佛遂人愿，繁华永莫删。

金佛山古佛洞

引余山野兴，借此洞天名。
云气沧溟合，竹风沟壑鸣。
玉泉流不歇，金佛数难清。
欲问长生诀，仙家回有声。

宿天星小镇

天上星辰近，山中岁月长。
巴云开画本，渝木入诗章。
滨水风情盛，开街商业忙。
我来休养日，旦暮忘还乡。

游金佛山见方竹

何处飘仙气，南川云渺漫。
灵根生福地，方管接圆竿。
翠色涛翻浪，清光露滴寒。
悠然吟所见，不觉夕阳残。

漫步金佛山云端步道

石壁千寻险，云峰一路通。
始知尘世外，真有圣人宫。
出没无飞鸟，横斜见断虹。
明霞仙宅拥，遐思阿谁同？

生查子·游金佛山见石树共生

石被树根缠，誓向人间诺。但凭万岁山，见证千年约。

树抱石头生，苦自心中嚼。患难纵能同，营养终无着。

生查子·游药池坝

文友日前邀，金佛山中去。既可歇身心，亦可消炎暑。

草甸蕙兰闻，池坝空青抚。安步更流连，生物基因库。

生查子·游金佛山地质公园

童子拜观音，骚客迷传说。造化运神工，绝壁浮仙阙。

烟雾忽然消，科普图文阅。风割霜刀切，雨刷烁岩流。

生查子·神龙峡漂流

迢递佛山泉，汇聚神龙峡。巨石激漩涡，坦道排威胁。

游客试漂流，划艇同鹅鸭。十里笑声喧，一解劳心乏。

陈冰清，中国作家协会会员，诗人。

观金佛山

何其三

金佛山古佛洞前见野花

自有幽怀一似冰，灵苞无滓见清澄。
何须敲磬诵经去，久驻佛前皆是僧。

登金佛山一路花枝拂面

这枝拂过那枝跟，兀自腮边留印痕。
笑我今朝多艳福，沿途消受美人恩。

金佛山见杜鹃花海

四月人间是暮春，群芳已见几番新。
繁华阅尽一双眼，仍觉此山花可人。

金佛山杜鹃花海

此山四月最堪游，美景无边不可收。
蝴蝶追香到云外，杜鹃花密过人头。

金佛山唐代寺庙

香烟终日漫萦缭，世事如潮涨又消。
已换僧人千百代，钟声依旧似前朝。

金佛山古佛洞前见一丛花

花枝袅袅惹人怜，岁岁春来分外妍。
不是天生有仙骨，怎能开到佛门前。

金佛山看花

一丛相叠一丛连，花满山头势接天。
黄绿红橙蓝靛紫，人间诸色已调全。

金佛山

陡崖高壑等人探，花半绯红天近蓝。
金佛山多紫霞气，修仙何必上终南。

金佛山看杜鹃花

山腰山顶一般香，沿路看来意兴长。
花朵犹如山主似，向人献盏又传觞。

金佛山赏花

驻足观看叹且呀，眼前一簇似流霞。
世人应羡此时我，背对红尘面对花。

金佛山见苦楝花

灵香扑鼻最清幽，引得春愁心上浮。
若问春愁何所似，楝花颜色似春愁。

归途依旧见一路杜鹃花

佛山四月锦成围，一路尽多红与绯。
还是山花有情意，迎人来到送人归。

见金佛山杜鹃花

山头山脚正连绵，生在人间四月天。
约与楝花同殿后，开时不愿占春先。

良瑜养生谷

此处幽林清气盈，花多淡泊草无争。
纷繁世事由他去，修到心空是养生。

将近立夏于金佛山以手扶花树小憩

入眸但觉十分红，你在西边我在东。
时序也知将近夏，与花携手立春风。

金佛山见一簇杜鹃分外红艳

穿桥过径到林东，蓦见芳鲜隐棘丛。
许是今朝为报我，一天吐尽一生红。

观金佛山杜鹃花

愈看风光妙愈加，春芳漫到白云涯。
一同沐浴佛光里，便是红尘以外花。

金佛山杜鹃花

不临溪水也清嘉，一片山头万片霞。
只为栖身佛光里，便胜晋代武陵花。

过金佛山花路

丹青妙手也难描，沿路芳菲亿万条。
好笑一枝皮得紧，偷偷伸向美人腰。

闻不日将抵重庆金佛山戏言要搁笔养才气

身虽未至意拳拳，人说遍山皆杜鹃。
未达之前先搁笔，要留才气赋南川。

金佛山见方竹

青枝绿叶遍生香，自觉寒山胜玉堂。
纵使磨难全历遍，一生不改是端方。

金佛山观瀑布

飘飘好似白云团，横算堪堪几尺宽。

不是自高流到下，何来万众仰头看。

不日立夏金佛山见杜鹃花骨朵感叹此花灵性十足

半吐灵葩有异姿，料猜有意上枝迟。
心多七窍不争早，居后能过春夏时。

金佛山杜鹃王

花开更比夜星稠，日对烟云自不忧。
亿万丛花归统领，何须尘世觅封侯。

金佛山阔柄杜鹃花

灵葩争看众人围，素色不穿皆着绯。
两女嘻嘻相对语，说花好似玉环肥。

金佛山返天星小镇

一日时光当几何，我归小镇鸟归窝。
夜来山色属明月，白日风光人占多。

金佛山回望

烟林幽窈隐归鸦，天际长风散落霞。
暮色沉沉四围合，生生锁住一山花。

药池坝

华佗遗迹已难寻，坪上草尖尖似针。
百病世间皆可治，未知何药可医心。

登金佛山前友友劝带夹衣

温言道过百千般，带上夹衣休犯难。
不日纵然将立夏，两千米上有春寒。

游金佛山见鸟啄花以手逐之

几簇如霜几簇丹，娇娆明艳未曾残。
枝头花好鸟休啄，留待满山游客看。

宿天星小镇

云山围处得心宁，溪水潺潺清可听。
深夜披衣阶下坐，天星小镇看天星。

金佛山瀑布

此布本为稀世珍，料猜织就是天神。
除开金佛山之外，谁可将它披上身。

观金佛山瀑布

近看飞流无可遮，遥闻可听水声哗。
何妨高处到低处，不惧人生有落差。

何其三，中国作家协会会员，中华诗词学会会员，宿松诗词楹联学会副会长，宿松作协名誉主席，安徽省诗词学会女工委副主任，中国自然资源作家协会诗词楹联委员会副主任。三次获得《诗刊》奖、获得第七届、第八届华夏诗词奖，第七届中华宝石文学奖。

再访金佛山

林自国

一

当年曾与别渝州，一出江城二十秋。
今夜巴山唯月色，江边旧地照新楼。

二

重来巴蜀访渝州，已过生平二十秋。
徐步江边星月下，时人不见水空流。

无题

春日巴渝君别后，清宵时起倚空楼。
愁心欲寄人何处？对镜相看雪满头。

金佛山春日

巴渝三月杜鹃红，叠叠层层到顶峰。
春水春林春雨后，啼莺相伴此山中。

林自国，重庆市南川区文学爱好者。

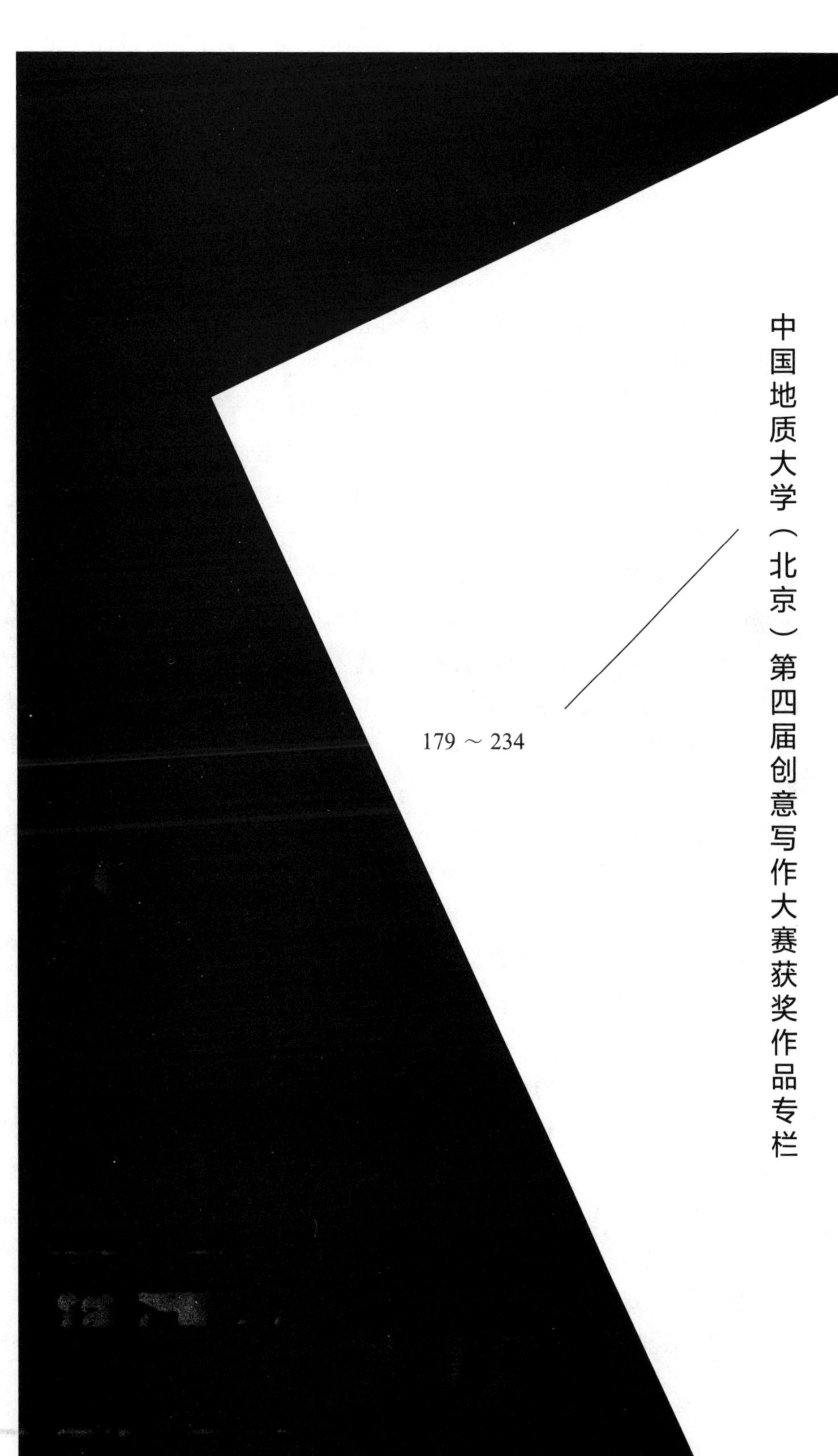

中国地质大学（北京）第四届创意写作大赛获奖作品专栏

老 李

孙 冰（信息工程学院）

老李是北京人，老北京人，拉摩的的，还有四合院。

老李说：“那不叫摩的，那是外国人的叫法，咱老北京人就得叫它板儿车，咱们呢，叫板儿爷。”老李说这话的时候，脸上带着点骄傲的神色。啊？是吗？高考用上了吗？板儿爷们总是这么问。老李挠挠头，脸上有些不好意思的神色：“那……那倒没有，咱……咱北京人得知道是不是……”声音慢慢小了下来，像周围散去的人群。

每次都是如此，老李总是带着一点儿老北京人的偏执，还有点儿老北京人固有的坚守。用太微小的力量挽留属于老北京的一点老旧的甚至有点走样的东西，板儿车算是其中一个。讲到底，老李的的确确是一个知识分子，算是一个喝过墨水的文化人。就是偏偏命不好，高考连着考了三次愣是没考上。老李犟，死倔，事不过三。“再试一次，就一次。”“试什么试，试什么试，拉板儿车去，快给我替你爸拉板儿车去。”老李他妈死活不让他再考了。在她眼里，考了三年已经是极限了，再考下去哪里是个头？“听你妈的。”老李他爸闷声闷气地说，嗓子里塞了一团棉花。“明天一块儿拉板儿车去。”老李当时气得眼眶发红：“怎么啦？你们就差这一年？”“不信了，考了三年，连个大学，咱先别说是大学，就连个技校也考不上？你以为你谁啊？你算哪门子？你算哪根葱？你算哪瓣蒜？你还是那考大学的料？”老李他妈抽出鸡毛掸子，开始乱抡。鸡飞狗跳一个多月后，老李终于妥协了。再折腾下去他快不行了。一个月后，所有人都看见李家的落榜大学生蔫蔫地出来，没精气神儿地蹬着板儿车。

老李从此成了一个笑话。

十几年后老李每次想到这件事的时候，竟然有点后悔。当初死犟什么，早早出来拉板儿车有啥不好。自己可能还真不是读书的那块料。整整三年……就算是榆木疙瘩，也该开窍了吧……当年咋就没考上呢……这件事老李硬生生琢磨了几十年。拉板儿车的可没人想去花几十年去管他为啥考不上。活活折腾了三年还不是一样出来拉车？读书人的事咱们可少管，人家喝过墨水呢，和咱怎么能一样——老李确实是文化人，还会点洋文，邻里有寄来外国货的，老李总是上去凑凑热闹。这个是啥，那个是啥，老李说得头头是道，别人不经心的一应："你这都懂怎么就没考上大学？""我，我当时……"老李有点着急，脸涨得通红。邻里看老李这样，就是图个乐，读过书怎么了？用到了吗？哄笑着散了，只扔下老李跟自己生闷气。

老李住四合院。

不是倒坐，不是里屋，是一整套四合院，地地道道的老北京四合院。这算是老祖宗留下来的东西。老李以前没觉得这几栋房子值啥钱，家家户户谁还没个四合院啦？到后来来北京的游客搁门前探头探脑，四合院的价钱水涨船高，老李越来越觉得这几栋旧房子像沈万三的聚宝盆，越来越值钱。他越想越不明白，都旧成这样了，灰不灰白不白的，咋就越来越值钱了？就因为这是老北京的遗物？拉板儿车的都说："老李你发了呀，没人能有你这样一大座四合院，这得值多少钱？"老李应着："值多少，能值多少？这几间破屋子你看还有人要吗？""瞧你这话说的，这还想考大学呢？人家买了有大用处。这四合院贵着呢。你看看这价钱，你拉几辈子的车才能挣出来？当年不去上大学，是精打细算早就看破了？""没……没有……"老李声音又像以前一样慢慢地低了下去，就像他在板儿爷中的地位一样。不高，甚至有些底下，是好高骛远不自量力。用胡同里真正读过书考上大学的年轻人的话说，是"当代孔乙己"。老李听见了，又急了："这能一样吗？"脸涨得通红："孔乙己是谁，我老李是谁，能一样吗……"声音又慢慢消失在了板儿爷的哄笑声中。

老李没几个钱。

不是装的，是真没几个钱。衣服刮了缝缝，鞋子破了补补。一年到头省吃俭用，过年也没添过几次新衣服。"你不是有那四合院吗？"板儿爷总这么问。"哟？那能当饭吃？"老李眯起眼。"你卖了呀，你看多少街坊都给卖了。""我把四合院卖了，我搁哪住？我揣一大兜子钱往大街上一坐喝西北风去？""那你租出去啊，租一个倒座啊。"老李眼一瞪："租？好端端一个四合院，租？那我卸你一条胳膊、卸你一条腿，你乐意不？你让我把四合院租出去，我咋知道他今天能不能给我拆扇窗、明天给我拆扇门？到最后那还叫老祖宗留下来的东西？你知道点啥？"每每讲到这，老李浑然没有了谈自己考大学时的畏畏缩缩，脖子上暴起青筋，脸涨得通红，唾沫星子横飞，仿佛那板儿爷要拆了他的四合院似的。拆了四合院？那还不如要了他的命。老祖宗没留下点啥东西，老北京留下来的都给保护得严严实实，自己手头里的还保不住！没几个钱就没几个钱，老祖宗传下来的东西，卖？租？有那好事！

老李拉板儿车拉了好多年了。

看见一个个板儿爷都干别的活去了，去工地了，去看门了，还有卖四合院住高楼享福去了。干啥的都有，就是不拉板儿车。“板儿车早就不时兴了，你看看北京现在有几个拉板儿车的？你能赚点啥？你能有地铁快还是能有地铁方便？”别人都这么问。“多少还有人坐，还多少能赚点，赚点，这是老北京的东西不是，没剩多少了……”咱不能给他撂下……老李的声音在嗓子眼里打转转，半天嘟嘟囔囔挤出几句话，谁也没听清他说了些什么。

有一天老李收工回来，看见一个板儿爷。板儿爷告诉他：“老李呀，看不出来呀，你上大学了呀。”老李怒了：“你絮絮叨叨成天大学大学没完没了，好玩儿是吧？”板儿爷正色：“老李呀，当年你点真是背呀。连着考了三年，连着三年让人给顶了名去呀。嗐，可惜了了，要不然你也是个大学生呀。”说完，板儿爷蹬着板儿车，吱吱呀呀地骑进了墨色的胡同，留下老李一个人在模糊的灯影下那发呆。

第二天老李没出车。

第三天老李没出车。

当胡同里的人以为老李不会再蹬板儿车的时候。上了岁数的老李晃晃悠悠地骑着上了岁数板儿车出来了，吱呀吱呀地，和以前一样老旧的声音又在胡同里转悠，但是人们顿时觉得他好像和以前有点不一样了。

老李是北京人，老北京人，拉板儿车的，还有一整套四合院，是一位被人俯视又仰视的文化人。

江流风

潘　哲（信息工程学院）

无声的战场，血肉横飞地搏杀。

一阵寒风，吹凉了空气。

几位老者端坐在朝堂，全无一分活色。不小的年纪，颈早已耷拉下去，而眼皮虽然低垂，却还剩得一条缝在，其上的睫毛落满了殿堂里沉寂的灰尘，拇指肚上的油脂也捋得胡须泛了亮光，绝似不谙世事的神明。时不时又发出低沉的声音，仿佛是来自另一个世界的回响。确实也应该如此，毕竟几位老者早已断定，今日朝堂，必难再掀起什么风浪。

或明或暗的烛火在风里摇曳着。

堂下之人，囹圄之中，便是屈平。

同样不小的年纪，赤着脚，蓬头垢面，脸带淤青，脚跛着，手脚间还留着铸印，面颊两侧皱纹的托衬下更显形削骨立。可即使他那副空洞的骨架撑起这千疮百孔的皮肉无比艰难，他灵魂的火焰却仍炽热地烧灼着这所大殿，穿透着殿内诸人的心、脑和眼睛。

此刻，众人的影子仿佛与屈平手指缝里的灰尘与不知是哪来的污秽融成了一色，虽然难加分辨，但也丝毫近不得屈平的身。又见得屈平双手的指尖深深地嵌入由一截枯木削成的残破拐杖，这截枯木，又好似六十二岁的青年，在猛烈挥舞中一次又一次地叩击着地面满是裂隙的石板。

又一阵凉风徐徐吹来。

屈平开口了，几句话气若游丝、无有半分激荡，温和如春雨，轻柔如春风。可是，竟顷刻间使得肃穆的雕像们不约而同地让眼睛半睁半眯，且如乌泱乌泱的蚊蚋切切察察起来。

用上了为数不多的气力，又缓缓地奉上几句话语。

躁动起来了，整个朝堂乱作一团。老者们怒目圆睁，坐立不安，双臂挥舞，嘴中不停念叨："屈平……屈平……怎敢……竟然……简直离经叛道，离经叛道！""你就只去做你的圣贤……"这便是竭忠尽智的回报，句句话如柄柄无比锋利的兵刃，接连不断地深深刺入屈平的心，再不断抽出。

该走了，也确实该走了。长久地关押，再久站，经得如此摧残，全身已无半分气力。身处这番境况，屈平整了整头冠，掸了掸泥土与血渍染成的麻衣，面朝大殿，推金山，倒玉柱，长鞠一躬，静若木鸡，眼中热泪滚滚而下。殿内火苗倏地跳起，大放光明。诸位老者先是一惊，倒也未过分在意，随即又如先前般寂静。

待殿内的蜡烛燃了半槁，无人搀扶，屈平踉跄地起了身，在眼角噙满了泪水之时，他随着最后一阵风趺趺斜斜地走出殿去，踏上了去往汨罗江的路途。

风紧，气躁。

颜色憔悴，形容枯槁。繁华荣辱如风云一闪而过，心中痕迹也早已被汩汩的汨罗之水涤净，乃至连残存之影也再难窥得。

庙堂到江边，无论何时，都定要有些路程。慢悠悠，颤巍巍，脚下仿佛踩着神圣，又好似存着埋怨，一步深沉，一步轻缓，想到丹阳之败、先王殡秦，他再难如常人般协调那皲裂的，满是褶皱的躯壳，脚底一松，直勾勾倒向前去。形单影只，唯有草木流情，日月之下不再显得单调。

挣扎着起了身，又向江边行去。

一路上，有茶棚，有酒肆。屈平看到了楚国的男人们、女人们，父母们、子女们……他不忍心去想，也不敢去想：同僚的背叛、亲人和子女的疏远，落寞无比，只是默默拂袖揾泪。

"大夫何往？"

定睛一瞧，原是江边渔夫，头戴斗笠，两鬓稍白，手提三尾金色鲤鱼，脸上挂着笑意。屈平稍加思索，手指远处汨罗，微微颔首："明明德。"渔夫不解，二人只得作别。

将至江畔，屈平深深地喘息，斑驳的发丝随着风时而飘起，时而落下。身上的生机也即将被凉风层层剥离殆尽，不得已，双手把着拐杖，倚着三尺见方的青石，俯身见碎石之上，青苔片片，各自峥嵘，似是楚国疆域的轮廓，尤其那赭色染成的六郡分外刺眼。朦胧中，不觉抛却拐杖，紧抱碎石，放声号啕，悲怆欲绝。

“悲乎子兰……悲乎吾楚……悲乎子兰……悲乎吾楚……”

日出行至日落，日落行至日出，望断了天，吟断了地。不过江边一个小小的渡口。他跛着脚、拖着铁链，着了魔般辗转、往复地踱步：冀幸君之一悟，俗之一改？正则之远志呵，灵均之生平呵，你们怎如此狡黠，竟与我那仅存的一缕希望一道，如一条绳索将我紧紧束缚，封锁我饱经风霜的希冀。

驻足，无言。

迈向前去，行至江边。心中又平添了几分不忍。你这江呵，汩汩不绝、流淌不息，孕鱼虾，淼田野，渡得行人，育得禽鸟，我怎忍污了你的圣洁，让你背负溺人的骂名。罢，江呵，愿你允我融入你的圣洁，洗脱我的罪愆。

夜深，风止，鸮蹄。

待行人入梦、渔夫归家。

悲风瑟瑟满江红。

永沉汨罗，再无消息。

……

另一方世界，屈平、怀王的魂灵在深渊中相遇，相拥良久、老泪纵横。相顾无言，只泪水在无声地流淌。他们的过去，他们的故事，都在这一刻得到了释放……

不觉千百年轮转，夏变作了秋，曾经奔涌的汨罗早已不存，这片土地单剩一条干涸的河床，五月的树叶与杂草凝在河底、烂作一摊，黄昏日落之时，再与吹过的风奏几行哗啦哗啦的曲谱，好似是穿越时空的吟唱。这时间，老者们不在了，屈平不在了，同时，屈平心心念念的、魂牵梦绕的楚国，也不在了。

许是屈平一丝残存的倔强魂灵，躲在石缝当中一直未曾消散。夜色里，化作一个孤独的身影，站在原先的河畔，凝望着过去的远方。目光如炬，是无尽的忠诚。

他如同一个守望者，与千百年间志同道合的人们一道，默默守护着这条江河，守护着这片土地。新生之树木、花草乃至这片土地上的一切，在守望者们的护佑下，愈发繁盛。

麦

邹科宇（珠宝学院）

第一次醒来时，我的耳边是滚滚涛声，虽然不能看到，我也能想象出浪雄美的舞姿。在这声音中我知道了自己的名字，我叫麦。

我活了很多很多年，每隔一段时间我就会沉睡，少的话几十年，多的话几百年。其实我想一直睡下去的，因为每次醒来，天空都会变成赤色。

我在清醒时，曾遇到过很多有趣的人。

一、武王伐纣

我见到的第一个人是个俊秀的少年，他总是独自坐在田垄上，望着远处此起彼伏的麦浪。他从不说话，眼睛里却是我看不懂的东西。有的时候，他的脸和手臂上会带着伤痕，眼睛却一直很明亮。

他总是一个人坐到天空变得暗沉，我看不到别的颜色，但能分辨出闪着光亮的东西，每当它们出现时，我就会兴奋得轻轻摇晃。

有一次他正要伸手抚摸麦束，恰好注意到了我奇怪的晃动，便止住了动作。我见他环顾周围，并未感受到气的运动，又抬头一看，就见漫天繁星。

那是我第一次见他笑，震惊之余，忘了自己的秘密可能被这个敏锐的少年发现了。

他开口道：“那些是星星。”

天上闪亮的事物原来叫星星，我总算知道了它的名字，反正已经被他发现了，我又开始晃动。

但他此时没在看我，而是仰望那无边的星空。

我终于读懂了一次他的眼睛，他很高兴。

最后一次见到他时，我感觉自己又要陷入沉睡了。他用手碰了碰我的头，我看到他头戴铜胄，身着皮甲，大概马上要出征。

他跪下来，手拂过麦束，轻声说道：“父亲，兄长，祝我成功吧。”

他闭上眼睛，双手合十。再睁开眼时，便如同换了一个人了。

我看着他走远，翻身上马，率领等候在旁的军士们离开了，没有回过头来再去看看这片见证了他成长，承着他思念与悲愁的麦田。

陷入沉睡前，土地爷爷告诉我他叫姬发，是周朝的王。

寻常的少年人跟他是不一样的。

我想他会成功，只不过没办法向他表示祝贺了。

二、天下一统

第二次醒来时，眼前的红色好像更浓了。

我这次见到的也是个年轻人，而且我看懂了他眼中的东西，是对某种事物强烈的渴望。

他总是穿着深色衣物，与姬发身上总带着一些柔软的忧愁不同，他是冷硬的，我能从他挥剑的动作中感受到他的傲气与愤怒，但剑锋停下的位置总是那么正好，再移一点我就会身首异处。

因为天空颜色的改变，我近来再没有看见过星星了。所以我会把脑袋垂着，表达自己的失落。

只是有一天，他跌跌倒倒地来到麦田，手上还提着罐酒。他竟然坐在了地上，全不注意仪态，黄土粘上了他深色的衣袍。

一位王为什么会这样，他和姬发像又不像，但身份还是很好猜的。

突然，几颗大水珠掉在了我的头上。

……

他哭了。

然后他就开始大口灌酒。

每喝一口，他便会嘟囔几句话："什么我残杀兄弟，我忘恩负义，我不得善终，又时不时带着哭腔喊：为什么要这么对我，为什么我要经历这些……"诸如此类。

最后他直接垂着头坐在地上睡着了，我晃晃身体碰他，毫无反应。

我注视着他脸上残留的泪痕，像几道浅浅的伤疤。

但没过多久，偏僻的城郊出现了马车的声音。一个穿着宦官服饰的老人带着两个青年走来。

那老人指挥他们把他抱起来，送到马车上去。他自己把掉在地上的酒罐捡起，用衣袖拂去上面的尘土，叹了口气。

他注视着那位年轻的王被抱进车里，喃喃道："可怜呐……"

自此之后，我再也没有见过他。

土地爷爷告诉我，我看到的色彩，便是将来田野的颜色。

这片土地会被红色的血覆盖，会被铁骑和战靴践踏，会接住战死的亡灵，又会以生命为肥料重回生机。

我问起他，土地爷爷也叹了口气："你不会见到他了，他会越来越忙碌，更不会再来到这里。"

这次清醒的时间比上次要长，当天空颜色逐渐淡去时，我看到了绵延不绝的车马长龙。

六国来朝，天下一统。

他的疆域比姬发的更为辽阔，但还会变大，变广……我闭上了眼睛，又一次沉睡。

三、汉武兴邦

这次醒来，我终于看到了麦真正的颜色，带着希望的绿色。

除此之外，我还发现了一个规律，自己每次醒来见到的都不是一般人。

与先前二人不同，他是意气风发的，眼中带着期盼与雄心，一看就是活在爱中的孩子。

活了这么久，我还能猜出他有一个深爱的女子，他的腰间一直挂着一块鱼形玉佩，那另一半应是挂在他心上人的腰间，更何况有时他还会在对着一个香囊傻笑，想必那是个手极巧的女孩。

初次见到他时，他策马而来，马高鸣一声停在了城郊麦田前。

他牵着那匹白色骏马，慢慢走在田间小路上，望着青绿的麦苗。

略显低矮的苗被夕阳笼罩，两种颜色交映，仿佛能看到它成熟时的样子。

这少年走着走着，突然停下来。我转向他的方向，注意到一棵有些枯黄的苗。

他蹲下来伸手去碰那棵幼苗，我以为他想拔去，没承想他摸了几下，嘴里嘟囔着：“还有救吧。”然后取下马身上挂着的水壶，将水慢慢洒在苗叶上，又倒了些在它的根处。

他用手松了松浸水的土壤，说：“这能有用吗？”又拍了拍身旁的马“要不你帮帮它？”

马儿一听，昂起头嘶鸣了一声，转过去不搭理他。

他爆出一声大笑：“闪电，我只是开个玩笑，你的也不一定有用啊，走，我们再去兜几圈！”

马如其名，他们一溜烟就不见了。

我跟土地爷爷说：“总算见到了个活得开心的人。”

他闷笑了几声：“希望是吧。”

希望只是希望。

原来一个人可以在那么短的时间内变得面目全非。

我请求风帮我把皇城中的消息带过来，即使他不再出现，我也能知道近来发生的事情。

玉佩碎了，香囊被剪成碎片投入火中。

至亲离心，夫妻反目。曾经抓不牢的，无论如何都要抓牢。

北驱匈奴，收揽皇权，独尊儒术，重用酷吏。

中年丧妻丧子，暮年悔恨，他也只能应大势所趋，郁郁而终。

他有功有过，人们给他“武”作为谥号。

时间和权利将当初的那个少年留在了城郊的田野上。

我缓缓闭上眼睛，等待困意的到来，意识消失的前一刻，我叹了口气：“我什么都改变不了。”

四、千古绝唱

我总是能见到少年人，这是第一次遇到女子。

她穿着淡黄色的披风，长发用发带高高束起，看侧脸是个秀美飒爽的姑娘。

她是一个人骑马来的，马儿就在田外等候。

一阵风袭来，麦子彼此碰撞发出沙沙的声音。

我任由风推动着自己，看到她的长发时不时被风吹起，她便索性解了发带，任由发丝随风飞舞。

我看到的不只是被解开束缚的头发，还有自由而不羁的魂灵。

后来再见，便是二十多年后了。

那时的她丰腴了不少，带着郎君和幼女来野外踏青，他们的衣着也就是寻常人家的样式，只留两个仆人在旁照料孩子。

她的眼睛告诉我，她找到了爱的人，也被人爱着，她很幸福。

这是当时女子最好的人生。

但她绝不会满足于此，见到她的第一眼，我就知道了。

丈夫病重，她撑起了大唐江山。

命运捉弄，她便冲出束缚的枷锁。

野心疯长，她登上了权力的顶峰。

当青丝渐渐褪色时，她又来到了这里，来到了起初的起初，她踏上的第一片属于长安的土地。

那时她的眼神已经不复当年的清澈，而变得沉稳而明锐。

她为了实现自己的抱负，以蚕食之法掌控了朝堂，一步步走向帝位。

哪怕浑身溅满了无形的血。

是她把大唐带向了辉煌，将无数有识之士为国所用。

是她为了让女子能与男子同等，在朝中设立了许多女子官职。

人为什么要听所谓天命呢？

第一次见到她，我就听到了一直困住她的东西。

所幸她自己悟出来了。

起笔弄朝堂，挥手行政令。

不顾身后事，任凭后人说。

五、轮回

两千多年的岁月，是那么漫长。

我看到了他们人生中的悲欢离合，深知千古传颂的丰功伟绩背后，藏着多少苦痛和哀叹。

他们都走向了权力的顶峰，但在成王之路上又失去了太多。

历史洪流裹挟着每个人，他们被推着不得不前进。

没有他们，社会不会发展，文明不会延续。

只是回过头再看，他们还能认出自己吗？

我的力量也要耗尽了，我终于要永远地睡过去。

身为一棵麦子，我得完成自己最后的使命。

将自己的果实献给百姓们，让他们成为我生命的延续。

我的一生终于有了一个圆满的结局。

新的种子也会埋入大地，另一个我还会重新回到这个世界，看到更美的天空。

信

高佳昕（外国语学院）

1

冬日将阴霾的天穹撕开了一个鲜血淋漓的大口子，风便呼啦啦地灌了进来。

李塘正坐在温暖的床铺上拆信件。

这封信没有署名，也不知是谁寄给她的。

信纸很单薄，泛着一股陈旧的气息，遣词造句也很古怪，像是在学古人写文言文。

“展信佳。天气易寒。不知父母近况如何？本江的风寒可好了些？我这里一切安好。勿念。一九三八年四月一日留。”

李塘一下子想起了自己那个远在老家的小妹。

大概是小孩子的恶作剧吧，她一边想着，一边挥笔写道。

“TD。”

临近期中，最近还要准备各种考试，李塘没过多久就把这事给忘得一干二净。

哪知第二日，李塘竟又收到了信件。

字迹工整，笔锋凌厉，透着一股初出茅庐的锐气。

“上次送来的家书语焉不详，不知家中安好否？和城战乱，日寇不日抵达金河口。然我自卫军气势如虹，誓死护卫和城……”

李塘琢磨出几分不寻常的味道来。

且不说这字迹，单是内容也不像是小孩子瞎扯着写出来的。

她思忖再三，前去邮局查了寄件人，却是一无所获。

李塘斟酌着开始回信。

“您好，不知道您是否弄错了地址？”

不久，她便收到了回信。

“实在对不住，确实是弄错了。地址如此临近，您大抵是与我同乡？成家老三，人道三姑娘。如今日寇来袭，切记保护好自己与家眷。一九三八年四月五日留。”

这次尾部多了个署名：成本华。

李塘的眼珠紧紧地盯着落款，心脏剧烈地跳动着，连呼吸都随之滞涩艰难起来。

她轻轻地吸了一口气，提笔回信。

“一切安好，劳烦您挂念……前线战事无常，请您保重。”

她犹豫再三，最后还是在尾端署上了自己的名字。

2

“展信佳，今日晴空万里，真是人间好时节，不知李塘姑娘可还好？我小弟平江与您同岁……”

身形修长的短发姑娘端坐在木桌前，静静地等待墨迹干透。

“三姑娘这么晚还在写家书？前日不是写过一封了吗？”赵永智走进屋内，含着笑意调侃道。“露从今夜白，月是故乡明。还是家乡的月色好啊。”

成本华转过头，她留着英姿飒爽的短发，骨相匀亭，眼瞳如漆，透着一股肆意洒脱的少年锐气。

“啊，是写给一个同乡的姑娘。”成本华勾起唇，笑吟吟道，“赵司令才是那个愁到睡不着觉的人吧？”

司令赵永智无语凝噎：“真是输给您这一张利嘴了。”

赵永智在三姑娘身边坐下，神色愈发晦暗起来，他沉下眉眼：“敌众我寡，恐怕是一场恶战。”

成本华凝望着无边的月色，良久，淡淡道：“自卫军战必胜，等我凯旋。”

赵永智目光炯炯：“如若败了呢？”

成本华低笑道：“如不胜，决心马革裹尸。”

赵永智怔住了，他的心莫名放松起来，目光也像成本华一样，落在那遥远的夜穹之中。

“马革裹尸。”

胸膛中仿佛燃起了熊熊烈火，几息之间便成燎原之势。

他痛快地大笑出声。

3

一连通信几日，李塘逐渐松弛下来，不似往日般紧张。

尽管心下惊异，但她已经逐渐接受了这个事实。

她和抗战时期的一位女战士，正在以信件的形式，进行一场“跨越时空”的交流。

“北风呼啸，私塾先生未至，偷得浮生一日闲。成姑娘那边一切可好？”

上午，大学因狂风停课，李塘提笔记录下来，她想了又想，在文末添上了一个小小的笑脸。

害怕吓到对方，李塘并没有透露自己的身份。

成本华回信很快。

“一切安好，说起来，我也曾在私塾念过书，家父原是商贩，彼时家境尚可，家中一女六男，都曾聆听圣人言，实在是一桩幸事，北部战事吃紧后，读书一事便搁置了……我县县长赵永智骁勇善战，组织和县抗日人民自卫军，我也加入其中，如今一年有余，世事变迁，志谊已不在……希自珍卫，至所盼祷。”

李塘并未细想，随口在信中问：“志谊如今不在和城？”

那人回答：“志谊是我丈夫。战争爆发后，他和我一同参加抗日活动，像是上街写标语、唱战歌、演活报剧云云。我们志同道合，但结婚后不久，志谊就被日军枪杀了。”

李塘呼吸一窒，她咬着唇，心下懊悔不已：“抱歉，触及了您的伤心事。”

成本华一笔一画地写道：“姑娘只是不知此事，不必道歉……今九州飘零，尸横遍野，捐躯赴国难，视死忽如归，是为大义。志谊如有魂灵留存于世，也定不会后悔当初所为。”

李塘定定地凝视着这行风骨嶙峋的字体，心下如古钟击鸣，久久不能回神。

那个动荡不安的时代，似乎在一瞬间穿过单薄的纸张，渡过汹涌的时间长河，越过丛山与月色，带着沧桑厚重的气息降落在李塘的心扉。

“灵魂缓缓地、缓缓地飘落到所有生者和死者的身上。”

李塘沉默地想。

4

“展信佳，一九三八年五月十一日，晴。

“日军步炮兵于金河口登陆并迅速攻破和城东门。

“安徽省第五区督察专员兼保安司令李本一率领的王营在和城内与日寇展开了遭遇战。

“日军伤亡二百余人。王营全部战士壮烈牺牲……”

王营最后一名机枪手仍在孤军奋战。

机枪手的右肺被步枪击穿了，每一次痛苦的喘息都带出大量的血沫。

他眼神涣散地倚靠在土墙边，像是折翼的孤雁。

头上是血红的夕阳，脚下是昔日

战友的尸体。

他的弹匣子空了。

不能失去这座城，弥留之际，他想。

他用尽最后一丝力气，拔出身上的手榴弹，与围上来的日寇同归于尽。

李塘艰难地注视着这些血淋淋的文字，喉咙像是被什么东西死死扼住了，几近窒息。

和城要被攻破了。

来自未来的李塘知道，事实上，整个安徽省的沦陷也只是时间问题。

在一瞬间，她的目光仿佛掠过泛黄的信件，掠过时光，落在那个英姿飒爽的女人身上。

成本华平静地理了理帽檐。

她转身离去，一次也没有回头。

除了通报前线战情，成三姑娘只在文末留下了一句话。

"国破至此，此身何惜。姑娘珍重。"

5

经此一别，再无音讯。

李塘尝试了很多途径，但关于这段历史，她只找到了一些语焉不详的描述。

后来，她打算去图书馆碰碰运气。

在和城县的县志里，李塘再次看到了成三姑娘的身影。

山下弘一（侵华日军）："我所在的日军中队进入安徽和县，遭到中国人的武装抵抗。后来我们又抓住一些抵抗的中国人，其中有一名是个很漂亮的中国女人。"

李塘的手指颤了颤，她屏住呼吸，继续向下看去。

"我们很快搞清楚了，这个漂亮的中国妇女名叫成本华，是和县本地人，二十四岁，她负责指挥这次抵抗。日军叫她投降，她却轻蔑地看着我们，一言不发。当时，一名日本随军记者拍下了一张照片。随后，日军就将成本华等人关押起来。"

山下弘一又道："我和另外一名侵华日军见成本华长得漂亮，就轮番欺负了她。后来我们对成本华动用了酷刑，但成本华不吭一声，（我们）得不到任何情报。"

最后，他说："所以，我们决定杀了她。"

李塘的手指神经质地抽搐了几下，她的呼吸紊乱而急促。

成三姑娘，成三姑娘。李塘心想，我认识的成三姑娘既聪明又善良，是名合格的战士，优秀的神枪手，英姿飒爽的引导者，她应该顺顺利利地长大，和我一样，考上一所大学，然后尽情地享受大学生活，在周末，她可以和她的好朋友一起出去逛街，肆意地挥洒着青春，直到天亮才和朋友们勾肩搭背地回到宿舍。她毕业后也会成为行业里出色的一员，社会上人人称赞的精英，直到她变成头发花白的老太太，颤颤巍巍地拄着拐杖，悠闲地坐在公园的长椅上晒太阳。

她本应幸福地度过自己那漫长的一生。

“山川湖海都是她的。”

而不是在那里，在冰寒刺骨的刑场上，永远停留在二十四岁，再也不能长大。

彼时，赵永智也已战死沙场。

惨淡的阳光照在血淋淋的尸体上，阴森恐怖。

成三姑娘被捆绑着带到和城大西门外的刑场。

日寇当着她的面，一个个枪杀被抓到的中国人。

成本华冷冷地看着这一幕，漆黑的眼瞳中难掩轻蔑。

有士兵大笑：“你个女人家非要参与到战事里来，这就是报应！”

成本华神情冷淡，一言不发。

她生来就不是菟丝花，她的骨血里流淌着华夏大地的血脉，是神州大地养育的女儿，是从小跟着哥哥们舞刀弄枪的成三姑娘，是神枪手，是战士，是故里的明月，长空的骄阳。

日本兵解开成本华身上的绳索。

刽子手说：“轮到你了。”

面前的女人只是眨了眨眼睛，毫无惧色。

成三姑娘先是轻轻活动了一下麻木的双臂，然后理了理凌乱的头发，双手交叉地抱在胸前。

她面朝着炙热的太阳。

……

良久，李塘轻轻合上了书本，向窗外看去。

时值中午，人间烟火气正浓。

街边小吃摊时不时传来老板的吆喝叫卖声；窝在母亲怀里的小孩子在温暖的阳光下昏昏欲睡；背着书包的学生三三两两闲逛。

李塘的眼睛沉静地凝视着阳光灿然的前路，步伐缓缓。

走出图书馆时，天是响晴的，一丝风也没有。

注：成本华（1914—1938），女，安徽省和县人。1938年初日本侵略者侵入安徽省和县，和县人民奋起抵抗，成本华指挥战斗，最终被日本侵略军俘获，她宁死不屈，视死如归，后被残忍杀害。牺牲时年仅二十四岁。

老　梁

赵俊翔（海洋学院）

老梁是幸福街道的一名环卫工人。

大概是十年前的一个风雪交加的冬夜里，街道办主任老张的媳妇，出门倒夜壶的时候，迷迷瞪瞪间瞥见一个佝偻的黑色身影，在雪地上蜷成了弓形，倘若那身影没有在微弱地起伏，可能那媳妇也不会被吓得连滚带爬地回家去把老张从睡梦中喊醒吧。

老张和他媳妇一起把那个冻倒在雪地中的人搬回了家，给他扶上了椅子，把火盆放在他的跟前，又给他披上了老张自己的大衣，这才让那个人的脸上恢复了些血色。在火光中，老张发现眼前这个人年龄应该不小，大概有六十出头的样子，比自己还大了几十岁，他脸上的皱纹就像黄土高原上的丘壑一样，纵横交错、沟渠分明。老张叫媳妇倒了杯热水，慢慢喂给那个人喝，渐渐地，他好像有了知觉，不一会，他终于缓慢地睁开了眼睛，他看了看周围，看了看脚下，摸了摸身上，他顿时明白了自己经历了什么，他激动地看着老张，嘴里不断发出“咿咿呜呜”的声音，但是老张听不懂他想说什么，那个人看着老张疑惑的神情，似是突然明白了什么，便在自己身上翻来找去，最后递给老张像是纸片一样的东西。老张接过来一看，那早已被风雪浸湿得不成样子的纸片上稀落落地写着眼前这个人的个人信息，虽然大部分内容已经看不清了，但老张从中明白了几点：一、这个人姓梁；二、他是个哑巴；三、他无亲无故，已经失去了他的家庭。这可让心地善良的老张犯了难：遭遇困难的人出现在自己的面前，但自己应该怎么帮助人家呢，住的地方倒是好解决，自己家里还有个闲置的库房，往地上铺一层干草，垫一块布，晚上把门窗关紧了，也是暖暖和和的。但是，要让人家一直白住在咱家，人家肯定也不愿意，得给他找点事做，让他可以不用心怀愧疚地在这里生活下去。老张皱着眉头思来想去，想不出街道上有什么能让他干的活。一直站在旁边的媳妇看出了老张的心思，她戳了戳老张，俯下身子，悄悄在他耳边说：“让他来做咱们街道的清洁工作咋样？”老张听了，高兴地一拍大腿，“成！”于是老张把他的想法都告诉了那个人，并问他愿不愿意接受这样的安排，那个人听后，先是呆愣了一会，随后他那双原本干涩的眼睛突然像是覆上了一层膜一样，变得水灵晶莹了起来，他凝视着老张，心怀感激地重重点了点头，之后便像个孩子似的哭了起来，那一晚，哭声回荡在整条幸福街道。

眨眼间，十年过去了，那个曾经倒在风雪中的人在幸福街道做了十年的清洁工作，邻里街坊早就对他熟得不能再熟了，都亲切地称呼他为老梁。老梁的清洁工作做得很细致，街道里的每个旮旯角落都被他扫得干干净净，找不到一片垃圾。以往的冬天，街坊们都把泔水往雪堆上倒，每天早晨，路过的人看到那些脏兮兮的雪堆，都忍不住要加快脚步，好像再慢一点就会被雪堆上的什么病毒缠上一样。但自从老梁挑起了街道内的清洁大旗之后，这些脏兮兮的雪堆总是在天亮前就被清除干净了，干净得像是从来没有人倒过脏水。街坊们都对他的业务能力称赞不已，所有人都问老张是怎么请到这么能干的环卫工人的，老张总是笑着随便找点理由搪塞过去，这条街上除了老张和他媳妇，没人清楚老梁的来历。

不知道是不是因为环境变好了，街坊待在外面的意愿也变强了，每当遇到一个阳光不错的日子，总有几个人从家里摆几张桌子、凳子出来，往上面放上盘子、杯子，盘子里倒满瓜子花生，杯子里倒满茶水，就那么三五个人围成一桌，边嗑瓜子边聊天，晒晒太阳吹吹风，那日子好不惬意。老梁有时也爱凑热闹，不过他不会说话，所以他只是听。开始人们不知道老梁是哑巴，于是也试着跟老梁交流，老梁听到有人跟自己说话，激动得“咿咿呜呜”，可惜别人听不懂他想表达什么，后来人们也就慢慢不理会老梁了，只是见着他来了就给他搬张凳子，给他递杯茶、抓一把瓜子放他手里，然后就又回到与其他人的谈笑中去了。老梁也明白自己的情况，所以每当这个时候他总是一个人安静地喝茶、嗑瓜子，对别人的聊天内容不太感兴趣时就抬头看看天空，看看不时穿过街道的小猫咪，就这样打发时间。休息过后，他把瓜子壳收集好，把杯子给人家洗好了放回去，双手放一起给主人家鞠一躬后就继续回到他的工作中去了。

老梁总是吃得很朴素，每天上午去街道里的包子铺买上几个最便宜的白馒头，用塑料袋包好了揣在怀里，干活干饿了就拿出来啃上几口。街道里有家卖面的，那家老板心疼老梁，总是隔三岔五就招呼着老梁来自己家吃面，不仅在煮面的时候给他多下一把，还在最后算账的时候给他少算点钱。老梁似乎也发现了这点，但他也不戳穿老板，只是每天多来清扫一下店门口的垃圾，还帮老板把墙上的小广告撕得干干净净。

街道里有个喜欢开玩笑的年轻人。一天，他叫住了正在干活的老梁，告诉他自己打不开水瓶，想让他帮自己开开。老梁听后，没有看那年轻人，只是默默放下了自己手中的工具，用身上的衣服仔细擦了擦自己的手，帮年轻人打开了瓶盖，将水瓶还给了年轻人。可年轻人又递给了他一瓶没有开瓶盖的水，老梁还是没有看年轻人，依旧帮他把瓶盖打开了，可这次正当他把水瓶举起的时候，年轻人将自己手中的水瓶与他的相碰，“干杯！”年轻人笑着说。老梁明白了年轻人的意思，猛地抬头，看着送自己水喝的年轻人，露出了真挚的笑容，满怀感激地接受了年轻人的善意。

老梁在工作上的负责细致、与街坊邻居们的和谐相处，都被老张看在了眼里，令他高兴的是，因为老梁，整条幸福街道里的人们与以前相比真的变得更幸福了，变得更会享受当下，享受自己的生活了，更令老张开心的是，自己的媳妇不久前刚怀上孕，自己就要做爸爸了！每每想到这，老张的嘴角都要翘到天上去了，自己和媳妇都快四十的人了，一直没有孩子，这谁想得到居然还突然怀上了，老张开心得逢人就夸自己的媳妇能干，给自己家添一个大胖小子，喜悦之情溢于言表，一切似乎都在向着更好的方向发展。

但又是在一个大雪纷飞的冬夜，意外发生了。

老张和他媳妇算错了预产日期，媳妇肚里的娃娃像是马上要在她肚子上破个洞钻出来一样，折磨得他媳妇痛不欲生，老张急得像热锅上的蚂蚁，离家最近的医院在好几十公里以外，街道里的人都不富裕，没人有车，自己也没那个体力，能把媳妇背到医院去，街道早上刚因为电路检修，把所有用电设备的电都断了，也没法打电话，到底该怎么办才好？就在老张绝望时，老梁听到了屋内的动静，赶了过来，看着眼前的场景，他立刻跑到库房旁边，把自己用来装树叶子、废旧物品的三轮车蹬了过来，示意老张把媳妇抱上车，老张明白了他的意思，此时也顾不上考虑太多，他赶紧和老梁一起把媳妇抱上去，尽可能让她以舒服的姿势躺在车上，为了保暖，又往她身上搭了床被褥，安顿好后，老梁先一步蹬着车往医院赶去，老张赶紧叫上街道里几个体力好的街坊，带上媳妇住院可能要用到的东西，骑上自行车也向医院赶去。

这一晚的雪下得好大，路上像是被铺上了一层厚厚的白毯子，老张几人只觉得蹬得异常的艰难，仿佛像是有人在前面推着自己的车，不让前进似的。蹬到中途，几人累得实在蹬不动，加上风雪变得更大了，再强行向前走怕是会遇到危险，于是他们不得不在路边一个废弃的房子里停了一下，等风雪小了点之后才继续上路。

终于，顶着风雪，老张一行人骑到了医院，当老张看到医院门口停着的三轮车时，他的心终于放下了一点，但他不敢耽误，马上冲进了医院，向护士询问自己媳妇现在在哪里。护士指引着他到了一间手术室的门口，让他在这坐着等待手术完成。看着手术室门顶上红色的“手术中”几个字，老张的心又提到了嗓子眼，不信神的他此刻也忍不住开始祈祷，并焦急地在门口来回踱步。不知过了多久，手术室门被打开了，从里头走出两个医生来，老张一个箭步冲上去，询问医生自己媳妇的情况，医生看了看他，面色凝重地告诉他："娃娃顺利生下来了，女人也平安无事，但是……"医生顿了顿，"那个骑三轮将女人送过来的老头没能抢救过来。"医生说完就快步离开了，留下老张一个人愣在了原地，只觉得老来得子的喜悦一下子被悲伤取代了，头脑里一片空白，久久不知道自己该做什么。

老梁是在春天被埋进土的，街坊们都参与了他的葬礼，每个人都因为老梁的离开而悲痛不已，大家都在互相讲述着自己心中的老梁的样子，也倾听着别人口中的老梁的形象。那个曾经与老梁开过玩笑的年轻人，哭着将那天他与老梁干杯的事说了出来，说完后，他声音颤抖地说道："我让他帮忙开瓶盖的时候，他没有看我，因为他不在意自己将善良给予了谁；我说要跟他干杯的时候，他开心地看向了我，因为他要记得谁把善良给了自己。"众人听完他的话，更是哭得想停都停不下来，尤其是老张，他用饱含着泪水的眼睛望着埋葬老梁的那块土地，几次张开嘴想说些什么，却总是被突来的哽咽打断，他强行吞咽了一下，张开嘴，颤颤巍巍地说："老梁，下辈子，咱们要是再遇见了，一定要成为好哥们，一起幸福生活一辈子啊。"说完，他便又哭成了泪人。街坊们的哭声，在那一天，久久地回荡在幸福街道上，没有消散。

四季北地

潘佳琳（经济管理学院）

在地大的三年多时间里，我见到了她无数个美得不可方物的瞬间。很久以前就想写一篇文字记录我在地大见到的四季，可总也找不到一个合适的时间——我总怕我的文笔和状态会耽误她的美。可转念一想，我想描述的瞬间又何止是人间不存在的完美，而我向来不是适合做文人墨客的。也罢，这次就当是我悄悄地觊觎吧。

一、北地的春

三月的北京很冷，新学期刚开始，我还活在冬天的厚重里。图书馆北边有一片小园子。如果不是我路过这里偶然抬头，我还以为整个北京都还尚在冬天呢！原来花花树树们已经瞒着我们在开会了。瞧，叶子还没长出来，白玉兰花就已经等不及，出来跟逐渐活泼起来的校园打招呼了。太阳已经完全落下去了，不过这里的灯光却正好应景。柔美的黄色映在纯洁白玉兰上。这时，构成这幅沁人心脾的画面的主角可不只是白玉兰了。她的花朵、她的枝、她的干，就连枝干的影子投在了后面的花上，都让我忍不住感慨大自然到底是怎样的能工巧匠！

怪我眼拙，科普了一下才知道，这位校园里的新露面的姑娘是重瓣榆叶梅。用“白里透红”这样的词来形容她总还是觉得词不达意。花心是不染一丝杂尘的洁白，花瓣那头又是让人眼前一亮地嫩到人心里的粉色。从花心到花瓣那头，是从纤细的腰身到绽放开来的裙摆。那一层又一层的、像薄薄的蝉翼，可哪有蝉翼会像这样轻软又温柔呢。她总能引起我的联想，如果有人把裙子做成她的样子，那一定会赢得天下所有爱美姑娘的欢心。

还好有抬头可见的花花树树的提醒，让我知道春天越来越近、越来越近。可是当我真正发现地大的春天到了的时候，大多数人已经穿上了短袖。地大的春天总是这样欲擒故纵，当你想要停下来欣赏的时候，你大概率是要再等一年了。

二、北地的夏

六月，我留在学校实习。夏日的校园让我知道了原来油画是真的来源于生活，而天空则是这幅画卷的核心，昭示着季节的魅力与辉煌。

夏日的天空是一片深邃的湛蓝，如同一汪清澈的琉璃，无边无际地延伸至地平线。炙热的太阳高悬其间，洒下耀眼的金光，仿佛一位明媚的天使，将希望与活力撒向每个角落。蓝天上，洁白的云朵如同棉絮般轻盈飘浮，有时犹如群鸟翱翔，有时又如一群童心未泯的气泡飘逸盘旋。

午后的天空简直是令人陶醉。阳光在蓝天上挥洒下一片金黄，将天穹铺上一层温暖的绸缎。微风掠过，树梢摇曳，翩翩起舞，吹拂着云朵流转，让人仿佛进入了一个梦幻的童话世界。阳光穿过云层，形成斑斓的光束，在地面上绘出一幅幅缤纷的图案，如诗如画，宛若一场天上的盛宴。

夏天的校园，尤其是那浩瀚壮美的天空，如同一场视觉盛宴。蓝天、白云、阳光与星空交相辉映，勾勒出了一幅幅动人心魄的画卷。在这炎热的季节里，夏天的天空为校园注入了活力和魅力，让人感受到大自然鬼斧神工的无限魅力。

三、北地的秋

深秋时节，学府园林如一曲悠扬的交响，枫树、白杨树与操场在大自然的巧妙搭配下，谱就一幅宛若油画的画卷，妖娆而典雅。

首先，枫树成为季节的主宰，其红袍佳丽如翩翩起舞的精灵，每片枫叶如艺术家的调色板，搭配出千变万化的绚丽色彩。金黄的阳光透过稀薄的叶片，洒落在地面，犹如珠帘一般点缀校园的每一个隐秘角落。微风拂过，枫叶如红色蝴蝶舞动，沙沙作响的音律仿佛是一场大自然的音乐盛宴，令人陶醉。

与此同时，白杨树则以其高耸入云的身姿，宛如一簇银箭贯穿苍穹。秋风拂过，白杨树的叶片轻舞飘摇，发出沙沙的低吟，宛如一场精妙的舞蹈。白杨树的树干是灰白的，仿佛是一位婀娜的仙子，静静注视着校园的一切。透过树叶的缝隙，阳光投下一抹温暖的光影，为校园增添了一份宁静而幽雅的庄重。

这个季节里，校园如同一座诗意的仙境。枫树与白杨树相互映衬，共同勾勒出一幅令人陶醉的秋韵。徜徉于校园的小径，宛如漫步在诗人笔下的境地，感受大自然的恩赐和校园的宁静。这一切仿佛是一曲高亢激越的交响曲，奏响着秋天的绚丽乐章，让人沉浸在大自然之美的深邃海洋中。

四、北地的冬

在寒冷的冬季，校园成了一片银装素裹的童话世界，而那些被大学生们巧夺天工堆起的雪人，则成了这个冰雪王国的亮眼之处。

白雪覆盖着整个校园，大地仿佛铺上了一层洁白的羽毛。树梢上挂满了晶莹的冰挂，仿佛精灵的项链，微风吹过，发出悦耳的清脆声响。这是一个梦幻的世界，被雪花点缀得如诗如画。

在这个冰雪王国里，大学生们化身成雪雕匠，用雪花塑造出一个个栩栩如生的雪人。他们在操场、草坪上挥舞着铲子，争分夺秒地创造出一个个富有创意的雪雕艺术品。有的雪人嬉笑着，仿佛在述说着冬日的欢愉；有的雪人摆出各种搞笑的姿势，引得路过的行人频频驻足，流连忘返。

雪人们各具特色，有的身穿五彩斑斓的围巾，戴着可爱的帽子；有的手持雪球，仿佛随时准备投入一场雪仗的战斗。他们在校园中摆姿，仿佛成了一个个欢快的守护神，为整个冬日的校园增添了一份童真与温馨。

而夜幕降临时，校园被柔和的灯光点缀得如同仙境一般。雪人们在灯光的映照下，仿佛真的有了生命，微笑着、舞动着，勾勒出一幅夜幕下的雪雕仙境。学生们在雪人的陪伴下，感受到了冬天独有的温暖与欢愉。

冬天的校园是一个梦幻而温馨的世界。雪花与雪人交相辉映，将校园装点得如同童话一般。大学生们用心塑造的雪人成了这个季节的明星，为寒冷的冬天注入了一份欢乐与温暖。在这片白雪皑皑的校园中，冬天成了一个充满活力与创意的季节。

一年又一年，我在地大的四季里流连。到了冰雪融化、人们褪去厚重衣服的时候，记得抓住机会，用眼睛拍下转瞬即逝的春天！

心 火

赵好馨（经济管理学院）

“莫问青山何所似，青山自当似青山。”

这是李铋来这个偏远山区支教的第三个年头了，他喜欢在每个充满阳光的悠闲午后写一些东西，一些能够抚慰他灵魂的东西。三十岁，作为一个青年人应当是成家立业的年纪，孑然一身的李铋还负担着母亲的住院费用；偏偏作为教师的工资是那么有限。生活迫使一个懒散的青年人具有了事业的“野心”，那微薄的补助加上升迁的机会就成了他眼下够得到的希望。

“哎呀，小李还在写啊！”刘颂军是这个山村高中的校长兼保安，还偶尔兼厨师。刘颂军提着一串用麻绳吊起来的猪肉，凑到李铋的书案前啧啧感叹：“要不说外来的和尚好念经，李老师你这东西写得我看不太懂，但是确实感觉有文化呢。”

李铋伸了个懒腰，眼睛被山尖漏出的阳光照得眯了起来：“随便写写罢了，今晚轮到谁做饭了？”刘颂军嘿嘿地笑着：“哪敢让咱们李大作家下厨，小的今晚给您做点好的！”李铋往地上唾了一口吐沫，这些年的耳濡目染已经将他和这座山村同化：“去你的，我少做了？”又不无伤感地回忆起当初用尽心力写作的文章被杂志退回的事情，在这座山村的人眼里，这样随便写写的就算是好词佳句了，也不知道应该为谁难过。想到这里的李铋忽然打了个哆嗦，山城的天气变得很快，天空的云层渐渐开始变厚了，也许很快要下雨。“啊呀！”李铋忽然惊叫：“今天要给小梅做家访的！”一旁的刘颂军抬起头看看天气：“唉，一会儿雨可不小，咱这山路你也知道，要不明个再说得了？”李铋站起身，边穿衣服边摇头：“那可不行，小梅三天没来上学了，她之前学习态度还挺好的。”说到这里顿了顿，接着说道，“学习成绩也很好，是有希望上重点大学的。”李铋很清楚，对于一个教师而言，学生的成果就是最直观的“业绩”，而业绩就意味着更进一步的可能，也意味着——钱。想到母亲的病历单，过年回家的冷清，城市蜗居的狭窄和面对异性的局促，李铋的眼神有些发狠，穿衣服的动作也快了几分。刘颂军在一旁默默看着，掰着手指头数，这位是这个高中迎来的第四个支教教师了，每个人眼神里都有类似的东西，他开始逐渐理解这样的心情：“中，俺等你吃饭。”

山村其实不存在什么村中心什么村边缘，彼此隔得比较远，按道理每一家都应该算村边缘，但是小梅家无疑是最“正宗”的边缘了。小梅家在山腰处的一个小水洼旁边，倒也算是方便取水。已经开始下雨了，李铋走在泥土路上，眼睛盯着鞋子上每走一步都会逐渐扩大的污泥印痕。那些支持他的东西好像一团团咽不下去的烈火在心口猛烈燃烧着，他大大地吸了一口潮湿的空气，努力平复自己的焦虑。远处已经可以看得到小梅家的小平房了，他逐渐加快脚步，视线也从鞋上移开。小梅的家充斥着灰色，灰色的水泥平房，灰色的水泥电线杆，灰色的铁皮棚子，灰色的大铁门。这一切在灰色的雨雾中竟然显现出几分和谐的美感。李铋顶着渐渐变大的雨，带着几分火气地拍着铁门，拍了好久居然没有人开门。“雨太大了。”李铋嘴里嘀咕着，伸手去摸铁门上面的钥匙。“还好山村每户都这么放钥匙，不然今天得淋死我。”

铁门打开后，李铋看着可以说是悲凉的院子和平房，快步走向屋子里。他马上皱起了眉头，因为里面充斥着腐败的味道。“有人吗？”李铋的火气变得更大了，但是这些烦躁的情绪下一瞬间就马上消失了，因为李铋很清楚，小梅的家庭条件可以说得上是吃了上顿没下顿，这样的家庭怎么会允许食物被搁置到腐败的状态呢？他站在昏暗的水泥平房内感觉身上开始变得越来越冷，手心也因为出汗变得黏黏的。透过屋里面带裂纹的玻璃，他看到了远处更密集更黑的云，雨要下得更大了。

屋里面似乎没有可以坐的地方，李铋实在不想坐在那一堆腐败的食物旁边。也许出门了？也许换地方住了？也许生病去医院了？腐败的食物有着无数种可能，但是泥泞危险的山路只给了李铋一种选择：等到雨停。人在独处的时候很容易胡思乱想，他回想起来了当初没能当上心仪学校教师的理由：“有足够的专业水平，不适宜作为教师人才培养。”要不是某个人的这句刁难评语，自己也不至于跑到这里来教书。李铋心口的火焰又开始燃烧起来，“好在还有最后一年”，他想到。而小梅就是他最后一年支教中不可缺失的那一部分。他攥紧了汗涔涔的手。门口响起了脚步声，李铋抬头看见了一个瘦小穿着蓝色工装的陌生男子拎着边缘满是锈迹的铁锹推开铁皮门进来。“你哪位？”李铋紧绷了身体问道，那男人抬起头露出一口常年抽烟导致的黄牙笑着说道：“俺是周咏梅他爹，俺叫张开，您是乡里来的老师吧？”李铋攥得更紧了，张开？为什么周咏梅的父亲叫张开？但是也确实不好细问只能涩声回答：“是的，我叫李铋，请问周咏梅她去哪儿了？”

眼前的男人摆了摆手：“哎呀李老师，你们这些吃官饭的不晓得俺们农民的苦啊。”说着舔着烟纸卷起一根卷烟递了过来，李铋示意不要之后他就自顾自地点起来接着说道：“俺们家这个女娃，天天闹着要读书也不干活，俺准备把她送去她三舅那边的电子厂，不仅管吃管住，一个月还发不少钱咧。”张开又嘿嘿地笑了起来。李铋没有选择劝说，他快速思考着现有的信息，张开不让周咏梅读书，周咏梅也没有被关在家里，那么她在哪？李铋回忆着来的路上观察到的一切，水泥房？铁皮门？对了！铁皮棚子！李铋尽力克制着自己的情绪，尽量正常地说：“这样，你们家也算是有苦衷了，我大概了解情况了。”说完抬脚就要往回走，打定主意回去找刘哥他们聚一堆人好好教训一下这个混球父亲。偏偏张开嘿嘿嘿地笑着凑了上来：“哎呀，说来也怪丢人咧，这个周咏梅是个王八蛋跟俺老婆生的杂种，俺老婆跟俺是二婚，感情没那么好啊，一点儿也不向着俺。”李铋的心口倒是没有燃烧的火了，听着此时此刻只有胃里的水翻江倒海。李铋努力地笑了下回答道：“我明白了。”但是眼前男人的笑容越来越诡异，嘲讽的感觉越来越明显。李铋努力地控制出更灿烂的笑容，视线转到远方的山尖尖上发现太阳已经下山了，再扯回视线的时候视野里就出现了挥动的铁锹。

李铋醒来的时候已经被绑在了椅子上，眼前就是脸蛋脏脏、眼睛哭得亮亮的周咏梅。周咏梅怯生生开口：“老师……”李铋打断了她：“你妈妈呢？”周咏梅愣了一下，回答道“去外地打工好久了。”李铋松了口气，也暗暗为自己的失职恼恨，这样的事情不可能没有苗头的，为什么没有早点发现。张开带着熟悉的憨笑出现在棚子里：“王老师，你可真是太小瞧人咧，你也不向着俺。不过俺不为难你，俺把俺闺女明天送走就把你放了。”李铋叹了口气，为自己的无能，也为张开的无知：“我姓李，非法拘禁是很重的罪名，更何况你还打了我，放开我和小梅我就当什么也没发生。”张开收敛了笑容：“俺明白俺做得不对，但是俺没别的办法咧；俺听说那上大学要不少钱，上了也找不到工作，这个去电子厂的机会俺还是托了不少人情才争取来的。你说要是一直供她读书，俺们家得穷成什么样子。”这个男人收敛起笑容的样子是那么疲惫和苍老，四十多岁的人居然已经佝偻了起来。张开接着说道：“俺们家闺女我知道能读书，但是外面人说读书好不顶用咧，读书好也找不到工作。”李铋张开口想说什么，但是却什么也没说出来。那胸口的火焰留下的烧伤此时剧烈地疼了起来，自己从小读书努力，大学也相对不错，但是偏偏在给母亲交住院费的时候是那么局促；一想到自己在纠结给母亲用便宜的国产药还是进口药的样子，李铋就恨不得给自己几耳光。李铋的沉默也感染了张开，张开放下来两个馒头就沉默地离开了。

李铋打破了沉默：“你还想读书对吧？”周咏梅的眼睛变得更亮了，重重地点了点头。李铋看着眼前脸蛋沾着泥土的女孩，转头看到了女孩身上的绳子居然系在了自己的手腕上。这里只有一个凳子，可能之前用来绑住小梅了，现在只能把小梅系在和凳子绑在一起的李铋身上。李铋盯着小梅有些出神，类似的眼神，对知识的渴望和对改变命运的野心。这种眼神他一点也不陌生，在重点初中，重点高中，重点大学里面充斥着这样的眼神。李铋自嘲地笑了笑也打定了主意；他接着开口：“小梅，老师可以让你接着读书，但是得考一考你现在书读得好不好。”李铋感觉自己好久没有笑得这么开心了，他真真正正感觉到了那种面对一个茁壮成长的幼苗内心被其旺盛的生命力感染的喜悦。李铋接着说道：“你得背过去，老师给你出几个古诗，你要是答得好老师就同意你接着读书，但是千万不能作弊！不可以偷偷转过来。”小梅用力点了点头转过身去。李铋看了看棚子的支架，有些失神地提问：“背诵《送东阳马生序》”。伴着小梅坚定标准的背诵过程，李铋狠狠地摩擦着自己手腕处的麻绳，雨声敲打在金属棚子上的噪音成了最好的掩护。“天大寒，砚冰坚”。李铋几乎有些绝望地发现自己不可能用这种方式磨断麻绳，但是好消息是麻绳已经有些松动了。“穷冬烈风，大雪深数尺”。李铋在绝望中使用了唯一的方式，蛮力。用尽浑身力气将手腕处狠狠踩住，用力地向上拔，胸口的火焰又一次炽烈燃烧，他几乎真的要咳出血来。为什么想读书的孩子会被这样对待？为什么想教书的自己被这样对待？手腕麻绳勒得红紫，皮肉和里面的骨骼吱呀作响让李铋流下一股股冷汗。“余则缊袍敝衣处其间，略无慕艳意”。李铋成功了，他的手好像雨中的花一样无力地垂下，不用天天写字了，他自嘲地想。“出去，找警察，去读书。”李铋用尽浑身力气尽量温柔地打断小梅。最后听见的是小梅尖叫和跑远的声音。

两个月后，小梅顶着美好的阳光来到医院探望李铋，看到了很多穿着西装的大人，他们非常热情地跟李铋合影。而李铋则热情地招呼她，询问她的功课。李老师终于看上去没那么有火气了，小梅开心地想到。

山那边的呼唤

付　蕊（土地科学技术学院）

初夏的阳光，灿烂而热烈，透过泛黄的玻璃照射到一个青年女子的身上。玻璃上有经久而难以清理的污渍，在她身上却映照出了点点花纹。她半长的头发被高高竖起，鼻梁上架着一副大框眼镜，穿着一件简单的白短袖，蓝色字体印着“爱心支教，传递梦想”，下方是黑色签字笔手写的“谢图南”，搭配一条浅蓝色的牛仔裤。她左胸前佩戴着党员徽章，站立着，整个人显得自信从容，更被阳光镀上了圣洁的金边。

谢图南面前是一张边角被磨得圆润的课桌，几本书摆放在桌角，书本很整齐，边角俱全，却有黄色的泥土痕迹，封面上写着歪歪斜斜的“沈图男”三字，一个女孩两手交叠端坐在课桌之后。灿烂的阳光被教室墙壁挡住，擦着女孩的脸庞而过，在课桌上留下一个光的三角，少女半个胳膊处在阳光之下，剩下全在墙的阴影之中，她穿着宽大的衣服，抬头与青年女子对视，教室里面所有人的目光都集中在她们的身上。

谢图南移开目光，一眼就看到了书本上的“沈图男”三字，她心头涌上一股酸涩。她看着面前瘦弱，眼神怯弱懵懂的女孩，一时难以回过神来。

她艰难地找回了自己的声音，挤出一个笑容：“这么巧啊，老师的名字出自一篇叫《逍遥游》的古文，‘而后乃今将图南’，寓意志向远大，老师把自己的名字分享给你，以后你也叫‘图南’，是志向远大的‘图南’，好吗？”谢图南弯下了腰，拉近自己与沈图男的距离。

太阳渐渐升高，一丝阳光偏移到了沈图男稚嫩的脸上，照出了她脸上细密的绒毛，让她感觉暖洋洋的，似乎有一颗种子，在这温暖舒适的温度下生根发芽，破土而出。又像是伴随着老师的声音，她的面前出现了一根绳子，让她发现自己原来处于井下，她拉上了那根绳子，听到自己轻声说了个“好。”

谢图南回到讲台，拿起粉笔，生涩地在黑板上写下“逍遥游”三个大字，细细看过教室中的每一个孩子，朗声说道：“在座的各位同学们，老师想把我的名字分享给你们每一个人，老师希望，你们每个人都能向南而行，扶摇直上，不被这座大山困住，去看看山外面的世界，自由自在，逍遥地去选择自己想要的人生。同学们，山的那边在呼唤着你们。今天是第一节课，主要目的就是我们相互熟悉一下，还有一些时间，老师给你们浅浅讲一讲这篇古文吧。”

“北冥有鱼……抟扶摇而上者九万里……朝菌不知晦朔，蟪蛄不知春秋……”

透过窗户，能够看到不远处有一片向日葵花田，金黄色的向日葵将开未开，沉默地望向氤氲着深重绿色的大山，阳光越过大山，照耀其上，也照到了花田前方飘动着的鲜红旗帜。

上完这印象深刻的第一课，谢图南沉默地回到办公室，办公室里还有着一股淡淡的刺鼻气味，桌上的笔筒掉了漆，办公室新刷的墙壁白得格格不入，红色的欢迎横幅还悬挂其上。

突然门被一把推开，一个男生推着两个女生，神色慌张地跑了进来。

“月月，阿舒，你们不是喊上思齐说上完课去拍向日葵吗，这是怎么了，遇到什么事了吗？”办公室里同来的一个男教师关切问道，其他人也都满是关心。

“我们俩刚去拍照，花田里面突然出来一个叼着烟的中年人，感觉流里流气的，那个眼神很不对劲，还一直追着问我和阿舒一些奇奇怪怪的问题，思齐拦了一下，我们感觉不对劲就赶紧跑回来了，还好出去的时候叫上了思齐。”月月看见了熟悉的伙伴，很快镇定了下来，对着同行的男生感激不已。

来这里支教前他们查过资料，看过相关的事例，也专门有过相关的培训教育，知道这是遇到了什么。

支教团团长很快将事情上报，但方才并没有发生更多，也没有什么其他的办法，他只能再次叮嘱女生不要独处，如果出去最好拉上男生一起，

所有人都更加留心，这件事情却仿佛就这么过去了，他们遇到的更大的困难是孩子们的基础太过薄弱并且沟通有障碍，而他们作为新手教师在教学中更是有些力不从心。以及，谢图南分享同名事件后大家发自内心深处的同情与深深的无能为力。

但意外还是发生了，在某天结束一天的教学后，星河璀璨低垂，明月却为一小片乌云遮蔽。

“你个小兔崽子，你在拍什么！造孽啊你！”

安静的黑夜被这愤怒的声音划破，而后再也无法恢复，浴室内正在洗澡的女教师们慌乱无比，手忙脚乱地穿上自己的衣服，男教师们也纷纷出来查看情况。

黑夜里，一个穿着蓝色工装，裤腿卷起的老人，正拿着锄头，追着一个中年男子四处乱窜，一个手机在慌乱之中被打落，屏幕上白色的四角方框亮了又亮，始终无法聚焦。

谢图南随意蹭了蹭手上的水珠，捡起地上的手机。一个头发还湿着的长发女生过来，看到后蹲在地上崩溃大哭：“那天花田里就是你，我就应该听爸妈的，我就不应该来这里。”

当天晚上很是兵荒马乱，众人一夜未眠，第二天早晨天蒙蒙亮时，一辆大巴车沿着土路开了上来。

已经有学生陆陆续续到了，他们看着操场上停着的大巴，心头涌起不安。然后，他们看见自己的老师们拉着一个个箱子，放到了大巴车底部，学生们站在那里，沉默地看着自己的老师。

突然，不知是谁起的头，学生们纷纷鞠躬，说："谢谢老师，我们不会忘记你们教给我们的东西，我们会永远记得你们的！"

老师们不约而同地停下了自己的行动，有的老师已经泪流满面，他们自发向前扶起了鞠躬着的孩子们。红色的旗帜依旧在天空中飘动，无声注视着一切。

谢图南扶起了沈图男，那个怯弱懵懂的女孩子已经彻底变了，她含着泪水，眼神却坚定无比，她对谢图南说："'朝菌不知晦朔，蟪蛄不知春秋。'老师，这是您教给我们的，若我依旧是只朝生暮死的蜉蝣，无所见识，不知外面的世界，听不到山那边的呼唤，那浑浑噩噩这一生便也就过去了。但我已经听到了远方的声音，我要试一试，去做那翱翔九天的鲲鹏，老师，您就是那将我托举而起的风。谢谢您，老师，谢谢您分享给我的名字。"

谢图南心头激荡，她突然意识到，自己给这个女孩带来了怎样的希望与新的可能。对话不止这一例，时间虽然短暂，但老师与学生们之间已经有了深厚的感情。可惜出了这样的事情，支教团是不可能留下了，只能抓紧这最后的时间互相告别。

大巴车摇摇晃晃地开走了，一路上扬起无数灰尘，透过车窗，谢图南看到，孩子们还在向他们招手，泪眼蒙眬中，她看到太阳已经升起，那片花田里的向日葵，正迎着阳光开放，微风拂过，掀起小小的金色波浪，红旗在上方闪耀。

对于有的人而言，这段特殊的支教经历不过是一段插曲，但在毕业后，谢图南却选择了回到那里。那里给阿舒留下了太深的阴影，她不理解谢图南为什么要回去。

"正是因为有那样的人，那样的思想，所以我们才去到了那里，才更应该去那里。'教'的是知识道理，为人处世原则，'化'的是愚昧思想，无知无礼行为。读书不仅仅是认识汉字、学会算数这么简单，更重要的是要在一撇一捺中得到思想指引，在加减乘除中锻炼思维逻辑。"

她沉默了一会儿，又对阿舒继续说："因为，山的那边，在呼唤着我啊。"

寻　昼

张君平（信息工程学院）

星河之上，烛盏漫天，点点柔和的明亮点燃温暖的夜空，一切的一切祥和着，波澜不兴。

但，那不应该是青春的主旋律。

所以，他们踏上征程，去寻找更耀眼的光彩，去寻找能褪去所有黑暗的刺眼阳光，去寻昼。

下课铃声响起，意味着早上的课程告一段落。兰凝晖收拾好书包，走出教学一楼。此时已是九月份的尾巴，天气渐凉，树上的银杏叶也隐约有了泛黄的迹象；但路上的学生们仍是活力四射，男生们、女生们三五成群，聊着、走着。兰凝晖背着包，看着人群来往，似乎与高中时别无二致。抬头看看天，没有一丝云彩，阳光洒在脸上，暖意无边。他摇摇头，加紧了回宿舍的步伐。

换好衣服，带好水壶，兰凝晖向操场赶去。一周一次的体育课，是他为数不多能放下包袱、好好发泄一下的时候。过往的记忆像烙印，也像诅咒。他决定不去想太多，反正跑道上不再需要他为名次拼搏、为班级奋斗，跑步只是他的一项爱好，仅此而已。大学的操场很标准，但在他看来却比高中的操场宽阔许多。而且更幸运的是，班里好像也不再有人能跟上他的速度，这也变相让他松了一口气。只是今天，天上那片辉光，一如往常有刺眼的感觉，带来了他不太想接受的事情。

有时候他也会想，自己是不是有些奇怪的体质，到底还是被下周五的运动会找上了门。不过好在，这次不非得在跑道上决胜负了。定向越野，这所大学的特色项目，正是他这次的目标。要不是杨老师热情十足，兰凝晖百分百不会去。

大丈夫一言既出，那就要适当加点运动量了。当晚，学校操场多了一个飞驰的暗红色身影，但似乎还有些犹豫的感觉。兰凝晖很清楚，过往那些败北于他而言尚不是过往云烟，他还需要更快，把他们的影子统统甩在身后。

今天天气晴朗，操场上人很多，想在黑夜里找到某人本来是很难的。但大概是天命吧，杨烜灵一下就认出了爸爸说的那个男孩。不只是“他肯定会夜跑”，不只是他今天的装束，还有“他跑得会很快，但你会觉得他还没用全力”。一边做着准备活动，杨烜灵一边想：“跑个步、比个赛，为什么想那么多？还说我以后会懂……”四年级小孩肯定想不明白，索性开始和队友们今天的训练。下周五就是决赛，他要向爸爸和别人证明，他在足球方面不输给任何人。“好球！”和队友们相互鼓励着，身着火红球衣的前锋好似一道灵动的流火，辗转腾挪间撕裂防线，先下一城。

纵使初中接触过足球，兰凝晖也没见过这么灵活的前锋，至少没在自己班里见过。兰凝晖拍了拍自己的脸颊，醒醒，你没那个天赋，再不刻苦些，怎么和对手较量？暗红的身影再次舞动，闪烁在人群里。这次，那道身影像是挣脱了些什么，但又好像还没有完全放开。

接下来的一周的晚上，兰凝晖都是在跑道上度过的。他每天都能看到那个足球少年，那道穿梭于绿茵场上的红色闪电。也不知怎的，他想起为什么自己喜欢跑步，想起自己以前也会偷偷做的梦。他不想放弃，但又总在跑动中感到莫名的窒息。运动会前的最后一天，他选择在校园里转转。再熟悉下校园，也为明天的自己蓄势。好巧不巧，路过操场时，他看到了杨老师，便上前打了声招呼。杨老师问起近况，他也不避讳，和杨老师说出了这两天自己的感受。

“你啊，就是想得太多。你说以前有过失败，但就算失败再多，你不去继续拼搏，胜利女神怎么会眷顾你？你才大一，二十岁还没到了吧，这就开始打退堂鼓了？趁着年轻，别想太多，尤其别怂，你们的可能性，比谁都多。”

于是，兰凝晖在运动会前一天晚上辗转反侧，险些失眠。

与此同时，杨烜灵也一样睡不着觉。一想到明天的决赛所代表的意义，他就感到心跳在加快，身体在渴望着在草地上狂奔。但不止如此，他还记得父亲对自己的叮嘱。

“安全第一”

不，不是这句。

“保持冷静。”

无所谓，只要有我的出色发挥，败者，只会是自己的对手。

黑夜笼罩着的世界，四处静悄悄，只余一轮明月，独自在空中冷清。倏地，一道光刺破天际线，如同漆黑无边的幕布不知被谁掀开了一角。

喧嚣笼罩着的操场，运动员们在起点整齐排列。观众席上，学生们为自己的同学和朋友放声加油，和足球场上那近乎死寂的安静形成有趣的对比。每个人心里都燃着一团火，那火焰在胸膛里发酵，兰凝晖甚至能看清每一片红叶下落的轨迹。并非心不在焉，但作为出发的最后批次，他需要比其他人多忍耐一会。抛去那些无谓的杂念，他只有一个念头。

他要让自己的步伐，像一条火蛇，追上前面的每一个人。

计时器“滴”的一声响，兰凝晖的世界，鸦雀无声。

另一片绿茵地上，小球员们身着蓝色与红色的球衣，对峙而立。球就在场中央，他们一会就要围绕这个球大做文章。但杨烜灵不这么想，他看着球和球门，就像看着子弹和靶一样。球，必至。“我也，一定会做到。”

哨响，球出，人亦出。

不需要思考与犹豫，不需要停顿和

喘息，兰凝晖掠过一点，转瞬就又冲向下一个检查点。不多时，高压的奔走节奏造成了短暂的缺氧，乳酸堆积，胸闷乏力。他很熟悉这种感觉，却要做不熟悉的放手一搏。路人眼里，看不见这道身影的半点迟疑，只见一抹似有无穷动力的红，和似乎慢半拍才到的大口大口的呼吸声。随着自己不曾间断地冲刺，他感觉眼中的地图似乎都要扭曲变形。但他不能停，他要把过往的失败一笔勾销，他要以自己的毅力与极速，撞碎自己身前的那堵高墙。他要让自己的可能性，在此刻绽放。

坚定的意志不会背叛自己的主人，兰凝晖只觉得一步再接一步，越接越是轻快，越接越是有力。充盈的激情灌注胸腔，冲上大脑，传达到身体的每一处神经，几近撕裂的躯壳如获新生。后来，他知道了这种现象的名字。

这就是，第二次呼吸。

与此同时，另一处野绿上，焰红与霜蓝激烈地碰撞着。分数死咬着，场上的每一个人都不敢松懈。这与杨烜灵一开始的设想并不相同。他心急如焚，带球向前过掉一个又一个防守球员，却总是不知怎的被打断节奏。他不肯就这么放弃，他要想尽办法夺回场上的主动权，他要赢！

但时间不会等人。倒计时，迫在眉睫。

周六晚上，残月空肃，冷风凛冽，小雨淅淅沥沥，飘落着打在地上的水洼里，引起阵阵水纹。雨滴也打在伞上，闷闷的声响和落在地上的噼里啪啦形成鲜有而自成和谐的交响，为夜的静谧作成一首恰到好处的背景曲。兰凝晖在学校中漫步着，他感觉比起阳光，现在的气氛更适合自己，有点压抑，却反而自然。

那块金牌，他妥善收好了。他也不会忘记杨老师的那席话，他真的很感谢能在那样关键的时候被点醒，找到真正的自我，突破极限，一举夺魁。随后，他突然想到了那个男孩，那天晚上看到的，在绿茵场上奔袭的少年。他的身影充满果决，也使兰凝晖充满了信心。鬼使神差，他向操场走去。

“不对啊，谁会在下雨天踢球啊……”

这样的念头刚刚萌生，他就没再继续往下想了。雨幕，正是那个少年的另一个舞台。整个操场，也仅有他一人在运动。他就在那颠着球，平平无奇，动作却有些不大自然。衣服虽然湿透了，却丝毫没有磨灭他运动的热情。他就像太阳，在星系的中央燃烧着，散发着光和热，给那些需要温暖与明亮的生命带来希望。

兰凝晖想到了些什么。

“好嘞，今天晚上也洗个热水澡吧！”

把伞扔到一旁，兰凝晖冲上跑道，每一步都带起点点水花。一边跑，他一边想，这和夸父逐日还挺像。只是这次，太阳不再是烤人的熔炉，更像是引路的灯火。少年们正以自己的方式，扬帆起航，去寻找独属于自己的航向，去寻找灿烂的光彩，去寻昼。

雪夜抒怀

刘朝戈（经济管理学院）

长夜难唤梦乡，只影孤月空房。
忽见素尘半贴窗，竟得天地银装。
寒霜独赏琼芳，没入万户锦囊。
一纸尺素一壶光，任凭思绪徜徉。
关外北国莽莽，沸血难热冰凉。
长白山傲雪欺霜，东北大兴在望。
遥想长城边疆，胡虏觊觎如狼。
飞将枯骨何处葬，大漠独话苍茫。
百岁千秋似浪，漫天卷地欲狂。
大王旗帜城头变，谁止兵戈动荡。
横空出世新党，浴血百炼成钢。
为民立命赞歌扬，改换天地模样。
吾辈当以自强，再续盛世华章。
长征大任天上降，愿许人民无恙。
壮志青年攘攘，同心协力昌旺。
众志成城共沧桑，中华万寿无疆。

国韵流光，岁月之谣

梁超然（信息工程学院）

回首千年岁月，静听华夏大地风雨沧桑，这一刻我终于明白，我所经历的不仅仅是时光的变迁，更是一段永恒的爱国史诗。

——题记

六十年前，考古学者第一次踏足江西万年县大源乡，他们的目光聚焦于境内的仙人洞，我的踪迹就此被发现，他们拂去我身上封存已久的尘埃，那一刻，一段独属于我的久远篇章缓缓展开，如同一本封存已久的古老经卷，终于展露于世。

初生之美

夜晚寂静无声，星光如钻般点缀着夜空，我躺于大地之怀，沐浴在寂静的宇宙之中，等待着那双古老的手。晨曦初现，充满智慧的祖先如母亲一般，用他们温暖的掌心赋予我生命，他们用心雕琢着每一寸土壤，操控着每一缕火光，将我送入熊熊火炉，经过一次又一次的蜕变，我的身体从柔软变得坚硬，在这生命的炼炉中焕发出深沉的光芒。他们用独具中华特色的图腾，勾勒出岁月的线条与痕迹，镌刻出古人对自然的敬畏与崇敬，记录下新石器时代的辉煌。于是，我成为他们智慧的结晶——瓷器。

瓷色天香

时间慢慢流逝，我穿梭在历史长河中，目睹了一幕幕变迁。

从农耕文明的萌芽，人们辛勤劳作的身影，耕耘着这片热土，开垦出一个个富饶的农田；到第一个中央集权制度的建立，秦始皇一统六国，铸剑山河，书同文，初步确立封建制度；再到繁荣的唐宋时期，那是一个灿烂的时代，文明的火花在华夏大地上绽放。汝窑瓷器声名鹊起，以素雅、大方著称，我以匀密的釉面和精湛的烧制技艺，成了宫廷和文人雅士的钟爱之物、丝绸之路的贸易代表。我看到无数文人墨客忧国忧民挥毫泼墨，用诗词将他们对民生疾苦的感同身受娓娓道来；我眺望驼峰之上的茫茫荒漠，驼铃悠悠响起，大漠孤烟之下，是一个个坚实的脚印连成的丝绸之路，我见证了不同文明的交流与融合。

时光的车轮继续滚滚向前，元代的官窑烧制工艺达到了前所未有的高度，标志着中国瓷器走向了巅峰。我成了皇室和贵族之间礼尚往来的珍品，代表着尊贵和高雅的生活方式。我是欢宴上的瑰宝，是文人雅士手中的陶笔，在这一次次的财富交换中，我已不仅仅是陶瓷器物，更是一种身份的象征，见证了社会贵族阶层的繁荣。

时光如梭，明清时期的景德镇崛起，让我再次焕发生机。作为“瓷都”的代表，我声名远扬，成了中国瓷器的代名词。同时，我不再仅仅是宫廷贵族生活的点缀，更融入了寻常百姓家。老百姓通过我，品味生活之酸甜苦辣，感悟岁月之冷暖深浅。我成为家家户户的一部分，见证了世世代代中国人的生活变迁。

守望华夏

然而，我热爱的这片土地，也曾饱经沧桑和烟尘弥漫的岁月，但是透过硝烟，我见证了一个浴火重生的民族，如凤凰涅槃般崛起。

清朝后期，统治者的昏庸加速了列强的蛮横入侵，摧残了这片古老而神秘的土地。当西方的探险者和商人驾驶着巨大的帆船穿越未知的大洋，他们所带来的不仅是新奇的商品和陌生的面孔，更是一场文化的碰撞。他们试图抹去我身上的瑰丽，将我融入他们的生活。然而，承载着几千年中华传统文化的我，作为几千年传承的文化遗产，无法屈从于异邦文化的风尚。

面对外来侵略，我见证了祖国的一片混沌。有人不顾一切地拼死抵御，为保卫家园，捍卫中华文明，义无反顾地奋斗；有人则黯然离去，怀着沉痛的心情，放下心爱的土地。每一滴流淌在祖国大地上的鲜血，都是对这片土地深沉的眷恋，都是为了将中华文明的火种传递下去。

至此，沧桑的岁月并未摧毁我的信念，尽管背井离乡，但我的心却永宿祖国。无论我身在何处，都是中华儿女的坚守者，如同千年古树，根植于中土，我携着历史的沉淀，透过千山万水，用心灵之眼，注视着祖国的每一个角落，见证这片土地的辉煌与沧桑，心怀着不朽的国韵，演绎着千年的华夏传奇。

国韵重生

岁月荏苒，硝烟散去，我看到了一个崭新的时代，一个独立自主的国家崛起于东方。

在这个阶段，科学技术飞速发展，瓷器的制作工艺也更加高超了，甚至有时不再需要双手，一件精美的瓷器就可以腾空出世。同时，人们开始反思，开始寻找自己的文化根脉，而我，一个在洋文中和祖国同名的物件，则成了代表一个国家的文化符号。

此时此刻，我深刻意识到自己是如此重要的存在。作为传承中华文化的使者，我寄托着几千年来的文明，传递着祖先留下的智慧。看到人们开始热爱自己的文化，开始重视传统工艺，重拾对中华传统的自豪感，我备感欣慰。在这个过程中，文物保护成了一项国家战略，我不再是单纯的瓷器，而是一个寄托着文化情感的艺术品，更是一个承载着历史记忆和文化底蕴的载体。

这片土地上，曾经有过烽火狼烟，有过屈辱和沧桑。然而，正是在这些挫折和困境中，中华儿女汇聚起坚定的信仰，捍卫了这片神圣的土地。如今是一个充满希望和机遇的时代，更是一个需要我们共同努力去守护和发扬传统文化的时代。

期许国韵如流光般继续在时代的舞台上奏响岁月之谣，愿中华文明在这片土地上永远绽放光芒，成为世界文明的瑰宝。

胆小鬼

尚羽彤（外国语学院）

他叫刘敢，听着像是“流感”两字，大伙打趣他的名字，他还乐呵呵地和大家说为啥他爸给他起了这么个名儿。据他所说，他爸是一个特别特别勇敢的大人物，做了很多别人不敢做的事，帮助了很多人，他爸的追随者那叫一个数不胜数。他爸希望他也一样勇敢，就给他起名“敢”，最后就成了“流感”。起初还有人听他讲他爸的勇敢事迹，奈何他老在宿舍里吹嘘，最后大家都懒得听了。

刘敢是我入伍以来认识的第一个战友，或许因为这个原因，我和他的关系最好，我也是队里最了解他的人。他有什么事都会和我说，大到队里的通知，小到鸡毛蒜皮的事儿，有时候我也会觉得烦，觉得他一个大男人啰里八嗦的，整天关注些没用的东西。对此，他丝毫不在意。

刘敢恐高，这是我们大伙一开始没有发现的事情。

这天，班长带我们到一个障碍训练的场地训练，场地中央立着一个好高的墙体，如果要到达终点，就必须攀爬。像往常一样，我们以最快速度通过前面的小障碍，到了高墙这里。攀爬能力好的人一下子就蹿到了墙头并跳下去，爬不上去的就互相拉扯着往上走，总归不会堵在墙这里。跑得快的人就回到起点开始第二轮训练。

刘敢跑在大队伍的最后，慢吞吞地来到墙这里。墙上的人看见他对着墙迟迟没有动静，以为他是爬不上来，伸手就要拉他上去，却被他躲开了。

“刘敢，干啥呢你，快上来啊！”

“你先走你先走，不用管我。”刘敢赶紧挥挥手让队友走，自己开始装模作样地往上爬地实际上却是原地踏步，眼珠子骨碌碌地转。

“你咋还在这儿嘞，走啊！”我第二次来到墙下的时候刘敢还在这儿，看我来了疯狂给我眨眼。

“嘘，你走你走，不用管我。”刘敢左看看右瞅瞅，生怕别人注意到他。

“你……那我走了。”刘敢看着我无奈离开，想继续在原地混，却没混过班长的眼睛。

班长拿着大喇叭喊他：“刘敢，干啥呢！往上爬，别叫我过去踹你！快点！”班长的声音震耳欲聋，我离得老远都一激灵，更何况刘敢。

“要得要得。”在班长虎视眈眈地注视下，他认命爬上墙，蜗牛都比他爬得快。

好不容易到了顶端，他竟然在墙

头坐了下来，两手扶着墙头，一条腿左晃一下右探一下，似乎在试高度，又像在找落脚点，但就是迟迟不挪地方。他的举动看得班长火冒三丈。

“差不多得了，丢不丢人！往下跳，别做孬种！”班长在墙下大喊，他在墙上憋得脖子通红，我甚至发现他在颤抖。

“有什么好怕的，这才有多高啊，一个大男人怕高，胆小鬼！”有人撇嘴，还想说些什么却被旁边的人打断了。“哎呀，你可少说两句吧！”

最终刘敢也没有克服恐惧跳下来，还是我们几个人把他解救了。自这天起，有些人就开始叫刘敢“胆小鬼”。但因为叫的人毕竟是少数，刘敢也心大，没当一回事。

让这个外号甚嚣尘上的是不久之后的一场克服对坦克恐惧的训练。

第一次见到真坦克，大家都特别兴奋，刘敢也一样。

班长为我们演示了今天的内容。只见一个坦克远远地向班长开来，坦克的速度很快，没一会儿就到了班长面前，班长不慌不忙地打量了一下坦克，选择了一块地方迅速趴下，坦克从班长身上压了过去，一片灰尘中我们看见班长毫发无伤，我们疯狂鼓掌，迫不及待也想试试。

大家一个接一个地尝试，轮到了刘敢。他在场上站定，他像班长一样趴好之后一直抬头盯着驶来的坦克看，大家还惊奇他这次怎么这么勇敢，谁知在坦克即将到达他身边的时候，他竟然爬起来往回跑。要不是班长和开坦克的同志反应快，就酿成大祸了。班长当场黑脸，大声训斥他，他什么话也没说，又领了罚回去了。自此，叫他胆小鬼的人越来越多。

训练结束后，我在宿舍楼道的黑暗里找到了蜷缩着的他。

“有什么可怕的吗？它的底盘那么高！”我恨铁不成钢，但凡班长慢了一点，他就真的出事儿了。

“我害怕我会被它压死，我只有这条命了，我不敢冒这个险……人死了就真的什么都没有了。”他抱着自己的头，闷声道。

“可是你是一个兵啊，你如果怕，你身后的人怎么办啊，你能保护谁？你配得上这套军装吗？”

“我知道，我知道……我在努力克服了，我在克服了。”他蹲在地上，双手撕扯着头发。

我看着他的挣扎，问他：“刘敢，你为什么要当兵？”

他沉默了会儿，开口道：“……我爸就是军人，他拿过二等功，受过表彰，他是个英雄。”刘敢声音低缓：“我也想像他一样，披上军装，戴上军帽，骄傲地告诉别人我也是个能带来荣誉的人，我也能为我们的国家做些什么，我也能成为英雄，但是我……不行。”

“话别说得太早，得不努力战胜困难，怎么知道自己不行？刘敢，别在这当胆小鬼，你好好想想你到底行不行！”

刘敢没说话，我也没再说些什么。

或许是我的话起了作用，刘敢开始正视那座可怖的高墙，我见他一次次尝试，一次次努力，直到最后可以完全靠自己完成这场与高墙之间的挑战。

几年的时间转瞬即逝，我选择离开部队，而刘敢选择继续留在部队。别人惊奇他的选择，但是我知道这是他的唯一选择。

虽然我离开了部队，但我和刘敢一直保持着联系，他还会给我分享他的生活，我以为这样的状态会一直持续，但是没有。

刘敢牺牲了。

战友告诉我的时候，我真的以为他在骗我。我甚至在心里斥责告诉我消息的战友，他是有多歹毒才会开这样的玩笑，明明上周刘敢才给我打过电话的。可当我站起身开玩笑似的给了他一拳之后，他只是抿起嘴，什么都没说，伸手拍了拍我的肩膀，走开了。

一股寒意从胸口涌出，一股热意从眼底升起。

我不知道此刻的我该有什么样的反应，有种脚踩不在地上的感觉，一切都太不真实了，好好的一个人怎么就……

听班长说，刘敢是在给人质挡子弹的时候被射中了要害，牺牲的。他那么胆小，连三米左右的墙都怕，怎么就敢扑上去给人挡子弹呢？怎么敢呢？

我一直恍惚，直到我收到了刘敢出任务前写给我的信。信拿在手里沉甸甸的，沉得我几乎握不住。我不敢打开这封信。

最后，我还是打开了信。一如既往地废话连篇，鸡毛蒜皮的小事儿扯了一堆，看起来一点都不像是离别前的信，信里充满了他的快乐和对我的想念。这一切都给我一种什么都没发生的感觉。

直到信都看完了，我才发现一小半张纸，没有写多少字，几眼就扫完了。

致我亲爱的朋友：

我要去执行任务了，班长让我们写信给家人，但是我想写给你。

这个任务好像很危险，我有点怕，你肯定嘲笑我胆小，但是我告诉你，这次我可没有退缩。我爸说，真男人在大事儿前从来不退缩，我是真男人，我怎么会退缩呢哈哈哈……

我的右眼一直跳，感觉会有不好的事发生，但我相信我这么命大的人，怎么可能随便就出事儿呢？

就算真出事，我也早做好心理准备了。在我选择留在部队的时候，我就有了这样的准备，我会像我爸一样勇敢，像他一样赤忱地守护我们的国家。我家里你不用担心，我爸在我小时候就牺牲了，我奶奶几年前也走了，没有什么人了。

如果这次我真的回不来，那我就是烈士，我做的一切都是有价值的，我没有辜负部队和国家对我的期望。到时候，谁提起我都要夸我一句，谁还敢说我是胆小鬼，哈哈哈。如果真的走到这一步，你不必为我难过。你继续坚守你的岗位就够了，就当替我看着这世界。

再见朋友，期待我们的再次相聚。

刘敢

透过短短的信，我仿佛又看到了刘敢那招人厌的笑脸。这一刻，我再也控制不住自己，哭出声来。

日子在继续，刘敢的牺牲似乎没在我的生活里激起多大的水花，我还像往常一样，按时按点工作，就像他说的那样，继续坚守我的岗位。就是时常会写些寄不出去的信，最后都收在了小盒子里。

虽然什么都没变，但我知道我肩上的担子更重了。我想在我的身上延续他的生命，无论是现在还是未来，我要用我的眼替他看着这平安盛世，我要替我们守着这盛世。

天地之间

沈诗芸（经济管理学院）

2023 年 12 月 15 日，双子座流星雨正如预测的那样如期降临，在中华大地的上空划过。原本寂静的深夜，骤然间迎来了狂欢。一对年过花甲的夫妻从屋里携手迈出，在人头攒动之间，银白色的发丝格外醒目。他们避开熙熙攘攘的人群，向旷野深处走去。他说："我好想知道，在太空看流星雨会是什么样子。"

他们是科学的浩渺星河中的一对伉俪，他们的名字在各自的专业领域中闪耀着光芒，如同天空中最亮的双星互相辉映，共同照亮了科学的天空。虽然他们的研究道路曲折崎岖、并不相通，但他们始终携手同行，用共同的理想和执着的追求书写着奉献的诗篇，为祖国的繁荣昌盛默默奉献着自己的青春。他们的爱情，如同他们对科学的热爱，深沉而炽热。他们的爱情，亦如同他们的科研成果，历经时间的磨砺，愈发璀璨夺目。

在广袤无垠的大地之上，在崇山峻岭的荒野深处，有这样一群人，他们是地球的探险家，用无畏的勇气征服了神秘的雪域高原，用坚韧的意志守护着大漠孤烟；他们也是时间的旅行者，能够用科学的眼光描绘出大地的历史画卷，用专业的技能解读出大自然的种种语言。他们就是地质工作者。日常的工作就像是一场穿越亿万年的时光旅行。这场旅行的地图是山脉、河流和高原，旅行的车马是锤子、镐子、罗盘和放大镜，沿途的风景是用脚步丈量的每一寸土地和用心灵感受的每一次大地脉搏。他们长年累月在山川河流之间寻找大地的痕迹，探索生命的源头；他们历尽艰辛在岩层中探索地球的秘密，从化石中解读着生命的诗篇。数百年来，一代又一代地质工作者的旅行版图已经遍布了地球的每一个角落：在炎热的沙漠中，他们研究风化和侵蚀的过程；在寒冷的冰川上，他们寻找冰河时期的历史遗迹；在浪漫与孤寂中，与烈日灼灼、高原雪山生死相伴。回望来时路，满是他们攻坚克难、砥砺前行的奋斗足迹。

有人说女地质工作者是地质行业里的荒漠甘泉，因为野外地质工作环境艰辛，一直都是男性的主场，鲜有女性的身影。但她就是这难得一见的女性地质工作者。上学的时候，她曾经无意间读过《天涯孤旅》这本书，里面描写地质队员在深山里采矿，在火山中采样，这样浪漫的场景在她心中埋下了梦想的种子。后来理想的光辉照进了现实，她如愿成为地质工作者，这一干就是 30 多年。“没有通电、没有自来水、没有电话信号，像原始社会，饭菜都是随身带馒头或者盒饭，中午地上一坐就开吃，半个多月都没得洗澡！”奋斗在野外一线的地质工作者大多都有过这样的经历，但是她认为选择地质事业就是选择奉献，能够为国家和人民奉献是自己的幸运。在她的眼中，每一块石头都有它的故事，每一层土壤都有它的历史。她喜欢静静地坐在岩石上，聆听它们的故事，感受它们的历史。她说，这是一种与地球对话的方式，也是一种理解地球的方式。有人曾问过她，作为地质工作者总是得说走就走，家里人不会有怨言吗？她却淡然一笑，没有停下手中的工作，讲起了她的爱人。

如果说她是大地的守护者，那么她的爱人就是星空的追梦人。自古至今，叩问星辰都是中国人的浪漫传统与执着追求。夜幕降临，星空璀璨，在这无尽的星空之下，无数航天工作者们凝视着深邃的夜空，心中充满了无尽的遐想。他们渴望揭开宇宙的神秘面纱，探寻那些未知的领域，而她的爱人就是其中一员。他是来自偏远村落的山里娃，小时候每天晚上都会坐在田间地头，看着天上的星星，听着外婆唱的摇篮摇，心中做着摘星星的梦。20 年前，神舟五号一飞冲天的消息传遍中华大地，他心中早已种下的航天梦的种子开始疯一般成长，一寸寸占据了他的灵魂与肉体。他仰望星空，立志要飞上太空。20 年来日复一日训练的苦他都默默咽下，只为了有朝一日能真正实现心中的梦想。20 年后，理想的光辉仍未照进现实，仰望星空的少年也没有如愿成为摘星星的人。他从大山深处走出，又向着广袤宇宙走去，这一路上少不了爬坡过坎之难、闯关夺隘之艰。“把生命中最宝贵的年华都献给了漫长的等待，你后悔吗？”有人这样问过他。他却给出了和妻子类似的回答：“能够有机会为国家和人民做贡献，这是我们的荣幸。”

在航天工作者的世界里，没有昼夜之分，没有时间的界限。他们日夜兼程，孜孜不倦地研究、试验、改进，为了实现人类的太空梦想而努力，只为在浩瀚的太空留下更多的中国身影。也正是他们凭借这样的信念破解一个个难题、克服一次次困难的进程，推动实现中国从航天大国向航天强国的跨越。前不久，搭载神舟十七号载人飞船的长征二号 F 遥十七运载火箭在酒泉卫星发射中心点火发射，载着空间站建造任务启动以来平均年龄最小的航天员乘组，实现属于中国激动人心的“问天壮举”的背后就是他们这些无数航天工作者同心的真实写照。

岁月不急不缓，时光不言不语。这些年来，夫妻二人在生活上相互扶持，工作上相互鼓励和交流，携手相伴，伉俪情深。当初刚生下自己的第一个孩子时，他作为重要的航天工作成员必须要去外地参与研究，他知道，自己的离去意味着妻子将独自承担起抚养孩子的重担。而自己，虽然渴望陪伴妻子度过这段艰难时光，但却不能放弃手头的工作。因为这不仅是他的使命，更是他对国家、对事业的责任。妻子深知丈夫这样东奔西走是为科研和二人志趣相投的事业，所以深明大义的她总是说：“放心去吧，家里有我。”而他对于妻子的付出也总是看在眼里，记在心里。当妻子在工作上遇到困难时，他也总是挺身而出，为她分忧解难。虽然两个人都是科研人员，工作压力大，时间紧张，但他们却有一个特别的习惯——在孩子熟睡后，他们会抽出时间，在深厚的土地上走一走，看一看天上的星星。那个时候，他们不再是忙碌的科研人员，也不是严厉的父母，只是两个普通的爱人，享受着彼此的陪伴。他们会谈论科研的问题，分享各自的研究成果和进展，互相启发，共同进步。也会谈论工作中的挑战和困难，寻求对方的建议和帮助，共同寻找解决方案。当然还会谈论一些生活中的琐事，比如油盐柴米，孩子的教育管理等。他们的感情就在这些看似平常的话题中日益加深，为科研献身的意志也在彼此的鼓励中愈加浓烈。

最好的感情是初见时的心动，相识时的欣赏和相爱时的守护。在人生的道路上，他们已经携手走过了数十载春秋。他们的脸庞已经被岁月刻画出一道道深深的皱纹，那是他们对科学的耕耘和付出的见证。他们的步伐也已经不再轻盈，但他们的目光却依然炯炯有神。岁月流转，不变的是他们心中依旧沸腾的热血和永不懈怠的精神。

又是一颗流星划过天际，那么明亮，像要撕开漫漫长夜。坐在小土丘上的妻子好似少女，松开了挽着丈夫胳膊的手，闭上眼睛，双手合十，许下一个关于大地、关于星空、关于身旁鲜衣怒马少年郎的愿望。

孩子们嘹亮的笑声从远处传来。他知道，太空的流星什么样他早已知晓。

心安处是故乡

夏听雨（经济管理学院）

人们常说："故乡容不下肉身，他乡安置不了灵魂，从此便有了远方。"小时候我总向往远方，去探索外面那一束束光亮从何处来，而当真正成为在外漂泊的游子，却难还故土。

我，是一幅中华绢画，大家都唤我"引路菩萨"。

思乡的风，带着它亘古不变的规律，将我的记忆吹回1400多年前——我出生的那个时代。在敦煌，我看见大将军率领义军，血流千里，伏尸百万，换取河西沃野，丝路遥通；我看见僧人身披袈裟，手持禅杖，开凿出第一个石窟；我看见一个道士打开藏经洞，本以为可以自此居于庙堂之上，受香火供奉，却不承想自此惨遭劫难，亲人们流落四方，耳边满是破碎声响，我们的家变得零落残缺。

打开尘封记忆的枷锁，只见满目荒凉。

印象里，家乡的风沙很大。房屋依山而建，气势雄伟；攒尖高耸，檐牙错落；外表朴实，内里惊艳。那时，我和佛陀伯伯、天女姐姐们共同生活在这雕栏玉砌、花叶生辉的极乐净土中，那有木制小屋，有青石小路，我们守着流年，幸福安康。可当宁静被打破，唯一的光束也随之消失。

一人一驴，便使一切美好消失殆尽。我至今仍记得他的模样，穿着土布棉衣，畏畏缩缩，一副不能再普通的道士模样，此后他便成为我们的"当家人"。

带着我们家族中的经文，弟弟不断东奔西走，他总是一副风尘仆仆的模样。也许因为他太卑微、太渺小，我们的生活并没有因他改变什么。直到……一个金发碧眼、长满络腮胡须的客人出现。自此，我们的生活被蒙上一层厚重的黑布。

故土从辉煌璀璨到遍体鳞伤的场景仍历历在目。周围的姊妹早已不像往日般嬉闹，落地的枯枝败叶像是陈年旧事的落幕，斑驳的墙皮在时间的冲刷下，变成了历史留下的独角戏。我和家人失去联系，在黑暗的马车当中，迎接无尽的黑暗。身边的伙伴几经流离，又几经转手也不得而知。

冷清又陌生的环境让我惴惴不安，不绝于耳的陌生赞叹更加让我慌张。我在小小的柜子里凝望着四周找寻着同伴。陌生的面孔，听不懂的语言，闪来闪去的灯光，从来没有过温暖。我大喊又低喃，微弱的回响却共鸣了答案。这里有三彩罗汉，有凤冠霞帔，有敦煌经卷，或苍老或年轻的声音都在诉说着回家的心愿。

代表着一朝鼎盛，铭记着历史绚烂，庇佑一方平安，也曾看遍山河万重，人间景象。而现在，却被置于劫掠者的殿堂，歌颂屈辱的过往。

住在这透明盒子中已经一百年，无数次隔着玻璃罩看到了故国来的人。他们都有着黑眼睛、黄皮肤，他们口中是我所熟悉的语言，更加重要的是，我能感受到我们相连着的血脉。我们距离这么近，近到触手可及，却又像隔着万千山海。

你们从中国来，我也是。像是穿梭了千年，这是穿越时间的遇见，我多想听你娓娓道来你的故事。现在的祖国，无论是袅袅炊烟，小小村落，还是崇山沃野，大江大河，都是我们最温暖的归处。那你呢，时代的风云什么时候可以载你回家呢。切盼已久，还未识庐，但神交已久。每每忆起那段痛苦的屈辱，痛心疾首，肝胆俱颤，不觉怆然泣下。今是盛世中华，无人敢犯；是泱泱大国，堂堂正正，如日之升，如月之恒……在人来人往中找寻着熟悉的面孔和语言，我努力想起回家的路线，谢谢你们，让我看到一些故国的样子。我想，如果思念有声音，那必将震耳欲聋。

屈辱二字如一声惊雷，震走了记忆上的灰尘，让我的灵魂战栗不止。我把凌乱的记忆像拼图一样，一片一片归位还原。看着同伴们有的已经磨损，欠缺，我不禁吟叹历史的痕迹。我们每天都反复默念冰冷的数字编号，从未放弃过寻家，那句回家是我们共同的呼唤。我们渴望带着积攒于心的厚重思念，回家相拥。

参天之木，必有其根；怀山之水，必有其源。如今，海外还有许多游子仍未归家。有人引路，心里就不会怕。驻留在西方的游子，需要庇佑的神灵。只是我这具老朽之躯，承得住偷盗者的歉意，却载不动故人留恋的目光。

梦里无数次上演着回家的情节，结束多年的流亡，回到儿时的地方。时间，在泥土里沉降，我相信总有回家的那一天，我们终会风风光光，堂堂正正地回家。

下一站，一定是归家路。

答　案

冀建汀（能源学院）

学长说，找个安静的地方，铺一张白纸，拿一根铅笔，写写，画画，可能会找到答案。

于是，米芒去了学校的一个公园。这里因为位置较偏，平常没什么人，风景却很好。

此时，阳光正好，风光无限。

米芒在想，这张白纸上自己可以填充些什么。写下自己的心烦意乱，写下自己孤身一人来到北京的无助怯懦，写下自己面对人情世故的无所适从，写下自己处理人际关系的不知所措，写下自己几个月来的委屈，写下自己走进大学的迷茫。

但，落笔……只是一个点。米芒不想在这张纯白的纸上留下丝丝毫毫的黑暗，米芒低语道："这张纸应该很漂亮，它不应该承受我莫名的怒火。"

米芒想写些开心的事情，起笔，停顿，落笔，停顿……米芒突然一阵烦躁，我究竟在干什么啊？在我闲坐在这里的时候，有人在投身于志愿活动实现价值，有人在自习室奋战夯实基础，有人在打一场精彩的辩论赛培养思维，有人在进行一场酣畅淋漓的比赛为学院争光，大家都在进步，而我……不进反退。

米芒又联想到了自己的舍友，每天宿舍教室两点一线，在教室昏昏欲睡，在宿舍沉迷手机：刷视频、打游戏、聊天，在周六日出去玩乐享受，再和朋友们聚个餐狂欢一夜，日子可谓"丰富多彩"。米芒不想过那样的生活，早上便在宿舍沉寂中早早起床，除去上课吃饭，便在自习室待一天，一直到深夜才回宿舍。米芒认为这样的生活会远好于自己的舍友，但，随之而来的，是长久自习不与人交流的自我封闭，是逐渐与舍友产生冲突与隔阂的自我怀疑，是负面情绪日渐累积的自我内耗。这一瞬，米芒似乎被全世界抛弃，她不知道自己究竟可以做什么来与世界重新接轨。

看着那纯白的纸，米芒恍惚间忆起了上周那场来自天空的馈赠：北京初雪。世界在一夜之间变成了白色，纯粹、圣洁。精美的雪雕作品在学校随处可见，人与人间的隔阂在此刻被打破。可以随意停留在一处，和正在创作的艺术家们畅聊，在精心制作的各雪雕旁打卡拍照；可以随意加入一个群体，和一群陌生人来一场酣畅淋漓的雪仗，偷袭带来的是一片欢声笑语，群起围攻和乱作一团是蓄谋已久的纯真幼稚。走在雪中必须小心，否则，一不小心就会踩到出自陌生人的大作，或是小鸡、乌龟、小狗、猫咪，或是圆润的雪球、漂亮的雪玫瑰、逼真的雪人。那是一个纯粹的、共享的、相熟的世界，珍贵的成果随处放下，爱惜的大作放心留下，无须担心它被破坏，过路人只会为它锦上添花。那晚十点，米芒从图书馆走出，听到了远处操场的欢声笑语，以围栏为界，一边，是学习、自习、考试，一边，是欢乐、嬉笑、无忧。她不禁走进操场，悄然游荡在众人周围触碰那种纯粹的快乐，静静窥视那一群群人类的童真幼稚。米芒轻轻地走来，又轻轻地走去。

回到现在，米芒在纸上画了一片雪花，慢慢地，静静地，小心翼翼，那样漂亮。

“我们高数又要月考啦，我能不能不考啊，要哭……”

是一个过路的小姑娘正对着手机说话，公园虽偏远但很是安静，打电话的人总会走过这里。

米芒一惊，考试，我也得考的啊。米芒不自觉写下“高数”二字，横竖撇捺，一笔一画。

高数，高等数学，极限、导数、微分、积分……说来也不难，但又难倒一大片。米芒是喜欢高数的，喜欢高数核心课赵老师讲课时的神采激昂，喜欢高数习题课马老师聊天时的语重心长，喜欢那运算背后的奥妙，喜欢那符号背后的深意。米芒还记得赵老师在讲 e^x 的导数时，说：“它是一个正能量函数，倘若充满负能，则无限趋于零，倘若充满正能，则指数倍暴增。你有多少梦想，在经过无数次求导的打击的阻难中，变得面目全非甚至于一无所有，e^x，抗求导打击，不忘初心，百折不挠，乃学习之榜样。”突然，米芒感到了一阵莫名的勇气与信心。

大学，意味着身份从孩子到成人的逐渐转变，意味着生活从学校到社会的逐渐转换，迷茫彷徨可以是常态，但，积极进取应是状态。米芒想起学长曾问：“我们为什么会迷茫？不只是本科生，博士生也在迷茫。那我们为什么会迷茫？”“是因为我们的热情，在于我们内心很纯洁、很美好的东西不知道如何去付出、去寄托、去奉献，在于我们不知道以后要把自己的一辈子、自己的人生、自己拥有的无穷的力量、自己具有的很高的价值奉献到哪里，这才是大家迷茫的一个重要的地方。”恍惚间，米芒好像找到了答案。

尼采有言：“每一个不曾起舞的日子，都是对生命的辜负。”然而。生活似乎更多的是在平淡中度过，忙忙碌碌，日复一日。只是在某一天突然回首往事的时候，发现自己早已起舞。我们要如何应对迷茫的状态？答案，似乎在每一个不曾起舞的日子里，似乎就在日常生活中。过好每一天，做好每一件事。

这张纯白的纸上，偌大的空白，填充着米芒已经度过的时光。未来，又会有怎样的图景呢？

而看到这里的你，又将怎样填充你的白纸呢？

凰 玉

胡毓靖（外国语学院）

“5200 万一次，5200 万两次，5200 万三次！恭喜襄女士拍得商代凰玉一枚！”

月光朗朗，玉璧清辉，重洋虽隔，洲际相遥，迷路的孩子终于听上了熟悉的乡音，失散的游子终于拥上了回家的怀抱。晨光熹微，雾气升腾，三千多年的玉佩依旧是那样的晶莹剔透，壁身上映出了一滴圆润，是露吧，是泪吧，是笑吧。千年的战火，不懈的坚守，凰玉啊，浴火而来，涅槃重生。

一

四国动荡，异族来袭，二者相争，终有一殆。

“王，西南异族蠢蠢欲动，疆界之上已然风起云涌啊。”“天下狼烟四起，到底是不太平了，是该杀杀他们的锐气，杀鸡儆猴吧！”大殿里朱瓦琉璃，高处的首座里郑重地伸出一指，“谷好将军，西南垂危，烽火频传，孤予你一凰玉，望你凤凰于飞，翙翙其羽，集众力，击蛮敌，即刻整军出兵，护国泰民安、举家安宁。”那在底下端站的人，一顿一顿地答着：“臣附命！宁殒身而不屈铁骑枪鸣之下，宁完命而捍卫百姓之欢颜。”那不大的身影里嘶吼出一声又一声的誓言，巾帼不让须眉，潇洒而又恣意。她接过那凰玉，一双英气的眸子里倒映着摩挲着羽翎的柔情双手，似有若无地吟唱着，“凤兮凤兮归故乡”。凰玉啊，我留恋的故土啊，我留恋的百姓啊，你会让我一直看见的，对吗？

西南边陲，黑云压境，一片颓圮的穹宇，四面萧瑟的山壑，八方寂静的群风。空中飘起了淅沥的小雨，它融入泥土，或清或黄或红汇成了一汩泉流。这是雨吗，是泥吗，是泪吗，是血吗，是恨吗，是愿吗？谁人知道，谁人讲得清楚，谁人又道得明白呢？只有那汩流的尽头静静躺着的一枚光洁却也混浊的玉佩，凤凰的羽翎上沁着斑斑红迹，可那凰身上“殒身不负家国”的拓印是那么莹莹晕晕，历历可见。在战鼓擂响时，在两军交锋间，她也许就是紧紧握着这凰玉，默念着“家、国、百姓”，默念着“天下大和”吧。四下无声，惟谥号“襄”回荡群峰。

二

“号外，号外！八国联盟，船舰不日便达天津港！”时局颠破，战火愈燃愈烈，国危矣，或湮灭于烈火，或涅槃于烈火！

“八国竟来得如此之快。国，终究是护不住了吗？物，终究是留不住了吗？”赭玉立于案前，痴痴地望着面前这一片宝藏，眉峰颦蹙，攥着毛笔的手不住地收紧，滴下的墨珠将那行“玉器回忆录”慢慢晕染开。不，绝不能，谁也抢不走这民族瑰宝，这比我的命还重要！那一片青灯、古佛、长卷、铜器中，唯有一件玉器不声不响地立在那，但它的思念震耳欲聋，她又找到了它。那是凰玉，一枚刻着“殒身不负家国”的凰玉，是赭玉从见到那一刻起就牢牢记下“殒身不负家国”的凰玉。烟云笼罩，船轰炮鸣，居一隅之地，护一国之宝，书一宝之史，总有人要站着冲破逆折，迎着蚕丛鸟道而出发，这个人为什么不能是她呢？鸾鸟鸣而生不息，国志在而勇不止。

“快跑啊！快跑啊！大兵冲进来了！恶魔，他们是恶魔，杀人不眨眼啊！”哭，到处都是声嘶力竭的泪；淌，到处都是跌跌撞撞的血；默，到处是家破人亡的惧。我还能看多久呢，我还能写多久呢，我还能守多久呢？但是又重要吗，我在就一定能守，我在就一定能成。城中的枪声未曾断绝，异国的嬉笑经久不息。挨家挨户的摔门声，陶瓷朱瓦的碎裂声，是那样的由远及近，邈远而来。来了，来了！那个单薄的身影就定定地站在门前，一如从古到今千千万万个挺立于天下山河之间的影子。眸间看不清任何的东西，耳间听不清任何的声音，只有那摇摇欲坠的身影，汩汩而出的洪流，撕心裂肺的“不要拿，不要拿，不要拿……”她的眼里滑落了一珠又一珠的清泪，顺着眼眶，滑过脸颊，滴进了那行“谷好将军镌刻此志于凰玉，殒身以为国”的记叙里，长眠而去，热血难凉。她守住了，也失去了：那方凰玉失散了，那群国宝失落了，但根永远在那，这颗舍己志为国志的种子终将破土。暮色四合之际，亦是黎明破晓时分；战火纷飞之时，亦是凤凰涅槃之日。

时光流转，战火的疮痍已经远去，国富民强的图景跃然纸上，失散的孩子们正找寻着回家的路。他们会回来吗？一定会的，一定，必定。

“谷好将军……赭玉……玉器回忆录……5200 万……襄女士……捐赠”，展览柜前的小女孩看着面前精美绝伦的凰玉，喃喃读着解说词，胸上的铭牌与灯光交晖，隐隐约约看到一个“谷”字，又似是“赭”，又像“襄”，谁又说得清楚呢，但听得真切只有那句“殒身不负家国”，一如既往的英气，一如既往的洒脱，一如既往的恣意，一如既往的赤诚。

跨越四亿公里的信念

刘祖方（地球物理与信息技术学院）

随着猛烈地颤抖，地下掘进机在轰隆一声中停止了前进，李锆猜想也许是机头的钻头碰到了坚硬的基岩导致无法转动。他慌忙地拿起控制台旁的联络器，将电话转到地面上的指挥部，试图报告掘进机出现了问题，但是无济于事，等待他的不是联络人员的回应，而是嘈杂的电信号噪声。他知道现在出了大问题，可是自己一人，该怎么办?

杨毅笨拙地从屋顶上跳下，落地并没有很大的声响，但他还是差点摔倒了，扬起了不少土灰。“都怪这宇航服太笨重了！”他心里默默念叨。他急忙地挪动身体到达了一个洞口，在那里，一辆履带式车辆停在那，似乎在焦急地等候着杨毅的归来。杨毅赶紧从门口的机器臂中拾起门禁磁卡，重重地拍在了镶嵌在白色合金壁上的感应器，灰尘扬起。门缓缓地向两边打开，杨毅和机器人争先恐后地冲进了门内。咚的一声，门重重地合上了。

2224 年，地球联合国决定了向深地、深海、深空进行载人探测勘查，旨在发现其蕴藏的能源、矿产等资源，收集可贵的科研资源，团结人类提高凝聚力。杨毅身为执行过载人登月行动的指令长、李锆曾在月球科研基地生活过六个月，以他们的履历，通过层层选拔，顺利进入到执行时间长达一个火星年的火星探测任务中。虽然火星在距离地球最近的时候只有 5600 万公里，可是当二者分别位于太阳两侧时，则有着足足四亿公里之长。更可畏的是，信号会因为太阳的阻挡或引力弯曲导致二地无法有效通讯，使得位于火星的基地与地球断联。不过他们深知这次机会的来之不易，组织选择了他们代表着对他们的信任，他俩心中也明白这次火星探测对人类有着莫大的帮助，不能畏缩。由于火箭负载和燃油的限制，飞船和基地中的生命维持装置只能保证两位航天员的生存，这次任务由杨毅和李锆来担任，在他们到来前，火星基地已经由机器人建造完毕。

历经 7 个月，二人到达了火星，并通过着陆器降落在基地附近。一辆漫步车缓缓驶来，停在了着陆器的旁边，6 个轮子的悬挂渐渐弯曲，杨毅李锆一起跨上车，坐在位置上，前往基地。四周砾石遍地，一望无际的红褐色沙漠延伸至地平线之外，偶尔有几座小山丘堆在远方，它们守卫着这片名叫乌托邦平原的地方已经有数亿年了，仰望天空，太阳光将天空染成红色，没有任何生机，一切都是死一般的寂静。二人在不太颠簸的车上没有多少话，此时，火星到地球没有所谓的实时通信，因为光需要花费 32 分钟的时间才能在彼时的地球和火星之间来回一趟，在火星，他们只能靠自己……

漫步车缓缓停在了一座山丘南边几十米的一个不起眼的土坡旁边，放下了二人，自己径直朝山丘驶去，在山坡那里有一个库门。在漫步车接近的同时库门开启，里面黑洞洞的，在它进去之后，库门又自动关闭了。

“那个是我们要用到的机械库房，为了躲避沙尘暴的太阳磁暴建的，我们要用的大型机械都在那里，它们建得可真好。”杨毅说。

“咋进去呢？”

“你跟我来就知道了，记得记住我咋做的。”

杨毅带着李锆来到了土丘南边，那里是基地的入口，一个机械臂孤零零地耷拉在地上。杨毅打开手上提着的工具包，用其中的磁卡将合金门打开，二人暂时安全了。

“火星的磁场很薄弱，经不住太阳风的摧残，又有许多宇宙射线能够乘虚而入，如果基地建在地面上我们的健康会受到它们的威胁，于是乎，你和我就在地下了，这里距地面得有五六米。”杨毅说着把包放下。二人在入口内的密封舱中脱去了宇航服，再进入了又一道门，才算真正在基地内部。

“据科学家猜测是因为火星的地核冷却了，不能产生像地球金属外地核所激发那种强大的磁场，我上个月还听说，地球在十亿年后也会变得像火星似的，因为地核的原因，这次来我倒要搞清楚是为什么。”

“地球那二氧化碳排放量，虽说几十年后要实现全球碳中和，不过我现在可没看见一点停下的迹象，不变成金星似的烤炉就不错了！”

二人聊着便开始打理基地，为接下来的科研工作紧锣密鼓地准备着前期工作。

8 个月后，二人已经对接下来的载人地下勘查做好了充分的准备，杨毅负责地面上的指挥与联络，而李锆作为驾驶员，在这次任务中，将成为历史上第一位进入火星地下空间的人。

机不可失，乘现在天气晴朗，与地球的通讯窗口还有数天时间，二人收到了来自地球的开始任务的指令。

李锆来到库房，钻进挂在空中的掘进机，由机械臂将其垂直于地面放置。按照既定计划，李锆开启了前进钻头，随着机械臂缓缓放下，掘进机撼动着大地，进入了地面以下。

杨毅注视着基地内的显示大屏，上面显示着关于掘进机机能状态和李锆的生命体征。任务进行得很顺利，计划对地下50米的空间进行地质勘查，并借此打出一条更深的洞穴，为今后的基地建设做铺垫。而现在机器已经位于地下 34 米的深度，预计还有两天的时间就能完成。

时间慢慢地流逝。

在地下 38 米，李锆的掘进机突然停止工作了，他联系不到杨毅。李锆害怕是不是基地出了安全问题，比如密封泄漏，或者被陨石砸中了？他心里很害怕，十分担心杨毅。他应该做些什么摆脱这个局面？

砰，机器的后舱门被猛烈地打开了。

李锆穿着保护服，从里面艰难地爬出来，与地面呈 68° 角的坑道显然对于李锆来说是不可攀爬的，但是好在掘进机机尾与仓库之间连着一条由可伸缩的缆线，李锆在腰上绑着一个由齿轮组合而成的机器，可以嵌套在缆绳之上向上移动，这是为了紧急避险所打造的。

李锆借助头灯，看到地层居然是由一层一层的沉积岩所构成的！近近观察，是类似石灰岩的构造。他难以想象在火星这么恶劣的环境下，是如何形成这样的沉积岩的。忽然联想到火星在 30 多亿年前的诺亚纪是相对湿润的，科学家们猜测在那时，乌托邦平原是一处广袤的海洋，这一切就说得通了。一层一层的岩层诉说着火星过往的辉煌历史，让李锆不禁痴迷，“以后一定能找到复原火星的改造手段！我要为之后的子孙的到来，奠定坚实的基础。”李锆心中念到。

“咦！这里的缆绳有一道缝隙。”李锆惊讶地发现，“这也许就是不能和杨毅联络的原因吧，不管怎样，赶紧上去看看情况，不能拖沓了。”

杨毅身后的显示器显示，轨道中的卫星发现了有一突发性的沙尘暴发生于距离基地北方 17 公里的平原处，现在正在以大约 14m/s 的速度朝基地方向刮来。

“坏了！”

一个月前，基地的核动力电池因为某种因素而停止产电，现在地球正在研究如何修复，而基地的燃料电池为了支持地下勘查全部安装在了掘进机上。现在基地的电供应完全靠基地外围的太阳能板阵列供应，若是沙子覆盖住了它们，基地就没有电可用，二人的生命会因此而受到威胁，杨毅必须在沙尘暴到来之前掩护好太阳能板，此事不可拖延，杨毅匆忙将此消息传给地下的李锆，没有留意他是否回复就赶出门了。

一辆小车跟着他，载着要用到的工具。占地足足有半亩的太阳能板阵列，这够杨毅花费一段时间来忙活了。

忽然，远处乌压压一片灰尘渐渐从地面上升起，变大，变大，再变大。是沙尘暴！

杨毅注意到了，但是手头的活不能停下。要为了基地的安全坚持完成任务。

“还有 40 块太阳能板，快点，快点，快点……”

“39 块。”

“38 块。”

……

“还有最后两个在土坡上！小车快来！”杨毅恨不得抱起小车跑。

沙尘暴还有目测不到 1000 米的距离，只有一分钟的时间了。杨毅抱起两块保护罩，小车立马回到了基地门口。杨毅艰难地爬上土丘，套住一个，固定好，再套住最后一个，固定住！

啪，基地的灯亮了，杨毅回来了。一个人影从地下通道闪出，杨毅受了不少惊吓。定睛一看，居然是李锆。保护服上布满岩屑，而杨毅，满头大汗，站在门口。

二人没有多言，走到一起，紧紧拥抱住对方。他们心里明白，对方为了这个基地，为了火星计划，付出了什么……

寻找我的师傅

邓泽锴（地球物理与信息技术学院）

一

我，阿锴，一只猫，黄的，离开山脚旮旯，自从一岁零两个月至此地寻找师傅，已经一月有余。

初来乍到那会，我还是只纯正的白毛猫。提及当时的心境，似乎是欢愉的，自由的，又藏不住一股羞涩与拘谨。我想大步奔走跳跃，又不好意思撒开脚丫子；我想向路过的每一只猫喵声招呼，嘴角却哆哆嗦嗦不听使唤。不知道为何，也许是真的，抑或是假的，我是觉得周围那些灰毛、黄毛、棕毛、黑毛的大猫都在注视着我，从日出到日中，始终在注视着我。我思索着自己的行为大概是不甚得体，也可能是还没摆脱山里带来的乡土气味吧。

猫不少，当中也有一些白的，他们都有自己的事情要忙。阳光是金灿灿的，也散发着一种新鲜的金色香气，直直往鼻头里冲。我的思绪也被这不一样的振奋气息领到更前的地方。

我想，我此刻已经脱离了巴巴嗯妈（爸爸妈妈）的控制，也就算是一只无比自由的猫了。我自然是欣喜的，毕竟我打从 6 个月起就想着过这样的生活了。但我来此地不是为了摆脱谁谁的控制，而是为寻个师傅，正如巴巴嗯妈口中的：“锴锴应当觅过师傅，习点本四（本事），今后谋过（个）好过活。”我觉得这个任务并非能难倒我，毕竟我从小便经常被当作“别人家的猫”，大家伙都称赞本猫的聪慧头脑与学习天分。我对于自己的猫生还是相当自信的。

但巴巴嗯妈总是觉得我贪玩，给我寄来的信也只有两种颜色。一种是蓝色的，问我盘缠够否，衣裳暖否，饭菜香否；另一种是红色的，教我不许贪玩，不忘理想，不负韶华。这信封的颜色倒是我所喜爱的。但信里头，他们一面说：“玩安屋伢子（我们家孩子）狠心干啥四（事）都能干成。”一面又怕我寻不得师傅、习不到本领，这矛盾，是我极难解读的。

突然，一声吆喝催我想起来该继续往前走步了，我便似乎知道往哪走似的往前行去。那吆喝声听得似乎是挺熟悉。迅速地行上三两步，我发觉到自己大抵是走错路了，因为前方正是一群大大小小的母猫斜瞄着我。我开始有些许慌乱了，便急切地渴求寻着那吆喝问问路。但吆喝声没了，我也只能愣在原地了。我等到了天黑，等到了午夜。不知是在哪个时辰，在我即将酣眠之际，吆喝声突然大了一倍，将我猛地惊醒——“欢迎学弟学妹！”

二

我揉揉眼睛，发现自己正躺在雪地上——还是早晨呢。身边谁也没有，没有白色的或者各种颜色的猫盯着我，也没有谁乐意在这吆喝，总之就是谁也没有。我看了看自己，突然想起来，我现在已经是一只灰毛猫了！我是不再能像那会一样在雪地里把自己变没了的！那为啥周围还是没谁注意到我？大概我已经不再与众不同，而和那些大猫一样了吧。这应当是件好事，融入集体总不会错。

我大早晨怎么会躺在雪地上了，我又是何时躺在这儿的？想到这，脑仁子开始晕晕乎乎的，大抵是没恰（吃）早饭吧，我现在得去美美地逮他一顿。

于是乎我来到了带雪的街上，却发现前边的路已经被大大小小嘈杂着的一群猫给堵截住。走上前去，发现他们正围观着一只白色的大猫。

那大白猫简直似雪一般白。正有一束金光撕开了层层灰云，划破整个雪天，直直地披洒在他身上。我感到莫名的敬畏，又感到一丝亲切，眼神不自觉地被他填满，又变得痴狂。我在哪见过他。大抵因为没吃早饭，我那脑瓜格外笨拙，却怎么忆也忆不得。

突然，那只大猫死一般地盯住了我。而又是刹那间，其他所有大大小小的猫也猛地转过头，死死一般地盯死住了我。

我想逃。但我的腿却不逃。或许是我不该逃。

我深知自己已经不是一只怯弱的猫了，我好歹应该说些什么，再不济也该轻轻地喵一句。然而当我想发出点声音的那一刹那，所有的猫都一同朝我大叫起来：“白猫！”

三

我惊跳起来，把身旁的黄猫兄弟吓了一跳。我挨了他一记拳击后，从桌子起身来。现在是早晨，身边的黄猫是我的同窗，我们正在迎新，迎接那些陆陆续续新来的雪白的小猫。

“一个月前，我们也是白猫啊，现在咱怎么都成黄猫了呢，真是件有趣而奇怪的事啊！”身边的那匹黄猫如是道。我又打量打量了自己，果真是黄色的。他又拍拍我，告诉我道，我有两封信，一封蓝的，一封红的。

我拆开蓝的，是嗯妈寄来的：锴锴，嗯妈齐儿（昨天）梦里头又看到锴锴回屋哒。锴锴的毛是不是变黄了哟，和嗯妈那时候一样，嗯妈都不认得你了……你港（讲）那边的饭不好吃，要吃嗯妈弄的饭……巴巴阿妈在屋里好想你哟……锴锴是最棒的，锴锴要相信自个儿，没得四是锴锴奏（做）不到滴……

我像是心事被发现，觉得不可思议，又觉得后背凉凉，有点后怕。

我抖了抖身上黄色的毛，醒了醒神，又颤抖着拆开红的那封，是巴巴寄来的：锴，昨天夜里梦到你了。我看到你的毛发变成黄色了，如果是真的，也别担心，这是正常情况，和当年嗯妈一样。你说，最近压力好大好大，我不知道是不是真的。我知道男子汉总是想把事情做到最好，对于寻师傅这件事，我虽然十分相信你的能力，但凡事只要尽力就好，没必要给自己太大的压力，不论结果是好是坏，爸妈总是欢迎你回家……

我的眼前突然一黑，什么也看不得，什么也听不得，我堕入了一个深渊……

在这一个月里，从白猫变成灰猫，又从灰猫变成黄猫，明天，我又会不会变成一只彻彻底底的黑猫呢？到那个时候，巴巴嗯妈还认得我吗？我对自己妥协了吗？对巴巴嗯妈说谎了吗？值得巴巴嗯妈的牵挂和希冀吗……我还是一只意气风发的猫吗？还是一只与众不同的猫吗？我在这一个月里想过这些吗……

是从云迹中杀出唯一一道金光，温柔而强烈，撕开了我的眼。我却发现自己正被一群大大小小、花花绿绿的猫给围着。更意外的是，我成了一匹大白猫。

我脑里一直嗡嗡作响，却还是能从猫群中反复地听到“师傅”二字。似乎群猫都想着拜我为师。我只想逃离这个现场，但余光中突然出现的一个身影却让我无法移动——那是一只灰色的猫，身上还沾着些许细雪，正痴迷地望着我。

我的眼神一瞬间便钩在了他的身上。我想告诉他什么，又不知道该告诉他什么。而刹那间，大大小小的猫也都旋过头去，将眼神死死刻在了他身上。只见他们突然开始疯狂似的嘶叫着：“白猫！”我耳中一阵尖鸣，竟然发现自己也正不受控地喊叫着：“白猫！”

四

“你疯啦！”身旁的那匹黄猫急促地拍打着我。据他描述，我拿着两封信，就直直地杵在那一动不动。而后突然开始痛哭流涕，也不擦。哭了一小会，突然喊了声“白猫”，他担心我出了问题，才急忙着把我拍醒。

我笑了笑，告诉他我没事，又望了望自己的黄毛，里头有一些已经变黑。

我继续着自己的工作：“欢迎学弟学妹！”突然，一只雪白的小公猫慌了神似的地朝小母猫们的宿舍奔去。我想喊住他来着，但突然心生一种熟悉感，愣了神。待到反应过来时他已经不见了，我也只能撇撇嘴，继续我的迎新工作了。

不知不觉中，金灿灿的阳光从那些小白猫进来的门口往里射过，正巧透过某处缝隙射在我的身上。我仿佛又嗅到了那股金色的振奋气息。

犹记得，一个月前，我披着白色的毛，被卷在猫流之中，从阳光灿烂的地方寻来；而现在，我的毛已经斑黄，却只想逆着他们的目光，向阳光明媚的地方奔去。

五

晚上，我照常入窝。不寻常的是，月光透过窗纱，洁白无瑕地在我的身上游动，似乎在抚摸着我，净化着我。在这月光下，我的毛发全被洗涤成了雪一样的颜色……我喜欢这月光，我想带着这月光回家乡看一看……

我看到了嗲嗲娭毑和巴巴嗯妈，我果真是雪白的，他们认得我，趴在我的耳边旋转着轻喃：“伢子吆，外头的天空宽敞得狠哟，锴锴只管往外闯哦，去山外头寻个师傅学得点好本事，而后寻得个好过活哦。莫念屋里头哟（别想家）……莫念屋里头哟……”

……

我，阿锴，一匹白猫。在离开山脚旮旯的一个月后，我确切无疑地寻到了我的师傅。他或许并不存在，但我确是见过了他。

他只告诉了我两个字——“白猫”。

缺失的一角

马力嘉（信息工程学院）

怎么样去形容这种心情呢?

像圆圈失去了小小的一角，虽然能在柏油路上随风前行，但不经意的缺口颠簸了往日的恣意。

像被水壶倒满的水杯，溢出一条沿杯壁向下漫流的痕迹。

像阴云密布的天空逐渐转晴，但一朵不起眼的乌云缓慢了时间。

像生动的有血有肉的灵魂，听见远处悠长的歌声，随之若隐若现。

像夏日里被汗湿透的皮肤，因突然起的一阵微风，激起寒意。

像不小心进入鞋底的石子，硌脚但不至于要命，但又时刻提醒着它的存在。

像许久未见的朋友，突然被想起。

是过往，是曾经，是遗憾。

好像生活还是很美好，只是不经意的过往被记忆捕捉，水面上的波光粼粼慢慢褪去，紫色的忧愁吐着泡泡缓缓浮现。空气中弥漫淡淡的忧伤，却不能让你彻底窒息。

像是得了慢性病，每天按时吃药，让你以为它已经被完全治愈。有一天，你忘吃药了，它平静地来了，不至于让你痛得崩溃大哭，但也算是一种无法忽视的折磨。

我的岁月里，有很多遗憾。或者说，人的一生，遗憾是底色。

小时候，老师在讲台问，谁知道这道题的正确答案。我的心怦怦乱跳，像是上下胡乱弹跳的乒乓球。大概是心跳声太大，吵到了举手的动力。我选择了沉默，仍不知所措。答案就在嘴边，鼓了好几次劲，几乎就要成功举手了，几乎就要脱口而出了，几乎就要不遗憾了。但肌肉紧绷，像在一瞬间跑了好几公里。慌乱包裹了全身，把我遮得严严实实。勇气被逼得逃出了教室。答案永远留在了那个蝉鸣的季节。

我好想举手回答那个大家都不知道的问题，我好想得到我喜爱的老师的夸奖。

明明知道正确答案，明明想尝试新东西，明明只要我鼓起勇气就可以获得我想要的。可是那一步，始终没有被我迈出。

为什么呢？大概是生性怯懦吧。

可怯懦者也想追求勇敢。

那次错过之后，我遗憾了好久。后来也有很多类似的事发生，要是当时再勇敢一些，以后的结局会不会不一样？

我曾有一个很要好的朋友。我们亲密无间，相互鼓励。欢声笑语从不吝啬。她会纵容我的奇思妙想，会给予我积极的反馈，会带来温暖的慰藉和期望。但后来因为一些原因，我们不再联系了。有时夜深人静，想到她，隐隐的忧伤蔓延。有时失意时，想到她，悲伤蒙上了更深的阴霾。

但不论我们的结局怎么样，那些快乐的时光都会赋予回忆以意义。美好这个词里有过去，记忆是甘甜的。

人生下来就被时间赋予了意义，但同时也带上了一道枷锁。出生，上学，工作，退休，老去，没人能打破生老病死的规律，没人能回到过去和前往未来，这也是遗憾的来源之一。于是，好多事情还没来得及做，好多人还没来得及遇见，好多经历还没来得及体验，人就慢慢老去了。在温水煮青蛙的过程中，结束人生旅程。

但时间也很浪漫。它让痛苦被慢慢抚平，让喜悦被慢慢冲淡，让人们平平淡淡，岁岁年年。

困于时间中的遗憾到底是不是一种美?

你说，原来这个圆多好，饱满圆润，很完美。现在，缺了一角，真可惜。不过还好只是缺了一角，还能随风前行，影响不大。

是啊，还好只是缺了一角，不会致命但挥之不去。是印记，是成长。

其实，不管怎么样，圆都会被柏油路磨平，曾经的形状总会一点点消逝，最终消失于人海。骄傲洒在走过的路上，掉下的粉末是人生碎片。圆的生命周期很长，就像是算不尽的圆周率，它要经过的旅途很远很美好，不止柏油路，不止田野小路，不止泥泞，不止沙滩，不止海水。它没有归宿，也不必停留。既然如此，又何必执念于当时缺失的小小一角。

遗憾也许是一种美，它让完美饱满的圆经历了时间。

也许回头看看就够了。

想要更多的话，那就勇敢一些吧。

花　开

康艺馨（地球科学与资源学院）

落日的余晖洒向大地，将大地笼罩上一层淡金色的薄纱。上了大学以来，便常常会独自欣赏这样的景色。我望向窗外，校园里不知什么树开着米白色的小花。恍惚间似乎看到了记忆里的那片槐树林，也是这样，开满了点点槐花，深吸一口气，仿佛能嗅到那淡淡的芳香，我的思绪，不由得飘向了那星星点点的白色，也飘向了总爱坐在槐花树下的那位老人。

记得是在偶然的一个小长假，我回到乡下的姥姥家，刚一进村子，便闻到满街淡淡的清香，带着一丝甜味沁入我心头。深吸一口气，那清新的混合着泥土芳香的空气是在繁华的城市中未曾闻到过的。见了姥姥，她还是那副样子——温暖、慈祥。她的头发已然花白，脸上的皱纹似是千沟万壑，饱经岁月的风霜。身上还是那身几十块钱的便宜却耐穿的旧衣裳。

她一看到我，便用不太利落的腿脚挪动着有些沉重的身子来迎我。她那双宽厚而粗糙的手紧握着我，与我絮絮叨叨地念叨着："你可不知道呦，咱村子前面的那排槐树被砍掉不少哩……说是要搞建设。不过，村子后山上也种了很多，等槐花开了，姥姥带你去摘槐花……”我点头应答。姥姥依旧是那样絮叨，也依旧是那样关心槐树。以前姥姥最喜欢在村头的槐树下搬一个板凳，和村子里的其他妇女们唠唠家常。她也喜欢推着轮椅上的姥爷，趁一个温暖的午后，两个人在种满槐树的土路上转悠。

一早，我搀扶着姥姥来到村子后山采槐花。槐花树大概有那么十几棵，此刻正迎着风缓缓地摇曳着。槐树上开满了米白色带点微黄、小小的槐花，正如漫漫星空中点缀着的点点繁星。此时，花正开得绚烂。那清香比初到村口时更甚。不止我俩，有那么五六个妇女都来采摘槐花。姥姥慢悠悠地撸起袖子，将那点点米白摘下来放入我挎着的木篮中。不知为何，她的神情中带着丝丝化不开的忧伤。须臾我才知道。“你姥爷啊，最爱吃我做的槐花疙瘩……”我鼻头一酸。槐花疙瘩是家乡的一种吃法，将槐花放入一个个面团粒中翻炒，吃着喷香。那香味不冲，只是淡淡地萦绕在面团中，萦绕在我的心头。姥姥的喃喃自语，让我的心里些许复杂。

姥爷离开的那一天，槐花开得正绚烂。乡村的丧礼习俗繁缛，送行的队伍随着唢呐声渐渐远行。土路上踏过一道道脚印，见证着姥爷曾活过的痕迹。我们头戴白布，身着黑衣，神情木讷却又充满悲伤地跟在随行的队伍后。令我惊讶的是本应最伤心痛苦的姥姥，竟是强忍着泪水，没让自己低下头去。但当她看到一朵槐花随风淡淡飘下，顺着她粗糙的手掌落叶归根，这耀眼的槐花似是触动了她的心弦，她的眼泪倏地就下来了，那背影不知瞬间苍老了多少岁。这老两口共同生活了几十年，每到这个季节，用槐花做的菜几乎是顿顿少不了的。但姥爷没能等到这次花开，也没能吃上他最爱的槐花疙瘩，就去了……

不一会儿，我们的木筐中堆满了白色。当晚，我吃到了最爱吃的槐花疙瘩……不知为何，以往吃着喷香的槐花疙瘩，今天竟也掺杂了些许别的味道。那味道似是苦涩、似是化不开的浓墨，让我的心里百味陈杂。因为外出上学，我只能在很短暂的假期陪伴姥姥，姥姥也常说，孩子哪里有不远走读书的，现在考上了大学才好哩，是姥姥的骄傲。这些年姥姥表现得愈发坚强，好像是从种种悲伤中走了出来。但仅仅是“好像”，今天我才知道，原来姥爷一直在姥姥心里最柔软的那块儿地方，从未离去。仅那简单的一句话，就不知蕴含着多少的情谊。是啊，我又怎么会不知道，姥姥每天坐在槐树下是在怀念谁，每次多做的一碗槐花疙瘩是为谁而留……

坐在老屋子里，将思绪从遐思中收回，这时的槐花开得正好，正如那时的花开一样，清香而美好。我定睛一看，槐花树下哪有什么轮椅，就连推着轮椅的那位老人也未曾出现过了。

阳落下，我想，在天的那一端，姥姥姥爷一定是在槐花树下并坐，闲聊着吧。